BETH
KERY

Laisse-moi te désirer

Traduit de l'anglais (États-Unis)
par Célia Chazel

J'AI LU

Titre original
WHEN I'M WITH YOU

Éditeur original
The Berkley Publishing Group, published by the Penguin Group (USA) Inc., New York

PARTIE I

QUAND TU ME TOUCHES

1

Il était minuit passé lorsque Lucien ouvrit la porte de service de son restaurant. Il détecta immédiatement quelque chose d'anormal. Veillant à rester silencieux, il tendit l'oreille et perçut une voix masculine étouffée. Un intrus avait réussi à déjouer le dispositif de sécurité. Même si *Fusion* servait habituellement jusqu'à une heure avancée, il était fermé les dimanches et lundis. Personne n'aurait dû se trouver à l'intérieur du bâtiment. Lucien referma sans bruit la porte derrière lui, et resserra le poing autour de son maillet de polo. Il était venu pour remplacer ce dernier, qui était abîmé, par l'un des neufs qui se trouvaient dans la réserve – mais il envisageait maintenant de s'en servir d'une manière bien différente.

En règle générale, Lucien arborait toujours l'attitude mi-blasée, mi-pince-sans-rire d'un libertin cosmopolite. C'était un homme qui ne se revendiquait d'aucun pays, d'aucune famille, d'aucun credo, et faisait peu de cas des biens qu'il possédait à travers le monde. Mais quand il lui arrivait de revendiquer une chose comme sienne, il se battait. Toujours. En fait, il ne s'était pas rendu compte que le restaurant qu'il avait récemment acquis lui tenait tant à cœur, jusqu'à cet instant, où il constatait qu'il était prêt à en découdre pour le défendre.

Il s'avança prudemment dans le couloir plongé dans la pénombre, se dirigeant vers la lumière qui filtrait à travers la porte entrouverte du bar. Il guettait le moindre son. Lorsqu'un rire féminin s'éleva, un frisson le parcourut. Un autre rire, grave et complice, vint se mêler au premier. Lucien entendit le bruit très reconnaissable de deux verres qu'on faisait tinter l'un contre l'autre.

Il s'approcha de la porte et pencha la tête dans l'entrebâillement.

— Pourquoi t'adonnes-tu à ces petits jeux avec moi ? dit l'homme.

— Quels petits jeux ?

La voix de la femme fit s'emballer un instant le cœur de Lucien. Étrange... elle venait de son pays natal. Son timbre aérien et mélodieux exprimait une sorte d'amusement, avec un accent français mêlé d'un soupçon d'inflexions britanniques. Peut-être avait-il reconnu cet accent parce qu'il était très similaire au sien.

— Tu me provoques, répondit rudement l'homme. Tu n'as pas arrêté de la soirée. Et je ne parle pas seulement de moi – il n'y a pas un homme, ce soir au restaurant, que tu n'aies pas ensorcelé.

— J'ai l'impression au contraire de me montrer très prudente. Nous allons travailler ensemble, après tout, rétorqua la femme d'un ton soudain plus froid.

Lucien eut l'impression qu'il s'agissait d'un net avertissement à son interlocuteur.

— Je veux faire plus que travailler avec toi. Je veux t'aider. Je te veux chez moi... dans mon lit, dit l'homme en franchissant délibérément la ligne rouge qu'elle venait de tracer.

Lucien passa de l'état d'alerte à l'irritation quand il reconnut sa voix.

Il n'était pas en train de surprendre un cambriolage, mais une entreprise de séduction.

Outragé, il poussa la porte et pénétra dans la salle faiblement éclairée du restaurant. Le couple se tenait devant le bar en bois d'acajou, face à face. Ils tenaient chacun un verre à whisky en cristal. Lucien remarqua que la femme reculait légèrement devant l'homme, comme si sa présence la repoussait. Elle portait une robe de soirée bleu et argent qui moulait ses seins fermes et ronds et ses courbes gracieuses. La tenue était dotée d'une ouverture plongeante dans le dos qui dévoilait un teint blanc et lisse sous la lumière tamisée. Voir la main de Mario Vincente posée insolemment sur cette peau nue changea inexplicablement l'irritation de Lucien en colère. Le chef surdoué qu'il avait été débaucher dans un restaurant chic de Las Vegas avait des manières de diva. Mario ne remarqua pas la présence de Lucien avant que ce dernier n'arrive à quelques pas de lui. Quand il s'en aperçut enfin, ses yeux bruns s'agrandirent.

— Lucien !

Le verre d'alcool trembla dans sa main. Le regard de Lucien se posa brièvement sur la bouteille posée sur le comptoir – un cognac Dudognon Héritage, tiré tout droit de sa réserve personnelle, dans son bureau. Il posa le maillet de polo sur le bar d'un geste sec.

— Je ne me souviens pas t'avoir donné le code de sécurité de l'entrée, ou la permission d'accéder à mon bureau. Tu me dois des explications, Mario.

Lucien avait parlé d'une voix neutre mais ferme. Les infractions aux règles de Mario l'irritaient, et il tenait à ce que son employé le comprenne clairement. Cependant, il n'avait pas encore décidé s'il allait porter le coup de grâce à cet imbécile. Il n'avait jamais apprécié la personnalité de Mario, mais les chefs possédant son talent étaient rares.

— Je... je ne m'attendais pas à te voir, bredouilla Mario.

— Ça me semble évident.

Lucien remarqua le bras lisse et blanc de la femme, qui tenait de façon légèrement oblique le verre de whisky. Pour la première fois, il se tourna vers la deuxième occupante de la pièce. Il la regarda une deuxième fois pour vérifier qu'il ne s'était pas trompé.

— *Merde**[1], lâcha-t-il en français.

— Lucien.

— Qu'est-ce que tu fiches ici, Elise ?

Des souvenirs jaillirent dans sa mémoire. Un visage du passé... un visage magnifique, mais qu'il n'avait aucune envie de voir réapparaître dans sa nouvelle vie. Que diable faisait Elise Martin dans son restaurant, à Chicago, à des dizaines de milliers de kilomètres de leur pays d'origine, loin de la cage dorée que représentait leur passé commun ? S'agissait-il d'une sorte de blague cosmique ?

— Je pourrais vous poser la même question, répondit Elise.

Ses yeux bleu profond flamboyèrent, mais son expression se modifia instantanément quand elle le reconnut à son tour.

— Lucien... Lucien... Lenault ? C'est *toi*, le propriétaire du restaurant ?

— Hein ? Vous vous connaissez tous les deux ? demanda Mario.

1. Les termes en italique suivis d'un astérisque sont en français dans le texte original. (*N.d.E.*)

Lucien foudroya Elise des yeux. Elle fit la moue, et lui rendit son regard. Elle avait très bien compris qu'il ne voulait pas qu'elle parle de leur histoire commune, mais ça ne garantissait rien. Connaissant Elise, Lucien savait qu'elle n'avait pas encore décidé si elle allait garder le silence ou non. Un frisson d'angoisse le parcourut. Il fallait à tout prix qu'il la mette dehors... hors de *Fusion* et hors de sa vie aux États-Unis. Chaque fois qu'elle posait ses jolis pieds pédicurés quelque part, Elise apportait avec elle le chaos. En l'occurrence, elle était bien capable de ruiner tous les efforts de Lucien pour se rapprocher de l'homme d'affaires et millionnaire Ian Noble.

— Je... je suis désolé. Je voulais juste venir prendre un verre, dit Mario. (Lucien se força à quitter des yeux le visage d'Elise.) Je sais bien que c'est ton stock personnel, mais...

— Tu es viré, l'interrompit Lucien.

Les pupilles de Mario s'écarquillèrent. Lucien se détourna.

— Lucien, tu ne peux pas faire ça ! s'exclama Elise.

Il fit volte-face au son de sa voix. Durant une brève seconde, il l'observa.

— Ça fait combien de temps ? demanda-t-il.

Il avait posé cette question d'un ton calme, s'adressant exclusivement à Elise. Il vit un étrange mélange d'émotions traverser son beau visage – de la gêne, de la confusion... de la colère.

— Presque deux ans depuis cette nuit au *Renygat*, dit-elle en faisant référence au club-restaurant huppé de Paris.

Il devait reconnaître qu'en dépit de son trouble évident, elle avait réussi à répondre d'une manière froide et hautaine. Bon sang. Tout homme qui tentait de résoudre l'énigme d'Elise devenait la proie d'une obsession sans fin. Qui était-elle vraiment ? Une héritière gâtée incontrôlable ou un rayon de soleil malicieux et insaisissable qui ne pouvait s'empêcher de jouer de son charme ?

— Lucien, ne te précipite pas, dit-elle d'une voix douce.

Le sourire ensorceleur qu'elle lui adressa aurait pu convaincre un homme de tuer pour elle.

— Ce serait stupide de licencier Mario à cause de moi.

— Je ne le vire pas à cause de toi.

La vision de Mario posant la main sur le dos nu de la jeune femme lui revint comme un flash. *Menteur.* Il ignora délibérément la petite voix accusatrice dans son esprit.

— Je le vire parce qu'il s'est procuré en douce le code de sécurité du restaurant, parce qu'il s'est introduit dans mon bureau et parce qu'il a volé dans ma réserve personnelle.

Depuis la dernière fois où il l'avait vue, deux ans plus tôt, elle avait coupé sa longue crinière de cheveux blonds. À présent, elle les portait courts, les boucles passées derrière les oreilles. Il lui était autrefois arrivé de se dire que cette profusion d'anglaises dorées symbolisait à la perfection le tempérament farouche de la jeune femme, mais il s'était trompé. Sa rébellion prenait sa source dans ses yeux.

La colère déforma les traits d'Elise. Elle avait dû oublier que son numéro de charme habituel n'avait pas d'effet sur lui.

— Tu ne peux pas virer Mario, répéta-t-elle d'une voix où toute trace de séduction avait disparu, pour laisser place à un entêtement hargneux.

Lucien dut se retenir de sourire devant ce soudain changement de cap.

— Je peux faire ce que je veux. Cet endroit m'appartient.

Il vit une expression de défiance familière apparaître sur le visage d'Elise – exactement identique à celle qu'elle avait affichée du temps où elle avait quinze ans, quand il lui avait annoncé qu'un des étalons de l'écurie de son père était trop puissant et rétif pour qu'elle puisse le contrôler.

Une expression qu'il aimait beaucoup, malgré tout.

— Mais...

— Il n'y a pas de mais, dit Lucien en haussant légèrement le ton.

Il n'avait pas l'intention de laisser Elise le déstabiliser. C'était une habitude chez elle. Renoncer subitement au timbre pincé qu'affectait la bonne société européenne pour se transformer en tourbillon d'indignation et provoquer l'adversaire... narguer les hommes avec sa beauté incomparable et les mettre au défi de la dompter. Il ne se souvenait que trop bien avoir failli succomber à son chant de sirène lors de leur dernière rencontre au *Renygat*. Il revoyait Élise le regarder droit dans les yeux tout en lui ôtant son pantalon, il se rappelait ses doigts frôlant son membre dur et brûlant, ses lèvres pulpeuses encore gonflées par son baiser dominateur, ses pupilles qui scintillaient comme des saphirs ardents, le goût de sa bouche dans la sienne, enivrant et doux.

Tu veux tirer un trait sur ton passé, Lucien ? Je vais te donner tant de plaisir que tu oublieras tout ce qui s'est passé avec ton père. Je te le promets.

À ce souvenir, tout son corps se crispa. Il l'avait crue. Si une seule femme était capable de lui faire tout oublier, le temps d'un moment de plaisir absolu, c'était Elise. Il avait dû faire appel à toute sa volonté pour la repousser cette nuit-là, mais il avait réussi.

Elle manipulait les gens aussi naturellement qu'elle respirait. Elle savait précisément comment terrasser le plus redoutable des adversaires et l'obliger à la supplier comme un chien affamé.

Et pour ne rien arranger, Elise en savait trop depuis cette soirée au *Renygat*.

Il ne pouvait envisager qu'une seule manière de réinviter à nouveau Elise dans sa vie, et elle n'accepterait jamais de jouer selon ces règles. Pas Elise Martin.

Tu en es bien sûr ? susurra la petite voix dans sa tête.

— Je veux que vous dégagiez tous les deux d'ici. Estimez-vous heureux que je n'appelle pas la police, dit Lucien en se détournant à nouveau.

Il s'immobilisa en voyant du coin de l'œil Mario se diriger vers lui d'un pas assuré. Apparemment, l'Italien avait déjà retrouvé l'aplomb qui le caractérisait.

— Ne sois pas stupide, lui lança ce dernier. *Fusion* doit ouvrir demain. Tu as besoin de moi. Comment feras-tu sans chef ?

— Je me débrouillerai. Je connais ce business depuis assez longtemps pour savoir comment traiter les employés qui volent.

— Tu me traites de voleur ? Et d'*employé* ?

Mario avait manifestement du mal à déterminer ce qu'il jugeait le plus insultant : être qualifié de délinquant ou de travailleur salarié. Sous sa peau olivâtre, il devint blême.

Lucien s'arrêta et soutint le regard vitreux du chef. Visiblement, Mario était déjà passablement imbibé d'alcool avant même d'inviter Elise à goûter le cognac de Lucien. Avait-il prévu de lui faire l'amour sur le canapé en cuir de son bureau ? Cette pensée fit naître en lui une nouvelle vague de colère. Mario était sans doute séduisant aux yeux de certaines femmes, mais il avait nettement dépassé la quarantaine, et était donc bien trop âgé pour intéresser Elise. Peu importe que cette dernière eût probablement quatre fois plus de partenaires que lui à son tableau de chasse : Mario restait aux yeux de Lucien un vieux-beau décadent.

— Je ne t'avais pas encore qualifié précisément de voleur, mais c'est bien ce que tu es – entre autres.

— Tu ne peux pas le virer ! explosa Elise.

Lucien jeta un bref coup d'œil à la jeune femme. La panique qu'il percevait dans sa voix le surprenait, mais il refusait de quitter Mario des yeux pendant que ce dernier le fixait avec les poings serrés. Pourquoi la jeune femme le défendait-elle avec tant d'ardeur ? Il avait eu la nette impression que ses tentatives de séduction la laissaient de marbre.

— Reste en dehors de ça. Ce ne sont pas tes affaires, marmonna-t-il.

— Ce sont *mes* affaires. Si tu licencies Mario, qu'est-ce que je deviendrai ? s'exclama Elise avant de reposer son verre sur le bar.

— De quoi est-ce que tu parles ? répliqua Lucien en s'adressant directement à la jeune femme comme si Mario n'existait plus.

— Tu t'es toujours cru supérieur à moi, sale vicelard de Français, le coupa Mario d'une voix grondante. Eh bien, tu ne peux pas me virer, parce que je démissionne ! Viens, Elise. Quittons l'antre du diable.

Elise garda les pieds fermement campés au sol quand Mario l'attrapa par le bras pour essayer de l'entraîner avec lui.

— Personne ne me dicte ce que j'ai à faire ! s'exclama-t-elle.

Lucien agrippa Mario par le poignet et serra. Fort. L'Italien laissa échapper un cri de douleur.

— Lâche-la, avertit Lucien.

Il vit une lueur hostile apparaître dans les yeux de Mario et se retint de le foudroyer de rage. Il n'était vraiment pas d'humeur à supporter ces simagrées.

— Tu es sûr que tu veux en arriver là ? demanda-t-il d'un ton mielleux.

— Arrête, Mario, intervint Elise.

Durant une brève seconde, Mario hésita. Mais l'alcool qu'il avait consommé, et la montée de testostérone que lui inspirait probablement la présence d'Elise, finirent par prendre le dessus, exacerbant sa vanité. Il lâcha le bras d'Elise et se rua sur Lucien, le poing serré. Lucien bloqua le coup de l'Italien et riposta par un crochet du droit dans les côtes.

K-O direct. *Presque trop facile*, songea sombrement Lucien en voyant Mario pousser un grognement de douleur guttural et porter la main à son ventre.

Le Français jeta un regard accusateur à Elise avant d'empoigner Mario, sonné, par les épaules. Il attrapa au passage la veste que Mario avait posée sur le tabouret du bar, et raccompagna *manu militari* son employé jusqu'à la porte principale du restaurant en le maintenant par le col.

Quand il revint quelques minutes plus tard, seul, Elise se tenait debout à côté du comptoir, le menton haut, la posture aussi altière et hautaine que ses ancêtres aristocrates. Elle le dévisageait d'un air de défiance. Il s'avança vers elle, sans bien savoir s'il voulait la pousser à l'arrière d'un taxi comme il venait de le faire avec Mario, la sermonner pour son inconséquence, ou lui donner une fessée bien sentie pour avoir osé pénétrer par effraction dans son univers privé.

*

* *

— Qu'est-ce que tu lui as fait ? demanda-t-elle d'une voix tremblante en voyant Lucien s'approcher.

Les yeux gris de son ami d'enfance flamboyaient d'un éclat farouche qui la fit frémir malgré elle. Elle savait que Lucien Sauvage pouvait être redoutable. Terrasser un ivrogne comme Mario ne lui posait pas la moindre difficulté. Elise connaissait ses qualités athlétiques, qu'il avait eu l'occasion de mettre à profit en de multiples fois pour faire régner l'ordre dans ses hôtels et restaurants de luxe à travers le monde. Plusieurs fois, des émissaires du crime organisé avaient tenté de faire pression sur lui, sans succès. L'intelligence aiguë de Lucien et sa puissance physique les avaient repoussés.

— Je l'ai mis dans un taxi. Et maintenant, dis-moi ce que je dois faire de toi ? questionna-t-il en la détaillant du regard.

La jeune femme sentit ses tétons se durcir sous ce regard qui était à la fois feu et glace. Elle se redressa et s'éclaircit la gorge. Le fait qu'elle venait de découvrir ricochait sans fin à l'intérieur de son crâne. *Lucien Sauvage était le propriétaire de* Fusion. Sans le savoir, elle avait mis son avenir entre les mains d'un homme qui l'avait repoussée.

Personne ne la repoussait jamais – *presque* personne, quand elle en décidait ainsi. Et avec Lucien, elle l'avait clairement déterminé ainsi. *C'est bien ma chance,* songea-t-elle avec un mélange d'ironie et d'effarement. Parmi tous les restaurants et bars du monde, il avait fallu qu'elle passe la porte de celui-ci.

— Tu vas faire la seule chose que tu es capable de faire avec moi, dit-elle d'une voix relativement neutre – pour quelqu'un qui s'apprêtait à jouer la partie de poker la plus importante de sa vie avec une main minable.

Ils parlaient en anglais à cause de leur passé commun – et de leur amitié ancienne. Leurs mères à tous deux étaient anglaises, et leurs pères français. C'était un point commun qu'ils partageaient, une petite marque de complicité qui avait autrefois paru essentielle à l'adolescente de quatorze ans énamourée d'un beau jeune homme de vingt et un ans qui lui semblait alors inaccessible pour toujours.

— Tu vas me laisser remplacer Mario au poste de chef du restaurant, maintenant que tu l'as viré.

Il haussa les sourcils, interloqué.

— Qu'est-ce que tu racontes ? Tu es ivre ?

Elle sentit la colère monter dans sa poitrine.

— Je n'ai bu qu'un verre de vin de toute la soirée, répondit-elle avec honnêteté.

Elle remarqua le regard sarcastique de Lucien sur son cognac posé sur le bar.

— Mario me l'a offert. Je l'ai accepté. Lucien, qu'est-ce que tu fais là ?

Sa curiosité reprit soudainement le pas sur les craintes qu'elle éprouvait sur son avenir.

— Ça fait un an que tu as disparu de Paris. Aucun de tes employés là-bas ne sait où tu es passé. Ma mère a discuté récemment avec la tienne. Même Sophia ignore où tu te trouves. Elle est morte d'inquiétude.

— Évidemment, répondit-il d'un ton sardonique. Ma mère se ronge les sangs à l'idée que je ne puisse toucher l'argent qu'elle convoite depuis que mon père est en prison.

Elise resta interdite. Il n'avait pas tort. Elle avait effectivement entendu dire que Lucien se montrait étrangement réticent à accepter la fortune de son père.

— Si tu révèles à qui que ce soit que tu m'as vu ici, je te le ferai payer, Elise.

Des mots froids. Brefs. Totalement crédibles.

Le cœur de la jeune femme se mit à cogner sourdement dans sa poitrine. Il s'était arrêté à quelques pas d'elle. Elle devait pencher légèrement la tête en arrière pour bien voir son visage, et elle espéra qu'il ne remarquerait pas la veine qui battait à sa gorge. Il était encore plus impressionnant physiquement que dans ses souvenirs – grand, mince, les muscles fermes. Depuis la dernière fois où elle l'avait vu, il avait coupé court ses cheveux noirs, ce qui mettait davantage en valeur ses traits ciselés et sa grâce virile. Elle avait toujours eu envie de passer les doigts dans cette crinière épaisse et douce… de la caresser avidement. Il arborait à présent une ombre de barbe soigneusement taillée sur le menton. Il portait un jean et une chemise ivoire assortie à la couleur de ses yeux, qui contrastait merveilleusement avec sa peau cuivrée. Mario n'était pas le premier à comparer Lucien au diable. Les hommes le disaient souvent avec jalousie, les femmes avec convoitise.

L'aura de puissance physique qui émanait de lui avait toujours fasciné Elise, mais elle ne pouvait pas nier qu'il l'intimidait. Sa voix calme, ses gestes sûrs et contrôlés, ses sourires lumineux et charmeurs lui conféraient un pouvoir sur la gent féminine. Il y avait aussi quelque chose de sombre en lui, une noirceur qui ne correspondait pas à son sourire et aux manières affables qu'il affichait dans la bonne société et avec ses clients.

Elle ne doutait absolument pas qu'il puisse être dangereux s'il le décidait. Elle savait aussi qu'il ne lui avait jamais réellement fait de mal – en tout cas, pas le jeune homme qui l'avait autrefois prise sous sa protection avec une grande gentillesse.

Mais cela ne rendait sa menace que plus sérieuse.

— Maintenant, dit-il avec calme tout en s'avançant vers elle et en posant une main sur le comptoir, dis-moi quand tu as l'intention de quitter Chicago.

Elle se sentit brutalement acculée.

— Je ne pars pas. J'ai l'intention de m'installer ici.

— Quoi ?

— Tu m'as bien entendue. Je vais vivre à Chicago, dit-elle avec une assurance totale, qu'elle ne ressentait pas.

Elise était avant tout une actrice, et savait jouer l'aplomb mieux que tout.

Malheureusement, son père n'avait pas pris au sérieux ses projets de devenir chef cuisinier et de déménager à Chicago, et il avait refusé de financer sa nouvelle carrière. Elle ne pourrait pas accéder à la somme d'argent qu'il lui réservait avant d'avoir atteint ses vingt-cinq ans. Six mois n'avaient jamais semblé une durée aussi interminable aux yeux d'Elise. Elle en avait été réduite à louer un misérable studio à Paris en gagnant sa vie tant bien que mal comme serveuse.

— Pourquoi Chicago ? Ça ne te ressemble vraiment pas.

Il regarda ostensiblement la robe de soirée qu'elle portait, ce qui la mit hors d'elle.

— Tu n'es vraiment pas au courant, alors ?

— Au courant de quoi ?

— Mon école de cuisine à Paris m'a envoyée faire un stage chez Mario Vincente. Je dois travailler avec lui, Lucien.

C'était la procédure habituelle ; chaque chef nouvellement diplômé devait passer par une période de formation avec un collègue chevronné. Elle scruta le visage stoïque de Lucien.

— J'ai un contrat en bonne et due forme, ajouta-t-elle sur la défensive en voyant qu'il semblait toujours inflexible. Tu ne peux pas me renvoyer comme ça.

— Tu es complètement dingue, rétorqua-t-il avec mépris.

Il prit les verres de cognac posés sur le bar et commença à s'éloigner. Elise sentit la panique s'amplifier dans sa poitrine en voyant Lucien lui tourner le dos.

— J'ai terminé ma formation à *La Cuisine* à Paris. Pour avoir mon diplôme, il ne me reste qu'à effectuer ce stage avec un chef réputé – celui que tu viens juste de virer !

Il se retourna vers elle, et elle vit qu'il souriait. Son cœur s'affola et se mit à marteler sa poitrine de plus belle. *Oh non.* Le sourire de Lucien – ses dents blanches, la double fossette, ses lèvres fermes. Si le diable existait vraiment, il choisirait sûrement son corps pour pouvoir répandre le péché dans le monde avec une facilité déconcertante. Elle n'avait jamais connu d'homme plus séduisant, et malheureusement, elle en avait connu beaucoup.

— Tu es sérieuse, hein ?

— Oui, dit-elle en raidissant les épaules.

Son ton condescendant lui semblait insupportable.

Il eut un petit rire. Elise sentit son estomac se creuser en le voyant ainsi se moquer de ses aspirations.

— Alors, tu vas devenir chef cette semaine.

— Je vais le devenir pour le restant de ma vie.

Il secoua la tête, et son sourire disparut.

— Voilà donc ta dernière lubie. Après pilote de course, sommelier et photographe...

— J'ai grandi. J'ai effectué des changements dans ma vie. Je veux que mon existence ait... de la *s*ubstance. Et je veux choisir mon métier.

— Quel besoin une héritière a d'un métier ?

Il avait une voix diaboliquement sexy. Elle n'était pas étonnée que cette seule voix suffise à séduire les femmes, sans qu'elles se soucient du reste – non qu'il soit possible d'oublier le reste. Élise n'avait jamais réussi à le faire. Elle le suivit du regard tandis qu'il passait derrière le bar.

— Et un héritier ? rétorqua-t-elle. Tu as toujours travaillé, au début dans les hôtels de ton père et ensuite dans tes propres établissements. Tu es le dernier à avoir le droit de remettre en cause mes choix à ce sujet.

Il releva les yeux vers elle, sourcils froncés, et soutint son regard. Elle arrivait à peine à respirer. Une vague de souffrance monta subitement en elle – la honte que lui inspirait son attitude cynique et inconséquente devant la vie, la peur que ses projets ne soient qu'une coquille vide, la crainte de ne pas être équipée pour devenir une adulte capable de donner, recevoir, et faire le bien. Elle n'avait jamais eu de modèle adulte pour ce genre de choses, et elle craignait que cela diminue grandement ses chances de succès.

C'était le regard de Lucien qui lui avait fait prendre conscience de manière aiguë de ses propres failles. Il voyait beaucoup de choses avec ses yeux acérés. Il l'avait toujours fait.

Il avait immédiatement compris son caractère quand ils s'étaient rencontrés pour la première fois, dans le domaine de ses parents à Nice. Elise était une adolescente sauvage et entêtée, qui tentait désespérément de capter l'attention de ses parents, des employés, des autres invités... de n'importe qui. Depuis le début, il avait vu qu'elle cherchait à tout prix l'affection, alors qu'elle-même ne s'en rendait pas compte. Il l'avait prise en amitié, pour son plus grand bonheur. Elle ressemblait à une poupée malheureuse et délaissée, avide de la moindre marque d'intérêt. Ces mois ensoleillés sur la côte méditerranéenne avaient représenté le plus bel été de son adolescence.

Le plus bel été de sa vie.

Elle avait compris des années plus tard que leurs pères respectifs avaient imploré Lucien de la prendre sous son aile. Il était même probable qu'ils l'aient grassement payé pour passer du temps avec elle à faire du cheval, nager et naviguer durant cet été inoubliable. Savoir cela l'emplissait de honte et de rage.

— Elise, tu dois comprendre que cette situation est complètement absurde – et ridicule, reprit-il d'une voix plus douce. (Elle se crispa en se demandant si ce n'était pas de la pitié.) Tu ne peux pas travailler chez *Fusion*.

— Je t'ai déjà dit que j'avais un contrat.

— Un contrat avec Mario, pas avec *Fusion* ou moi. Je comprends très bien que les grands chefs prennent des stagiaires. Je les autorise à gérer ça eux-mêmes, par respect pour un talent que je ne possède pas. Cependant, tu n'es pas une employée de *Fusion*, et comme tu viens de le voir, dit-il en vidant le verre de cognac dans l'évier, Mario ne travaille plus ici.

Elle resta plantée la, aux prises avec la panique, incapable de réfléchir correctement. Ses projets avaient-ils déjà échoué ? Étaient-ils à ce point fragiles ? Était-*elle* à ce point fragile ? Allait-elle devoir retourner à l'existence vaine qu'elle menait à Paris, semblable de nouveau à une princesse de pacotille ?

Non. Ça n'arriverait pas.

— Pourquoi as-tu changé de nom ?

Dans sa panique, elle avait posé la première question qui lui venait à l'esprit.

Pendant un moment, il ne répondit pas, essuyant en silence les verres qu'il venait de laver et la laissant en proie à ses pensées. Sans se presser, il contourna le bar et s'avança vers elle. Plus près qu'elle ne s'y attendait. L'odeur piquante de son eau de Cologne lui emplit les narines.

— J'avais déjà changé de nom lors de notre dernière rencontre à Paris. Je crois que tu passes bien trop de temps à faire la fête. Tes souvenirs sont assez brumeux sur plusieurs choses qui se sont passées cette nuit-là.

La tempête intérieure qu'elle ressentait s'apaisa, laissant place à de la méfiance. Ce que Lucien venait de dire au sujet de leur rencontre au *Renygat* laissait entendre subtilement qu'elle pouvait se tromper sur ce qu'elle avait vu et entendu ce soir-là. Un signal d'alarme se déclencha dans son esprit.

C'était un samedi soir, deux ans plus tôt, et elle avait faussé compagnie à sa bande d'amis pour essayer de se retrouver seule avec Lucien. Elle était nerveuse, mais excitée à l'idée de renouer avec son béguin d'adolescente à présent qu'elle était devenue une femme. Elle savait en réalité depuis un bon moment qu'il était à Paris, mais l'insistance de ses parents au sujet de Lucien l'avait rendue réticente à l'approcher. Elle craignait qu'il pense qu'elle ne faisait qu'obéir au désir de ses parents, comme une sorte de robot se pliant au jeu des entremises mondaines pour décrocher un des plus beaux partis du pays.

Elle avait frappé discrètement à la seule porte du couloir, et avait mis un moment à comprendre qu'elle n'aurait aucune réponse, car ladite porte donnait sur un autre couloir – une sorte de sas. Celui-ci menait à la véritable entrée du bureau de Lucien. En en approchant, elle avait vu qu'elle était légèrement entrouverte. Demeurant dans le sas, elle avait accidentellement entendu une conversation mystérieuse entre Lucien et un homme à l'accent allemand.

— *J'ai besoin d'un informateur de première main sur Noble – son passé, sa famille, sa fortune.*

— *Ça ne va pas être facile. Ian Noble est connu pour son obsession du contrôle et de la sécurité.*

— *C'est pour ça que je vous ai embauché,* avait répondu Lucien d'une voix soucieuse. *Vous êtes censé être le meilleur.*

Il y avait eu un grognement d'approbation suivi d'un silence.

— *Vous avez un drôle d'air,* avait dit l'homme allemand d'un ton vaguement amusé. *Vous ne vous sentez quand même pas coupable, si ? Au sujet de vos plans concernant Noble ?*

— *Les subterfuges ne sont jamais beaux à voir, quelles que soient les belles raisons avec lesquelles vous les maquillez. Les péchés de mon père me hantent, je suppose,* avait commenté Lucien d'une voix lointaine et ironique. *On porte tous nos fantômes, quoi qu'on fasse.*

L'homme avait éclaté d'un rire rauque.

— *Oubliez tout ça, et concentrez-vous sur votre but. Faites-moi confiance. Ce que vous projetez de faire avec*

Noble n'a rien à voir avec les crimes commis par votre père.

— Mes souvenirs de cette nuit n'ont rien de brumeux, Lucien. Je me souviens de tout, dit Elise en hésitant malgré tout à remettre ce dangereux sujet sur le tapis, dans la situation délicate où elle se trouvait.

Le visage de Lucien demeura impassible, mais une lueur flamboya dans ses yeux. Elle avala péniblement sa salive.

— Je ne me souviens pas que tu m'aies dit quoi que ce soit au sujet d'un changement de nom, cependant.

— Je pense que tu sais pourquoi j'ai pris une nouvelle identité et quitté la France, dit-il d'une voix calme qui la submergea comme une vague sensuelle.

— Tu ne devrais pas laisser les fautes de ton père te hanter. Tu es devenu un autre homme, murmura-t-elle.

Le père adoptif de Lucien, Adrien Sauvage - un riche industriel, propriétaire de chaînes d'hôtels, et magnat de la presse - avait été condamné à la prison deux ans et demi plus tôt pour des faits d'espionnage industriel. Elise savait que la police avait interrogé le jeune homme sur les activités de son père et qu'il avait été soupçonné d'être complice de ce dernier dans le vol de secrets industriels capitaux. Elise ne l'avait jamais cru coupable, même une seconde. Elle était bien placée pour connaître le mépris contenu que Lucien nourrissait pour son père. Au bout du compte, Lucien n'avait été inculpé de rien, mais il semblait que la honte le suivait toujours comme une tache indélébile.

— Je ne laisse pas ses fautes me hanter. Et je suis parfaitement conscient que je ne suis pas lui.

Sa voix s'était faite douce et rauque tandis que son regard errait sur le visage de la jeune femme. Elle resta immobile et sentit un picotement parcourir sa nuque. Il tendit la main vers ses cheveux et rabattit délicatement une boucle rebelle derrière ses oreilles. Un frisson délicieux la parcourut et son corps se mit à frémir d'excitation. C'était étrange pour elle d'être autant troublée par un homme. Elle ne s'était jamais permis d'être trop proche d'un homme sentimentalement – et encore moins d'un homme aussi attirant que Lucien – depuis qu'elle s'était lancée corps et âme dans sa formation culinaire et avait commencé à se prendre en charge. Pour dire la vérité, elle n'avait *jamais* laissé un homme l'approcher trop près. Bien sûr, elle s'était énamourée de Lucien quand elle était adolescente, alors même qu'il ne la voyait absolument pas d'une façon romantique. Mais là, c'était différent. Elle était une femme adulte, à présent, une femme qui savait ce qu'elle voulait faire de sa vie.

— Je n'aurais jamais pensé que j'aimerais tes cheveux courts, murmura-t-il d'une voix lointaine, si près d'elle qu'elle sentait son souffle sur sa tempe. Mais ça te va parfaitement. Un style éméché très élégant.

— Lucien… bredouilla-t-elle en voyant la lueur ardente dans ses yeux tandis qu'il la caressait.

Il cessa brusquement son geste et recula.

— Je vais t'aider à rentrer chez tes parents à Paris, si tu veux. Tu es en galère ? Tu as besoin d'argent ?

— Non. Je n'ai besoin de rien, répliqua-t-elle d'une voix faible, déstabilisée par le changement abrupt de sujet et par la fin de son étreinte.

— Tu ne peux pas rester à Chicago, dit-il d'une voix si résolue qu'elle en resta interloquée.

— Pour qui te prends-tu pour te permettre de me dire ça ? Tu es propriétaire de la ville ? cracha-t-elle avec hostilité, se forçant à ignorer la délicieuse sensation entre ses cuisses, effet direct de sa caresse... de son corps si proche.

Devant son visage impassible, sa nervosité monta d'un cran.

— Tu as besoin d'un chef ? Laisse-moi remplir ce rôle au moins tant que tu n'auras pas trouvé un remplaçant.

— Non. C'est hors de question. Je suis désolé.

Sa colère se mit à bouillir. Elle raidit les épaules et se redressa de toute sa taille. Comment pouvait-il parler d'un ton si assuré ? Le dégoûtait-elle à ce point ?

— Je ne te laisserai pas ruiner tous mes projets, dit-elle.

— Je ne te laisserai pas ruiner les miens.

— Hein ? lâcha-t-elle, déstabilisée par sa repartie cinglante. Comment pourrais-je ruiner aucun de tes projets ?

Il s'appuya contre le bar, ce qui fit saillir les muscles de ses bras sous sa chemise.

— Cette nuit au *Renygat* ? Dans mon bureau ? suggéra-t-il.

Elise sentit ses joues s'empourprer. Quand elle s'était retrouvée seule avec Lucien, elle l'avait interrogé sur les propos qu'elle avait entendus. Il était furieux qu'elle ait laissé ses oreilles traîner, et leur échange houleux était devenu enfiévré. La colère s'était muée en tension sexuelle. Et cette nuit, elle avait momentanément brisé ses remparts... Il l'avait embrassée avidement et sauvagement, conscient du fait qu'elle était à présent une femme, une vraie. Elle savait qu'elle l'avait poussé à bout avec ses piques séductrices, mais elle ignorait à quel point Lucien pouvait être effrayant quand il perdait le contrôle...

Effrayant et excitant.

Elle remarqua le regard acéré qu'il posait sur elle.

— Bien sûr que je m'en souviens, dit-elle. (Elle avait à présent du mal à soutenir son regard.) Mais je ne vois pas en quoi ça me donnerait la possibilité de détruire quoi que ce soit.

— J'ai assez de distractions dans ma vie pour le moment. Je n'ai pas besoin que tu viennes t'ajouter au reste.

Le cœur de la jeune femme s'accéléra. Sous-entendait-il qu'il était attiré par elle ? Ou faisait-il allusion à cette fameuse conversation vieille de deux ans qui n'avait de toute façon aucun sens pour elle ? Elle n'arrivait pas à savoir si elle devait se sentir flattée ou offensée par sa déclaration.

— Je ne suis pas venue pour te distraire. Je suis à Chicago pour une seule et unique raison : parfaire mon entraînement afin de devenir un excellent chef.

— Je n'en doute pas. Mais tu oublies une chose : il n'y a plus de chef ici pour t'entraîner, petite fille.

— Je m'en fiche. Je trouverai un autre chef à Chicago. J'ai rejoint la ville pour repartir de zéro, et je ne laisserai personne – pas même toi, Lucien – se mettre sur mon chemin. Et je ne suis plus une *fillette*, ajouta-t-elle farouchement, se référant à l'expression française qu'il utilisait avec elle quand elle était enfant.

Les narines de Lucien frémirent et il se détacha du bar en un mouvement félin. Le pouls de la jeune femme se mit à marteler ses tempes quand elle le vit prendre l'étole de soie qu'elle avait déposée plus tôt sur un tabouret. Il allait la renvoyer. *De nouveau.* Elle resta figée sur place quand il souleva la bande de tissu, une lueur de défi dans les yeux.

— Tu es une petite fille. Une fillette splendide et têtue, mais une fillette tout de même. Il est temps de t'en aller, Elise.

La rage la transperça comme la foudre.

— Espèce de salaud, siffla-t-elle en lui arrachant l'étole des mains. J'aurais dû savoir que tu ne m'aiderais jamais. Tu es aussi égoïste et imbu de toi-même que ton père... que *n'importe lequel* de nos chers parents adorés.

Alors qu'elle tentait de se ruer vers la porte, il lui saisit le bras d'une poigne de fer.

— Je ne suis pas comme mon père, rugit-il.

Elise frémit devant ses yeux flamboyants de colère, mais elle ne se démonta pas. Sachant pertinemment qu'il était trop fort pour qu'elle y parvienne, elle tenta quand même de libérer son bras d'un mouvement brusque. L'emprise de Lucien avait sur elle un effet totalement différent de celle de Mario.

— Lâche-moi, dit-elle en tremblant, pas même convaincue que c'était ce qu'elle voulait.

— Tu devrais être soulagée que je te laisse partir, et craindre le jour où je ne le ferai pas.

Elle releva le menton tandis que, dans son esprit, la douleur, la fierté et la colère luttaient pour l'emporter.

— Je n'ai pas peur de toi.

Il tira sur son bras, l'attirant à lui si près qu'elle sentit son torse effleurer le sien et la bosse à son entrejambe. Il la cloua sur place de son regard presque extraterrestre. Elle attendit, tremblant d'appréhension, le souffle court, quand il pencha la tête jusqu'à ce que leurs lèvres ne soient séparées que de quelques centimètres.

— Tu as toujours essayé de tester mes limites. Tu es toujours restée cette petite fille qui essayait de réveiller une vipère endormie avec un bout de bâton. Tu ferais mieux de dégager d'ici. Depuis ton adolescence, tu supplies sans le savoir qu'on te donne une correction, et tu n'as aucune idée du plaisir que je prendrais à te donner ce que tu mérites tant... ce dont tu as *besoin.* (En voyant ses yeux écarquillés de peur, il sourit sombrement.) Tu n'es plus aussi sûre de toi, hein ? demanda-t-il d'une voix grave et vibrante. Qu'en dis-tu ? Tu ne veux pas rester avec moi et obtenir ce que tu mérites, *ma chère* ?*

Quelque chose, dans sa voix rauque et basse, fit frissonner d'excitation la jeune femme. Elle sentit un flot d'adrénaline inonder ses veines, mais aussi un sentiment de confusion totale. Elle détestait se montrer vulnérable devant un homme comme Lucien, aussi se drapa-t-elle dans une fragile armure d'orgueil.

— Je t'ai dit de me lâcher, répéta-t-elle.

Quand il desserra sa prise, elle trébucha de quelques pas en arrière, non parce qu'il l'avait poussée – en réalité, il s'était montré plutôt doux – mais parce que son esprit tourbillonnait. Quelque chose s'était passé lorsqu'elle avait entendu les mots de Lucien. Et elle était à la fois apeurée et troublée par ce qu'elle découvrait au plus profond de son être, comme si une porte verrouillée depuis toujours avait été ouverte brutalement.

« Besoin d'une correction. »

Alors qu'elle se rappelait ces mots prononcés par la voix grave et soyeuse de Lucien, son cœur s'emballa de nouveau. Elle s'élança vers la porte, non sans jeter un dernier regard rebelle par-derrière son épaule.

Ce qu'elle vit la mit définitivement en fuite – un homme furieux, excité, d'une virilité animale. Elle espéra que Lucien ne remarquerait pas sa précipitation tandis qu'elle sortait, paniquée, comme si elle avait le diable aux trousses.

2

Le lendemain matin, Lucien releva les yeux quand Sharon Aiken, sa manager, une femme entre deux âges, frappa discrètement à la porte de son bureau.

— Sharon. Vous êtes l'incarnation même de la grâce, comme toujours, mais j'espère que ce matin votre beauté apporte de bonnes nouvelles. J'en aurais bien besoin.

Elle rit.

— Est-ce que les hommes français apprennent à faire du charme en même temps qu'à dire « s'il vous plaît » et « merci » ?

— Vous ne saviez pas ? Ça fait partie de notre patrimoine génétique, répondit-il en souriant.

Il haussa les sourcils d'un air interrogateur. Sharon le remarqua et redevint sérieuse.

— Ne vous inquiétez pas, le chef que vous avez engagé en intérim est arrivé. Nous sommes sauvés.

— Merci mille fois, répondit Lucien avec franchise.

Il but une dernière gorgée de café au lait et se leva, prêt à entrer dans l'arène. Malgré son arrivée récente à Chicago, il avait déjà réussi à se constituer un solide réseau professionnel dans la restauration. Un ami lui avait dit qu'un chef talentueux avait démissionné il y a peu de temps de *Chez Pierre*. Lucien, qui avait déjà goûté sa cuisine, avait sauté sur l'occasion, malgré la mise en garde de son camarade.

— Baptiste est exceptionnel, mais c'est un caractériel, lui avait-il dit.

— Existe-t-il un chef qui ne le soit pas ? avait répliqué Lucien d'un ton ironique.

Il s'était levé tôt et avait immédiatement contacté Baptiste, qui s'était effectivement montré de tempérament fuyant. Il avait paru offensé par la proposition de Lucien de travailler pour *Fusion* avec un contrat temporaire assorti d'une période d'essai. Mais le restaurant était connu pour marier les gastronomies française et marocaine, et peu de chefs maîtrisaient totalement les subtilités de ses déclinaisons. Le chef d'origine espagnole avait laissé planer le doute quant à sa venue au rendez-vous, d'où le soulagement présent de Lucien. Il considérait Baptiste comme une sorte de « pile ou face ».

— Pourriez-vous le faire venir dans mon bureau pour que nous finalisions son contrat ? demanda-t-il à Sharon.

— *Le* faire venir ?

Lucien leva les yeux des papiers qu'il était en train de rassembler. L'expression interloquée de Sharon l'alerta.

— C'est une *femme* ? demanda-t-il lentement.

— Eh bien... oui. J'étais surprise qu'elle soit aussi jeune, mais elle réussit à se faire obéir au doigt et à l'œil par Evan et Javier, dit Sharon (parlant des deux auxiliaires de cuisine.) Elle a l'air de connaître son affaire.

Sharon regarda Lucien d'un air anxieux quand il se leva brusquement pour contourner le bureau.

— Lucien ? Vous attendiez quelqu'un d'autre que Mlle Martin ?

— Oui. Imbécile que je suis, marmonna-t-il avec une rage à peine contenue.

Cette petite démone avait plus de couilles qu'un commando des Marines. Comment osait-elle le défier ? Sharon recula légèrement vers le mur, l'air un peu effrayé, pour laisser passer Lucien qui se ruait hors du bureau.

Bouillant de colère, il jeta un coup d'œil par les portes de la cuisine, prenant la mesure de la situation et essayant de se calmer avant de faire irruption dans la salle. Elise se tenait derrière un plan de travail métallique, une saucière à la main, et parlait avec animation. Durant quelques secondes, Lucien resta immobile à l'observer, fasciné malgré lui. Elle ressemblait à une flamme vive et dansante.

Elle était revenue en dépit de son avertissement. Il allait devoir gérer la maudite attirance qu'il ressentait pour elle. Il savait qu'il ne pourrait pas l'enrayer, seulement essayer de la contrôler. Il s'était montré lâche en la renvoyant la veille au soir. Oui, Elise était une calamité, mais certaines choses étaient inévitables. Elle avait fait en sorte qu'il en soit ainsi en réapparaissant si effrontément dans sa vie.

— Le hachis n'est pas si mal, l'entendit-il dire à travers la porte entrebâillée. Quand j'étais en formation à *La Cuisine,* j'adorais me livrer à un petit jeu quand j'avais affaire à M. Erarat – le superviseur le plus sadique et désagréable qui soit. J'imaginais que j'étais son barbier et que je découpais sa stupide petite moustache en morceaux juste au-dessous de son gros nez. Évidemment, je devais faire les tranches les plus fines possibles pour prolonger sa torture. (Le rire cristallin d'Elise se mêla aux gloussements masculins.) Même M. Erarat a dû reconnaître que personne ne faisait de hachis plus fin que le mien, acheva-t-elle avec un sourire.

— Je n'aurais jamais imaginé ça de vous, madame Martin. Vous êtes tellement parfaite que vous ne pourriez jamais hach… bafouilla stupidement Evan.

Lucien ouvrit brutalement la porte en entendant l'adoration dans la voix du jeune homme.

Un de plus piégé dans ses filets.

Javier et Evan cessèrent immédiatement de travailler. Ils regardèrent Lucien les yeux écarquillés, Javier debout devant un tas de cèpes et Evan devant des gousses d'ail. Seule Elise poursuivait imperturbablement sa tâche, regardant Lucien avec un flegme insupportable tout en arrosant de sauce des filets de canard.

— Qu'est-ce que tu fais ici ? demanda Lucien d'un ton glacial en ignorant les deux hommes.

— Du canard rôti aux champignons avec des flageolets. C'est sur le menu de midi.

— Je le sais très bien, siffla-t-il.

Elise jeta un regard de côté à Javier et à Evan sans paraître se départir de son calme, mais Lucien remarqua que sa peau blanche devenait plus pâle encore.

— Hé, vous deux ! Les clients vont bientôt arriver pour le déjeuner. Vous feriez mieux de vous remettre tout de suite au travail, leur dit-elle d'un ton à la fois cordial et professionnel.

Sous les yeux exaspérés de Lucien, les deux employés se remirent à l'œuvre avec enthousiasme.

Il leva les sourcils d'un air de défi.

— Puis-je vous voir dans mon bureau, mademoiselle Martin ?

C'était formulé comme une question, mais il s'agissait d'un ordre. Il vit qu'elle se mordait légèrement la lèvre inférieure, comme pour l'empêcher de trembler. Une sorte de satisfaction monta en lui en voyant la jeune femme commencer à perdre contenance. À cet instant, elle paraissait plus jeune que ses vingt-quatre ans. Sa silhouette semblait particulièrement frêle dans sa veste blanche de chef et son pantalon noir ; son visage paraissait fragile et innocent. Pour une raison mystérieuse, voir sa beauté resplendissante et juvénile combinée à ses compétences accentua la rage qu'il ressentait.

Il allait devoir s'occuper d'elle une bonne fois pour toutes. Malheureusement, elle n'était pas qu'une jeune femme superbe. Non, elle avait dit juste : elle était capable de trancher jusqu'à l'os.

— Ce n'est pas vraiment le bon moment...

— Dans mon bureau tout de suite, ou je t'y traîne *manu militari*, Elise.

Les bruits de couteau s'interrompirent de nouveau, mais Javier et Evan se gardèrent bien de relever la tête. Le visage d'Elise devint livide.

— Lucien.

Il se retourna, surpris au son de cette voix acérée et inattendue. Ian Noble se tenait sur le seuil de la cuisine, retenant la porte de sa main.

— Ian. Que puis-je faire pour toi ? dit-il d'un ton plus calme.

Ian lui rendait parfois visite à l'improviste – après tout, c'était le propriétaire de la tour qui abritait *Fusion*. Mais son arrivée aujourd'hui tombait très mal. Du coin de l'œil, Lucien remarqua qu'Elise avait posé la saucière. Il sentait son attention fixée sur le nouvel arrivant.

— Je suis passé pour te dire que je ne pourrai pas venir à notre séance d'escrime demain après-midi.

Lucien hocha la tête.

— Un voyage d'affaires ?

— Non. J'envisage d'offrir quelque chose de très important à Francesca. Quelque chose qui me demande davantage de temps et de réflexion qu'un cadeau ordinaire.

*

* *

Francesca Arno était la jeune artiste qui partageait la vie de Ian.

Lucien remarqua l'air songeur de son ami.

— Tu ne peux pas te fier aux talents de Lin, ta brillante assistante ? le taquina-t-il.

— Je suis un homme très occupé, mais je ne suis pas stupide, rétorqua-t-il.

Lucien éclata de rire. Il avait cru comprendre que Ian s'était attiré à plusieurs reprises les foudres de sa petite amie parce qu'il s'était un peu trop reposé sur les compétences de Lin en matière de présents ou de sorties en amoureux. Francesca préférait sentir la touche personnelle de son compagnon, et voir Ian accepter librement de lui donner ce qui lui était le plus précieux – son temps – était signe de l'amour qu'il lui portait. Un homme comme Ian Noble en disposait peu.

Le regard de Ian se posa sur Elise. Lucien se raidit en voyant la lueur dans les yeux de son ami. Elise n'était pas seulement ravissante. C'était une flamme ardente qui irradiait la sexualité.

— Où est Mario ? demanda Ian d'une voix neutre.

Maudite Elise.

— Je l'ai viré hier soir, répondit Lucien.

Son ami haussa les sourcils d'un air curieux.

— Et voici ta nouvelle chef ?

— Je suis Elise Martin, se présenta l'intéressée en s'essuyant les mains avec une serviette et en contournant le plan de travail.

— Ian Noble.

Lucien resta planté là, aux prises avec un sentiment d'impuissance, en voyant Elise et Ian se serrer la main. Il ne voyait aucun moyen de nier toute association avec Elise sans évoquer leur passé commun et risquer ainsi de révéler quelque chose qu'il voulait à tout prix garder secret.

— Ian Noble... De *Noble Enterprises* ? murmura Elise avec incrédulité.

Au moment où elle comprenait, elle jeta un regard intrigué et émerveillé à Lucien.

— Je savais que *Fusion* faisait partie de Noble Enterprises, mais je n'avais pas réalisé que *Noble* se référait à vous. C'est le siège de votre société ?

— Tout à fait, dit Ian. J'ai hâte de goûter vos créations. Francesca et moi venons régulièrement manger chez *Fusion*.

Lucien fronça les sourcils en voyant que l'attention d'Elise était focalisée sur l'homme d'affaires. Il savait pertinemment que son ami avait beaucoup de succès auprès du sexe opposé. L'attitude et le regard de Ian étaient poliment attentifs, rien de plus, mais pourquoi Elise le dévisageait-elle avec une curiosité si ouverte ? Les yeux bleu saphir de la jeune femme revinrent se poser sur Lucien et son sourire s'élargit. Le Français serra les dents, se demandant ce dont était capable cette petite fouine et si elle allait ruiner en quelques secondes ce qu'il avait mis des années à construire.

— J'ai beaucoup entendu parler de vous, dit Elise à Ian, quand bien même ces mots s'adressaient en réalité à Lucien.

— Vous êtes française ? demanda l'homme d'affaires.

— Oui. Et d'après quelques articles que j'ai lus, il me semble que vous l'êtes aussi.

Ian hocha la tête.

— Je suis né en France, j'ai grandi en Angleterre, et j'ai fait mes études aux États-Unis. Où Lucien vous a-t-il dénichée ?

Ce dernier adressa à la jeune femme un regard de mise en garde, qu'elle choisit d'ignorer.

— Dans un panier à ennuis, j'en ai bien peur, répondit la jeune femme avec un sourire à la fois malicieux et sexy en diable.

Lucien sentit son corps réagir malgré lui à ce sourire. Un mélange très désagréable de désir et de fureur inonda ses veines, déclenchant un signal d'alarme dans son cerveau. Elise ouvrit la bouche pour poursuivre ses explications, mais Lucien arrêta juste à temps la catastrophe potentielle qui pouvait sortir de ses lèvres.

— Nous nous sommes rencontrés récemment. Elise est une amie de Mario, dit-il.

Il lui semblait impératif que le sens de son mensonge soit simple et évident pour Elise. Il fallait absolument qu'ils accordent leurs violons.

— C'est très aimable à vous de venir en aide à Lucien, dit Ian.

Le regard d'Elise revint se poser sur Lucien, comme pour évaluer sa réaction aux propos de Ian. Réticent à livrer la moindre parole qui pût susciter la curiosité de Ian, sans parler de déclencher des révélations indésirables du côté d'Elise, il demeura silencieux. Il fronça les sourcils en voyant le visage de la jeune femme s'illuminer d'un air de triomphe.

Elle avait obtenu exactement ce qu'elle voulait, et elle savait qu'il en avait conscience.

Je vais te faire payer ça.

Il se demanda si elle avait lu dans son esprit, car son expression triomphale disparut.

— Est-ce que je pourrais te parler en privé de quelque chose ? demanda Ian à Lucien, lui offrant sans le savoir l'excuse idéale pour se débarrasser d'Elise.

— Bien sûr. Dans mon bureau ? suggéra le Français en indiquant la porte d'un geste.

— J'ai été ravi de vous rencontrer, mademoiselle Martin, dit Ian avant de se détourner.

— Moi de même, répondit la jeune femme.

Lucien attendit que Ian ait franchi le seuil pour s'adresser à la jeune femme à voix basse :

— Tu ne me laisses plus le choix. Considère ton défi comme accepté, fillette.

Avant qu'il se détourne pour suivre Ian, il eut la maigre satisfaction de voir les yeux de la jeune femme s'agrandir d'effroi.

*
* *

Lucien s'approcha du bar de son bureau.

— Je peux t'offrir à boire ?

Ian secoua la tête et s'effondra dans un des grands fauteuils de cuir en face du bureau de Lucien, en un mouvement étonnamment fluide pour un homme de sa stature. Il jeta un coup d'œil distrait sur le maillet de polo que Lucien n'avait finalement jamais rangé dans la réserve.

— Tu t'entraînes toujours au club ?

— Un peu. Le terrain est encore trempé après toute cette pluie. Mais tu ferais mieux de cracher le morceau tout de suite, ajouta malicieusement Lucien en s'installant derrière le grand bureau d'acajou.

Il savait très bien que Ian ne s'intéressait ni aux chevaux ni au polo – il préférait de loin parler de sa passion pour les motos.

Ian lui jeta un regard en biais.

— C'est évident à ce point ?

Lucien sourit. *Oui, c'est évident à ce point.* Il avait rencontré Ian il y a plusieurs années, dans son restaurant à Paris, et ils étaient très vite devenus amis. C'était sur la requête de l'homme d'affaires que Lucien s'était rendu à Chicago, un an plus tôt, pour concevoir et superviser un restaurant dans la tour flambant neuve construite pour abriter le siège de Noble Enterprises. Quand Lucien avait décidé de s'installer définitivement à Chicago, il avait cédé à ses instincts de businessman et avait finalement racheté l'établissement à Ian. Leur amitié n'en était devenue que plus forte. Ian Noble n'avait jamais été un homme facile à déchiffrer, mais Lucien commençait à connaître ses manies et ses humeurs mieux que la plupart des gens, à l'exception d'une poignée de proches.

— Disons que je t'en veux à mort d'avoir annulé notre séance d'escrime. Pour m'expliquer ça, il va te falloir une sacrée excuse.

Ian lui adressa un sourire diabolique.

— Je crois que j'en ai une.

— De quoi s'agit-il ? Les affaires ?

— Non, répondit immédiatement Ian.

Le Français se rencogna dans son siège.

— Ah. Francesca, donc, dit-il d'un ton définitif.

Évidemment. Seule la compagne de Ian avait le pouvoir de le distraire de son travail. La lueur passionnée qui apparut dans les iris de son ami confirma cette intuition. Lucien attendit patiemment, sachant que Ian finirait par en venir au fait. Ce dernier avait la réputation d'être devenu un des hommes les plus puissants au monde grâce à sa puissance de concentration. S'il était venu pour parler à Lucien, il le ferait. Au bout du compte.

Lucien commença à avoir des doutes, cependant, en voyant que Ian continuait à se murer dans le silence.

— J'envisage de demander Francesca en mariage. En réalité, je fais plus que l'envisager. J'ai prévu d'aller choisir une bague demain, lâcha finalement Ian avec son accent britannique un peu guindé qui cadrait mal avec la tension manifeste qui l'habitait.

Les yeux de Lucien s'agrandirent.

— C'est formidable.

— Tu n'as pas l'air surpris, dit Ian en scrutant le visage de son ami.

— Non. Je sais à quel point vous vous aimez. C'est un plaisir de vous voir ensemble, dit-il sans ciller sous le regard acéré de Noble.

— Tu es sincère, et pourtant... tu doutes que je sois capable d'un tel engagement. Au fond, tu penses que toi et moi sommes semblables dans ce domaine.

Lucien sourit.

— Je ne vois pas du tout de quoi tu veux parler.

Ian lui lança un regard complice, se releva et se mit à arpenter le bureau comme un lion en cage.

— Nous aimons tous les deux les femmes, mais aucun d'entre nous n'est du genre à se fixer durablement. Qu'est devenue cette fille... Zoe Charon ? Tu avais l'air sérieusement attaché à elle l'an dernier, mais quand on lui a offert une promotion à Minneapolis, tu l'as laissée partir sans un regard en arrière.

— Ce n'est pas vrai. J'ai hésité.

Ian lui adressa un regard sceptique, mais Lucien ne tiqua pas. Il avait *vraiment* hésité à laisser Zoe partir l'hiver dernier. Il l'appréciait beaucoup. Mais au bout du compte, il y avait toujours un gouffre entre lui et la notion d'intimité. Aujourd'hui plus que jamais.

— Qu'est-ce que mes expériences passées avec les femmes ont à voir avec le fait que tu envisages de demander Francesca en mariage ?

— Absolument rien, bien sûr, répondit Ian.

Ce dernier défit les boutons de sa veste pour se mettre à l'aise, s'assit de nouveau sur un des sièges et croisa ses longues jambes.

— C'est juste que... je ne me suis jamais vu comme un potentiel mari. J'ai seulement supposé que c'était pareil pour toi. Mais je me suis peut-être trompé ?

— Non, répondit Lucien. Mais je maintiens que je vois mal en quoi mes choix - ou mes failles en tant qu'homme - peuvent s'appliquer à toi.

— Parce que j'ai *plus* de failles que toi.

— Tu as peur de ne pas arriver à être fidèle à Francesca ?

— Non, répondit Ian sombrement. Ce n'est pas du tout ça. Elle comble tous mes désirs. Aucune autre femme ne pourrait y parvenir à présent que je l'ai.

Lucien ressentit une pointe de jalousie.

— Je ne comprends pas pourquoi tu hésites, alors. Si tu sais que la fidélité ne te posera pas problème, qu'est-ce qui te retient ?

Ian grimaça et détourna le regard. Lucien percevait son hésitation... son amertume.

— J'ai peur de l'empoisonner, d'une certaine façon, si elle passe le restant de sa vie avec moi. Je me suis dit que tu comprendrais peut-être. Je sais combien tu as honte des méfaits de ton père. J'ai aussi une sorte de... blessure en moi, que je ne crois pas pouvoir faire disparaître. Je l'ai dans le sang, ajouta-t-il d'un ton irrité en jetant un coup d'œil à Lucien. Je me rends bien compte que tout ça ressemble à un mélodrame. Mais Francesca est tellement...

— Jeune. Innocente. Adorable, compléta Lucien comme son ami laissait sa phrase en suspens.

— Elle est la lumière même. Et je suis les ténèbres.

Durant quelques secondes, ils restèrent tous les deux silencieux pendant que Lucien intégrait les paroles de Ian. Il ressentit soudain un sentiment d'intense fraternité envers son ami, l'amplification d'un lien qu'aucun d'eux n'évoquait jamais mais qu'ils avaient perçu dès leur première rencontre. Ils partageaient une âme sombre, et ce dès leur premier souffle en ce monde.

— J'ai l'impression que si Francesca et moi nous marions, quel que soit le bonheur que nous connaîtrons, des nuages noirs nous attendent à l'horizon. Décider de la lier à moi pourrait accélérer les choses, créer... (il fit une pause comme s'il essayait de trouver les mots)... *un sac de nœuds*.

Lucien sourit tristement en entendant ces derniers mots prononcés en français. Il songea à Elise non loin, dans la cuisine. Un soupir résigné s'échappa de ses lèvres. Parfois, on ne pouvait rien contre ça. Les nœuds devaient être défaits, un par un, quelle que soit l'ampleur de la tâche. Il ne pouvait pas esquiver son *sac de nœuds* personnel maintenant qu'il venait de lui exploser au visage.

— Qui n'aurait pas peur de l'avenir avant de prendre une aussi importante décision ? demanda Lucien d'une voix calme. Tu dois croire en toi-même et en ta capacité à concevoir ton destin. Sinon, ça revient à abdiquer devant la peur.

Une étrange expression passa sur le visage de Ian, comme une lueur vacillante au milieu des ombres.

— Tu crois que c'est juste une question de frousse, alors ?

— Oui. Tu dois te faire confiance. Et avoir confiance en Francesca.

Le regard de Ian ressemblait à un orage d'azur.

— En Francesca, j'ai une foi absolue.

Mais en moi-même, tellement peu.

Lucien resta assis tandis que son ami le remerciait et quittait la pièce. Les mots qu'il avait laissés en suspens résonnaient comme un écho de sa propre voix intérieure.

*

* *

L'heure du déjeuner était déjà passée quand une femme élégamment vêtue qui s'était présentée sous le nom de Sharon Aiken entra dans la cuisine.

— Lucien a demandé à vous voir dans son bureau, mademoiselle Martin.

Elise était en train d'arranger des feuilles de salade sur une assiette de crevettes grillées et de semoule.

— Ça ne peut pas attendre ? demanda-t-elle avec humeur.

Elle s'attendait à être convoquée par Son Altesse Royale, mais ça ne lui rendait pas les choses plus faciles pour autant.

— Lucien dit qu'Evan peut vous remplacer un moment. Il ne reste qu'une table à servir. Il souhaite que vous veniez immédiatement – il a prévu de participer à un match de polo cet après-midi, et il veut vous parler avant que vous commenciez les préparatifs pour le service du soir.

— Bien sûr, dit Elise en s'efforçant de garder une voix calme et professionnelle.

Elle avait remarqué l'expression de curiosité dans le regard de Sharon. De toute évidence, Lucien avait prévenu son assistante qu'elle se montrerait peut-être peu coopérative.

« Tu ne me laisses plus le choix. Considère ton défi comme accepté, fillette. »

La menace grave de Lucien lui revint en mémoire pour la centième fois. Eh bien, l'heure était venue. Qu'allait-il lui dire ? Qu'allait-il faire devant l'audace qu'elle avait montrée en se présentant à nouveau dans son restaurant, en prétendant être le nouveau chef ? Une part d'elle-même n'arrivait toujours pas à se rendre compte qu'elle avait fait ça. Une autre part – celle qui avait contemplé avec désespoir le mobilier miteux de sa chambre d'hôtel en rentrant la veille au soir – lui disait qu'il *fallait* qu'elle fasse quelque chose, aussi dingue ou effronté que soit cet acte, pour empêcher ses rêves de mourir à jamais. Elle ne céderait pas devant l'échec, cette fois. Lucien pouvait être très effrayant, mais il représentait un visage connu au milieu d'une foule d'étrangers. Il était furieux contre elle, mais il était aussi la seule personne à qui elle pouvait encore se raccrocher.

T'aidera-t-il vraiment ? Il t'a déjà rejetée par le passé.

Oui, mais il avait dit à Sharon qu'il voulait s'entretenir avec elle avant les préparatifs du dîner, comme s'il s'attendait à ce qu'elle y participe. C'était bon signe, n'est-ce pas ? Son cerveau tournait à plein régime depuis qu'elle avait vu Ian Noble pénétrer dans la cuisine un peu plus tôt. Elle avait perçu la nervosité de Lucien, en dépit des efforts du Français pour la cacher. La voix de l'étrange homme dont elle avait surpris la conversation à Paris résonna une nouvelle fois dans son esprit.

« Vous ne vous sentez pas coupable, n'est-ce pas ? Au sujet de vos plans concernant Ian Noble. »

Lucien avait-il refait sa vie à Chicago à cause de Ian Noble ? Si c'était vrai, pourquoi ? Qu'avait Ian Noble que pouvait désirer Lucien ? Ça n'avait aucun sens au premier abord, sachant tout ce qu'elle savait de Lucien – c'était déjà un homme extrêmement riche, un chef d'entreprise accompli ; elle ne pouvait donc concevoir que ses motifs soient financiers. Il était vrai pourtant que la richesse ne comblait jamais l'avidité... elle pouvait même l'exacerber, songea Elise en pensant au père de Lucien.

Une chose était certaine : quand Ian avait supposé que Lucien l'avait engagée comme chef par intérim, Lucien n'avait pas démenti. Manifestement, ce dernier ne tenait pas à ce que le séduisant millionnaire apprenne leurs liens passés... ou se doute de ce qu'elle avait entendu à Paris.

Mais en quoi les crimes du père de Lucien pouvaient-ils avoir un rapport avec Ian Noble ?

Elise se lava les mains, sentant son anxiété croître de seconde en seconde. Son irritation atteignit un pic quand elle se retourna et vit que Sharon l'attendait. Prévoyait-elle de l'escorter comme un garde-chiourme jusqu'au bureau de Lucien ?

— C'est gentil, mais je connais le chemin, mentit-elle.

La veille au soir, Mario s'était éclipsé un moment, sans doute pour aller razzier la réserve d'alcools privée de Lucien. Elise releva le menton et passa résolument devant Sharon, qui la suivit hors de la cuisine à légère distance. Dans la salle du restaurant, elle s'arrêta devant un serveur.

— Où se trouve le bureau de Lucien ? chuchota-t-elle en bougeant à peine les lèvres.

— Au bout du couloir de service, dernière porte sur la gauche, répondit le garçon d'une voix si forte que la jeune femme esquissa une grimace.

Elle longea le long corridor désert, et les bruits du restaurant s'atténuèrent derrière elle jusqu'à ce qu'elle n'entende plus que les battements sourds de son cœur. Quand elle frappa finalement à la grande porte qui marquait le seuil du bureau de Lucien, elle avait l'impression de marcher vers l'échafaud.

Le battant s'ouvrit brusquement, et elle sursauta presque. Il se tenait devant elle, sombre et intimidant, vêtu d'un pantalon noir et d'une chemise gris sombre assortie d'une cravate noir et argent. Impossible de décrypter l'expression de son visage. Il hocha la tête quand elle pénétra dans la pièce et balaya nerveusement du regard le bureau luxueux et clairement masculin. La porte se referma lourdement derrière eux. Elise entendit un petit bruit métallique derrière elle et se retourna, alarmée.

— Tu viens de fermer cette porte à clé ? demanda-t-elle en sentant les battements de son cœur redoubler de vitesse.

Il la regarda, les narines légèrement frémissantes.

— Si tu décides de rester, je pense que tu préféreras que la porte soit verrouillée.

— Qu'est-ce que c'est censé vouloir dire ?

— Viens. Assieds-toi, dit-il en désignant les chaises devant son bureau.

Elle s'assit en le regardant avec méfiance tandis qu'il s'asseyait sur le rebord de sa table, juste en face d'elle. Il avait de belles cuisses – longues et musclées. Elle ressentit le besoin soudain de les voir nues, de faire courir ses mains sur sa peau, ses muscles fermes, de sentir sa force...

Elle cligna les yeux, choquée d'avoir eu cette pensée, et détourna le regard. Comme elle se sentait vulnérable, elle décida que la meilleure défense était l'attaque.

— Lucien, es-tu venu t'installer à Chicago à cause de Ian Noble ?

— Évidemment, répondit-il. Il m'a demandé de gérer le restaurant de sa nouvelle tour. J'ai accepté, considérant cela comme une faveur personnelle à un ami.

— Vous vous connaissez depuis combien de temps tous les deux ?

— Je ne t'ai pas fait venir pour discuter de Ian.

— Mais pourquoi n'as-tu pas démenti devant lui que j'étais ton chef par intérim ? demanda-t-elle d'un ton suspicieux.

— Pourquoi, à ton avis ?

Elle lui lança un regard méfiant.

— Parce que tu ne voulais pas que je mentionne quoi que ce soit au sujet de notre ancienne association, de ton identité d'origine... ou de ton père ?

Ce n'était pas exactement ce qu'elle avait eu l'intention de dire. Elle songeait surtout à la conversation qu'elle avait surprise. Cette nuit-là, à Paris, plusieurs années auparavant, elle s'était cachée sous le porche arrière du *Renygat* quand elle avait compris que l'homme allemand était en train de partir. Elle n'avait vu que le dos de l'homme au moment où il quittait le bureau de Lucien. Quand elle était allée retrouver ce dernier, désormais seul dans son bureau, elle lui avait révélé ce qu'elle avait entendu. Il était entré dans une colère noire en comprenant qu'elle avait épié leur discussion.

Toutefois, elle n'osait pas mentionner cet événement, de peur que Lucien la renvoie à nouveau.

L'expression du Français était neutre. Il croisa les bras et bougea les hanches, ce qui attira l'attention de la jeune femme sur son entrejambe. Elle se sentit rougir. Lui avait-il demandé de s'asseoir afin de pouvoir ainsi la surplomber, exhiber à hauteur d'yeux sa flagrante virilité en un subtil jeu de pouvoir ? Il en était bien capable.

— En quoi l'opinion de Ian Noble devrait-elle t'importer ?

— Je dirige une société située dans sa tour. Son opinion compte.

— Je ne pense pas que les fautes de ton père puissent rejaillir sur...

— Je me fiche de ce que tu penses ou pas. Considérant la situation, j'ai dû me décider sur l'instant, et je pense qu'il serait mieux – et plus simple – que personne à Chicago n'ait connaissance de nos liens passés.

Elle se carra dans sa chaise, soucieuse.

— Pas étonnant que tu aies voulu me voir disparaître hier soir, songea-t-elle à voix haute.

Qu'avait Lucien en tête ? L'incertitude la mettait mal à l'aise. Elle n'avait aucune envie de lui causer du tort, et pourtant... elle savait qu'elle détenait une information qui pouvait se révéler une arme puissante.

Il étrécit le regard et scruta son visage.

— N'y pense même pas, Elise.

— Ne pense même pas à quoi ?

Une lueur farouche étincela dans ses yeux gris.

— À me faire chanter. Et ne prends pas cet air innocent. Tu te disais que tu avais à disposition une épée de Damoclès suspendue au-dessus de ma tête, un instrument pour me contrôler. Tu te disais que tu pouvais promettre de te taire si je n'essayais pas de contrecarrer cette lubie de vouloir devenir chef cuisinier.

— Je n'imaginais rien de tel, mentit-elle effrontément.

Il rit doucement.

— Tu me crois stupide ? Je sais comment tu raisonnes. Tu as appris dès le berceau à manipuler les gens.

— J'essaie juste de me forger mon propre avenir, Lucien. Un avenir gratifiant… et honnête. J'ai l'intention de travailler dur. Es-tu vraiment devenu insensible au point de tourner le dos à une amie ?

— Une amie ? Nous n'avons jamais été « amis ». Tu as l'habitude d'être entourée de soupirants. De petits soldats obéissants qui attendent sagement en rang, espérant être le premier, le deuxième ou le troisième que tu choisiras pour partager ton lit.

— Comment oses-tu ?

— Les plus puissants trafiquants de drogue de la mafia niçoise sont probablement prêts à t'obéir au doigt et à l'œil…

— Je n'ai jamais usé de drogues illégales… ni légales, d'ailleurs.

— Ce que je veux dire, c'est que tu n'as *jamais* eu d'amis, Elise.

Elle se releva d'un bond.

— Eh bien, peut-être que j'en ai besoin d'un aujourd'hui.

Durant quelques secondes, ils se jaugèrent en silence, le souffle légèrement accéléré. Elle entendait les battements de son cœur tambouriner à ses tempes. Il la crucifiait de son regard.

— Je ne t'ai pas demandé de te présenter dans mon bureau juste pour être ton *ami*.

Elle se rendit compte qu'elle était en train de contempler ses lèvres fermes, splendides, et se demanda si elle avait bien entendu. S'il venait bien de prononcer de tels mots et sur un tel ton… Elle se rappela ce qu'il lui avait dit la veille au soir, le défi qu'il lui avait lancé si elle voulait rester à Chicago avec lui. Les pulsations dans sa poitrine devinrent carrément assourdissantes. Venait-il vraiment de dire ce qu'elle *pensait* qu'il voulait dire ?

— Tu… tu veux qu'on soit plus que des amis ? demanda-t-elle d'une voix tremblante.

Le regard de Lucien se fit brûlant en s'attardant sur son visage.

— Tu dois savoir que je te trouve attirante. D'ailleurs, tu te souviens peut-être que nos parents ont même tenté une fois de nous marier.

Elle ne pouvait pas croire qu'il était en train de dire ça. Bien sûr qu'elle s'en souvenait.

— Ma mère m'a dit que tu avais complètement rejeté cette idée.

— Naturellement. J'avais vingt-six ans quand ils m'ont parlé de ça pour la première fois. Tu en avais dix-neuf. Je ne t'avais pas vue depuis cinq ans. Tu crois vraiment que j'aurais pu réagir autrement qu'en tuant cette idée dans l'œuf avant qu'ils tentent de tisser leur toile autour de nous ?

Les personnes que Lucien comparait ainsi à des araignées calculatrices étaient leurs parents respectifs.

— Non. Évidemment que non, répondit-elle sincèrement.

Si sa mémoire était juste, elle avait réagi exactement de la même manière quand sa mère avait mentionné le sujet « en passant ». Même si son cœur s'était mis à battre plus fort à l'idée de revoir Lucien – à l'idée qu'il se passe quelque chose entre eux –, pour rien au monde elle n'aurait voulu laisser transparaître cette émotion devant sa mère. Elle avait l'habitude de minimiser ses attachements sentimentaux devant Madeline, sachant très bien les conséquences qui pouvaient en découler. Il lui était arrivé une fois, alors qu'elle n'était encore qu'une adolescente, de confesser à sa mère ses espoirs au sujet d'un superbe garçon à peine plus âgé qu'elle, du nom d'Aaron. Quand, quelques jours plus tard, elle avait accidentellement surpris ce dernier au lit avec Madeline, la vision de leurs deux corps lovés tels des serpents l'avait dissuadée à tout jamais de réitérer l'expérience.

Par ailleurs, les rejetons des vieilles familles de la bonne société entretenaient une méfiance perpétuelle envers les manœuvres de leurs parents pour leur arranger un mariage. La suspicion incessante était la seule arme dont ils disposaient. Elle avait répondu par une réplique cinglante chaque fois que sa mère avait évoqué Lucien devant elle.

— Pourquoi remets-tu sur le tapis les desiderata de nos parents ?

— Pas pour te proposer le mariage, dit-il avec un petit sourire sardonique.

Maudites soient ces fossettes !

Elle haussa les sourcils.

— Non, bien sûr. J'avais bien compris, répliqua-t-elle très vite, d'un ton embarrassé.

— J'en parle simplement parce que l'idée que nous ayons une relation n'est pas si extravagante, même si je doute fort que ma proposition soit de nature à plaire à nos parents. Non. Il s'agit uniquement de toi, de moi et de nos besoins.

« Toi, moi et nos besoins. »

Durant un moment, le silence devint si oppressant qu'elle eut de la peine à respirer. Elle désirait Lucien depuis des années, mais il était resté pour elle un rêve inaccessible. Cet état de fait était-il sur le point de changer ?

— Savais-tu ce que tu faisais en te présentant aujourd'hui dans mon restaurant et en prétendant être mon nouveau chef ? demanda-t-il avec calme.

Sa question la laissa un instant interdite.

— Je luttais pour réaliser mes ambitions. Quel qu'en soit le prix. J'espérais arriver à te convaincre.

— Je ne pense pas que ce soit à cause de ça. Pas entièrement, en tout cas.

L'assurance absolue qu'il affichait l'irrita.

— Eh bien, éclaire-moi sur mes intentions, alors.

— Je crois que tu es venue à cause de ce que j'ai dit hier soir. Tu t'es toujours comportée de façon incontrôlable, Elise. Tu as conscience que je donnerais des limites à ton monde, une sorte d'autorité dont tu as grand besoin. En te présentant aujourd'hui malgré mon avertissement, tu as relevé mon défi. Eh bien, je le relève aussi. Si tu acceptes de jouer selon mes règles.

Ces mots calmement prononcés firent l'effet à Elise d'un sourd rugissement.

— Je ne suis pas sûre de comprendre.

Elle était sincère, mais quelque chose dans le timbre dur de la voix de Lucien, dans la lueur dangereuse qui brillait dans ses yeux, lui donnait la chair de poule. Était-ce la peur qui l'emplissait de confusion, ou l'excitation ?

Il scruta attentivement son visage.

— L'enfant terrible des soirées mondaines européennes, intime des aristocrates, papillonnant d'une carrière à l'autre... d'un homme à l'autre. L'incarnation même de l'éternelle jouissance.

— Cette période de ma vie est révolue, rétorqua-t-elle avec plus d'assurance qu'elle n'en ressentait.

Sa plus grande peur était de n'être pas assez forte, de découvrir que ses nobles idéaux et ses ambitions n'étaient qu'une façade dissimulant une coquille vide. Depuis le jour où son ami Michael avait été découvert mort, elle s'était promis de changer. Mais que savait-elle réellement de la vraie vie et du travail ? Presque rien.

— Prendre un nouveau départ est loin d'être facile. Si tu veux réussir dans cette entreprise, tu devras acquérir un certain contrôle de toi-même.

— Je suis parfaitement capable de m'en sortir toute seule, répondit-elle avec un mépris royal.

— J'attends de voir ça.

— Eh bien, tu le verras, répliqua-t-elle sèchement.

Elle se rendit compte trop tard qu'elle paraissait bien trop sur la défensive, ce qui contrastait avec l'attitude posée de Lucien. La façon qu'il avait de la dévisager avec calme ne faisait qu'amplifier ses doutes et son manque de confiance en elle.

— Mais au sujet de... l'autre chose ?

— L'autre chose ? répéta-t-il en haussant les sourcils.

Un sentiment de totale impuissance se mêla à l'excitation qu'elle ressentait. Jamais un homme ne l'avait autant déstabilisée.

— Tu as sous-entendu que tu voulais que nous...

Incapable de terminer sa phrase, elle esquissa un misérable geste représentant un lien entre eux. Quelle sorte de lien, précisément ? Il ne l'avait pas dit. Son désespoir s'amplifia encore comme il ne faisait rien pour l'aider.

— Est-ce que tu me *désires,* Lucien ?

— Bien sûr que oui. Tu es la créature la plus attirante que j'ai jamais vue.

Elise en resta bouche bée. Lucien était d'habitude tellement stoïque et sur la réserve... Rien n'aurait pu la désarmer autant que cet aveu clair et net.

— Tu m'avais rejetée. Cette nuit-là, à Paris.

Les battements de son cœur résonnèrent sourdement à ses tempes, comblant le silence qui s'ensuivit.

— Je ne t'ai pas rejetée parce que je ne te désirais pas, Elise. Je l'ai fait parce que tu es dangereuse.

— Dangereuse pour toi ?

Elle ne put s'empêcher de rire.

— Dangereuse pour ma tranquillité d'esprit. Tu es comme une épine dans la chair, marmonna-t-il. Mais aujourd'hui, cela n'entre plus en compte. Tu t'es présentée ici, et comme je te l'ai dit, je pense que cet acte est pour toi une façon de me dire quelque chose. Je me trompe ?

Elle eut du mal à soutenir son regard aiguisé.

— Peut-être pas, reconnut-elle à voix basse.

— Je ne te demande pas de partir, mais tu peux choisir de le faire.

Quelque chose, dans la franchise dont il faisait preuve, aida Elise à trouver du courage.

— Tu sais sans doute que moi aussi je te trouve attirant. Depuis aussi longtemps que je me souvienne, osa-t-elle d'une voix tremblante.

Un infime frémissement parcourut le corps de Lucien. Il se reprit et resta immobile. Durant une fraction de seconde, elle crut qu'il allait se relever et... faire quelque chose. La saisir par la taille ?

— C'est moi qui déciderai des règles, Elise.

— Pourquoi ça ? répondit-elle de nouveau irritée.

— Parce qu'il est dans ma nature d'être dominant en matière de sexe.

Elle le scruta sans mot dire. Un frisson d'excitation la parcourut et irradia le creux de ses cuisses.

— Tu sais certainement comment se traduisent de telles inclinations ?

Elle déglutit avec peine. Oui, elle savait. Pas d'expérience directe, toutefois. De manière générale, elle aimait mener la danse, mais pas en dominatrice. Elle tenait simplement à ce que tout se déroule selon son bon vouloir, y compris en matière de sexe. Les paroles de Lucien étaient à la fois totalement nouvelles et excitantes.

— Bien sûr que je sais, balbutia-t-elle en essayant de dissimuler sa confusion.

Elle ne voulait pas qu'il la croie naïve, mais au fond... elle l'était, dans bien des domaines. Tous les hommes qui la considéraient comme une irrésistible courtisane auraient été surpris d'apprendre à quel point elle était inexpérimentée.

— C'est d'une grande simplicité. Tu es une femme superbe. Je veux te posséder. J'aurais grand plaisir à te voir te soumettre, pour la première fois de ta vie. Tu as besoin de discipline, dit-il en esquissant un sourire sexy. Par ailleurs, si tu tiens vraiment à t'installer à Chicago, je ne veux pas te perdre de vue.

— Pour pouvoir me garder à l'œil ? Surveiller mes faits et gestes ?

— Pour être franc, oui.

Leurs regards se croisèrent et le visage de Lucien redevint impassible.

— Si nous avons une relation tous les deux, ce sera moi qui en tiendrai les rênes. Acceptes-tu cela ? Es-tu capable de me laisser te contrôler ?

Elle se mordit la lèvre, hésitante.

— S'agira-t-il d'une liaison exclusive ?

— Oui. Je ne coucherai avec aucune autre femme tant que nous serons ensemble. Et j'attends de toi la même fidélité. En fait, je l'exige, ajouta-t-il d'un ton plus dur avec un regard appuyé.

Elise eut l'impression que son cœur enflait au point de lui comprimer la gorge.

— Et comment as-tu l'intention de t'y prendre ? répondit-elle d'un ton sarcastique, outragée que Lucien veuille engager une relation avec elle dans le seul but de pouvoir superviser ses faits et gestes tant qu'elle serait à Chicago.

— Dans l'immédiat ? En te donnant la fessée.

Elle vit qu'il étudiait attentivement sa réaction et s'efforça de conserver une expression neutre. Toutefois, son cœur se mit à battre à un rythme délirant au creux de sa poitrine.

— Comme je te l'ai dit, et même si tu n'en as pas entièrement conscience, je pense que c'est pour ça que tu es venue ici. Je veux que tu saches que je ne te laisserai pas me manipuler. Je te punirai chaque fois que tu essaieras de me défier à l'avenir. Chaque fois que je te verrai te comporter de façon impulsive ou irréfléchie. Chaque fois que tu me mentiras.

Rien n'avait préparé la jeune femme à ce que Lucien venait de dire. Le verbe *punir* prenait un tout nouveau sens, ainsi prononcé par la voix grave et sensuelle de Lucien... il s'enrichissait de nuances sombres, interdites, excitantes. Elle était en partie choquée, et pourtant pas si surprise que ça.

Elle lâcha un rire pour masquer la panique qui commençait à monter en elle. Il était quant à lui d'un calme olympien.

— Tu es complètement taré, souffla-t-elle en essayant de dissimuler le trouble qu'elle éprouvait.

Il la dévisagea, les paupières mi-closes.

— Ce sont mes conditions. Je t'ai dit ce que je voulais. Je ne te laisserai pas mettre ma vie sens dessus dessous si tu t'installes à Chicago. Premièrement, je n'aime pas les psychodrames. Deuxièmement, je n'ai aucune envie d'assister aux tiens.

En entendant l'émotion qui vibrait dans sa voix séduisante, elle en eut le souffle coupé. Il reprit :

— Puisque ta nymphomane de mère a toujours été incapable de t'apprendre à te contrôler, et que ton père est trop imbu de lui-même pour s'en soucier, alors quelqu'un doit s'en charger. Quand tu as franchi le seuil de mon restaurant ce matin comme si tu te croyais chez toi, tu as décidé que ce quelqu'un serait moi. Maintenant, déboutonne ton pantalon, puis penche-toi sur mon bureau.

Le ton neutre qu'il employait ne faisait qu'ajouter à l'impression d'irréalité qui embrumait l'esprit d'Elise. *Il ne peut pas être sérieux.* Il voulait lui donner la fessée ? Lucien Sauvage ?

— Tu es libre de partir si tu le souhaites, dit-il d'une voix un peu adoucie, voyant qu'elle restait immobile à le regarder d'un air interloqué. Nous ne ferons cela que si tu es totalement consentante.

— *Ça,* c'est du chantage, murmura-t-elle.

— Non. Tu n'es pas mon employée, Elise. Je ne t'ai jamais proposé de travailler pour moi. Je ne t'ai jamais rien suggéré d'autre que cette relation, qui se déroulera selon mes règles, et elles seules. Tu t'es mise toute seule dans cette situation, et ça n'a rien à voir avec du chantage ou du harcèlement sexuel. Il s'agit uniquement de tes besoins, de ce qu'il me semble que tu venais chercher en revenant ici sans y être invitée. Si tu tiens à vivre à Chicago et à débouler dans ma vie, je ne te laisserai pas me manipuler et me défier. Je te disciplinerai autant que nécessaire – et je pense que si tu y consens, tu y trouveras aussi du plaisir. Si tu ne peux pas accepter, la porte est juste là.

Elle ne bougea pas. Elle en était incapable.

Il hocha lentement la tête, comprenant qu'elle avait pris sa décision. Elise se rendit compte à travers le brouillard de son esprit que c'était en effet le cas. Lucien se détourna d'elle pour approcher d'un grand placard en bois ancien. Il écarta la porte de ce dernier, et elle aperçut une chaîne stéréo. Soudain, les notes de la superbe et enivrante *Cinquième Symphonie* de Beethoven s'élevèrent dans la pièce. Lucien se retourna vers elle, et elle le contempla stupidement.

— Fais ce que je t'ai dit, ordonna-t-il d'une voix douce.

Elle jeta un bref coup d'œil à la porte, puis de nouveau à Lucien. Son visage était dur, mais elle discerna quelque chose dans ses yeux – pas tout à fait de la gentillesse, mais en tout cas de la compassion... comme s'il comprenait qu'il n'était pas en train d'exiger d'elle une chose facile.

— Je te déteste, Lucien Sauvage, dit-elle en commençant à déboutonner son pantalon.

Le faible son de sa voix était presque entièrement recouvert par la musique.

Il hocha la tête.

— Mais tu feras tout de même ce que je te demande.

Elle descendit son pantalon jusqu'à ses genoux, d'un air de défi.

— Penche-toi sur mon bureau.

Elle s'exécuta, les poumons brûlants et la gorge serrée. Elle n'avait jamais été punie. Elle n'avait jamais donné volontairement le contrôle à un homme. C'était une expérience totalement nouvelle. Elle n'arrivait pas à croire qu'elle laissait cela arriver. Qui était-elle donc ? La colère, le choc et l'excitation se mêlaient en elle et oppressaient sa poitrine. Sa respiration s'accéléra lorsque Lucien s'approcha d'elle.

Quelque chose de moite et d'interdit envahit son entrejambe. Elle sentit la main de Lucien sur sa hanche. Ses longs doigts glissèrent sous l'étoffe de sa culotte. Un picotement éveilla son clitoris.

— C'est vraiment nécessaire ? demanda-t-elle, tremblante, en sentant qu'il faisait glisser ses dessous.

— Toujours.

Il fit descendre le minuscule bout de tissu jusqu'à son pantalon, à hauteur de genoux. Elle ferma obstinément les yeux quand il releva sa blouse de chef cuisinier, exposant totalement son intimité. Elle était mortifiée. Lucien ne l'aurait jamais crue si elle le lui avait dit – et elle n'avait aucune intention de jamais le lui dire – mais elle n'était pas habituée à se dévoiler ainsi.

Un tremblement d'excitation la parcourut quand la main de Lucien effleura la peau de sa fesse droite. Il pressa les doigts dans sa chair. Un liquide moite inonda aussitôt sa féminité, et elle fut troublée par la réponse de son corps – c'était comme s'il était doué d'une volonté propre. Son cerveau ne lui avait jamais donné l'autorisation de réagir ainsi aux caresses possessives de Lucien.

— Tu es adorable. Te punir sera pour moi excitant. Très excitant, murmura-t-il. Ce sera peut-être aussi un moment de plaisir pour toi, mais il y aura également de la douleur. C'est la conséquence de tes actes. Et même si j'y prends moi-même grand plaisir, aujourd'hui il n'y aura que la punition. Comme je te l'ai dit, j'entends que les choses se fassent selon le rythme que je dicterai.

Elle tourna la tête pour le voir, et il vit son expression étonnée.

— Il n'y aura pas de sexe à la fin, expliqua-t-il avec patience. Cela viendra une autre fois.

Elle l'écouta avec un mélange d'anxiété et de fascination.

— Elise ? reprit-il. Est-ce que je me fais bien comprendre ?

— Oui, gémit-elle.

— Je vais te fesser vingt fois. Ça va faire mal, mais je ne laisserai jamais de marques durables. Je n'ai aucune intention de te blesser, ni maintenant ni plus tard. Tu as compris ?

Non, elle ne comprenait pas. Elle ne comprenait absolument rien à ce qui était en train de se passer. Pourquoi le laissait-elle lui faire cela ?

« Tu as besoin d'une correction. »

Elle se souvint des mots qu'il avait prononcés la veille et se mordit la lèvre. Elle n'avait jamais ressenti une telle appréhension de sa vie. Avait-il raison ? Était-ce pour cela qu'elle l'avait ouvertement défié ce matin ? Ne l'avait-il pas prévenue de ce qui arriverait si elle osait revenir à la charge ?

Et elle était revenue, déterminée à le défier... de faire *ça* ?

— Elise ?

— Oui. J'ai compris, lâcha-t-elle effrayée.

Il leva la main au-dessus de ses fesses.

Clac.

Le premier coup lui arracha un gémissement. Il frappa de nouveau ; une brève gifle à la diagonale de la peau, et elle écarquilla les yeux.

Oh ! Ça faisait mal, mais c'était aussi très excitant de sentir la paume de Lucien entrer en collision avec sa chair le temps d'une fraction de seconde. C'était intime aussi, trop intime. Savoir qu'ils étaient là, sur son lieu de travail – savoir qu'elle le laissait lui faire ici quelque chose de si personnel et transgressif ne faisait que renforcer cette excitation.

Elle regarda obstinément le cache-dossier posé sur le bureau. La main de Lucien atterrit à nouveau sur son corps et elle réprima un cri, non de douleur mais d'émotion – une émotion ardente qu'elle ne pouvait ni nommer ni contrôler. C'était comme si les fessées remuaient un je-ne-sais-quoi en elle, forçant quelque chose à revenir à la surface, une chose qu'elle aurait préféré garder enfouie. Il s'arrêta, la main sur sa peau ; une caresse aussi fugitive que ses coups.

— Est-ce que ça va ?

— Oui, articula-t-elle avec peine, espérant qu'il ne percevrait dans sa voix que la colère, et non le trouble qui l'agitait.

Il donna une nouvelle tape. Elle se mordit la lèvre pour s'empêcher de gémir. Il savait parfaitement ce qu'il faisait. Ses claques étaient rapides et sèches, conçues pour générer une brûlure, sans blesser ou contusionner. Il frappa deux fois sous la courbe de la fesse droite, et Elise poussa un cri. Elle bougea instinctivement les hanches pour essayer d'éviter le prochain coup. Il la saisit par la taille pour la maintenir immobile.

— Reste tranquille, ou je prolongerai la punition, dit-il d'une voix plus sourde qu'auparavant.

Était-il excité ? Elle sentit de nouveau pulser son clitoris et resserra les paupières. Il massa quelques instants ses fesses comme pour s'excuser de faire brûler sa chair. Sa peau était cuisante sous sa large paume.

Nouvelle claque. Elle hoqueta. Elle se rendit vaguement compte qu'il avait augmenté le son de la musique pour étouffer le bruit de ses tapes. Son bureau était situé dans une zone relativement isolée du restaurant, la porte était épaisse, et le mobilier et les tableaux absorbaient probablement déjà une partie du bruit.

Punissait-il souvent des femmes dans cette pièce ?

Cette idée déconcertante vola en éclats lorsqu'un nouveau coup atterrit sur son fessier. Elle fut horrifiée de sentir une larme sourdre à travers ses yeux fermés.

— Mario avait raison. Tu es le diable, Lucien Sauvage, dit-elle d'un ton accusateur en remuant le postérieur.

Il frappa son corps avec une force accrue.

— Si tu ne te tiens pas tranquille, tu verras que je peux être pire que lui.

Elle se mordit la lèvre inférieure et se força à rester figée. Il donna un nouveau coup. Son derrière était en feu, et sa féminité de plus en plus moite. La douleur était intense, mais ce n'était rien en comparaison des ondes d'excitation qui irradiaient sa féminité. Mais elle se sentait aussi profondément humiliée de laisser Lucien lui faire cela.

Oui... elle en avait envie. Elle en avait besoin.

— Arrête, s'il te plaît. Je ne peux pas en supporter plus, dit-elle d'une voix brisée quand il s'interrompit pour apaiser sa chair brûlante d'une caresse de ses doigts.

— Tu en supporteras autant que je le déciderai.

Il leva à nouveau la main. La musique s'amplifia dans les oreilles de la jeune femme.

Clac. Clac.

C'était comme si ses coups engendraient une émotion ardente à travers sa peau. Une émotion beaucoup trop forte. À bout de nerfs, elle se mit à trembler de tous ses membres.

Soudain, il la redressa en la prenant par les épaules, et elle fut dans ses bras. Elle colla sa joue mouillée de larmes contre sa cravate de soie sans cesser de frissonner, bouleversée.

— Je te déteste. Je te déteste, chuchota-t-elle, si troublée qu'elle se rendait à peine compte de ce qu'elle disait.

— Non. Ce n'est pas vrai, répondit-il d'une voix calme en lui caressant les cheveux. Nous sommes semblables, toi et moi. Tous les deux esseulés. Tous les deux laissés-pour-compte. J'ai, moi aussi, lutté pour m'échapper de ma cage dorée, *ma chère**. J'essaie de t'aider, si tu acceptes seulement de m'écouter.

— Lucien... murmura-t-elle.

Tant d'émotion était contenue dans ce seul mot, tant de solitude accumulée... Elle pressa la joue contre sa chemise, essuyant ses larmes honteuses. L'odeur propre et musquée de Lucien envahit ses narines. Sentir son corps puissant contre le sien la réconfortait.

Il était indéniablement excité.

Elle se figea en comprenant cela, tout d'un coup rassérénée. L'inexplicable pincement au creux de sa poitrine s'intensifia.

Que va-t-il se passer maintenant ?

Les longs doigts de Lucien glissèrent sur sa peau, et elle releva la tête. Malgré le trouble qui faisait rage en elle, elle le contempla d'un air de défi.

— Je vais te traiter comme tu le mérites, dit-il.

— Je ne comprends pas.

— Une créature si belle, si sauvage, une flamme si pure et si forte... murmura-t-il en scrutant son visage tout en caressant la ligne du menton. Tu te consumeras jusqu'aux cendres si personne ne s'occupe de toi. Tu cherches une limite à tes actes depuis des années maintenant. Tu viens de la rencontrer. Et cette fois, je ne refuserai pas cette responsabilité, ajouta-t-il tout en remontant les doigts le long de sa joue.

Elle le contempla sans mot dire. Il se pencha sur elle et l'embrassa, un baiser si tendre et si brûlant qu'elle eut l'impression d'être en train de rêver.

— Maintenant, remets-toi en position pour que nous puissions terminer.

Elle se cambra contre lui. Aussi excitante que soit la fessée, elle aurait préféré faire l'impasse sur cette étape et obtenir directement ce qu'elle désirait depuis des années. Qui aurait cru qu'elle réagirait si vivement à une pratique coquine ? Mais elle n'était pas la seule à réagir – la bosse qui déformait le pantalon de Lucien à l'entrejambe était éloquente. Elle mourait d'envie de caresser et sucer le membre épais qu'elle devinait à travers le tissu.

Un éclair courroucé brilla dans les yeux gris de Lucien tandis qu'elle commençait à onduler des hanches contre lui.

— Obéis-moi, dit-il d'un ton dur en se dérobant à elle. N'essaie pas de prendre le contrôle, Elise. C'est une partie perdue d'avance.

Elle resta interdite en comprenant qu'il voyait clair dans ses manœuvres de séduction. Malgré l'âpre déception qu'elle éprouvait, elle capitula et le laissa la retourner contre le bureau. Il lui caressa un moment le dos, massant et pétrissant sa chair.

— Tes muscles sont si tendus... si noués, dit-il avec calme.

Il ne semblait pas attendre une réponse, ce qui arrangeait Elise. Elle était trop bouleversée pour parler. La main de Lucien descendit le long de ses fesses encore brûlantes, déclenchant immédiatement un picotement autour de son bouton de chair. Elle était choquée de voir son corps réagir ainsi et n'en pouvait plus d'attendre.

— Mais, pourquoi ? *Pourquoi* fais-tu tout ça ?

Cette question avait jailli de sa gorge, motivée par la panique.

— Parce que je tiens à toi, rétorqua-t-il.

Elle écarquilla les yeux en sentant sa main collée contre ses fesses. Puis le contact de sa paume disparut soudainement, et elle sut ce qui s'ensuivrait. Ses muscles intimes se contractèrent d'excitation.

— Je ne ferai pas cela si ce n'était pas le cas, Elise. Et tu ne me laisserais pas faire si tu n'en étais pas convaincue.

PARTIE II

QUAND TU ME DÉFIES

3

Sa main frappa la courbe inférieure de ses fesses, causant une douleur cuisante.

— Ouch !

— Je suis désolé, dit Lucien derrière elle.

Il caressa sa chair d'une paume apaisante. La respiration d'Elise s'accéléra.

— Il me faudra un peu de temps pour apprendre ce que tu es capable de tolérer... ce dont tu as besoin, ajouta-t-il.

Elle ouvrit tout d'un coup grands les yeux.

— Ce dont j'ai besoin, c'est que tu cesses de me tourmenter.

La main de Lucien disparut subitement. *Clac.*

— Non. Tu as besoin que tes actions aient des conséquences.

Sa peau la brûlait. Cette sensation engendrait inexplicablement une onde de plaisir autour de son clitoris. Elle se mordit la lèvre, en proie à un puissant désir de se toucher... d'apaiser le brasier entre ses cuisses.

— Prépare-toi, l'avertit Lucien.

Sa voix grave et vibrante était semblable à une caresse, qui la faisait se sentir plus nue encore. Elle contracta les muscles et serra les dents. La main de Lucien frappa encore et encore, produisant chaque fois un claquement sec sur sa peau qui se mêlait d'étrange façon aux notes de la superbe symphonie en arrière-plan.

Les pans de sa blouse de cuisine glissèrent et recouvrirent ses fesses. Elle inspira en tremblant quand il s'interrompit pour remonter d'un geste précautionneux le pan de tissu au niveau de sa ceinture, de manière à laisser son postérieur exposé. Elle ne pouvait qu'imaginer la couleur rose qu'il devait avoir. Sa respiration lui brûla la poitrine quand il fit courir sa main le long de la fissure entre les deux globes de chair et passa les paumes sous les courbes inférieures de ces derniers.

— Tu es si belle... murmura-t-il.

En entendant l'émerveillement dans sa voix, elle laissa échapper un petit gémissement. Il était si imposant qu'elle avait l'impression d'être minuscule. Il se mit à la masser, et elle sentit ses muscles intimes se contracter. Elle geignit fiévreusement, brûlant de sentir ses doigts se poser sur son sexe. Ils erraient seulement à quelques centimètres. Elle se mit à rouler des hanches, l'invitant à pousser plus loin son exploration.

— Bon sang... jura-t-elle entre ses dents.

— Tu recommences, dit-il avec une pointe d'amusement dans la voix.

— Je recommence quoi ?

— À essayer de prendre les rênes.

— Oh... non ! s'exclama-t-elle sans le vouloir quand sa main la frappa de nouveau.

— Chaque fois que tu tenteras de me séduire, tu gagneras un coup supplémentaire. Soumets-toi, *ma chère**.

Laisse-toi aller. Je prends le contrôle jusqu'à nouvel ordre.

Une larme coula sur la joue de la jeune femme, mais elle s'obstina à rester immobile. Durant quelques secondes, elle et Lucien ne firent qu'un. Elle craignait le moment où le bras de ce dernier allait fléchir, s'abattre d'un geste sec, mais elle le prévoyait et le ressentait aussi avec précision… elle le désirait et l'attendait. À cet instant, elle comprenait précisément ce que son ami d'enfance avait voulu dire.

« Tu as besoin d'une correction. »

— Encore deux, dit-il d'une voix grondante.

Elle tourna le cou et aperçut son bras levé. Il était magnifique, les jambes légèrement écartées, les narines frémissantes, les yeux flamboyants, les muscles bandés. Il croisa son regard et suspendit son geste. Ce fut si bref qu'elle se demanda par la suite si elle ne l'avait pas imaginé. De sa main libre, il lui caressa la hanche et pressa un instant son entrejambe contre ses fesses brûlantes. Elise sentit son membre dressé, imposant, dur, et les muscles contractés de ses cuisses. Ses yeux s'écarquillèrent, et un fluide moite inonda sa féminité, comme en réponse à un appel primal. Brusquement, il s'écarta.

— Maudits soient tes yeux, grommela-t-il d'une voix sourde. Regarde le bureau, ou je te promets que tu ne pourras plus t'asseoir pendant une semaine.

Elle se retourna et fixa d'un regard vide le cache-dossier en cuir sur son bureau. Le souffle haletant, elle encaissa les deux dernières claques.

Les notes de la symphonie s'amplifiaient, s'accéléraient à l'unisson avec les battements de son cœur. À travers la musique, elle discerna le souffle rauque de Lucien dans son dos. Elle ne bougea pas.

Qu'allait-il faire à présent ? Le sexe de la jeune femme était enflammé. Elle percevait l'excitation de Lucien comme la chaleur d'un brasier lointain mais ardent, qui caressait ses fesses nues, aiguillonnait son sexe. Il n'allait quand même pas se détourner ? Peut-être voudrait-il la prendre par-derrière ? Cette idée l'effraya tout autant qu'elle l'excita. Elle ne s'était jamais préparée à ça... Elle voulut se relever pour pouvoir le toucher... lui donner du plaisir...

... reprendre le contrôle de la situation.

Ça, elle saurait le faire. Il avait dit qu'il n'y aurait pas de sexe, mais c'était avant de générer tout cet embrasement. Elle se redressa et se tourna vers lui, pour constater avec satisfaction l'expression crispée de son visage. Il lui agrippa le poignet d'un geste vif quand elle tenta de poser la main sur sa ceinture. Soudain, il l'obligea à se retourner, et le dos de la jeune femme se retrouva collé contre son torse, ses fesses pressées contre ses cuisses dures et son érection triomphante. Elle laissa échapper un hoquet quand il lui saisit l'autre poignet et l'emprisonna d'une main de fer avec le premier. Il se pencha en avant, recouvrant le corps d'Elise de sa carrure massive.

— Ce que je t'ai fait t'a excitée, n'est-ce pas ?

Un frisson d'excitation parcourut le corps d'Elise au son délicieux de sa voix dans son oreille.

— J'ai... j'ai détesté, mentit-elle en contorsionnant les poignets pour essayer de se libérer, sans succès.

Elle était consciente d'être en train de perdre la partie. Quand bien même elle n'était plus sûre de savoir ce que signifiaient les mots « perdre » ou « gagner » quand il s'agissait de Lucien.

Son hoquet se mua en gémissement de plaisir lorsqu'elle sentit la main de Lucien plonger abruptement au creux de sa féminité. Il y inséra un doigt et se mit à la caresser.

— Tu es brûlante... et trempée, souffla-t-il à son oreille, ce qui ne fit qu'accentuer le plaisir incontrôlable qui la secouait. Je vais te guérir de ta propension à mentir. Ton corps me révèle ta soumission, même si tu essaies de la nier. Tu as été très courageuse en acceptant de recevoir ta fessée. Ceci est ta récompense.

La tête d'Elise retomba contre le plexus solaire de Lucien. La friction exercée au creux de son sexe par les doigts du Français était divine. Elle sentit son clitoris se mettre à gonfler, et cambra instinctivement le bassin. Il la serra plus fermement contre lui, au point qu'elle perçut contre sa peau la pulsation de son membre raidi. Il avait raison en disant qu'elle était trempée – elle pouvait le sentir à la facilité avec lequel son sexe glissait en elle. Elle pouvait même entendre le bruit de succion produit par la chair moite... c'en était humiliant.

Et si excitant.

Elle se mit à onduler les hanches de façon de plus en plus frénétique, les dents serrées. Elle ne pouvait pas s'en empêcher. Il lui donnait du plaisir avec plus d'habileté qu'elle n'en avait elle-même – la vigueur contenue dont il faisait montre et son toucher expert engendraient un tumulte de plaisir dans sa chair. Tous les muscles d'Elise se tendirent, et ses tétons durcirent presque douloureusement. Elle mourait d'envie qu'il les touche et qu'il les pince.

— Je te déteste... chuchota-t-elle d'une voix brisée.

— Jouis, ordonna-t-il.

La musique enfla encore dans les oreilles de la jeune femme, jusqu'à atteindre un pic. Elle ferma aussi fort qu'elle put les paupières et se mit à trembler sous l'orgasme.

— C'est bien, dit-il d'une voix qui sembla à Elise à la fois lointaine et étrangement proche, comme si elle résonnait à l'intérieur de son crâne. Un jour, tu jouiras de cette façon alors que je serai en toi, et ce sera délicieux.

Il continua à agiter les doigts au creux de ses jambes, la stimulant jusqu'à ce qu'elle s'écroule contre lui, à bout de souffle. Elle ne rouvrit que lentement les yeux, un peu plus tard, en sentant sa main ralentir et cesser de bouger.

Durant un moment, elle resta totalement immobile, sans même respirer, tandis qu'il entourait son sexe d'une paume possessive. Elle sentait toujours son membre pulser contre son corps, dur, lourd, et érigé.

Sa main la quitta. Elle gémit sous la perte soudaine de sa chaleur.

— Rhabille-toi, dit-il d'un ton rude.

Elle le regarda traverser le bureau jusqu'à une porte close. Quand il l'ouvrit, elle comprit que c'était l'entrée d'une salle de bains.

La porte se referma derrière lui avec un claquement.

Il ressortit quelques minutes plus tard, alors qu'elle reboutonnait son pantalon. Tout en rajustant sa veste, elle le scruta anxieusement à travers ses cils baissés. Les cheveux courts et épais de Lucien étaient un peu ébouriffés. Ses tempes et sa nuque semblaient humides, comme s'il s'était aspergé d'eau le visage et le cou. Elle avait le sentiment qu'on l'avait transportée soudainement dans un pays étrange dont elle ne comprenait pas la langue. Elle ne savait pas comment elle était censée se comporter devant lui.

Aucune de ses expériences passées en matière de sexe ne l'avait préparée à cela.

— Tu peux aller te laver aussi, proposa-t-il d'une voix plus douce qu'elle ne s'y attendait, conscient de la tension sexuelle qui régnait dans la pièce.

Elle saisit avec soulagement l'opportunité d'échapper au regard troublant de Lucien. Elle ne voulait pas qu'il se rende compte à quel point elle se sentait stupide. Une fois la porte de la salle de bains refermée derrière elle, elle regarda son reflet dans le miroir. Ses joues étaient roses. Ses yeux brillaient. Elle n'avait jamais encore contemplé son image après avoir été emportée par le désir.

Comment était-il possible qu'elle se sente à la fois humiliée et excitée par ce que Lucien lui avait fait ? Pourquoi, malgré l'appréhension de ce que Lucien allait lui faire ensuite, éprouvait-elle aussi une étrange sensation de calme... une confiance nouvelle ?

Tu peux le faire, Elise. Tu peux contrôler Lucien Sauvage. Tu as réussi à soumettre des dizaines d'hommes puissants à ta volonté.

Mais aucun n'était aussi superbe que Lucien.

Elle serra les paupières, essayant de faire taire la voix à l'intérieur de son crâne.

Ce qui venait de se produire était si nouveau pour elle, si intense, qu'elle ne voyait qu'une seule façon de le gérer : en l'ignorant. Elle s'en tiendrait au plan qu'elle avait élaboré. Après tout, Lucien avait admis qu'il la désirait. Elle n'était pas totalement dépourvue d'arme.

Après une douche rapide, elle sortit de la salle de bains, le menton haut. Lucien était debout, les bras croisés, attendant clairement son retour. Il avait éteint la musique. Sous ses sourcils froncés, elle vit ses yeux briller tandis qu'il la scrutait.

— Est-ce que ça va ? demanda-t-il avec calme.

— Ça va, répondit-elle avec une assurance qu'elle ne ressentait pas.

Laissons-le croire que j'ai déjà reçu la fessée des douzaines de fois, comme il croit que j'ai baisé avec la moitié des hommes de Paris. Elle n'avait aucune intention de le laisser deviner les cartes qu'elle avait en main et de révéler ainsi sa vulnérabilité. Il était hors de question qu'il sache qu'il venait de bouleverser son univers, et qu'elle ne comprenait pas comment il avait réussi.

— Tu as fini de me tenir à l'œil ?

— Pour le moment, oui.

— Très bien. On peut discuter de mon boulot, maintenant ?

*

* *

La voix claire et mélodieuse d'Elise résonna sans fin dans la tête de Lucien. Il secoua la tête pour chasser cette impression.

— Tu n'as pas décroché de boulot, répondit-il.

— Laisse-moi travailler pour toi jusqu'à ce que tu trouves un autre chef. Tu as besoin de l'aide que je peux t'apporter, Lucien. Pense à tout l'argent que tu risques de perdre. Et si ça ne compte pas pour toi, pense à tes clients déçus.

Il desserra douloureusement les mâchoires. Il avait peine à croire qu'Elise ne discernait pas les tremblements de ses muscles. Il vibrait d'un immense désir contenu. Il n'avait aucune envie d'avoir une discussion raisonnable avec Elise Martin ; il avait envie de la faire plier sur son bureau et de la baiser jusqu'à ce que les pensées volent en éclats dans son cerveau. Peut-être avait-il eu tort de la punir. Voir le courage dont elle avait fait preuve – et contempler son magnifique derrière rosi – l'avait presque rendu fou.

Non. Il avait eu raison. Il le savait, il le sentait dans ses tripes. Il avait perçu chez la jeune femme une sérénité nouvelle, une force naissante. Elle avait *besoin* que quelqu'un lui fixe des limites. Lucien avait déjà compris cela du temps de ses vingt et un ans.

Malgré tout, elle tentait déjà de marchander et de le manipuler à nouveau.

— Quel intérêt pour toi de travailler chez *Fusion* ? Tu as besoin d'un chef réputé pour superviser ton stage et valider ton diplôme, n'est-ce pas ?

L'entêtement de la jeune femme l'irritait au plus haut point.

— Oui, mais je peux continuer à chercher le temps que tu réengages quelqu'un. Et si ça se trouve, le chef que tu choisiras aura besoin d'un stagiaire. Sachant ton degré d'exigence quant au recrutement de tes chefs, je suis certaine qu'il ou elle sera accepté par mon école en tant que maître de stage. Je suis douée dans mon métier, Lucien. J'ai du talent.

Il ferma un instant les yeux et détourna le regard. Il détestait entendre cette nuance de désespoir dans sa voix.

— Tu n'as pas besoin de me convaincre à ce sujet. Je sais que tu as du talent. Tu crois que je n'ai pas goûté à tes plats ce midi ?

— Je n'y avais pas pensé, répondit-elle avec surprise.

— Je n'accepterais pas de servir une cuisine qui soit en deçà de mes exigences culinaires. Tu les as surpassées. Tu possèdes une compréhension intuitive de la fusion entre cuisine française et marocaine.

— Haha !

En voyant le sourire triomphant de la jeune femme, Lucien sentit l'irritation le reprendre. Peut-être perçut-elle son désir mêlé de colère car son sourire s'évanouit aussitôt. Durant quelques secondes, ils se regardèrent en silence.

— Je suis d'accord avec ce que tu dis. Je n'avais pas beaucoup d'amis à Paris, reprit-elle d'une voix douce. Mais tu en as été un pour moi, Lucien, quand nous nous sommes rencontrés à Nice alors que j'étais adolescente. Ne me laisse pas tomber. Je t'en prie.

Elle n'hésitait devant rien. Il la soupçonnait de savoir pertinemment qu'il fléchirait devant un plaidoyer sincère. En dépit de son irritation, il ne pouvait s'empêcher d'admirer la ténacité de la jeune femme.

— Je vais probablement m'en mordre les doigts... dit-il après un silence pesant. Mais d'un autre côté, j'imagine que ça me permettra de te surveiller de plus près.

Elle fronça les sourcils. Ses réactions avaient le don d'émerveiller Lucien. Quand elle remarqua qu'il souriait légèrement, son expression s'adoucit.

— Je ne te décevrai pas. Tu verras. Je vais faire en sorte que ça marche.

Il s'avança vers elle.

— Tu ne révéleras pas à tes parents ni à aucun de nos amis communs en France que tu sais où je me trouve. Tu ne diras pas non plus à quiconque ici à Chicago que nous nous connaissons de longue date. Tout le monde doit croire que nous nous sommes rencontrés la nuit dernière. Tu ne feras pas la moindre allusion à nos relations passées. Pas un seul mot, ajouta-t-il en détachant lourdement les syllabes. Suis-je clair, Elise ?

— Comme de l'eau de roche.

— Tu suivras mes instructions professionnelles sans renâcler ni te plaindre dans mon dos. Si tu outrepasses cette ligne une seule seconde ou si tu essaies de me manipuler, tu en subiras les conséquences. Je ne te laisserai pas me défier à longueur de journée. Si tu n'es pas d'accord avec ça, inutile de rester chez *Fusion*. Voilà les termes du contrat. Je te verserai un salaire jusqu'à ce que je trouve un nouveau chef, et quand tu reprendras ta formation de manière officielle, cet arrangement prendra fin.

— J'ai mis assez d'argent de côté pour me débrouiller pendant le stage. Si tu me verses un salaire jusque-là ça suffira.

Il la dévisagea, captivé par la vision de ses joues et ses lèvres rosies. Non, ce n'était pas un piège de son imagination. Elise Martin avait été excitée par sa punition. *Très* excitée. La soumettre à la discipline allait être un véritable plaisir.

Lucien sentit son membre encore à moitié dur gonfler à nouveau, comme pour protester d'être ainsi ignoré. Cela ne fit qu'ajouter au trouble qui agitait son esprit. Il se détourna de cette vision trop enivrante, craignant de perdre le contrôle s'il restait près d'elle au point de humer son parfum.

— Ton père ne pourra pas me reprocher de t'avoir exploitée, répondit-il d'un ton sarcastique en revenant vers son bureau.

— Non. Mais je préférerais mourir de faim plutôt que de mendier auprès de lui une aide financière.

Il s'installa sur son siège, soulagé que le bureau fasse écran à son érection évidente. La conviction tranquille de la jeune femme le séduisait. Elise savait s'y prendre pour obtenir ce qu'elle voulait dans n'importe quel domaine. C'étaient ses doutes envers elle-même, sa force et sa détermination qui étaient ses ennemis. Parviendrait-elle à les vaincre ? Il était incapable de le dire.

Il força son esprit à revenir sur des considérations pratiques.

— Je vais demander à Sharon de te préparer un contrat d'intérim en bonne et due forme. Samedi, c'est jour de marché, dit-il en se saisissant distraitement d'une facture. Puisque tu es si douée pour piloter des voitures de course, je suppose que tu sauras te débrouiller avec une camionnette ? (Comme elle ne répondit pas immédiatement, il releva les yeux.) Tu sais certainement que je tiens à cuisiner autant que possible des produits locaux. Je veux des aliments frais et bio. Aller acheter sur les marchés locaux les ingrédients nécessaires pour la semaine fait partie du travail de mes chefs. Il ne s'agit pas seulement de rester enfermé dans une cuisine, Elise, ajouta-t-il devant son air étonné.

— Bien sûr. Je sais à quel point connaître les producteurs locaux est important, rétorqua-t-elle sur la défensive.

Il hocha la tête.

— Comme tu viens d'arriver dans cette ville – et dans ce pays, d'ailleurs –, je pense que tu auras besoin d'une personne pour te guider. D'habitude, Javier ou Evan accompagnent le chef, mais cette fois, c'est moi qui le ferai. Nous devrons arriver très tôt pour obtenir les meilleurs produits. Tu peux être prête à six heures ?

— Oui.

Il la scruta à travers ses paupières étrécies et vit qu'elle était déstabilisée. *Bien.* Elle n'avait cessé de jouer avec ses nerfs depuis son arrivée la veille, il était temps de lui rendre la politesse.

— Donne-moi ton adresse pour que je puisse passer te prendre.

— Je te retrouverai directement au marché si tu m'indiques où c'est, répondit-elle d'une voix hésitante.

Il lui fixa rendez-vous à un croisement du quartier Gold Coast.

— Je vais également demander des examens médicaux pour chacun de nous dès demain.

— Des examens médicaux ?

— Oui, répliqua-t-il d'une voix imperturbable. Pour avoir l'assurance que nous sommes tous les deux sains, en cas de rapport sexuel. Je sais que je le suis, mais je tiens à te le prouver. Même chose pour toi. Tu prends la pilule ?

Elle hocha la tête.

— Très bien. En attendant...

— Oui, mon chou ? osa-t-elle alors qu'il laissait traîner sa phrase.

Il la foudroya du regard. « Mon chou. » Ces deux mots semblaient tout à la fois forcés, habituels dans la bouche d'Elise et... indéniablement charmeurs, prononcés entre ces jolies lèvres. Fichue fille ! Elle arrivait encore à reprendre la main. Il vit qu'elle attendait sa réaction, une lueur amusée dans les yeux.

— Tu es mon employée. Je tiens à ce que nous gardions nos distances jusqu'à nouvel ordre.

Elle écarquilla les yeux de colère et d'incrédulité.

— C'est toi qui es venue me supplier de te donner ce job, lui rappela-t-il d'un ton acide.

— Mais ça n'a rien à voir avec...

— Bien sûr que si, la coupa-t-il d'un ton sec en la crucifiant du regard. Tu te souviens ? *Mes* règles. Les choses se dérouleront selon *mon* rythme, ou tu t'en repentiras.

Elise grimaça et porta fugitivement une main vers ses reins, comme si ses fesses lui cuisaient de nouveau. Lucien fronça les sourcils, et son membre se durcit de plus belle.

— Elise ? s'impatienta-t-il comme elle ne répondait pas.

— Oh, d'accord, marmonna-t-elle tout en lui lançant un regard mutin et en se dirigeant vers la porte.

— Encore une dernière chose.

Elle tourna le cou et le regarda par-dessus son épaule.

— Ne m'appelle plus jamais « mon chou », dit-il d'une voix grondante. Je ne suis pas un de tes petits hommes-objets manipulables à volonté. Je n'ai pas la moindre chose en commun avec eux.

Il vit sa gorge se contracter.

Tandis qu'elle s'empressait de quitter son bureau, il prit conscience de son propre état d'excitation sexuelle, de la tempête qui agitait son esprit et se demanda s'il venait de défaire le premier nœud du sac, ou de compliquer encore cette monstrueuse pelote inextricable.

*

* *

Le soir même, Lucien se tenait, pensif, devant la baie vitrée de son appartement du soixantième étage. Un verre de cognac à la main, il contemplait pensivement le lac Michigan gris et triste en contrebas. À l'origine, il n'avait pas prévu de passer la soirée en solitaire, mais il avait décommandé son rendez-vous galant après son match de polo.

Et voilà qu'aujourd'hui était arrivé. Voilà qu'Elise était arrivée. Et il était là, seul, avec une pile de travail en retard, un crâne empli de doutes et une érection qui refusait de disparaître, quels que soient ses efforts pour penser à autre chose.

Ils avaient remporté le match ce soir, malgré les caprices de son pur-sang d'origine argentine. Ses coéquipiers avaient l'habitude de dire que personne d'autre que Lucien ne pouvait maîtriser Jax, mais cette fois, son cheval n'avait pas été le plus enragé des deux. Jax avait seulement absorbé son humeur massacrante au point de réagir agressivement au contact avec les autres joueurs.

Lucien n'avait pas été un enfant et un adolescent au caractère facile. Il avait appris à se contrôler sous l'influence d'une amante plus âgée, alors qu'il avait dix-huit ans. Natalia avait compris qu'il avait besoin de dompter ses émotions et ses désirs, et l'avait initié au BDSM. Au début, c'était elle qui prenait le rôle de la maîtresse, mais il n'avait pas fallu longtemps pour que la nature dominante de Lucien se révèle, et ils avaient fini par se séparer en bons termes. Il savait qu'il resterait éternellement reconnaissant envers Natalia de lui avoir enseigné les vertus de la discipline. Aujourd'hui, à trente et un ans, il ne se considérait pas comme un dominateur pur et dur, et n'avait pas besoin des pratiques BDSM pour trouver du plaisir avec ses petites amies occasionnelles. Pourtant, avec Elise, c'était différent. Il sentait qu'il se devait d'assumer son rôle de dominant. Pas seulement pour le plaisir que ça lui procurait, mais aussi parce que c'était important pour la jeune femme. Elle avait besoin d'apprendre non seulement la discipline, mais aussi l'abandon total de tout contrôle.

Elle avait besoin d'apprendre à faire confiance. *Il* avait besoin qu'elle lui fasse confiance. C'était peut-être injuste d'exiger cela d'elle, au vu de leur histoire passée, faite de liens fragiles et éphémères, mais c'était malgré tout ce qu'il voulait.

Comment pouvait-il attendre d'Elise qu'elle lui fasse confiance alors qu'il doutait lui-même des fondements de son identité… de la *justification* même de son existence ?

Ne pense pas à ça. Ça ne mène nulle part, en dehors d'un gouffre de désespoir sans fond. Ce qu'il avait dit à Ian ce matin était vrai. Un homme n'était responsable que de son propre destin. Lucien était conscient qu'il était plus difficile à Ian de comprendre cela.

Et pourtant… La honte demeurait, comme un sinistre héritage contre lequel il devait lutter tous les jours.

Il se força à repenser au match de polo de l'après-midi. Malgré la discipline à laquelle il s'astreignait, il avait laissé son humeur noire prendre le dessus durant le match – sans parler de sa frustration sexuelle résiduelle –, et il s'en voulait pour cela.

Il s'était montré excité comme un taureau en rut, et cet état avait persisté durant tout l'après-midi – depuis la punition d'Elise, en réalité. La pression de la selle contre son entrejambe n'avait fait qu'accentuer son exaspération physique. Le souvenir du corps de la jeune femme penché sur son bureau et de ses fesses satinées brûlantes sous ses coups le hantait.

Il était vrai que cet état n'était pas exceptionnel chez lui après un match. Depuis qu'il avait commencé à jouer au polo, lors de l'adolescence, le sexe après une rencontre était presque devenu une tradition.

L'agressivité et l'intensité physique qu'exigeait ce sport avaient toujours représenté pour lui une sorte de prélude aux jeux sexuels.

Mais ce soir, cette impression était décuplée. Il vibrait littéralement d'énergie sexuelle et, pour une fois, personne n'était là pour soulager cette tension. Il glissa la main sous sa ceinture et plongea les doigts jusqu'à la hampe rigide de son membre.

Un désir sauvage s'empara de lui. Le souvenir d'Elise. Avec résignation, il posa son verre de cognac et se dirigea vers sa chambre. Là, il déboutonna rapidement sa chemise, mais au lieu d'ôter complètement le vêtement, il écarta seulement les pans de manière à dévoiler sa poitrine et son ventre. Dans un tiroir de sa table de chevet, il trouva un flacon de lubrifiant. Sans attendre, il défit sa ceinture, fit descendre son pantalon et abaissa son boxer juste au-dessous de ses testicules.

Il n'en pouvait plus.

Après avoir appliqué le lubrifiant sur ses paumes, il recouvrit la longueur de son membre de l'onguent soyeux. Les paupières fermées, il serra les dents tant la friction sur sa chair hypersensible était intense. Enfin, il lâcha la bride de son esprit, laissant s'engouffrer un torrent de fantasmes. Les jambes arquées, il s'abandonna à un désir primal, manipulant son sexe d'une main à la fois habile et frénétique.

Ce serait si bon de voir les lèvres gonflées et empourprées d'Elise tendues autour de son membre, de voir ce dernier plonger dans les profondeurs étroites et humides de sa gorge tandis qu'elle le contemplerait, avec dans les yeux une rébellion mêlée de désir, un regard qui lui donnerait la permission d'user d'elle et de la débaucher. Douce et belle Elise...

Ses yeux l'avaient toujours brûlé à vif.

Debout devant la fenêtre, il rouvrit soudain les paupières. Sous la lumière dorée de la lampe, la vitre lui présentait un reflet saisissant. Les muscles de son abdomen étaient durs et crispés ; son membre semblait énorme au creux de sa paume.

Mais il était seul.

L'image des prunelles de saphir scintillantes d'Elise au moment où elle s'était baissée pour descendre son pantalon continuait à le hanter.

Il s'interrompit, tremblant de frustration. Ce n'était pas le contact de sa main qu'il désirait, mais il n'avait rien d'autre. Il ne plongerait pas aussitôt dans ce brasier avec elle, et sans précautions. Elle le réduirait en miettes.

Il reprit son mouvement de va-et-vient, grognant de plaisir. Voilà où il en était. Réduit à la masturbation, alors que sa seule envie était de baiser Elise jusqu'à plus soif, jusqu'à sentir ses frissons de plaisir et sa soumission vibrer dans sa chair.

Maudits soient ces yeux de saphir, ces lèvres roses, ses courbes fermes et lascives qui s'adaptaient si facilement à sa main ! Elle illuminait une pièce rien qu'en en franchissant le seuil. Si menue, si parfaite… L'attacher serait un plaisir extraordinaire. Il la punirait pour l'avoir rendu faible et la prendrait ensuite sauvagement, se répandrait en elle… se soulagerait enfin.

Il plongerait dans ses flammes et brûlerait dans ce feu glorieux.

Un grondement guttural s'échappa de ses lèvres au moment où un jet de liquide séminal aspergeait son torse. Un orgasme si intense qu'il en était presque douloureux. Il continua ses mouvements jusqu'à épuiser la dernière goutte de sa semence, impitoyable avec lui-même afin d'évacuer cette insupportable tension.

Un ultime spasme agita son corps, et son poing se desserra enfin autour de son sexe pulsant. Haletant, il rouvrit une nouvelle fois les yeux. Dans le reflet renvoyé par la vitre, il vit son torse et son ventre maculés de sperme.

Il aurait voulu répandre tout cela en elle.

Incroyable, un picotement de désir s'empara de nouveau de son membre humide.

— Va au diable, Elise, maugréa-t-il entre ses dents.

Une sombre résignation l'envahit alors qu'il s'essuyait la poitrine avec des mouchoirs en papier. Toujours debout devant la fenêtre, il observait la nuit naissante.

Il ne pouvait pas se permettre d'être à sa merci. Elle savait trop bien comment manipuler les hommes, elle attisait trop son désir. C'était un risque inacceptable. Une tentation insupportable. Un indéniable délice.

Non. Il ne le refuserait pas. Pas cette fois.

*

*   *

Le soleil commençait tout juste à s'élever au-dessus du lac quand Elise descendit du bus sur Lake Shore Drive pour se diriger vers Division Street, à l'ouest. La lente élévation de l'astre semblait aller de pair avec l'anxiété qui montait en elle tandis qu'elle s'approchait du marché… et de Lucien. Elle ne l'avait vu que très peu ces derniers jours, absorbée qu'elle était par son travail, et l'idée de passer un moment en tête à tête avec lui la rendait très nerveuse. Si seulement il lui avait proposé Evan ou Javier comme accompagnateur… elle aurait peut-être été en mesure de dissimuler sa relative ignorance en matière de courses. Vu le tour des événements, elle était condamnée à avoir l'air idiote devant Lucien.

Elle l'aperçut en train de siroter un café, debout devant une vitrine. Il la regarda s'approcher.

— Bonjour, la salua-t-il alors qu'elle arrivait à sa hauteur.

Ses yeux gris paraissaient très clairs dans la faible lumière des premières heures du jour. Il la détailla d'un regard appréciateur.

— Bonjour, répondit-elle, intimidée malgré elle par ce regard.

Il était vraiment sexy, vêtu d'un jean et d'un tee-shirt rouge sombre, qui soulignait les muscles de son torse et ceux puissants de ses bras. Une vision saisissante. Ces vêtements simples lui donnaient l'air un peu plus accessible sans rien lui ôter de son pouvoir de séduction – évoquant davantage une rock star que l'homme d'affaires qu'il avait coutume d'incarner.

Elise remarqua aussi l'épaisse ceinture noire à la boucle d'argent qui soulignait ses hanches minces. Elle se rendit à peine compte qu'il était en train de lui tendre un gobelet. Le rouge lui monta immédiatement aux joues. Il l'avait surprise en train de regarder ses cuisses et la façon dont le jean moulait son entrejambe.

— Merci, souffla-t-elle.

Le café était le bienvenu à une heure aussi matinale. Elle but une gorgée, et ses yeux s'agrandirent de plaisir.

— Du café-crème, dit-elle avec un grand sourire. Tu te souviens que j'adorais ça.

Il lui sourit lui aussi, et elle se sentit fondre.

— Je me rappelle que tu aimais mettre quasiment autant de crème et de sucre que de café, quand tu étais adolescente. Tu l'aimes toujours avec autant de sucre ?

Elle but une autre gorgée et donna pour toute réponse un soupir de contentement. Il rit et posa une main sur son épaule pour l'entraîner avec lui.

— Ton taxi t'a déposée au mauvais endroit ? demanda-t-il comme ils se dirigeaient vers le marché en plein air déjà animé.

— Hein ? Oh, non, dit-elle en comprenant qu'il l'avait probablement vue arriver depuis l'autre bout du pâté de maisons. J'ai pris le bus.

Il cligna les yeux.

— Le bus ?

Elle fouilla dans la poche de son petit sac à dos et en sortit un badge magnétique.

— C'est mon pass. Tu te rends compte à quel point ce truc est pratique ? Entre le bus et le métro, je peux aller partout à Chicago, dit-elle avec un enthousiasme sincère.

Apprendre à se déplacer seule dans cette ville étrangère avait représenté une expérience étrangement libératrice pour elle. C'était revigorant de pouvoir monter librement dans un bus ou un métro et de se fondre dans la foule, ce flux vibrant d'humanité ; de se sentir une simple cellule dans les veines de la cité.

Les yeux de Lucien scintillaient d'amusement.

— Tu le brandis comme si c'était une médaille.

— C'en est une.

— *Étoiles* en ferait ses choux gras, murmura Lucien en parlant du magazine people français qu'Elise détestait. « La belle héritière surprise dans le métro », dit-il en parodiant les titres du tabloïd.

— Qu'*Étoiles* aille se faire foutre, commenta froidement la jeune femme.

Elle indiqua d'un hochement du menton l'animation autour d'eux, les anonymes concentrés sur leurs emplettes dans la lumière du matin.

— Je suis prête à parier qu'ils ne connaissent même pas *Étoiles* ni le nom de mon père. Ils n'ont jamais lu les ragots sur ma vie sentimentale. La plupart d'entre eux ne se rappellent sans doute même pas des films dans lesquels a joué ma mère...

— Ils n'ont jamais entendu parler non plus de mon père, et encore moins de ses crimes.

Elle s'arrêta brusquement, surprise que Lucien mentionne son père. Il cessa lui aussi de marcher et lui effleura la joue, comme pour effacer de son visage cette expression incrédule. Sa caresse inattendue et tendre lui coupa le souffle. Les doigts de Lucien, s'attardèrent un instant sur sa peau.

— Ici, nous sommes tous les deux des fugitifs, murmura-t-il.

— Je préfère me considérer comme une aventurière, répondit-elle à voix basse.

Le bref sourire de Lucien fut comme une injection d'adrénaline dans les veines.

— Tu es très belle, souffla-t-il en baissant les yeux sur la robe légère à imprimés fleuris qu'elle avait choisie par cette chaude journée d'été.

— Merci, mais j'aimerais juste avoir l'air d'un chef.

— Un chef du genre aventurier ?

Il avait l'air amusé et... chaleureux. Elle sourit, rassérénée.

Ce moment fragile et charmant se brisa quand Lucien se mit brusquement à fouiller dans une de ses poches. Il en sortit une liasse de billets et la lui tendit.

— Demande juste une facture pour tes achats, s'il te plaît.

Elle hocha la tête, regardant l'argent avec un sentiment appréciateur qui était nouveau chez elle. Il fallait connaître les privations pour comprendre sa valeur ; l'année qui venait de s'écouler lui avait enseigné cela.

Elle rangea soigneusement les billets dans son sac à dos, et tous deux reprirent leur promenade. La jeune femme scruta avec intérêt les étals débordants de légumes et de fruits, souriant aux vendeurs comme le ferait une petite fille dans une confiserie. Une odeur d'oignon lui emplit les narines, suivie d'une senteur plus douce qu'elle respira profondément. Un maraîcher venait de trancher un de ses melons, et elle en eut l'eau à la bouche en passant devant son étal.

Tu peux le faire, se dit-elle.

Elle avait déjà été faire le marché avec d'autres étudiants et ses professeurs, non ? Mais cette fois, c'était différent. Lucien lui demandait d'assumer son rôle de chef. C'était elle la responsable. Elle fut parcourue d'un frisson d'excitation.

— Tu n'as pas oublié ta liste ? demanda-t-il.

Alors qu'elle contemplait de superbes pommes Granny Smith, elle écarquilla soudain les yeux, prise de panique. Au vu de son statut, elle aurait dû en faire une.

— Je n'en ai pas besoin. J'ai mémorisé le menu, dit-elle sans mentir. Et je sélectionnerai les meilleurs produits disponibles pour créer les plats du jour.

— Très bien.

Elle soupira, soulagée. Il semblait avoir accepté sa réponse. Elle était prête à tout pour lui prouver ses compétences.

— D'habitude, on s'arrête chez Jim Goddard, juste là, dit Lucien en désignant un homme trapu aux cheveux gris installé derrière une table. Il a souvent les meilleures laitues et roquettes, et ses poivrons sont de bonne qualité, en général. Si tu me fais confiance, je vais aller chercher les avocats et les haricots mange-tout chez Mort Sanger, un peu plus loin. Quand j'aurai fini, j'irai chercher la camionnette de location.

Elise regarda le stand qu'il désignait, à quelques dizaines de mètres. Elle mourait d'envie de voir, de toucher et de goûter elle-même tous les produits, mais elle pensa qu'elle serait plus à l'aise pour marchander sans le regard de Lucien sur elle.

Vingt minutes plus tard, ses angoisses s'étaient totalement envolées – ses pensées envers Lucien également. Elle discutait à bâtons rompus avec Jim Goddard et croquait dans une juteuse tomate San Marzano.

— *Délicieux* !* s'exclama-t-elle en sentant la douce saveur se répandre sur son palais. (Elle adressa un grand sourire à Jim avant de mordre à pleines dents dans le fruit. Le jus dégoulina sur son menton et sur le dos de sa main.) Je ne vous comprends pas, vous, les Américains, dit-elle d'un ton taquin à Jim après avoir tout avalé. Comment pouvez-vous préparer d'aussi atroces salades alors que vous avez des légumes comme *ceux-là* ?

— Je ne m'occupe pas des salades. Je fais juste pousser les légumes, répondit Jim, un peu interloqué.

— Et vous faites ça extrêmement bien. Quel serait votre prix pour ces délectables joyaux ? s'enquit-elle en s'emparant d'une autre tomate cœur-de-bœuf, consciente que le commerçant scrutait tous ses gestes avec ébahissement.

Deux minutes plus tard, elle avait conclu un marché avec Jim, qui s'écarta pour préparer sa commande.

— Tu as négocié les tomates, mais tu cherchais depuis le début à obtenir un rabais sur les laitues, petite canaille, chuchota une délicieuse voix grave dans son dos.

Un frisson lui parcourut la nuque. Elle tourna la tête et vit que Lucien se tenait plus près d'elle qu'elle ne l'avait cru. Il observait son cou comme s'il envisageait de le mordre avidement. Sous la fine étoffe de sa robe, Elise sentit ses tétons se durcir.

— Comment sais-tu ça ? demanda-t-elle innocemment.

— Parce que je t'ai vue manger une de ces tomates juste sous le nez de Jim.

La jeune femme contemplait ses lèvres diaboliquement sexy, mais elle releva brusquement les yeux.

— Après ce spectacle, ce pauvre homme était probablement prêt à t'offrir sa ferme en plus, reprit-il, rien que pour pouvoir te vendre ses tomates. Que représentent quelques misérables cageots de laitue dans la balance ?

— De quoi te plains-tu ? J'ai économisé ton argent, chuchota-t-elle.

Elle ne se retournait toujours pas. Elle adorait sentir le souffle tiède de Lucien sur sa nuque, la vibration de sa voix grave à son oreille.

— Je compatis avec ces pauvres hommes, quand je te vois les séduire avec tant d'aisance.

— Séduire ? Je n'ai rien fait d'inconvenant, insista-t-elle en se tournant cette fois vers lui.

Il secoua la tête.

— Tu respires de façon inconvenante, Elise. Tu serais sexy même en sortant les poubelles.

Quand elle croisa son regard et vit la lueur qui brillait dans ses yeux, elle cessa presque de respirer. Savait-elle vraiment ce qu'elle faisait en prenant ainsi des risques avec Lucien Sauvage ?

Cette question s'évapora à l'instant où il leva la main pour essuyer délicatement une goutte de jus sur son menton.

*

* *

Ils chargèrent tous leurs achats dans le plus gros pick-up noir qu'elle ait jamais vu.

— Les Américains font vraiment tout en grand, murmura-t-elle comme Lucien l'aidait à refermer les portes arrière.

Elle imagina ce que ce serait de prendre elle-même les commandes de ce mastodonte quand elle reviendrait au marché le samedi suivant. Rien à voir avec l'élégante Bugatti Veyron qu'elle avait l'habitude de conduire à Paris. Au moins, se dit-elle, elle avait gagné le droit de prendre le volant – ce qui n'était pas le cas pour les voitures de luxe que son père lui offrait.

Lucien jeta un coup d'œil à sa montre.

— On a le temps avant les préparatifs du déjeuner. Je t'emmène voir quelque chose d'autre que les Américains font en grand.

— Quoi donc ?

Elle sentit son cœur s'accélérer quand il lui prit la main.

— Tu verras.

Elle lui lança un regard perplexe quand il la fit entrer dans un des petits restaurants tout simples qui jouxtaient les façades huppées du quartier de Gold Coast.

— *La Maison des Pancakes* ? fit-elle d'un ton incrédule.

Lucien se contenta de sourire et la mena à l'intérieur. L'odeur du lard et du sirop d'érable mit l'eau à la bouche d'Elise.

— Il y a une fête ? interrogea-t-elle en voyant l'atmosphère joyeuse qui régnait dans la salle bondée.

— Non. C'est un samedi matin typique. Les Américains adorent les petits déjeuners du week-end. C'est un véritable rituel pour eux, expliqua Lucien avant qu'une serveuse ne vienne les accueillir chaleureusement et les installer autour d'une petite table Formica.

— Regarde toutes ces familles... ces groupes d'amis, dit Elise en détaillant la foule bariolée.

Tous les clients discutaient aimablement, attablés devant des pancakes dégoulinants de sirop ou de généreuses omelettes. En France, on se contentait de café et de croissants, et le petit déjeuner n'était pas spécialement un moment de convivialité. Le premier repas du jour était le moins important, et probablement le moins social, de l'avis d'Elise.

Elle ouvrit le menu plastifié et contempla, béate, la longue liste des mets proposés. Quand elle releva les yeux, Lucien la contemplait en souriant.

— C'est une sorte de Disneyland culinaire.

— Je dis toujours aux gens que, quand il est question de cuisine, les Américains savent y faire pour une chose : le petit déjeuner du week-end. Regarde-les, murmura-t-il.

Il lui prit la main par-dessus la table, d'un geste qui paraissait très naturel mais qui fit pourtant bondir le cœur de la jeune femme. Elle suivit son regard.

— Dire qu'on prétend que les Américains sont incapables de comprendre l'importance d'un repas à la française, continua Lucien à voix basse en balayant du regard les autres clients, qui parlaient avec bonne humeur et décontraction des événements de la semaine en buvant du café, ou profitaient ni vu ni connu d'un repas déconseillé par leur médecin. Un moment précieux au terme d'une semaine affairée.

Elise vit un adolescent en train de montrer quelque chose sur l'écran d'un iPad à son grand-père, souriant mais dubitatif, et un homme en train de lire l'*International Business Times* en face de sa compagne plongée dans un livre – leurs mains étaient enlacées sur la table. Des gamins coloriaient le menu « spécial enfants » ; ils étaient particulièrement adorables, comme s'ils venaient de sortir du lit avec leurs cheveux en bataille, leurs pantalons de jogging, et pour certains même leurs pyjamas.

— Je trouve ces gens particulièrement émouvants au petit déjeuner, dit Lucien.

— J'admire le chef, répondit Elise.

Lucien eut un petit rire.

— Je suppose qu'il s'agit plus d'un cuisinier que d'un chef. On peut difficilement comparer les plats d'ici avec la gastronomie subtile et complexe que tu pratiques.

— Merci pour le compliment, mais je voulais dire que je l'admirais à cause du bonheur d'être ensemble qu'il apporte à tous ces gens… continua-t-elle en regardant une fois encore les autres clients avec une pointe d'envie. Tu ne regrettes pas le temps où nous étions entourés par une famille ?

— J'aimerais en avoir une. Tout simplement.

Elle fut très surprise quand il tendit la main pour presser la sienne. Il y avait quelque chose dans ses yeux... quelque chose qu'elle ne comprenait que trop bien.

« Nous sommes semblables, toi et moi. Tous les deux esseulés. Tous les deux laissés-pour-compte. »

Mais nous ne sommes plus seuls quand nous sommes ensemble, ajouta-t-elle en son for intérieur. Une chaleur nouvelle enfla dans sa poitrine.

— Comment va ton père ? demanda Lucien.

Elle esquissa une grimace.

— Il est de plus en plus têtu en vieillissant.

— Il aurait pu l'être un peu plus quand il s'agissait de ton éducation, commenta Lucien d'un ton amusé.

Elise haussa les sourcils, même si elle savait pertinemment qu'il avait raison. Jusqu'à ce que son père décide de lui couper les vivres, elle n'avait jamais réellement réfléchi aux implications de ses actes. Peut-être avait-elle inconsciemment attendu toute sa vie que quelqu'un fasse preuve d'autorité envers elle. Et même quand cela avait fini par arriver, elle était presque sûre qu'elle aurait pu faire fléchir son père en le suppliant davantage. La seule chose qui l'en avait empêchée, c'est qu'elle se sentait fatiguée. Trop lasse de tout ça pour s'employer une énième fois à marchander et à se poser en victime jusqu'à ce qu'il cède.

— En dehors de ça, il n'a pas changé. Toujours gay, à essayer de faire croire aux yeux du monde qu'il est le mâle hétérosexuel par excellence. (Elle vit Lucien esquisser un petit sourire, et elle lui en adressa un aussi, tristement.) Grand bien lui fasse, reprit-elle. Si seulement il cessait un peu de se regarder le nombril, il comprendrait que tout le monde s'en fiche... que ça n'a jamais eu la moindre importance pour ses proches ! Cela dit, s'il se décidait à assumer ce qu'il est, ma mère aurait du mal à s'en remettre. Comment pourrait-elle justifier toutes ses liaisons, si celles de mon père s'avèrent imaginaires ?

Lucien hocha la tête d'un air compréhensif.

— Un mensonge dissimulé par un masque, recouvert par un autre masque. C'est comme ça que je me représente aussi mon enfance.

— Comment pourraient-ils reconnaître la vérité, maintenant ? répondit doucement Elise.

Leurs regards se croisèrent. Le retour de la serveuse décontenança quelque peu la jeune femme ; Lucien lui lâcha la main et se carra dans son siège.

Presque une heure plus tard, elle laissa échapper un soupir de contentement alors qu'ils quittaient le restaurant.

— Ces pancakes à la carotte étaient tellement bons ! dit-elle en se frottant l'estomac tandis que Lucien lui tenait la porte. Et je ne parle même pas de l'omelette au bacon et au cheddar.

— N'oublie pas les gaufres aux myrtilles, répliqua Lucien alors qu'ils marchaient sur un trottoir bordé d'arbres.

Elle perçut son amusement et eut un petit rire. Elle avait voulu goûter une quantité déraisonnable de plats, encouragée par l'atmosphère chaleureuse et les explications de Lucien sur le petit déjeuner américain.

— Comment pourrais-je les oublier ? Les ingrédients étaient tous très frais, et c'était délicieux.

Lucien hocha la tête en direction de Division Street et du marché.

— C'est là-bas qu'ils se fournissent tous les jours.

— J'ai adoré tout ça. C'était une merveilleuse matinée, Lucien. Tu ne veux pas qu'on propose un petit déjeuner chez *Fusion* ? demanda-t-elle d'une voix enthousiaste. Si tu me donnes le feu vert, je te promets de créer quelque chose d'inoubliable.

Il lui jeta un regard de côté alors même qu'elle rêvait à sa nouvelle innovation. L'expression de son visage se durcit ; il se tourna brusquement vers elle et elle se retrouva dans ses bras.

C'était arrivé si vite qu'elle n'avait même pas eu le temps de pousser un cri de surprise. Alors qu'ils devisaient tranquillement l'instant précédent, elle était maintenant collée à lui, le visage à la hauteur de son torse, et il lui relevait le menton. Juste avant qu'il ne s'empare de ses lèvres, elle vit une lueur farouche scintiller dans ses yeux.

Sa langue plongea dans sa bouche, agile et conquérante. Enivrée de son goût, elle se laissa aller contre lui, douce et docile contre son corps, s'abandonnant au point d'oublier qui elle était. Le baiser de Lucien, sur ce trottoir de Chicago éclairé par le soleil matinal, était la chose la plus délicieuse qu'elle ait jamais connue.

Elle laissa échapper un gémissement de regret quand il rompit leur étreinte et releva la tête.

— Tu me fais déjà tourner la tête, chuchota-t-il tout contre ses lèvres.

Le souffle coupé, elle vit les yeux de Lucien s'étrécir et son regard errer sur son visage.

— Je suis désolé, reprit-il. Je t'ai dit que je savais me contrôler. Quel genre d'exemple suis-je donc ?

— Ne sois pas désolé. Ça m'a plu. Beaucoup plu, murmura-t-elle en se lovant contre lui pour mieux sentir sa chaleur, s'imprégner de sa virilité. Qui se soucie de l'autodiscipline ?

Elle vit ses narines frémir un peu, et son visage redevint neutre. Il s'écarta d'elle sans lui lâcher la main.

— Moi, je m'en soucie. Viens. On doit retourner chez *Fusion*.

Elle fit de son mieux pour suivre ses pas rapides, désappointée par sa réaction. Elle ne savait que dire. Il était de toute évidence attiré par elle, mais il refusait de la flatter et de la courtiser comme le faisaient les autres hommes. Il avait dit qu'elle lui faisait tourner la tête, mais c'était *elle* qui se sentait complètement déstabilisée par son comportement distant auquel se mêlaient d'imprévisibles élans de passion.

Elle lui jeta un regard en biais. Il disait vouloir lui enseigner la maîtrise de soi, mais pour le moment, elle avait surtout l'impression qu'il la contrôlait beaucoup trop.

*
* *

Le mardi suivant, Elise était en train d'attendre fébrilement dans la salle d'examen d'un cabinet médical sur Michigan Avenue.

Elle n'avait pas beaucoup revu Lucien depuis leur escapade au marché quelques jours plus tôt, et elle rongeait son frein. Il ne l'évitait pas – du moins, elle espérait que ce n'était pas le cas –, mais leurs chemins ne se croisaient pas souvent dans les couloirs du restaurant. Ce matin, lorsqu'il l'avait convoquée dans son bureau, elle avait cru qu'il allait se passer quelque chose, mais il s'était contenté de lui donner quelques instructions et lui avait tendu un bout de papier où étaient inscrites l'heure et l'adresse de son rendez-vous médical. Lorsqu'il avait précisé qu'il se rendrait chez le médecin à un autre moment, elle avait poussé un soupir de soulagement. Ce rendez-vous l'angoissait beaucoup, et elle ne voulait pas qu'il y assiste de son regard détaché et perçant.

Quelques minutes plus tard, la gynécologue pénétra dans la pièce et se présenta comme le docteur Sheridan. Elise fut rassurée de voir qu'elle était assez jeune. Peut-être ne rirait-elle pas d'elle en entendant ses questions ou ses aveux.

— De quand date votre dernier frottis ? l'interrogea-t-elle alors que l'entretien débutait.

Elise savait que cette question était inévitable.

— Je... Je n'en ai jamais fait.

Le médecin masqua bien sa surprise.

— Êtes-vous sexuellement active ?

— Je n'ai jamais eu de rapport sexuel avec un homme. Je sais que vous trouverez sans doute ça étrange, vu que j'ai vingt-quatre ans.

— Pas du tout, dit le docteur d'une voix apaisante. De nos jours, beaucoup de jeunes femmes choisissent d'attendre.

— Mais vous pouvez quand même m'examiner ?

— Certainement. Vous avez bien fait de me le dire, cependant. J'utiliserai un speculum plus petit. Vos muscles vaginaux seront sans doute étroits, mais à votre âge, il y a très peu de chances que votre hymen soit encore intact. Vous semblez en très bonne condition physique ; vous faites beaucoup de sport ?

— Je cours tous les jours. À une époque, je faisais aussi beaucoup d'équitation, même si je n'en ai plus eu l'occasion depuis un an.

— Dans ce cas, il est très probable que votre hymen soit rompu depuis longtemps. Nous allons regarder ça.

— Si mon hymen est déchiré, alors un homme ne pourra jamais savoir, n'est-ce pas ? Que je suis encore vierge ?

Le docteur Sheridan hésita.

— C'est important pour vous ? demanda-t-elle d'une voix douce.

— Oui.

— Probablement pas. Peu d'hommes ont l'expérience suffisante pour connaître ces subtilités. Mais je vous encourage vivement à en discuter avec votre partenaire si vous passez à l'acte. Il serait mieux pour vous qu'il se montre aussi délicat que possible.

Elise hocha la tête. Le docteur dut remarquer son comportement nerveux tandis qu'elle préparait les instruments nécessaires à l'examen, car elle lui dit gentiment :

— Ne vous inquiétez pas. Je vous dirai tout ce que je vais faire avant de le faire.

L'examen se révéla un peu désagréable, mais infiniment moins que ce qu'elle avait craint. Le docteur Sheridan lui annonça que son hymen était en effet rompu depuis longtemps, que ce soit à cause de l'équitation ou d'une autre activité. Elise fut soulagée de l'entendre.

Quand le médecin lui dit qu'elle pouvait se rhabiller, Elise rassembla tout son courage pour poser la question qui la taraudait. Après tout, c'était Lucien qui avait organisé ce rendez-vous et qui en réglait les frais.

— Ce que je vous ai dit, sur le fait que je n'avais jamais eu de rapport avec un homme... c'est confidentiel, n'est-ce pas ?

Le docteur parut perplexe.

— Absolument. Je vous enverrai le compte rendu de l'examen, et vous choisirez librement d'en communiquer ou pas le contenu à qui vous le souhaitez. Mais il ne contiendra quoi qu'il en soit que de strictes données médicales.

Elise remercia sincèrement le médecin avant de prendre congé.

Elle avait connu de nombreux hommes, avait reçu et donné du plaisir à certains d'entre eux. Mais rien qui la rende vulnérable. Pour dire la vérité, elle comptait parmi les plus riches femmes d'Europe. Des hommes essayaient par tous les moyens de la séduire depuis qu'elle avait atteint l'âge de quinze ans. Elle vivait dans la crainte permanente que l'un d'eux utilise sa sexualité contre elle, ou tente même de la mettre enceinte pour la pousser au mariage. Cette triste mésaventure était arrivée à une de ses amies, une fille du nom de Lucinda Seacon. Quand elle avait appris que Lucinda venait d'être engrossée par un don juan doublé d'un chasseur de fortunes, la mère d'Elise lui avait confié une boîte de pilules contraceptives. Et pour une fois, Elise avait choisi de suivre le conseil de sa mère.

Mieux valait prévenir que guérir.

Mais un homme pouvait aussi essayer de la manipuler sexuellement et émotionnellement pour prendre le dessus. Qui plus est, en matière de sexe, Elise avait toujours connu l'exemple de sa mère – un modèle qui n'était pas à suivre, mais, au contraire, à éviter. Aux yeux de Madeline Martin, tout homme séduisant de n'importe quel âge était une proie potentielle. Y compris les petits amis de sa fille. Elise refusait purement et simplement de coucher avec un homme qui avait partagé le lit de sa mère – et parfois, elle avait l'impression que c'était le cas de la moitié des hommes en Europe. Madeline avait même eu le culot de faire des avances à son ami Michael Trent durant un week-end estival à Cannes, en usant de chantage émotionnel.

Sa mère savait, parce qu'Elise le lui avait dit, que Michael était gay. Elle n'avait pas pris en compte une seule seconde ce fait, se souvint-elle avec dégoût. Madeline était si sûre de sa beauté et de ses charmes qu'elle pensait sans doute pouvoir faire basculer un gay vers l'hétérosexualité – ça n'avait pas marché avec son mari, mais il semblait que cet échec n'ait fait que renforcer sa détermination à essayer.

Sa mère tout craché.

Pour de nombreuses raisons, Elise ne s'était jamais sentie en confiance dans le domaine des relations amoureuses ou sexuelles. Elle avait décidé de garder le contrôle à tout prix. Au fil du temps, elle avait appris à satisfaire un homme sexuellement tout en maintenant une distance de sécurité. Elle n'avait pas projeté de rester vierge jusqu'à ses vingt-quatre ans, mais elle n'avait encore jamais rencontré d'homme qui lui donne envie de franchir le pas.

Jusqu'à maintenant.

Ce n'était pas seulement parce qu'elle désirait Lucien comme jamais elle n'avait désiré un homme. Elle l'appréciait réellement. Ce serait sans doute toujours le cas, après l'été qu'ils avaient passé ensemble. Et elle le croyait sincère quand il avait dit dans son bureau qu'il se souciait également d'elle. Une sorte de lien invisible les tenait depuis cet été-là, et elle se sentait réchauffée de savoir qu'il percevait lui aussi cette connexion. Elle avait beau l'énerver et le pousser parfois à bout, il se préoccupait d'elle.

Qui plus est, Lucien n'avait aucune raison de s'intéresser à son argent. Il en avait largement assez, et surtout, l'avidité était un sentiment qu'il ne connaissait pas.

N'est-ce pas ?

Il y avait bien la vieille obsession qu'il semblait nourrir pour Ian Noble. Mais non, songea-t-elle avec irritation. Lucien ne se livrerait jamais à aucun coup bas pour de l'argent. Combien de personnes sur la planète étaient capables de renoncer ainsi à une fortune familiale qui leur revenait de droit ?

Oui, Lucien était le bon. Elle lui faisait confiance de tout son corps, de tout son être, malgré ses pratiques sexuelles dominatrices – et la réaction surprenante qu'elles avaient éveillée en elle.

Bien qu'elle ait accepté de s'y plier avec lui, elle ne voulait pas qu'il sache à quel point elle était vulnérable... et naïve. Surtout après l'arrangement sophistiqué qu'il lui avait proposé. Pour commencer, il ne la croirait jamais, après tous les ragots que la presse à scandale avait colportés sur elle. Et son dédain la blesserait. Par ailleurs, l'idée de se donner à une personne qui connaîtrait ses faiblesses lui faisait trop peur. Elle ne voulait pas s'exposer davantage.

Lucien avait ses secrets. Elle avait le droit d'avoir les siens.

*
*   *

Lucien traversa la salle vide et silencieuse de *Fusion*, galvanisé à l'idée de la réunion qui l'attendait. Un basculement s'était opéré en lui, récemment. Il avait de nouveaux projets à Chicago, et ces derniers n'avaient rien à voir avec Ian Noble.

Il envisageait d'acquérir un superbe bâtiment ancien, idéalement situé au sud de la ville, près du vieux quartier animé de Prairie Avenue. Un endroit parfait pour ouvrir un hôtel-restaurant haut de gamme. Il avait l'habitude de gérer plusieurs affaires à la fois mais avait dû se restreindre dans ce domaine l'année passée, ignorant combien de temps il resterait établi à Chicago. Il possédait toujours plusieurs restaurants à Paris, un à Monte-Carlo, et quatre hôtels de luxe à travers toute l'Europe. C'était son père qui lui avait enseigné le métier d'hôtelier, des années plus tôt. Cependant, il avait acquis tous ses actuels établissements avec l'argent qu'il avait gagné par lui-même, sans l'aide de son père. La seule dette qu'il avait envers Adrien, c'était l'excellente formation qu'il lui avait offerte en l'autorisant à diriger plusieurs de ses hôtels. Lucien considérait qu'il avait amplement réglé ce dû en travaillant dur et en faisant preuve d'intelligence en affaires. Elise avait eu beau le qualifier d'héritier l'autre jour, il n'avait jamais touché un centime de la fortune de son père. Il avait bâti tout seul la sienne, sans jamais toucher à l'argent sale.

La décision de se lancer dans une nouvelle affaire était signe qu'un changement était en train de se réaliser. Comme une bouffée d'air frais après l'atmosphère oppressante de ces dernières années.

Cette idée le fit se tourner vers la cuisine.

Il était quinze heures trente, et il régnait dans le restaurant le calme qui suit le déjeuner et précède l'effervescence du soir. Au loin, il entendit le tintement métallique des ustensiles de cuisine. Il se représenta Elise, son adorable visage concentré sur ses tâches culinaires. Le souvenir de ses lèvres et de sa bouche, quand il l'avait spontanément embrassée l'autre jour, lui revint en mémoire. Sa langue avait encore un léger goût de sirop d'érable, mais sa saveur à elle – Elise – n'en était que plus douce.

Cela faisait une semaine qu'il l'avait officiellement embauchée comme chef par intérim. Sept nuits brutales depuis qu'il avait pris sa décision à son sujet. Il avait gardé ses distances depuis l'incident regrettable du baiser, trop conscient qu'il lui fallait attendre. Elle était son employée, après tout.

Pour le moment.

Il la surveillait de loin. Tous les retours concernant sa cuisine, de la part des clients ou du personnel, s'étaient révélés brillants. La veille, Sharon avait exprimé son étonnement en venant lui annoncer qu'une nouvelle candidate au poste de chef arrivait pour un entretien.

— Vous êtes mécontent du travail de Mlle Martin ? avait-elle demandé.

— Pas du tout. Je devrais ?

— Oh, non ! Tout le monde adore sa cuisine. Et c'est très agréable de travailler avec elle. Vous avez remarqué que tout le monde sourit quand elle est là ? Même Evan et Javier montrent bien plus d'entrain.

— Je la paie pour cuisiner, pas pour émoustiller mes salariés mâles, avait maugréé Lucien.

— Il ne s'agit pas seulement des hommes, avait poursuivi Sharon sans se laisser impressionner.

C'était une des raisons pour lesquelles il appréciait Sharon. Elle restait indépendante d'esprit.

— Elle nous apporte un agréable vent frais à tous, continua son assistante. Vous saviez que Maryanne avait gagné des billets pour un concert classique mais ne pouvait pas y aller à cause de ses enfants ? fit Sharon en parlant d'une des serveuses, mère célibataire. Elise lui a proposé de garder Allie et David pour qu'elle puisse sortir. Ça signifie beaucoup pour Maryanne. Et pour moi également. Quant à son comportement en cuisine, il est irréprochable. Pourquoi voulez-vous un autre chef ?

— Mlle Martin n'a pas terminé sa formation, avait répondu froidement Lucien avant que Sharon prenne congé pour accueillir la candidate.

Il s'était montré volontairement brusque, mais en réalité, il était content de savoir qu'Elise avait su gagner la sympathie de Sharon. Cette dernière n'était pas du genre à se laisser embobiner, et tous les employés la respectaient.

Il demeurait tendu, malgré tout, attendant la crise. La tranquillité et Elise Martin n'allaient généralement pas de concert.

Elle est une tempête prête à se déchaîner à tout moment.

Cette pensée lui flottait dans la tête au moment où il ouvrit les portes en verre fumé de *Fusion*. Elise se tenait dans le hall de Noble Enterprises, affublée de sa toque de chef, en grande discussion avec Francesca Arno, la compagne de Ian. Elle était nettement plus petite que Francesca, mais cette différence de taille passait sans doute inaperçue pour la plupart des gens. Elise était si enjouée et vibrante, comme une flamme vive... Les gens qui passaient dans le hall tournaient instinctivement les yeux vers elle, et pas seulement les hommes. Son charme et sa force de caractère l'avaient toujours émerveillé, même quand il l'avait connue adolescente.

L'expression d'Elise changea quand elle le vit approcher, mais elle continua à bavarder aimablement jusqu'à ce qu'il arrive à son niveau.

— Monsieur Lenault ! Vous connaissez Francesca, n'est-ce pas ? lança-t-elle avec un sourire mutin.

— Bien sûr, dit Ian en se penchant sur Francesca pour déposer un baiser amical sur sa joue.

— Elle vient de me dire qu'elle courait tous les jours, reprit Elise. On va s'entraîner ensemble pour le marathon de Chicago.

— Tu cours ? demanda Lucien à Elise en masquant sa surprise.

— Oui. J'ai commencé il y a un an. C'est une bonne discipline, fit-elle en regardant Lucien avec une lueur de défi dans ses yeux saphir.

— Je ne savais pas que vous vous étiez rencontrées, fit le Français en ignorant le coup bas d'Elise.

— Je suis allée me présenter hier soir après avoir goûté à son tajine de poulet et à ses galettes aux fraises, dit Francesca avec un grand sourire. Elle a un talent fou. Ian et moi t'avons réclamé, hier soir au restaurant, mais on nous a dit que tu n'étais pas là. Nous avons une grande nouvelle à t'annoncer.

Francesca avait toujours été une superbe femme, mais Lucien ne l'avait jamais vue aussi radieuse qu'au moment où elle éleva devant lui sa main gauche. Il rit et la serra chaleureusement dans ses bras. Après quoi, il examina plus en détail la divine bague en or blanc sertie d'un triple diamant.

— Ian a beaucoup de chance, la félicita-t-il avec sincérité, en soupesant sa main d'un air taquin. Tu es sûre d'être assez forte pour porter une bague si lourde ?

— Je le suis, répondit fièrement Francesca.

Lucien sut qu'elle avait compris le double sens de sa question. Il sourit, heureux du choix de son ami.

— J'en suis sûr, en effet.

— Merci. Ian l'a choisie lui-même, dit la jeune femme d'une voix amusée. Et si jamais tu as eu vent d'un autre son de cloche, ne me le dis pas.

— Il l'a incontestablement choisi lui-même.

Francesca parut ravie de sa réponse.

— On va faire une petite soirée pour célébrer ça dimanche soir à l'appartement. J'espère que tu viendras. Et vous aussi ! ajouta-t-elle spontanément à l'intention d'Elise.

— Oh, c'est très gentil à vous de m'inviter, merci ! Mais... je ne suis pas sûre de pouvoir.

Le ton prudent et hésitant de la jeune femme surprit Lucien.

— Bien sûr, que vous pourrez ! insista Francesca. Vous venez de me dire que vous ne connaissiez quasiment personne à Chicago. Vous allez adorer mes amis Davie, Justin et Caden... Enfin, c'est surtout Justin et Caden qui vont vous adorer, mais ils sont plutôt inoffensifs. Et *Fusion* ferme les dimanches et lundis, donc je sais que vous ne travaillez pas. N'ai-je pas raison, Lucien ? Dis-lui !

Elle le fixa d'un regard implorant. Lucien croisa les yeux d'Elise.

— Bien sûr. Vous devriez y aller, mademoiselle Martin. Cela vous permettra de vous faire des amis dans votre nouvelle ville.

Les yeux d'Elise s'écarquillèrent de surprise. Elle pensait manifestement qu'il allait l'encourager à décliner l'invitation, mais l'insistance sincère de Francesca avait rendu impossible cette option.

— Vous y serez aussi, monsieur Lenault ? demanda Elise avec de grands yeux innocents.

— Je ne manquerais ça pour rien au monde.

En voyant la jeune femme froncer légèrement les sourcils, il devina qu'elle avait saisi le sous-entendu. Laisser Elise se rendre seule chez Ian Noble ?

Hors de question.

*
* *

Le lendemain, Elise leva les yeux en voyant Sharon entrer dans la cuisine.

— Lucien voudrait vous voir dans son bureau, Elise.

En entendant cela, elle se figea avec le couteau qu'elle tenait à la main. Il lui fallut quelques instants pour reprendre contenance, et elle espéra qu'Evan et Sharon n'avaient rien remarqué. Après tout, cela devait leur sembler une annonce très anodine.

— Tu peux continuer tout seul, Evan. Tu t'en sors très bien, dit-elle à son assistant avec un sourire.

Elle était en train de lui donner des instructions pour dresser un chapon. Elle posa l'ustensile et alla se laver les mains.

— Je suis sûre que ce ne sera pas long, ajouta-t-elle.

Elle essaya d'ignorer les papillons au creux de son ventre tandis qu'elle remontait le long couloir jusqu'au bureau de Lucien. Il ne pouvait pas la convoquer pour une chose qu'elle aurait mal faite. Elle était certaine que son travail était irréprochable. En réalité, elle arrivait souvent la première, le matin, impatiente de se mettre à cuisiner. Une partie de sa motivation tenait peut-être à l'atmosphère déprimante de sa chambre d'hôtel – sans parler du fait qu'elle préférait passer devant la chambre de Baden Johnson avant qu'il émerge de son sommeil comateux. Elle était devenue experte dans l'art d'éviter son grossier et malodorant voisin de chambre du Cedar Hotel. Mais la seule chose qui comptait, au final, c'est qu'elle était là tôt, prête à se mettre au travail.

Son estomac se noua lorsqu'elle frappa à la lourde porte du bureau. Les souvenirs de sa précédente rencontre avec Lucien dans cette pièce qui lui revenaient en tête ne faisaient qu'accentuer son anxiété.

— Tu voulais me voir ? demanda-t-elle quelques secondes plus tard quand Lucien lui ouvrit.

Cette fois, il était vêtu d'un jean et d'un simple tee-shirt noir col V, sous un blazer ivoire qui soulignait la largeur de ses épaules et sa peau mate. Il avait un physique très singulier, un mélange magique et inédit de gènes inconnus – et ce mystère s'accordait parfaitement avec l'aura magnétique qui l'entourait. Elle se souvenait très bien l'avoir un jour interrogé sur ses origines, quand elle avait quatorze ans. Ils étaient en train de pêcher sur le ponton, comme ils l'avaient souvent fait cet été-là. Cette activité simple et authentique leur semblait en contraste radical avec les machinations complexes de leurs parents et de leur vie sociale. Il semblait évident pour tout le monde que Lucien ne pouvait pas être le fils biologique de sa mère, blonde et pâle, ni de son père, trapu et chauve, qu'il surplombait d'une bonne tête. Lucien n'avait pas pris offense de la question qu'Elise avait posée sans détour. Sans doute avait-il senti qu'elle relevait d'une simple curiosité enfantine.

— Je n'ai jamais su qui étaient mes parents biologiques, avait-il répondu. Mes parents m'ont adopté alors que je n'étais encore qu'un bébé.

Il avait hoché la tête en direction de l'hameçon d'Elise, et cette dernière avait docilement relevé sa canne à pêche. Évidemment, un poisson frétillait au bout. Lucien l'avait plongé dans le seau sans rien dire.

— Moi aussi, j'ai été adoptée, lui avait dit Elise.

Elle avait réfléchi à la question des milliers de fois. C'était forcément vrai. Comment était-il possible, sinon, qu'elle eût l'impression que ses parents étaient de parfaits étrangers ? Lucien lui avait souri d'un air un peu triste.

— Tu es le portrait craché de ta mère.

— Tu trouves ?

— Oui, mais tu seras encore plus belle, un jour, avait-il dit en remettant un appât sur l'hameçon. (Voyant son expression ennuyée, il avait ajouté :) Tu lui ressembles *physiquement*. Intérieurement, c'est toi qui choisiras ce que tu es.

Elle avait contemplé le soleil qui dansait sur les vagues de la Méditerranée. Elle ne voulait pas qu'il voie à quel point ses mots la touchaient.

— Tu ne t'es jamais demandé où était ta vraie mère ? Elle ne te manque pas ?

Elle se souvenait qu'il n'avait pas répondu tout de suite.

— J'y pense de temps en temps, avait-il dit en reprenant sa canne à pêche. Mais c'est dur de regretter quelque chose qu'on n'a jamais connu.

« Quelque chose qu'on n'a jamais connu. » Ni Lucien ni elle n'avaient jamais su ce qu'était avoir une mère affectueuse et présente.

Lucien l'invita à entrer, et elle revint brutalement au présent.

— Entre, Elise. Je voudrais te présenter Denise Riordan, le nouveau chef de *Fusion*.

Éberluée, la jeune femme dévisagea l'autre occupante de la pièce. Une grande femme aux cheveux auburn, dont l'expression sévère était tempérée par de doux yeux bruns, se leva pour la saluer.

— Je n'avais pas pris conscience que Lucien avait tant avancé dans le processus de recrutement. Je suis enchantée de vous rencontrer, madame Riordan, articula Elise malgré sa surprise.

— Lucien m'a dit que vous étiez un chef très talentueux. Je serais très heureuse de vous prendre comme stagiaire, si toutefois mes qualifications conviennent à votre école... et vous conviennent à vous, bien sûr.

— Puisque Lucien vous a sélectionnée, je suis certaine que ce sera le cas, dit-elle en jetant un coup d'œil en biais au Français.

— J'ai déjà pris la liberté de transmettre le curriculum vitae de Mme Riordan à votre école, en expliquant les derniers événements, dit-il. Nous devrions avoir des nouvelles rapidement.

— Merci, répondit Elise, surprise qu'il ait pris la peine d'arrondir les angles avec son école.

— Si vous voulez bien m'excuser un moment, je dois m'entretenir avec Sharon. Je vous laisse toutes les deux afin que vous puissiez faire connaissance, dit-il d'un ton poli.

Denise Riordian et Elise s'assirent sur les sièges qui faisaient face au bureau de Lucien et commencèrent à discuter. Quand l'homme d'affaires revint, vingt minutes plus tard, Elise était certaine qu'elle s'entendrait bien avec cette femme plus âgée qu'elle, aux compétences indiscutables. Deux chefs dans une seule cuisine représentaient toujours un scénario un peu délicat à gérer, mais Elise ne désirait qu'apprendre, et endosser le rôle d'assistante ne lui posait aucun problème. C'était à ça qu'elle s'attendait en arrivant à Chicago, et elle était convaincue que Denise avait des choses à lui enseigner.

— Veuillez rester un moment. J'ai des informations à vous communiquer, dit Lucien à Elise alors que Denise Riordan prenait congé.

Après que cette dernière eut refermé la porte derrière elle, Elise et Lucien demeurèrent silencieux pendant quelques secondes. Une tension électrique s'installa dans la pièce.

— J'ai pris connaissance du rapport médical que tu m'as laissé, dit-il. Tu as reçu le mien ?

— Oui, répondit-elle d'un ton neutre, malgré le rouge qui lui venait aux joues.

Comme si elle avait l'habitude de discuter de ce genre de choses.

— Que penses-tu d'elle ? De Denise ? demanda calmement Lucien, qui se tenait toujours devant la porte.

— Je l'apprécie beaucoup. Je suppose qu'il n'y a aucune raison particulière pour que tu aies choisi une femme, n'est-ce pas ?

— J'ai choisi le meilleur candidat.

Elle lui adressa un regard empreint d'ironie.

— Si tu crois que je serais tombée dans les bras de n'importe quel chef de sexe masculin, tu te trompes.

Il eut un petit sourire. Elle fondit en voyant se creuser ses fossettes et apparaître l'éclat de ses dents blanches.

— Tu as oublié Mario ?

— Mario ? Et alors ? dit la jeune femme en croisant les bras devant la poitrine.

— Tu ne comptais pas répondre à ses avances, le soir où je vous ai surpris tous les deux ici ?

— Non. Je n'avais aucune intention de coucher avec lui.

— Puis-je savoir, dans ce cas, quelles étaient tes intentions ?

— Il devait superviser ma formation. Quand il m'a proposé de dîner avec lui, j'ai senti que je n'avais pas vraiment le choix. Je ne savais pas qu'il essaierait de m'attirer dans son lit.

Lucien lui lança un regard dubitatif et s'avança vers son bureau.

— Évidemment. Et la robe que tu portais était adaptée à un entretien purement professionnel. Pour être franc, j'ai engagé la meilleure candidate pour le job, mais je ne suis pas mécontent que ce soit une femme. Je connais l'effet que tu as sur les hommes. Ils perdent quarante points de QI dès que tu es dans les parages. Inutile de tenter le diable.

— Si tu sous-entends que je suis une fille facile, laisse-moi te dire que je n'aime pas du tout ça.

— C'est drôle, répliqua-t-il sans paraître se formaliser de l'air offensé de la jeune femme. (Il s'assit lentement sur son siège, derrière son bureau.) Parce que *je* n'aime pas du tout que me remonte régulièrement l'écho de tes frasques sexuelles. J'ai même eu le malheur d'y assister une fois ou deux.

Elise se figea.

— Qu'est-ce que tu veux dire ? demanda-t-elle lentement, sans être sûre de vouloir vraiment connaître la réponse.

— La moitié de l'Europe a vu cette photo où tu danses nue sur une table de cocktail pendant la fête de fiançailles du fils de l'archiduc du Luxembourg.

— Je portais un string, se défendit-elle en redressant le menton.

Pourtant, le regard impitoyable de Lucien lui donnait envie de rentrer sous terre.

— Et qu'en est-il de cette nuit où je t'ai croisée dans une loge privée de l'Opéra de Paris ? Tu étais en train de manifester ton enthousiaste et *profonde* affection à un politicien marié qui avait plus de deux fois ton âge. Tu devais avoir dix-neuf ans, à l'époque, tu te souviens ?

— Je... Tu... Quoi ? – (Elle crut que son cœur allait s'arrêter de battre.) C'était *toi* qui étais entré dans la loge quand j'étais avec Hugues Langier ?

Il lui répondit par une expression sarcastique.

« Enthousiaste et *profonde* affection. »

Oh, non. Elle ferma les yeux, mais le regard impitoyable de Lucien continua à la brûler. Dans le noir, elle n'avait jamais su qui avait interrompu son rendez-vous coquin avec Langier. Elle savait seulement que quelqu'un l'avait découverte. Savoir que ce quelqu'un était Lucien l'emplissait d'une honte immense. Comment avait-elle pu se comporter de manière si impulsive et stupide ?

Non. Elle refusait d'y songer. Elle n'était plus la même personne.

— Je pense que tu n'aurais pas aimé le traitement que j'ai réservé à ce sale con libidineux qui te servait d'amant quand il est venu au *Renygat* deux jours plus tard, grommela Lucien.

— Ce n'était pas mon amant ! s'emporta-t-elle, avant de comprendre exactement ce qu'il voulait dire. Ne me dis pas que tu l'as frappé ?

Lucien la regarda d'un air froid.

— Tu as agressé physiquement un ministre ?

À cause de moi ?

Il n'en dit pas davantage, mais elle vit que ses narines frémissaient, signe qu'il maîtrisait sa colère. Les événements auxquels il faisait allusion avaient eu lieu durant une époque où elle était totalement incontrôlable. Des années où elle ne trouvait aucun sens à sa vie, où tout lui semblait une plaisanterie. Son seul objectif était de s'amuser autant qu'elle pouvait, sans se soucier une seconde des conséquences de ses actes. Ses amis d'alors à Paris – sans même parler de ses parents – détournaient pudiquement les yeux devant son comportement inconscient et désespéré.

Ne valait-il pas mieux que Lucien soit en colère, plutôt qu'indifférent ?

— Je sais que tu crois en moi, Lucien. Même un tout petit peu. Je sais que tu es moins dur que ce que tu parais. J'aimerais que tu admettes juste ça, dit-elle en retrouvant une contenance de façade.

— Ce qui veut dire ?

— Denise Riordan m'a dit que tu avais posé comme condition non négociable à son embauche le fait qu'elle me prenne comme stagiaire.

Un silence s'abattit entre eux. Quand Denise lui avait révélé cette information, Elise n'en avait pas cru ses oreilles.

— Comme je te l'ai déjà dit, si tu as l'intention de rester à Chicago, je veux être en mesure de te surveiller d'aussi près que possible.

Elle eut une moue dégoûtée, qu'il ignora royalement. Elle savait très bien qu'il avait sciemment détourné la conversation, gêné d'être pris en flagrant délit de gentillesse.

— À ce propos, reprit-il, je tiens à t'accompagner demain soir chez Ian et Francesca.

Le cœur d'Elise bondit dans sa poitrine. Lucien avait engagé un nouveau chef. Elle n'était plus son employée. Il se sentirait désormais libre de mener à bien ses projets personnels envers elle. Une pensée lui vint soudain à l'esprit, douchant l'excitation qu'elle ressentait.

— Tu veux me fliquer, hein ? Je t'ai dit que je ne révélerais à personne que nous nous connaissions avant. Tu ne me fais pas confiance ?

— Disons juste que je préfère garder l'œil ouvert afin de savoir à quoi je dois m'attendre.

— Donc, tu ne me fais pas confiance.

— La confiance est quelque chose qui se gagne, Elise, répondit-il calmement. Et ne joue pas les martyres. Je sais que tu ne me fais pas confiance non plus. Pas entièrement, et pas encore.

La gravité de ses mots la surprit. Elle resta silencieuse, embarrassée.

— Où est-ce que je passe te prendre ? reprit-il au bout d'un moment. À l'adresse que tu as indiquée sur le formulaire d'embauche ?

Ce brusque changement de sujet ne fit qu'accentuer le malaise de la jeune femme.

— Non.

Elle prit conscience après coup de la brusquerie de sa réponse. La dernière chose dont elle avait envie, c'était que Lucien voie l'hôtel miteux où elle résidait. Ça ne ferait que renforcer sa conviction qu'elle se comportait stupidement. Elle réfléchit aussi vite qu'elle put sous son regard acéré.

— On peut se retrouver ici ? Devant le hall de Noble Enterprises ?

Le visage séduisant de Lucien resta impassible.

— Bien sûr, si tu préfères. Dix-neuf heures trente ?

— Ça me va, répondit-elle en se dirigeant vers le seuil. À demain, alors.

— Elise ? lui lança Lucien d'une voix tranchante alors qu'elle s'apprêtait à ouvrir la porte.

— Oui ?

— Maintenant que j'ai engagé Denise, tu n'es plus mon employée.

La jeune femme retint son souffle.

— N'oublie pas. *Je* mène la partie, énonça-t-il fermement. Ça signifie aussi que je ne te verserai plus de salaire. Tu es certaine d'avoir assez d'argent en réserve pour vivre décemment à Chicago, n'est-ce pas ?

— Bien sûr. N'as-tu pas dit toi-même que mon père ne me laisserait jamais sur la paille ?

Il haussa lentement les sourcils. Inquiétée par l'expression suspicieuse sur son visage, elle se dépêcha de franchir la porte.

4

Après le départ d'Elise, Lucien resta assis, immobile. Il songeait à la pâleur de son visage quand il lui avait révélé qu'il l'avait prise en flagrant délit avec Hugues Langier, illustre député et ministre français connu pour son appétit pour les femmes. Il s'en voulait de lui avoir fait honte, mais le souvenir de la scène restait imprimé au fer rouge dans sa mémoire ; y repenser lui nouait toujours les tripes, et propageait vers son membre des pulsations embarrassantes.

Cette nuit-là, cinq ans plus tôt, il avait voulu aller la saluer après avoir remarqué son visage lumineux dans la salle de l'Opéra. Cela faisait alors un an que le père de Lucien avait évoqué devant lui l'idée qu'il épouse Elise. Il avait refusé tout net d'en discuter, évidemment. Il avait bien l'intention d'être seul à choisir sa future femme. Mais l'idée s'était attardée dans son esprit – pas comme une obsession, mais plutôt comme un sourire mutin et radieux, le souvenir d'une journée d'été volée, ou une gorgée de champagne parfait – léger et effervescent...

... comme l'était Elise.

Il n'avait pu s'empêcher de se demander quel genre de femme deviendrait cette jeune fille intelligente, drôle et triste.

Malgré tout, cette curiosité n'était pas forte au point qu'il cherche à la revoir, du temps où il s'était installé à Paris pour ouvrir son premier hôtel-restaurant. Il l'avait croisée à l'Opéra par pur hasard. Leurs loges respectives se faisaient face, et alors que le rideau allait se lever, il avait remarqué plusieurs visages remuer dans le public. Suivant instinctivement la direction de leurs regards, il avait trouvé ce qui les attirait et s'était figé sous l'effet de la surprise.

Elle était en train de se frayer un chemin à l'arrière de sa loge. Sa robe était à couper le souffle – non, pas tant la robe, qu'Elise la portant. Le vêtement était fait d'une étoffe ivoire aux reflets métalliques qui moulait étroitement les courbes sveltes et féminines de la jeune femme. Sa chevelure était d'un blond si clair et lumineux qu'il rivalisait presque avec la pâleur de sa peau. La robe lui remontait jusqu'au cou, mais le tissu moulant et sa couleur très proche de celle de sa chair créaient une impression de nudité. À l'époque, elle avait les cheveux très longs. Lucien se souvenait que durant leur été, cinq ans plus tôt, elle les portait toujours attachés en queue de cheval. Les mèches s'échappaient au fur et à mesure que la journée passait, et son visage se retrouvait auréolé d'une cascade de boucles dorées.

Ce soir-là, elle les portait relevés en chignon, mais son attache toute simple donnait l'impression qu'on pouvait d'un geste les faire retomber en torrent glorieux sur ses épaules et sur son dos et les empoigner à pleines mains.

Lucien s'était levé brusquement en bredouillant des excuses à l'ami qui l'accompagnait.

Cinq minutes plus tard, il avait finalement retrouvé la douce et gauche jeune fille dont il se souvenait. Mais cette dernière n'existait plus.

Elle était à genoux dans une loge aux rideaux fermés, devant un Hugues Langier au sourire extatique.

Cette image n'avait cessé de le hanter depuis... elle le tourmentait en partie... et l'excitait beaucoup. À l'instant où il avait repoussé le drap épais du rideau, les lèvres d'Elise étaient étroitement serrées autour du sexe de Langier. Elle avait reculé la tête, révélant plusieurs centimètres d'un pénis raide et épais – et du même coup, l'ampleur de ses talents de fellatrice.

Pas étonnant que le ministre ait eu l'air si ravi.

Il s'était senti furieux de voir ainsi Langier profiter de la faiblesse d'une jeune fille pendant que son épouse était assise dans une loge voisine, en train de regarder *Tosca* alors que son mari la trahissait. Toute la scène l'avait en fait rendu furieux alors qu'il aurait très bien pu la considérer simplement comme un épisode grivois, révélateur et presque amusant.

Lucien ferma les yeux, essayant de repousser le souvenir de la scène loin dans son esprit, et sachant très bien que c'était impossible.

Prendre le dessus sur Elise Martin ? Gagner sa confiance ? Cela représentait un défi perdu d'avance pour bien des hommes mais que le dominant qu'il était ne pouvait pas ne pas relever. Peut-être le plus excitant de tous.

Il allait devoir s'avancer dans les flammes pour pouvoir maîtriser le brasier.

*

* *

Elise le vit immédiatement, à une trentaine de mètres d'elle. Il était adossé contre un arc-boutant en granit de l'imposante tour de Noble Enterprises, de style gothique moderne. Elle sentit les papillons se remettre à voleter dans son estomac. Elle n'avait quasiment jamais connu cette sensation de sa vie, mais l'expérimentait beaucoup trop récemment. Elle supposa que cette impression inconfortable était due au charisme intimidant de Lucien. Aucun autre homme ne lui faisait cet effet-là. Peut-être à cause de l'été idyllique qu'il lui avait offert quand elle était adolescente. Ou de sa façon d'embrasser. Peut-être parce qu'elle savait qu'il n'avait aucune raison de chercher à la manipuler en raison de sa fortune.

Ou peut-être, tout simplement, parce qu'il était l'homme le plus puissant et le plus sexy qu'elle ait jamais connu. Et de loin.

Ce soir, elle soupçonnait les papillons d'être ceux qu'une femme ressent lors d'un premier rendez-vous galant avec un homme très séduisant.

Ce qui était parfaitement ridicule. Ce n'en était pas un. N'avait-il pas dit clairement qu'il voulait juste la surveiller parce qu'il n'avait pas confiance en elle ? Elle fronça les sourcils, incapable pourtant de détacher les yeux de lui. Malgré tout... il avait dit qu'il était attiré par elle, qu'il avait l'intention de coucher avec elle. Ils étaient tous les deux apprêtés pour une soirée, et il passait la prendre en un lieu précis. Ça ressemblait beaucoup à un rendez-vous galant. Maintenant qu'il avait officiellement engagé un autre chef, allait-il concrétiser l'arrangement peu orthodoxe qu'il lui avait proposé ?

Il attirait les regards de tous les passants, hommes ou femmes, et ne semblait même pas s'en rendre compte. Ses bras étaient négligemment croisés sur sa poitrine. Il émanait de lui une aura vibrante et unique, mélange d'élégance nonchalante et de sexualité brute et mâle. Son pantalon noir épousait ses longues jambes à la perfection. Il portait une chemise blanche déboutonnée en haut et un superbe blazer noir piqué de brun. Ses yeux contemplaient fixement le fleuve Chicago. Elle admirait sa capacité à rester ainsi immobile, dans un calme parfait. Elle avait connu peu d'hommes capables d'une telle concentration. Le souvenir de leurs après-midi de pêche lui revint en mémoire. Elle se rappelait la façon dont il la grondait gentiment quand elle se tortillait et soupirait devant sa ligne.

— *Tu vas effrayer les poissons.*

— *Mais c'est si ennuyeux ! avait-elle protesté.*

— *Si tu sais dominer ton ennui, tu sais te dominer toi-même.*

— *Ça veut dire quoi ? avait-elle demandé, perplexe mais curieuse.*

Il ne lui avait pas répondu, mais elle avait étudié son attitude tranquille et patiente pendant qu'ils pêchaient, qu'il calmait un cheval nerveux ou qu'il gérait les psychodrames de sa mère. Après quoi, elle avait essayé de suivre son exemple. Sans succès, en général, mais elle avait au moins appris à respecter ce calme, cette force dans l'immobilité.

— J'espère que je ne suis pas trop en retard, dit-elle tout essoufflée en s'approchant de lui. Le bus s'arrêtait sur l'avenue centrale, et j'ai dû faire à pied le reste du chemin.

Il détacha le dos du mur ; ses yeux clairs la détaillèrent ouvertement et un frisson intérieur la parcourut.

— Avec ces chaussures ? demanda-t-il en esquissant un petit sourire.

Elle baissa les yeux sur les fines sandales à lanières et hauts talons qu'elle avait choisies avec sa robe-sac ceinturée vers les hanches.

— Ne t'inquiète pas, dit-elle tandis qu'il lui prenait la main et l'entraînait avec lui. Tu n'imagines pas le nombre de kilomètres que j'ai faits sur des talons hauts quand j'étais serveuse.

Il haussa les sourcils.

— Serveuse ?

Elle sourit, heureuse de l'avoir surpris.

— À *La Roue,* à Paris.

Il héla un taxi.

— Je peux marcher, insista-t-elle. D'après Francesca, j'ai cru comprendre que leur appartement n'était vraiment pas loin, n'est-ce pas ?

Un taxi s'arrêta à l'intersection devant eux. Lucien ouvrit la porte devant la jeune femme.

— Tu as une ampoule en train de se former sur la cheville droite, dit-il d'une voix imperturbable alors qu'elle le regardait d'un air interrogateur.

Elle baissa les yeux. Il avait raison. La peau sous la lanière de la sandale était gonflée et rougie. Quand l'avait-il remarquée ? Elle soupira de soulagement en s'installant dans l'habitacle de la voiture rafraîchi par l'air conditionné et remarqua alors que Lucien la regardait avec un petit sourire.

— Qu'y a-t-il ?

— Pieds tendres, dit-il. (Le timbre étonnamment séducteur de sa voix grave et vibrante la fit battre des paupières.) Tu as toujours chopé des ampoules.

— Ma mère oubliait de m'acheter de nouvelles chaussures pour l'été, alors que je grandissais à toute vitesse.

Une sorte d'irritation passa sur le visage de Lucien.

— Tout cet argent, toutes ces richesses, et elle trouvait le moyen de te négliger.

Il remarqua qu'elle paraissait troublée et secoua légèrement la tête comme pour bannir son amertume.

— Je peux te poser une question ? demanda-t-elle sous le coup d'une impulsion, encouragée par le peu d'estime qu'il affichait pour sa mère.

— Oui.

— Tu n'as jamais... tu n'as jamais couché avec elle, n'est-ce pas ? Ma mère ?

Il la dévisagea en silence pendant un moment, et elle sentit le rythme de son cœur s'accélérer. Ça faisait longtemps qu'elle avait envie de lui poser cette question, mais elle redoutait quand même la réponse.

— Non. Jamais, répondit-il enfin avec une assurance tranquille.

Elle poussa un soupir de soulagement et hocha la tête. Quelle qu'en soit la raison, elle le croyait.

— Je sais qu'elle a probablement tenté de te séduire durant l'été que nous avons passé à Nice. Et sans doute lors d'autres occasions, aussi. Elle fait ça tout le temps. Je suis contente d'apprendre qu'elle a échoué avec toi. Je ne peux pas dire la même chose de mes anciens petits amis, ajouta-t-elle en riant.

Il ferma un instant les paupières.

— Elise, je suis désolé pour toi.

Elle haussa les épaules en s'efforçant de prendre un air détaché.

— Personne ne choisit ses parents. Malheureusement.

Un silence lourd s'ensuivit. Elle savait qu'il la plaignait d'avoir eu une mère aussi indigne et se mordit les doigts d'avoir amené le sujet sur le tapis.

— Tu t'es vraiment mise au jogging ? dit-il au bout d'un moment.

Elle hocha la tête, rassurée de voir qu'il avait perçu sa gêne et changeait volontairement de sujet.

— Je suis fier de toi. Tu as besoin de quelque chose qui discipline ton corps, ton esprit... quelque chose qui te rende fière.

Il soutint son regard, et les battements de son cœur se mirent à résonner lourdement aux tempes d'Elise. Brusquement, Lucien détourna les yeux vers la fenêtre, et l'impression d'intimité se dissipa. La jeune femme inspira profondément, comme si l'air à l'intérieur du taxi avait été aspiré en quelques secondes pour être remplacé brutalement par un autre.

— Ça me rend fière, dit-elle en regagnant de l'assurance. Et travailler comme serveuse me rendait fière aussi. Pourquoi ça t'a étonné quand je te l'ai dit ? interrogea-t-elle alors que le taxi arrivait sur Upper Wacker Drive.

— Peut-être parce que tu possèdes un des comptes en banque les mieux alimentés d'Europe ?

— Moins que le tien, il paraît.

Comme il ne réagissait pas à sa provocation, elle soupira. Elle avait entendu sa mère dire que Lucien n'avait pas touché à l'argent de son père depuis que ce dernier avait été condamné, mais il n'avait de toute évidence pas envie de discuter de ça. Elle savait qu'il s'était forgé sa propre fortune, il avait donc moins de raisons qu'elle de se soucier de son héritage.

— Je ne peux pas toucher à cet argent avant mes vingt-cinq ans, expliqua-t-elle d'un ton penaud.

— Et que deviendront tes principes tout neufs quand ça arrivera ? dit-il en gardant les yeux fixés devant lui.

Ces derniers reflétaient les rayons du soleil sur le fleuve scintillant. Ses paroles ironiques irritèrent la jeune femme. Remettait-il en question ses motivations... sa volonté ?

— Je travaillerai honorablement comme chef cuisinier. C'est ce que j'espère. Tu veux faire un pari sur ma persévérance ? dit-elle d'un ton taquin.

— Quel genre de pari ?

À en juger par ses intonations moqueuses, il ne la prenait toujours pas au sérieux. Il n'avait aucune idée des projets qu'elle avait concernant sa fortune et sa vie. De *beaux* projets. Des réalisations qui rendraient hommage à la vie d'un homme très spécial.

Elle doutait seulement d'avoir la clairvoyance, les qualités stratégiques requises pour concrétiser ses plans. Elle n'avait jamais rien fait d'aussi... grand auparavant. Et si, en définitive, elle se révélait semblable à sa mère - une nymphomane superficielle ?

— Vingt mille euros pour moi si j'occupe encore un poste de chef obtenu par mon seul mérite un an après le déblocage de ma fortune. Vingt mille euros pour toi si j'ai succombé aux sirènes de l'argent et que je mène une existence dénuée de sens.

Il se tourna vers elle, une étincelle dans ses yeux gris. Là, elle avait réussi à attirer son attention.

— Je prends le pari.

— Tu doutes toujours de ma volonté, hein ?

Il haussa les épaules, et elle regarda rêveusement sa large carrure et son torse puissant qui contrastaient avec sa taille mince et son ventre plat.

— Je pense juste que la perte potentielle de vingt mille euros pourrait renforcer cette fameuse volonté... juste au cas où elle viendrait à s'affaiblir, dit-il en lui jetant un bref regard acéré.

— Je vais gagner, le défia-t-elle.

Maintenant qu'elle avait posé les termes du pacte, elle en était certaine.

— J'ai tendance à te croire.

— Vraiment ?

— Oui. Mais je relève tout de même le pari. Comme je sais combien tu aimes me prouver que j'ai tort, je serai gagnant dans tous les cas.

Elle resta silencieuse durant le reste du trajet. La voix grave et enivrante de Lucien résonnait dans son esprit – elle ne pouvait s'empêcher de se dire qu'il avait compris l'effet que le pari produirait sur elle avant qu'elle-même le sache.

*

*   *

La fête de Ian et Francesca se déroulait sur une immense terrasse aménagée sur le toit de l'immeuble en brique art déco où Ian vivait. La vue était fabuleuse – l'étendue bleu sombre du lac Michigan à l'est, et le globe flamboyant du soleil se couchant sur la ville, à l'ouest. Francesca avait fait installer un espace bar doté d'un brasero et décoré de lanternes en papier multicolores, qui irradiaient une douce lumière dans la nuit naissante. C'était une petite réception, réunissant seulement les amis de Francesca, Davie, Feinstein, Justin Maker et Caden Joyner ; le chauffeur de Ian, Jacob et la directrice d'études de Francesca, une femme affable d'une quarantaine d'années nommée Anara Sloan. En plus de Ian et Francesca, étaient présents aussi Lin Soong – l'assistante personnelle de l'homme d'affaires, et madame Hanson, sa gouvernante, qui persistait à vouloir servir tout le monde en dépit des gentilles remontrances de Francesca qui lui rappelait qu'elle faisait partie des invités. Sur une chaîne Hi-Fi amovible passaient des morceaux de jazz relaxants. Au bout d'une heure et demie, Elise commença à se sentir à l'aise, en dépit de la compétition de séduction à laquelle se livraient Justin et Caden devant elle.

— J'espère qu'ils ne t'exaspèrent pas trop, s'excusa Francesca à voix basse quand Justin s'écarta de leur groupe pour ouvrir une bouteille de champagne.

Elise avait remarqué que le regard de Lucien se posait régulièrement sur elle alors qu'il se tenait à l'autre bout de la terrasse en compagnie de Jacob, Ian et Davie. Elle le soupçonnait de s'attendre à ce qu'elle dérape à tout moment et que sa langue fourche sous l'effet de l'alcool et de l'ambiance festive.

— Pas du tout, répondit-elle à Francesca. Ce sont des garçons adorables. Davie, Justin, Caden et toi êtes colocataires, c'est ça ?

Francesca hocha la tête.

— Davie est notre ange gardien, ajouta-t-elle en souriant.

— Tu as de la chance d'avoir des amis comme ceux-là, dit pensivement Elise.

Durant un instant horrible, elle sentit sa gorge se nouer. Il était trop tard : Francesca avait remarqué son trouble.

— Elise... Tu es sûre que ça va ? demanda son hôtesse en se penchant légèrement vers elle, le visage inquiet.

Elise retrouva son masque social avec effort.

— Oui, bien sûr. Je parie qu'ils vont te manquer, quand tu auras emménagé avec Ian. Tes amis, je veux dire. Le mariage est programmé pour quand ?

— Nous n'avons pas encore décidé. Sans doute au printemps prochain. Je termine ma dernière année universitaire cet automne, et il ne me restera que mon mémoire à rendre pour obtenir mon master. J'aurai probablement fini pour Noël. Le printemps semble donc idéal. On pense partir en voyage de noces sur l'île d'Hydra. Ian possède une maison là-bas.

— Oh, ce sera magnifique !

— Tu as déjà été là-bas ? demanda Francesca avec surprise.

— Oui, mes parents sont propriétaires d'une villa à Poros. Mais ça fait très longtemps que je n'ai pas mis les pieds sur les îles grecques.

Elise jeta un regard suspicieux vers Lucien, mais il semblait concentré sur sa conversation avec Davie.

— Ian et Lucien ont l'air très bons amis, souffla-t-elle à Francesca.

— Oui. Ian se sent très à l'aise avec lui. Il n'a pas à s'inquiéter de ses intentions, comme c'est malheureusement le cas avec beaucoup d'amis potentiels.

Elise hocha la tête d'un air compréhensif.

— Je sais que c'est dur. Un homme tel que Ian doit constamment s'interroger sur les motivations des gens qui le côtoient. Depuis combien de temps se connaissent-ils tous les deux ?

Francesca haussa un sourcil.

— Je ne suis pas sûre que Ian me l'ait jamais dit exactement, mais je sais qu'ils ont été présentés par une relation commune à Paris, il y a plusieurs années. Par la suite, Ian a pris l'habitude de fréquenter le restaurant de Lucien. Ils ont découvert qu'ils aimaient tous les deux l'escrime, et ils ont commencé à s'entraîner ensemble. Quand Ian a décidé d'établir son siège financier ici, à Chicago, il a demandé à Lucien d'ouvrir un restaurant dans la tour, comme une faveur personnelle.

— Eh, Ian ! lança Justin depuis l'autre bout de la terrasse, interrompant une conversation qu'Elise trouvait extrêmement intéressante.

Ian et Lucien cessèrent de bavarder et se tournèrent vers le jeune homme. La nuit était presque complètement tombée. Elise remarqua distraitement que les ombres de Lucien et de Ian avaient presque exactement la même taille et que leurs profils acérés se ressemblaient beaucoup.

— Ça ne t'ennuierait pas de nous mettre de la vraie musique ? poursuivit Justin. J'aimerais bien apprendre la danse à ta fiancée !

Francesca haussa les sourcils.

— C'est moi qui t'ai appris à danser, gros fanfaron.

— D'accord, mais essayez de rester raisonnables sur la gymnastique, dit Ian. La dernière fois que je les ai vus danser tous les deux, Francesca a fini avec une tendinite au coude, ajouta Ian sur le ton de la confidence en passant à côté d'Elise.

— Une tendinite ? répéta stupidement Elise.

— Ne cherche pas à comprendre, commenta Francesca en riant.

Elise comprit pourtant, après que Ian se fut glissé derrière le bar pour lancer une compilation *dance* sur la chaîne Hi-Fi. Justin entraîna instantanément Francesca dans une danse énergique et exubérante, qui semblait, effectivement, assez éprouvante pour les articulations. Elle regardait toujours les deux amis danser sous les étoiles lorsque Caden se rapprocha d'elle.

— Viens ! On ne peut pas laisser ces deux-là nous voler la vedette !

Elise ôta ses sandales à talons hauts et prit la main que Caden lui tendait. Alors qu'elle s'avançait sur la piste de danse – un espace à l'écart du bar, elle remarqua que les yeux de Lucien brillaient dans la pénombre. Il la regardait. Un frisson parcourut la jeune femme – il l'avait ignorée toute la soirée, ou du moins fait mine de l'ignorer. Elle avait senti son attention fixée sur elle, son regard aigu quand il la regardait. Pourquoi faisait-il ainsi traîner les choses, maintenant qu'elle ne travaillait plus officiellement pour lui, et qu'ils avaient tous les deux échangé leurs bilans médicaux ? Cette attitude incompréhensible la rendait folle.

À présent, elle monopolisait indéniablement son attention, ce dont elle se félicita. Caden était un bon danseur. Quant à elle, elle n'avait pas dansé depuis qu'elle avait cessé d'écumer les boîtes de nuit et elle craignait d'avoir perdu le pli. En réalité, elle trouva immédiatement son rythme, à en juger par les sourires admiratifs de Caden et ses mouvements de plus en plus sexy en réaction aux siens. En dansant avec le bel ami de Francesca, elle dansait pourtant *pour* Lucien. Même s'il refusait de regarder dans sa direction, elle savait qu'il ne perdait pas une miette du spectacle… et ruminait intérieurement, comme un orage grondant dans le lointain. Elle riait en réponse aux commentaires de Caden et ondulait des hanches en lui jetant des œillades sexy. Elle regardait pourtant régulièrement par-dessus son épaule pour vérifier que Lucien la contemplait toujours.

Elle savait d'avance que c'était le cas. Et ça l'excitait.

Cela faisait près d'un an qu'elle menait une vie sage, mais ce soir, elle sentait la fièvre bouillir en elle.

Quand la danse se termina, elle échangea une brève accolade avec Caden. Tous les deux riaient et reprenaient leur souffle. Ils quittèrent la piste de danse pour rejoindre l'endroit où étaient assis Jacob, Mme Hanson, Lin et Anara.

— Tu ne vas pas danser, Lucien ? demanda Ian d'une voix moqueuse au moment où Elise et Caden passaient près du petit cercle qu'ils formaient avec Davie.

Quand elle remarqua que Ian hochait la tête dans sa direction, les joues d'Elise devinrent encore plus rouges qu'elles ne l'étaient déjà à cause de la danse, et un sourire infime apparut à ses lèvres. Elle comprenait ce que Ian sous-entendait.

— Je ne crois pas t'avoir jamais vu danser, insista Ian à l'adresse de son ami.

— Et ça n'est pas près d'arriver, répliqua froidement Lucien alors que Caden et Elise s'éloignaient de leur groupe.

— Ah ! Je prends le pari, dit Ian en portant la flûte de champagne à ses lèvres.

— Lucien est un merveilleux danseur.

Trois paires d'yeux se tournèrent brusquement vers Elise ; l'une d'entre elles flamboyait d'une colère incrédule. La jeune femme se mordit la lèvre.

Oups.

Ian rabaissa son verre.

— Quand avez-vous vu Lucien danser ? interrogea-t-il avec une expression amusée. Je croyais que vous ne vous connaissiez que depuis très récemment.

— Effectivement, dit Lucien exactement en même temps qu'Elise.

— Dans ce cas... ça veut dire que Lucien danse de joie tous les soirs chez *Fusion* à la fin du service ? J'ai du mal à me représenter ça, intervint Caden en commençant à mimer la scène qu'il décrivait.

Il s'arrêta immédiatement en voyant que Lucien le regardait d'un air glacial. Elise avait la nette impression que même si les sociables Caden et Justin avaient en partie brisé la glace vis-à-vis de Ian grâce à l'amitié qui les liait à sa fiancée, Lucien restait pour eux très intimidant. Le regard de ce dernier se tourna à nouveau vers Elise. Il demeurait d'un calme impérial mais la jeune femme pouvait voir ses narines frémir légèrement, signe qu'il avait envie de l'étrangler.

— Oh, non, Lucien ne fait rien de ce genre ! Mais Sharon et d'autres serveuses m'ont raconté qu'il s'était un peu lâché, à la fin de la dernière soirée de Noël chez *Fusion*, improvisa Elise en conservant volontairement un ton léger.

— J'étais à cette soirée, dit Ian. Je ne me souviens pas avoir vu Lucien danser.

Lucien adressa un regard appuyé à la jeune femme, qui semblait signifier : « Je te laisse te débrouiller avec tes mensonges, vu que tu en es la championne incontestable. »

— D'après les rumeurs, ça s'est produit *après* que la fête fut officiellement terminée. Merci ! ajouta-t-elle à l'adresse de Mme Hanson qui venait lui apporter un verre.

— Eh bien, on en apprend tous les jours, commenta Caden.

Elise but une longue gorgée d'eau. Elle se sentait un peu grise, mais elle n'avait pas l'impression que le champagne en était la cause. Elle ignora délibérément le regard de Lucien.

Le téléphone de Ian sonna et il disparut de l'autre côté du bar pour répondre. Lucien s'écarta lui aussi pour prendre un autre verre. Francesca s'excusa auprès de Justin qui insistait pour qu'elle reste sur la piste de danse, et suivit la direction qu'avait prise Ian. Elise se remit à bavarder comme si de rien n'était avec Davie, Caden et Justin. Quelques minutes plus tard, elle aperçut Francesca et Ian, de l'autre côté de la terrasse, dans les bras l'un de l'autre. La lumière de la lune éclairait le visage de la jeune femme et son expression semblait grave tandis qu'elle parlait à son amant. Au bout d'un moment, elle hocha la tête, comme rassurée, et Ian se pencha sur elle pour l'embrasser.

À la fin d'un morceau de musique particulièrement frénétique, Elise vit Ian se diriger vers la porte de l'appartement, pendant que Francesca servait à nouveau les autres invités, faisait passer les hors-d'œuvre et discutait avec Jacob. Du coin de l'œil, elle vit aussi Lucien reposer son verre avant de se fondre dans les ombres pour suivre la direction que Ian venait de prendre.

*

* *

Lucien se tenait à quelques centimètres du mur, et tâchait d'écouter à travers la porte en bois d'acajou entrouverte.

— Ce sont mes deux seules options ? entendit-il dire Ian depuis la bibliothèque.

Lucien savait que c'était la pièce que Ian utilisait pour travailler quand il se trouvait chez lui. Il avait espéré que ce dernier utiliserait le téléphone fixe – à travers lequel le Français aurait peut-être pu capter quelques mots –, mais il avait gardé son portable. Il y eut une pause, durant laquelle Ian écouta son interlocuteur.

— Je comprends bien ce que vous me dites, reprit-il au bout d'un moment, mais il existe certainement d'autres possibilités que ce traitement expérimental ou l'alimentation par sonde. (Lucien fronça les sourcils et s'avança de quelques centimètres vers la porte pour entendre mieux. Ian poussa un soupir.) Très bien. Tentons le nouveau traitement, si ça peut l'aider à manger. Oui, je comprends, répéta-t-il sombrement. Si elle ne réagit pas bien aux médicaments, on n'aura pas d'autre solution que la sonde. Bon sang, c'est tellement brutal !

Lucien eut l'impression d'entendre l'interlocuteur au bout du fil souffler d'un air blasé. Brusquement, il se figea. Elise venait d'apparaître face à lui dans le couloir et haussait les sourcils d'un air interloqué.

— Je ne pourrai pas être sur place avant plusieurs jours. Envoyez-moi les formulaires d'autorisation par fax, poursuivait Ian. De toute façon, nous savons tous les deux qu'elle ne réagit pas très bien à ma présence... Je ne suis pas loin de penser que c'est moi qui ai été le déclencheur de ses récentes crises, Julia.

Elise ouvrit la bouche. Avant qu'elle ait eu le temps d'esquisser la moindre parole pour lui demander ce qu'il faisait là, Lucien franchit en quelques pas les quelques mètres qui les séparaient, lui saisit le menton, et s'empara de sa bouche. Il scella ses lèvres, étouffant le petit cri de surprise qu'elle poussa, sans cesser une seconde d'écouter ce qui se passait dans la pièce d'à côté.

Ian avait-il entendu quelque chose ?

Ce dernier continua sa conversation au téléphone, mais Lucien réalisa qu'il ne faisait plus attention à un seul mot.

Le corps d'Elise était pressé contre le sien, son souffle se muait en hoquets rapides contre ses lèvres qui avaient d'abord voulu la faire taire mais étaient finalement devenues avides, conquérantes... Il se pencha sur elle et posa les mains sur ses hanches. Son membre viril enfla, et il caressa des doigts la chair tendre et ferme des fesses de la jeune femme. Sa langue plongea dans sa bouche chaude, et il se gorgea de la saveur d'Elise.

Elle était piquante et délicieuse, elle avait un goût de fraises et de champagne... un goût qui lui ressemblait.

Elle poussa un cri étouffé, qui n'était plus dû à la surprise mais à l'excitation. Il savait cela à cause de sa langue qui jouait avec la sienne, au début hésitante, puis de plus en plus énergique.

Oui, c'était bien l'Elise qu'il connaissait. Si douce, si impatiente, si enivrante... il était fou de se repaître d'elle en de telles circonstances. Elle neutralisait sa logique au moment où il en avait le plus besoin – la tentation qu'elle incarnait dépassait toutes les autres.

*
* *

Elise comprenait à peine ce qui lui arrivait. L'instant d'avant, elle avait surpris, abasourdie, Lucien qui semblait bien être en train d'écouter – ou plus précisément, d'espionner –, Ian Noble. Et à présent, elle était subjuguée par son corps collé contre le sien, ses lèvres inquisitrices s'appropriant sa bouche, au milieu d'un tourbillon de silence. Elle fondait sous son baiser, la sensation de son corps solide et mâle contre sa chair. Elle sentit son sexe se durcir au contact de son bas-ventre alors que leurs langues jouaient et s'entrelaçaient. Une vague de désir l'envahit en réaction au sien. Elle avait déjà touché, caressé et sucé son compte de membres masculins, mais cette expérience n'avait rien de commun avec ce qu'elle éprouvait en cet instant... un besoin impérieux, aigu, presque douloureux. Elle était âgée de vingt-quatre ans, et elle ne découvrait que maintenant l'âpreté du désir.

Quelques secondes plus tard, tandis qu'ils scellaient leur baiser, elle releva les yeux vers le visage de Lucien, plongé dans la pénombre. Son corps pulsait contre le sien, brûlant, mâle et électrique. Il posa furtivement un doigt sur ses lèvres avant de la prendre par la main pour l'entraîner plus loin. Elle le suivit sans rechigner, dans le bruissement feutré que produisaient leurs pas hâtifs sur les tapis luxueux. Après ce baiser, elle l'aurait suivi jusqu'en enfer.

Il ouvrit une lourde porte sur un côté du couloir et l'attira dans une pièce inconnue. Quand il referma la pièce, ils se retrouvèrent dans l'obscurité complète. Soudain, il la plaqua contre le mur grâce à son corps large et dur.

— Tu ne renonces jamais, hein ? souffla-t-il d'une voix où se mêlaient de manière étrange l'amusement et la colère. Le spectacle que tu donnais tout à l'heure sur la piste de danse était digne d'une boîte de striptease, dit-il tout contre sa bouche avant de mordiller sa lèvre inférieure.

Une onde d'excitation électrisa la jeune femme.

— Ça t'a rendu jaloux ? Frustré ? demanda-t-elle d'une voix douce tout en jouant à son tour avec ses lèvres.

Il avait un goût merveilleux.

— C'était le but, non ? Je veux que tu saches que j'ai l'intention de te punir pour m'avoir défié de cette façon. Et ça ne t'a pas suffi, il a fallu que tu t'amuses à vendre quasiment la mèche sur notre relation passée avec ta brillante sortie sur mes talents de danseur ?

— Je ne l'ai pas fait exprès.

— Évidemment. Tu ne fais jamais exprès.

— Ça m'a échappé, c'est tout, dit-elle d'une voix haletante alors qu'ils continuaient à jouer avec les lèvres l'un de l'autre.

Elle avait l'impression que sa bouche et son corps étaient en train de se liquéfier.

— Et tes exploits sur la piste de danse, ils t'ont eux aussi échappé ? J'avais l'impression d'assister à des ébats sexuels habillés. Et le comble du comble... tu peux me dire ce que tu croyais faire dans ce couloir ?

— Je ne faisais que te chercher !

— Non. Tu essayais de nouveau de réveiller le serpent endormi. Certaines choses ne changeront jamais, maugréa-t-il en bougeant les hanches de manière à ce que son membre en érection se retrouve collé à l'abdomen d'Elise.

Elle entendit une nuance d'amusement dans ses intonations. Il lui caressa la gorge, la mâchoire, et effleura ses lèvres de ses doigts.

— Tu sais que tu vas devoir affronter les conséquences de tes actes maintenant, n'est-ce pas ?

Sa voix était grave et sensuelle.

Elle entendait les battements de son cœur pulser sourdement à ses tempes, au milieu d'un silence oppressant. Bien que la pièce fût baignée dans un noir d'encre, Elise imaginait très bien le petit sourire de Lucien... la lueur de défi dans ses yeux.

L'orgueil et le désir luttaient en elle.

Le désir l'emporta.

Elle glissa la main entre leurs deux corps et colla la paume contre son érection. *Oh...* Ses testicules étaient fermes – bien plus que ceux de tous les hommes qu'elle avait touchés. Cette preuve fragrante de virilité l'excita encore davantage. Elle le caressa à travers son pantalon, écarquillant les yeux dans les ténèbres. Il lui répondit par un grognement vibrant et grave qui lui donna la chair de poule. Elle sentit une chaleur sourde lui envahir le ventre. D'une main tremblante, elle entreprit de déboutonner son pantalon. Enfin, elle introduisit sa main sous l'étoffe et prit le sexe épais, dur et chaud entre ses mains. Un long soupir s'échappa de ses lèvres.

— C'est bien, dit Lucien tout en couvrant sa bouche d'un baiser rude alors qu'elle continuait à le caresser. Compte sur moi pour te dompter avec ça, et avec le plat de ma main, *ma chère**.

Un désir brûlant comme les braises la submergea. Elle se laissa faire docilement quand il appuya sur ses épaules pour la mettre à genoux.

Partie III

QUAND TU ME DÉFIES

5

Les muscles de Lucien se crispèrent de désir lorsqu'il sentit la petite main d'Elise glisser le long de son sexe à travers son pantalon. Il n'avait pas pris conscience jusqu'à ce moment, de l'intensité de la frustration qu'il avait accumulée dans ses muscles, dans son sang et jusque dans ses os. Elle le touchait d'un geste à la fois agile et hésitant – il aurait pu dire *timide,* mais cet adjectif ne pouvait pas convenir à Elise. Les caresses de la jeune femme le libéraient. Il sentait le désir rugir dans ses veines, au point que même si Ian avait surgi dans la pièce à ce moment pour l'accuser de trahison, il ne se serait pas arrêté. Pas alors que le goût d'Elise s'attardait sur sa langue.

Il plongea les doigts dans ses cheveux, avide de sentir leur contact soyeux, les boucles légères contre sa peau. Le souffle court, il la laissa déboutonner son pantalon tout en frôlant la joue de la jeune femme. Il fermait les yeux en se souvenant du toucher des mains d'Elise sur son membre quelques secondes plus tôt. Elle n'avait pas tremblé, n'est-ce pas ? Puis elle caressa sa chair nue d'un geste assuré. Expert. Un voile rouge était apparu sous ses paupières fermées. Il glissa la main vers l'épaule de la jeune femme et perçut sa délicate ossature et la chaleur de sa peau à travers la fine étoffe de sa robe. Elle remonta les doigts vers l'extrémité de son sexe et en serra toute la longueur dans sa petite main. Le plaisir le transperça de part en part comme une lame acérée, et son pénis gonfla aussitôt.

Il la poussa doucement à genoux. Elle se baissa devant lui tel un rêve silencieux devenu réalité dans les ténèbres.

Pour conserver l'équilibre, elle s'agrippa à ses cuisses. Lucien prit ses testicules en coupe, les souleva légèrement et les fit passer au-dessus de son boxer. Un rictus d'excitation apparut à ses lèvres lorsqu'il sentit sur sa peau le souffle tiède d'Elise. Durant une fraction de seconde, aucun d'eux ne bougea, mais il sentait son attention entièrement focalisée sur lui et la tension qui crépitait entre eux.

Ses lèvres chaudes et écartées le caressèrent, le firent frémir. Elle fit glisser son membre dans sa bouche humide, palpitante, en levant les yeux vers son visage.

— Elise… murmura-t-il sourdement.

Il enfouit les doigts dans ses cheveux et écarta la paume autour de sa nuque. Elle agita la langue contre son gland durci – une langue agile et pointue – et prit ses testicules dans ses mains avant de l'aspirer plus profondément dans sa bouche. Un ronronnement de satisfaction vibra au creux de ses cordes vocales et se répercuta en lui comme un écho. Elle pétrit délicatement ses bourses dans sa paume et accéléra le rythme de sa succion. Ses lèvres serrées allaient et venaient comme un piston autour de son membre et l'absorbaient chaque fois plus loin… centimètre par centimètre, vers le fond de sa gorge.

Il regrettait amèrement de ne pas la voir, mais en était en même temps soulagé. La scène avec Hugues Langier lui revint en mémoire comme un flash – il savait que s'il contemplait Elise lui faire la même chose, il perdrait la maîtrise de lui-même... et ce moment divin s'achèverait prématurément.

Non, il ne voulait pas penser à cet homme maintenant. Elise était toute à lui, le temps de ce moment volé dans les ténèbres. Il ne la partagerait pas, même avec un souvenir.

Elle le fit glisser en elle jusqu'à ce qu'il sente l'anneau étroit de sa gorge autour de l'extrémité de son sexe. Un grognement guttural fit trembler son larynx, et il crispa instinctivement les doigts autour du crâne de la jeune femme. Brusquement, elle passa à un rythme saccadé, rapide, qui porta l'excitation de Lucien jusqu'à l'extrême. Il écarquilla les yeux. Elle le prit encore plus profondément, plus loin, avec une avidité évidente qui obligea Lucien à serrer les dents pour contrôler son désir. Elle eut un réflexe de haut-le-cœur quand son pénis buta contre sa glotte, mais elle se domina aussitôt.

Ce fut finalement lui qui recula sous l'effet d'un spasme. Son membre glissa hors de la gorge d'Elise, sans quitter sa bouche. Maudit bout de femme... toujours en train de le tester, de le pousser à bout.

— Ne bouge pas, dit-il d'une voix plus dure qu'il ne l'aurait voulu.

Il raffermit sa prise à l'arrière de son crâne et passa les doigts entre ses mèches de cheveux pour l'empêcher de plonger la tête en avant. Elle poussa un gémissement, qui se répercuta en une vibration érotique autour de son sexe et le fit grimacer.

Il avait cédé à son désir pour elle, mais elle ne lui imposerait pas son rythme.

— Je vais contrôler tes mouvements jusqu'à nouvel ordre. Tu as compris ?

Sa langue glissa sous la hampe de son membre. Il resserra encore l'étau.

— Espèce de provocatrice…

Il fléchit les hanches et se mit à aller et venir lentement entre ses lèvres durant quelques délicieuses secondes.

Oui. C'était de ça qu'il avait besoin : regagner le contrôle sur ce désir brûlant, imposer son rythme et ses préférences. Elle émit un long gémissement de bien-être et il fit une pause, les mâchoires contractées.

— Je ne crois pas t'avoir dit que tu pouvais gémir. Si ? la défia-t-il d'un ton tranquille.

Durant un moment, elle se figea, mais elle finit par secouer légèrement la tête, imprimant sur son sexe une pression délicate.

Il était content qu'elle ne puisse pas le voir sourire. Elle était véritablement exquise. La dompter allait être une douce agonie. Sous l'effet de sa langue, des pulsations de plaisir couraient le long de son pénis et remontaient en ondes électrisantes jusqu'à sa colonne vertébrale.

— Maintenant, je te le dis, fillette. Gémis pour moi.

Elle lâcha un râle d'extase, qui s'adoucit ensuite en un ronronnement satisfait alors qu'il arquait les hanches, usant de sa bouche à son gré. Seigneur, que c'était bon ! Les doigts de la jeune femme remontèrent le long de son bassin et glissèrent sous l'élastique du boxer pour malaxer ses fesses. En sentant ses ongles s'enfoncer dans sa chair, il faillit jouir. Il y avait quelque chose d'incroyablement érotique dans la façon qu'elle avait de le caresser délicatement tout en suçant son sexe avec enthousiasme… Il ne tiendrait pas beaucoup plus longtemps dans ce tourbillon de délices.

— Utilise ta main, ordonna-t-il.

Maintenant, ses paroles n'étaient plus dictées par la raison, mais par la convoitise. Le poing menu de la jeune femme se mit à masser la base de son membre tandis qu'il continuait à aller et venir dans sa bouche. Aucun homme n'aurait pu survivre très longtemps dans un tel abîme de luxure.

— Petite sorcière, dit-il d'un ton accusateur et tendre.

Il donna un coup de reins et sentit l'extrémité de son sexe enserré dans la gorge de la jeune femme. Elle eut un infime mouvement de recul mais se reprit aussitôt et l'engloutit encore plus profondément.

— Oui... lâcha-t-il d'une voix étranglée.

Il savait que le picotement croissant dans ses testicules était le signe que l'exquise torture allait bientôt prendre fin. Elle le prenait de plus en plus vite, en rythme parfait avec les mouvements de son poing. Le bruit moite de succion résonnait dans les oreilles de Lucien.

Il s'enfonça d'un coup en elle et la maintint immobile pendant que l'orgasme le ravageait. Tout devint noir et silencieux durant quelques secondes. Quelque part en lui, il trouva la force de ne pas crier.

C'est du moins ce qu'il espérait.

Ce n'était sans doute qu'un grondement sourd, profond et rauque qui avait fini par émerger de sa gorge au plus fort de cet ouragan de plaisir.

Il recula de quelques centimètres, glissant contre sa langue, et continua à se répandre dans sa bouche, terrassé par la force de la jouissance. À travers le brouillard de l'orgasme, il perçut la bouche de la jeune femme qui enserrait encore son membre, ses doigts qui le caressaient tendrement et tenaient fermement ses testicules.

À bout de souffle, il tenta de reprendre sa respiration, paupières serrées.

La lumière s'alluma dans le couloir, projetant un mince rai de lumière sous la porte fermée. Il se figea, les doigts toujours entremêlés aux cheveux d'Elise. Cette dernière perçut peut-être sa brusque tension, car elle s'immobilisa elle aussi.

— Ian ? entendit-il en reconnaissant la voix de Francesca.

Les lèvres d'Elise continuaient à bouger autour de son pénis, le maintenant dans un état de semi-érection. Finalement, la lumière s'éteignit.

Ce ne fut qu'à cet instant qu'il prit conscience de la réalité : où ils étaient, ce qui venait d'arriver. Ce n'était pas ça qu'il avait prévu. Vraiment pas.

À regret, il glissa son sexe encore sensible hors de la chaleur de la bouche d'Elise.

— Viens, murmura-t-il en posant les mains sur ses épaules.

Il l'aida à se remettre sur pied et caressa ses joues lisses. Il sentait qu'elle était encore excitée, et de nouveau, le remords l'envahit.

— Je ne pense pas qu'ils aient remarqué notre absence pour le moment, dit-il en reboutonnant hâtivement son pantalon.

— Lucien…

— Plus tard.

Sa voix était tendue à cause de tout ce qu'il ne pouvait pas dire, mais ce silence forcé sonnait aussi comme une remontrance. Elle méritait une punition bien plus sévère pour ce qu'elle avait fait. Il se rapprocha d'elle et la prit dans ses bras. Elle était petite, chaude et intensément féminine contre lui. Il l'embrassa, d'abord sur les joues, puis sur la bouche. Elle avait un goût de miel. L'odeur de sexe demeurait sur sa langue, le mélange de leurs deux saveurs... un nectar enivrant.

— Tu m'as donné beaucoup de plaisir, chuchota-t-il avec franchise un peu plus tard.

— J'en suis heureuse.

Il se tut pendant un instant, bouche entrouverte, bouleversé par la simplicité et la douceur de sa réponse. Il pencha la tête pour l'embrasser avec plus de fougue. Au diable les circonstances !

Au loin, il entendit une porte se fermer et il se figea. Il trouva à tâtons la main d'Elise et la prit dans la sienne avant de tendre l'autre vers la poignée.

— Je vais te montrer la salle de bains pour que tu puisses te rafraîchir. Attends quelques minutes, puis remonte sur la terrasse et participe à la fête comme si de rien n'était, jusqu'à ce que nous puissions partir sans froisser Ian et Francesca.

Dans la pénombre du couloir, il entrevit le visage rayonnant de la jeune femme, encore rosi par l'excitation... ses lèvres rougies et gonflées. Un juron étouffé jaillit de ses lèvres. Ses yeux d'un bleu profond étaient grands ouverts et scintillaient de désir. Elle était sublime, l'image même de la tentation. Certains des convives présents sur la terrasse devineraient aisément ce qu'elle venait de faire avec cette bouche.

*

* *

— Je vais t'apporter des glaçons dans la salle de bains, murmura Lucien avec calme tout en la guidant à travers l'appartement.

— Pourquoi ? demanda-t-elle d'une voix un peu hébétée.

Elle avait l'esprit embrumé. Mener Lucien jusqu'au plaisir l'avait littéralement enivrée. Elle voulait recommencer. Elle voulait le chevaucher sauvagement, là, tout de suite. Il ouvrit une porte et elle se rendit compte qu'elle ouvrait sur une salle d'eau.

Lorsqu'il toucha sa bouche, elle se figea.

— Parce qu'un salaud vient d'abuser de tes splendides lèvres, voilà pourquoi. La glace va les faire dégonfler un peu.

Sa voix vibrante lui donna la chair de poule.

— Dix coups de fouet pour le coupable.

— Vingt pour la victime, répondit-il du tac au tac.

Elle haussa les sourcils avec curiosité. Le regard de Lucien devint farouche.

Il voulut quitter la pièce, mais elle lui agrippa la main. Quelques instants plus tard, elle se mit à gémir de plaisir quand il la serra contre lui, prenant possession de ses lèvres. Elle fut récompensée par un grondement d'envie.

Oui. Elle le tenait, à présent.

— Oublie la glace, murmura-t-elle d'une voix enjôleuse. Emmène-moi chez toi.

Il la dévisagea sans rien dire. Elle sentit son corps se crisper, et un sentiment de triomphe l'envahit.

— C'est ce que j'ai prévu, Elise. Mais plus tard. Je vais m'efforcer d'arrondir les angles avec Ian et Francesca, et nous devons prendre congé convenablement.

— Ian et Francesca sont adultes. Ils savent que ce genre de chose peut arriver. On s'excusera demain.

— Laisse-moi juste quelques minutes. On partira très vite.

Elle se cambra et colla son bassin contre le sien.

— Non, *maintenant* !

Il la dévisagea, les narines frémissantes. Elle sentait son corps répondre au sien. Lorsqu'il détourna finalement la tête, son cœur cessa de battre. Elle savait que le charme était brisé.

— Souviens-toi, Elise. Mes lois. Sois patiente, ajouta-t-il d'un ton bourru.

Il déposa un dernier et sensuel baiser sur ses lèvres, puis se détacha de son étreinte.

— Ne me laisse pas tomber maintenant, Lucien.

Seigneur... Elle se sentait si vulnérable ! S'il lui tournait le dos après ce qui venait de se passer, elle ne pourrait pas le supporter. Ne voyait-il pas à quel point elle avait envie de lui ? Ne comprenait-il pas à présent qu'Elise Martin avait enfin trouvé l'homme auquel elle voulait se donner et, qu'à partir de là, il était censé se comporter exactement comme elle l'aurait imaginé ? Oui, ce raisonnement semblait égoïste... mais était-il si absurde de croire qu'il se montrerait aussi impétueux et fou de désir qu'elle-même l'était ?

— Je ne te laisse pas tomber. Ce n'est pas facile pour moi non plus. Ne prends pas un air si dramatique, Elise.

Elle se raidit. C'était ça qu'il pensait ? Que l'envie qu'elle avait de lui n'était qu'un béguin d'hystérique ? Cette simple idée lui nouait les tripes.

— Elise... tenta-t-il à nouveau.

Mais il s'adressait à une porte close.

*

* *

Cinquante minutes plus tard, Lucien avait rejoint Ian et Francesca sur la terrasse, et évitait délibérément de regarder la porte qui menait à l'appartement. Aucun convive n'avait semblé se formaliser de sa courte disparition et de celle d'Elise, soit qu'ils ne l'eussent pas remarquée, soit qu'ils fussent trop polis pour la commenter. Ian l'avait certainement constaté, mais connaissant bien son ami, il considérait sans doute qu'il s'agissait de jeux sexuels qui ne le regardaient en rien.

Leur absence n'avait pas prêté à conséquence, du moins en apparence, mais pourquoi Elise mettait-elle si longtemps à revenir ? Il commençait à s'inquiéter. Il n'avait pas voulu lui faire mal – et rien de tout cela ne serait arrivé s'il avait été capable de résister à ses charmes.

Quelqu'un avait changé de musique et choisi un mélange pop plus tranquille. La danse avait cessé. Tout semblait moins excitant en l'absence d'Elise. Elle avait toujours joué un rôle de catalyseur de fête, de champagne pétillant. La flamme dansante. Lucien songea que c'était peut-être parce que sa mère avait distingué très tôt ce trait de caractère chez elle qu'elle l'avait exclue des bals et autres cocktails durant son adolescence. Madeline Martin ne souffrait aucune rivale en société.

Lucien, Ian et Francesca se laissèrent aller à un silence paisible. Francesca était lovée au creux du bras de son futur mari, et Lucien s'était adossé contre le bar. Le Français étudiait discrètement le visage de Ian pour essayer de discerner une réaction au coup de téléphone qu'il avait reçu. Lorsque ce dernier releva les yeux, il porta son verre à ses lèvres comme si de rien n'était. Comme de coutume, Ian dissimulait très bien ses émotions. Lucien avait envie de lui demander si tout allait bien, mais il s'en empêcha. Il ne pouvait pas découvrir ses cartes.

Il voyait Caden et Justin jeter des regards fréquents vers la porte de l'appartement – leurs mines désappointées suffisaient à l'informer que la jeune femme n'avait pas réapparu.

— Elise est la fille de Louis Martin, n'est-ce pas ?

Lucien demeura impassible, même si la question de Ian l'avait pris au dépourvu. Les battements de son cœur s'accélérèrent. Il n'aurait pas dû être surpris que son ami sache précisément qui était Elise. Cet homme prenait toujours soin de se tenir parfaitement informé sur toutes les choses en rapport – même lointaines – avec ses affaires.

— Oui. La fille unique de Martin.

— Son héritière, rajouta Ian en scrutant attentivement son visage.

Francesca se détacha de l'étreinte de Ian, percevant peut-être la soudaine tension dans l'atmosphère.

— Je crois que je vais redescendre à l'appartement et voir ce que fait Elise, dit Francesca.

Lucien hocha la tête, soulagé. La fiancée de Ian s'inquiétait également. Et il savait que, si quelque chose n'allait pas, Elise ouvrirait plus facilement la porte de la salle de bains à une autre femme qu'à lui. Il en savait assez sur la gent féminine pour comprendre cela.

Quand Francesca fut partie, Ian sembla se retenir de poser d'autres questions sur Elise, comme s'il comprenait que Lucien n'avait pas envie de s'étendre sur le sujet. Ils discutèrent de l'hôtel que Lucien venait d'acheter et des idées qu'il voulait mettre en œuvre. Lorsque Francesca revint, cinq minutes plus tard, toujours sans Elise, Lucien décolla brusquement son dos du bar. Il avait sans doute échoué à masquer son inquiétude, car la jeune femme s'adressa directement à lui, pas à Ian :

— Elise ne se sentait pas très bien. Je lui ai appelé un taxi, elle vient de partir.

— Qu'est-ce qui n'allait pas ? demanda Lucien.

— Elle m'a assuré qu'elle se sentait juste un peu nauséeuse à cause du champagne, lui répondit Francesca en le dévisageant.

— Mais tu ne la crois pas ? reprit Lucien.

— Si, bien sûr, mais... il m'a semblé qu'il y avait autre chose. Elle avait l'air un peu troublée, rajouta prudemment Francesca.

Ian ne dit rien, observant son ami. Lucien reposa son verre. Eh bien, de ce côté, c'était raté. Ian et Francesca, au moins, imaginaient assez bien ce qui s'était passé avec Elise un peu plus tôt dans l'appartement. Il n'était pas sûr de ce qu'ils comprenaient d'autre, ou des spéculations qu'ils pouvaient faire, mais ce fait-là, au moins, était certain.

— Je ferais mieux de l'imiter, dit-il en reboutonnant sa veste. Merci beaucoup pour la soirée, et une fois encore, mes félicitations. Vous voir tous les deux aussi heureux me donne de l'espoir.

Il serra la main de Ian et fit la bise à Francesca. Il s'éclipsa ensuite sans dire au revoir aux autres invités – il ne voulait pas que Justin et Caden comprennent qu'Elise était déjà partie.

Il ne voulait pas non plus que les deux jeunes hommes essaient de la pister, parce que c'était exactement ce qu'il avait l'intention de faire.

Elise quitta à pas de loup la chambre de l'hôtel Cedar et verrouilla la porte derrière elle avant de s'avancer silencieusement dans le couloir sombre. Elle guettait avec angoisse le grincement caractéristique de la porte de la chambre 16, mais Baden Johnson ne donnait pas signe de vie.

Elle n'osa respirer que quand elle eut atteint le bout du passage. L'ascenseur de l'hôtel miteux était en panne depuis qu'elle était là, et elle descendit donc furtivement par les escaliers pour s'échapper dans la nuit.

Malheureusement, ses parents nourrissaient toujours l'espoir qu'elle rentre à Paris et qu'elle épouse Erik Cebir, l'héritier d'une grande entreprise pharmaceutique suisse. Comme elle n'avait cessé de leur opposer son refus, son père avait fini par lui couper les vivres. Le premier et dernier salaire qu'elle attendait de *Fusion* n'arriverait pas avant le mardi suivant, et elle était presque à court de fonds. En fait, elle n'avait même pas assez sur elle pour payer le taxi qui l'avait ramenée. Le chauffeur, imperméable à son charme, avait exigé qu'elle monte immédiatement dans sa chambre pour chercher la somme restante, faute de quoi il appellerait la police.

— Voilà, dit-elle en tendant un objet au chauffeur par-dessus la vitre ouverte.

— Qu'est-ce que c'est que cette merde ?

Elise sentit une vague d'irritation monter en elle.

— C'est une montre, répondit-elle d'un air farouche. Ça couvrira le prix de la course. À peu près au centuple, ajouta-t-elle dans un murmure.

C'était un des derniers objets de valeur qu'elle avait conservé avec elle ; il lui avait été offert par une tante qu'elle aimait peu, réputée pour se débarrasser ainsi de ses propres cadeaux.

Le chauffeur dévisagea Elise puis la façade minable de l'hôtel d'un regard sceptique, avant de lui rendre la montre.

— Non merci. Je veux mes douze dollars, et mon pourboire.

— C'est une Cartier, espèce d'idiot !

— Bien sûr. Le Prince Charles en a certainement une, mais je suis pas aristo, moi. Je veux mon argent.

— Mais vous ne comprenez pas ! Vous apportez ça à n'importe quel établissement de prêt sur gages, et...

— Qu'est-ce qui se passe ici ? intervint une voix caverneuse.

Elise déglutit péniblement quand elle identifia la silhouette épaisse qui se dessinait dans la nuit. *Et merde.* Baden Johnson avait manifestement été jadis un homme costaud, mais l'âge l'avait décrépit - ce qui ne voulait pas dire qu'il ne conservait pas quelques restes de force.

— C'est votre petite copine ? lança le chauffeur. Elle me doit douze dollars, plus le pourboire.

Elise recula de quelques pas en voyant Baden approcher.

— Qu'est-ce que c'est que ça ? demanda l'homme en tendant la main vers la montre.

Elle retira précipitamment sa main, mais trop tard. La montre en platine étincela entre les gros doigts de Baden. Il l'éleva devant lui pour l'examiner dans la semi-obscurité. Ses yeux s'étrécirent et une lueur mauvaise apparut dans ses prunelles. Elise balaya la rue du regard, mais personne d'autre n'était en vue.

— C'est... ce n'est rien. Juste une babiole bon marché. Je vais juste... je vais remonter et aller chercher l'argent.

Elle tentait à tout prix de gagner du temps, espérant rejoindre la relative sécurité de sa chambre verrouillée.

— T'inquiète pas pour ça, ma poupée, dit Baden en portant la main à sa poche pour en tirer quelques billets graisseux. Je vais payer ce que tu dois. J'aimerais bien voir d'autres « babioles bon marché ».

— Non, s'il vous plaît...

— Eh ! la coupa Baden d'une voix menaçante.

Ses dents striées de brun luisaient sous la lumière des lampadaires, évoquant pour Elise celles d'un vampire. Elle avait découvert que Baden était grand amateur de tabac à chiquer.

— Tu trouveras bien un moyen de me rembourser, hein ? reprit Baden. Là, tout de suite, j'imagine facilement une dizaine de façons.

Rien que de sentir sur elle son regard libidineux lui donnait l'impression d'être recouverte de saleté.

Elle se mit à réfléchir à toute allure.

— Oui. Bien sûr. Merci, Baden.

À l'instant où il détourna les yeux, elle s'élança.

Elle n'avait pas trouvé de meilleure idée. Au moins Baden était-il en train de compter les billets pour le taxi... Ça lui donnerait quelques secondes d'avance pour courir vers sa chambre et s'y enfermer. C'était en tout cas mieux que d'attendre que Baden soit inoccupé, le taxi reparti, et la rue vide.

— Eh ! Arrête-toi, espèce de petite...

Mais Elise ne s'arrêta pas. Elle atteignit la porte de la cage d'escalier et se jeta vers la poignée. À l'instant où elle entrevoyait les premières marches du réduit sordide, un bruit dans son dos l'alerta. Elle jeta un regard par-dessus son épaule et poussa un cri.

Le gros Baden s'était élancé à sa poursuite, à dix mètres à peine derrière elle. Il avait l'air furieux et déterminé.

Elle gravit les marches aussi vite qu'elle le pouvait, se maudissant de n'avoir pas eu la présence d'esprit de retirer ses talons hauts. À travers les battements sourds de son cœur, elle entendit la porte métallique se refermer et le bruit des lourdes bottes de Baden sur les premières marches.

— Ralentis un peu, petite Française. Je crois que tu caches des choses à tes voisins. C'est pas très correct, tu crois pas ? L'est temps que t'apprennes à être plus gentille, vu que t'es étrangère dans ce pays.

En entendant sa voix calme et enjôleuse résonner dans la cage d'escalier vide, Elise ressentit un frisson qui lui glaça le dos. Pourquoi, mais pourquoi avait-elle seulement accepté d'échanger quelques mots avec lui ? Elle aurait mieux fait de l'éviter simplement, comme n'importe quelle femme sensée, au lieu d'essayer de l'amadouer par son charme. Le claquement des bottillons se rapprocha au moment où elle arrivait à l'étage. Son cœur bondit dans sa poitrine.

Il allait la rattraper.

Seigneur. Ça allait réellement arriver ? Après toutes ces années de nuits passées en discothèque en compagnie d'abrutis et d'ivrognes, elle avait réussi à échapper à ça. Allait-elle être violée ou battue maintenant, au moment où elle essayait enfin de reprendre le contrôle de sa vie ? Non. Cette idée était insupportable. Lorsque Baden lui attrapa brutalement le bras, elle réagit instinctivement en virevoltant sur elle-même comme une tornade pour lui décocher un coup de poing en plein visage.

— Va te faire foutre ! s'exclama-t-elle en français. Ôte tes sales pattes de moi, espèce de salopard !

Cette réaction farouche et inattendue sembla les déstabiliser tous les deux durant quelques instants. Au bout d'une brève lutte, cependant, Baden reprit le dessus.

— Petite salope, siffla-t-il entre ses dents.

Quand Elise vit son visage, la terreur s'empara définitivement d'elle. Elle avait dû lui faire mal, et il était furieux comme un chien affamé qu'on moleste.

— Non ! cria-t-elle alors qu'il l'empoignait par les cheveux.

Mais sa voix fut coupée net quand il lui projeta la tête en arrière, pour faire en sorte qu'elle ne puisse plus voir ce qu'il faisait. Le souffle coupé, elle se prépara psychologiquement à la douleur.

Elle fut brusquement secouée, mais pas par la poigne de Baden. Libérée de son emprise, elle trébucha en direction de l'escalier. Un bruit guttural, typique d'un homme qui reçoit un coup dans l'estomac, lui fit relever la tête. Le son écœurant d'un craquement d'os suivit aussitôt, et Baden tomba à genoux.

— Pour qui tu te prends, sale fils de...

— Lucien, murmura Elise en ignorant les jurons de Baden.

Elle était à la fois choquée et désorientée de reconnaître la grande silhouette qui surplombait son agresseur.

— Je suppose que tu vis dans ce bouge infâme ?

— Oui, répondit-elle en tremblant.

— Rentre immédiatement dans ta chambre, et verrouille la porte.

— Mais je...

— Fais ce que je dis, Elise, dit-il avec un calme surnaturel tandis que Baden commençait à se relever.

Elle gravit tant bien que mal les escaliers, s'aidant des mains et des genoux avant de regagner enfin son équilibre. Alors qu'elle ouvrait grand la porte de l'étage, elle entendit une fois encore l'inimitable bruit d'un poing qui s'enfonce dans la chair, suivi d'un grognement vicieux.

*

* *

Une heure et demie plus tard, Elise referma la porte derrière les deux officiers de police qui s'étaient présentés après qu'elle eut appelé le 911.

— Mets le verrou, dit calmement Lucien derrière elle.

Ils étaient à présent seuls dans la pièce. Entre l'arrestation de Baden et les questions des policiers, Elise n'avait pas vraiment eu le temps d'éprouver de l'embarras. Maintenant, ce sentiment la frappait de plein fouet. Honteuse, elle vit Lucien balayer du regard la chambre minable où elle vivait. Elle ferma la porte à double tour avant de se tourner vers lui.

Baden était maintenant dans une cellule du commissariat, après un bref passage à l'hôpital Stroger pour soigner ses multiples contusions. Lucien, à l'inverse, n'arborait qu'une légère coupure au-dessus de son sourcil droit. Il n'avait pas laissé les secours examiner la plaie, leur disant de s'occuper seulement de Baden. Plus tard, il avait laissé Elise nettoyer son visage et apposer un petit pansement. Il n'avait pas prononcé un mot tandis qu'elle prenait soin de lui.

En fait, il n'avait quasiment pas parlé à Elise dans l'heure qui avait précédé – il avait fait sa déposition devant les policiers et écouté attentivement la jeune femme raconter sa version des faits.

Jamais, au grand jamais, elle n'aurait imaginé que la soirée se terminerait de cette façon. Et si Baden avait sorti un flingue ou un couteau, et qu'il l'avait tuée sur les marches de cet escalier ? Cette horrible pensée la fit frissonner. Maintenant qu'ils n'étaient rien qu'à deux, elle ne savait pas quoi dire.

— Est-ce que tu vas bien ? lui demanda-t-elle en étudiant sa réaction.

Il était adossé contre une armoire en contreplaqué, le visage calme, paisible – incroyablement séduisant dans son costume de sport. Étrangement, le pansement sur son arcade droite s'accordait à la perfection avec son apparence.

— Ça va. C'est pour toi que je m'inquiète.

— Comme je l'ai dit aux policiers, il n'a fait que m'agripper.

— Tu as eu de la chance.

Elle partit d'un rire nerveux et s'avança vers lui.

— Que tu viennes ? Oui, en effet. (Elle détailla ses traits implacables.) Je... je ne sais pas comment te remercier.

Comme il ne répondait pas, elle le dévisagea en avalant péniblement sa salive.

— Je suis désolée d'être partie comme ça de la fête. Je me sentais...

— Rejetée ? acheva-t-il doucement.

Elle baissa les yeux. Prononcé par Lucien, ce terme paraissait idiot. Mais pourquoi avait-il refusé de céder sur-le-champ à son désir pour elle comme le faisaient les autres hommes ? La trouvait-il moins attirante qu'elle ne l'avait cru au départ ? Elle ne savait plus comment se comporter avec lui.

Comment reprendre le dessus.

— Ce n'est pas parce que je me contrôle que je ne te désire pas comme un fou, Elise, dit-il comme s'il lisait dans ses pensées. (Il se redressa et se rapprocha d'elle.) J'ai une dette envers toi.

Ces paroles, prononcées d'une voix grave, la sidérèrent.

— Qu'est-ce que tu veux dire ?

— Tu peux m'expliquer, nom de Dieu, ce que tu fais dans ce taudis ?

Ses narines frémissaient de colère contenue.

— Ce n'est pas un taudis ! C'est un hôtel parfaitement respec...

Elle s'arrêta au milieu de sa phrase, interrompue par un claquement de porte dans le couloir, des jurons de femme stridents et un homme qui lui répondait dans un espagnol frénétique. *Mme Inga. Un de ses clients a dû l'arnaquer.* Elle remarqua le froncement de sourcils appuyé de Lucien et changea très vite de stratégie.

— Je dois vivre avec les moyens que j'ai, Lucien. Je fais du mieux que je peux.

— Tes *moyens* ? Tu es richissime.

Elle redressa la tête et le regarda droit dans les yeux

— Mon père n'approuve pas mon nouveau projet de vie. Il m'a coupé les vivres.

Un silence pesant s'abattit, et elle eut du mal à soutenir son regard.

— Je t'ai explicitement demandé si tu avais suffisamment d'argent pour vivre dans cette ville.

— J'en ai suffisamment.

— Je voulais dire « assez pour vivre dans des conditions décentes ». Et tu le savais parfaitement.

— Non. Comment étais-je censée le savoir ?

— Parce que c'est ce qu'aurait entendu par-là n'importe quel adulte sain d'esprit !

Sa véhémence soudaine la déstabilisa. Elle ne recula pas, ni ne baissa les yeux, mais les secondes qui suivirent furent éprouvantes pour elle. L'expression de Lucien se modifia. De l'impuissance ? Il ferma un instant les yeux et détourna le regard.

— C'est dangereux, ici. Je n'arrive pas à croire que tu t'y sois installée.

— Ce n'est pas dangereux, répéta-t-elle d'une voix butée en évitant de le regarder.

Il sortit quelque chose de sa poche.

— Je suppose que c'est à toi ? demanda-t-il en lui tendant la montre qu'elle avait voulu donner comme paiement au chauffeur de taxi.

— Où est-ce que tu l'as trouvée ?

Elle fit mine d'examiner la montre, mais son attention était tout entière concentrée sur Lucien.

— Dans les escaliers. Baden l'a laissé tomber. Qu'est-ce qu'il faisait avec ? Il te l'a volée ?

Elle contempla le sol sans rien dire. Dans sa déposition à la police, elle avait omis la partie où elle avait négocié avec le chauffeur du taxi. Elle n'avait pas voulu que Lucien entende ça. Aussi bizarre que ça paraisse, elle ne s'était pas rendu compte qu'il était potentiellement risqué d'arborer un objet d'une telle valeur dans le voisinage.

Elle le comprenait, maintenant, à travers le regard de Lucien.

— Elise ? insista-t-il. Que faisait Baden avec cette montre ? Tu ne la portais pas chez Ian et Francesca.

Elle haussa les sourcils, mais cette observation de Lucien ne la surprenait pas vraiment. Il avait l'habitude de remarquer les plus petits détails.

— Je... je n'avais pas assez d'argent pour payer le taxi, avoua-t-elle lamentablement.

Un silence horrible s'abattit sur eux.

— Alors, tu es montée dans ta chambre pour trouver un objet à proposer au chauffeur en guise de paiement, et tu as choisi une montre d'une valeur de plusieurs milliers de dollars ? Tu es complètement dingue pour exposer un bijou aussi précieux au milieu de cet endroit piteux ?

— C'était la seule chose que je pouvais marchander.

— Et Baden a vu qu'il s'agissait d'un objet de valeur et te l'a pris ?

— Oui, murmura-t-elle d'une voix étranglée par la honte.

— Baden était assez intelligent pour comprendre que si tu acceptais de te défaire ainsi d'une montre Cartier, tu détenais sans doute dans ta chambre des objets encore plus précieux, dit-il en lorgnant vers l'antique boîte à bijoux posée sur la commode.

Elle ferma les yeux, humiliée. Que lui aurait fait ce déchet humain si Lucien n'était pas arrivé ?

Rentre chez toi, lui susurra une petite voix dans sa tête. *Marie-toi. Laisse quelqu'un d'autre s'occuper de toi. Tu n'as jamais été capable de le faire toi-même.*

— À quoi penses-tu, Elise ?

Elle croisa son regard et releva bravement le menton en dépit des larmes qui perlaient à ses paupières.

— À la même chose que toi, sans doute. Que je devrais rentrer à Paris avant de provoquer de pires catastrophes.

L'espace d'un instant, le visage de Lucien perdit sa dureté – un moment si bref qu'Elise se demanda si elle ne l'avait pas imaginé. Il s'avança vers elle et la prit dans ses bras.

— Ce n'est pas ce que je voulais dire. N'abandonne pas, murmura-t-il à son oreille.

Sa voix grave était pleine de... regret ? D'inquiétude ? Elle n'aurait su le dire. Tout ce qu'elle savait, c'était qu'elle se sentait comme au paradis dans ses bras. Elle posa la joue contre son torse et respira en tremblant son odeur tandis qu'il enfouissait les doigts dans ses cheveux. Il sentait si bon – le savon citronné, son eau de rasage fétiche et un soupçon de musc intime dû à l'épisode de l'appartement. Au souvenir de ce qui s'était passé dans la pièce sombre, elle se raidit involontairement de désir. La main de Lucien bougea, engloba l'arrière de son crâne comme un socle parfait.

— Je suis désolée, Lucien. Je n'ai jamais voulu te blesser, dit-elle d'une voix étouffée en essayant de contrôler l'émotion qui enflait dans sa poitrine.

— Ça, je le sais, répondit-il d'un ton caressant. Je ne suis pas offensé, c'est pour toi que je m'inquiète. Tu te comportes de manière tellement impulsive... Il t'aurait suffi de me demander de t'aider financièrement.

— Je ne pensais pas en avoir besoin.

Elle sentit ses doigts descendre le long de sa nuque et leva le visage vers lui.

— Eh bien, tu avais tort. (Il la toisa, les paupières baissées. Elise sentit ses tétons se durcir sous sa robe.) Je te dois une punition pour ta conduite irréfléchie. Je te dois aussi du plaisir, en retour de celui que tu m'as offert. Enlève tous tes vêtements, Elise.

— Hein ?

Le cœur de la jeune femme s'arrêta un instant de battre. Elle sentit ses joues s'empourprer.

— Tu m'as bien entendu, répliqua-t-il.

Ça y est.

Elle était incapable d'articuler un mot. D'un geste mécanique, elle commença à défaire le collier de perles autour de son cou. Que ressentait-elle, au juste. De la honte ? Non... de la timidité. Elle, Elise Martin, découvrait la pudeur et la timidité.

Elle n'aurait jamais imaginé cela possible. Mais ce n'était pas face à n'importe quel homme.

C'était face à Lucien.

6

Il s'était promis de ne pas se laisser consumer par les flammes, mais l'embrasement commença dès qu'il la vit ôter lentement le collier à son cou. Ces perles l'intriguaient. Ce n'était pas un bijou hors de prix. En fait, depuis qu'elle travaillait chez *Fusion*, il nourrissait une certaine estime pour la jeune femme car elle faisait peu étalage de sa richesse en arborant des accessoires ou des vêtements de luxe. Elise était une très belle femme, après tout, en plus d'être la fille d'un célèbre grand couturier. Depuis sa naissance, elle était réputée pour porter les tenues les plus coûteuses du monde, et malgré tout, elle s'efforçait de passer inaperçue – autant qu'il l'était possible pour un météore flamboyant.

Elle dégrafa ensuite la ceinture autour de ses hanches. Il avait remarqué à l'instant où il l'avait vue, ce soir-là, que l'étoffe bleue de sa robe soulignait parfaitement sa peau pâle et ses yeux de saphir. Sous la robe, elle portait des dessous en soie de la même couleur. Quelques heures plus tôt, alors qu'elle dansait de manière si provocante avec Caden, une bretelle avait glissé sur son épaule et il avait entrevu son soutien-gorge tandis qu'elle ondulait des hanches en le regardant d'un air de défi.

À ce souvenir, un mélange d'excitation et d'irritation l'envahit.

Elle avait un corps menu, mais fait pour le sexe. Sa taille était si étroite qu'il aurait pu l'entourer de ses deux mains ouvertes, et pourtant, elle était tout sauf maigre. Les courbes de ses hanches satinées semblaient appeler les caresses des hommes, et la simple vision de son ventre plat et de ses cuisses fuselées fit se dresser le membre de Lucien. Elle avait des seins généreux pour sa silhouette mince ; il se demanda si elle avait eu recours à la chirurgie esthétique, mais il en doutait fortement. La mère d'Elise était une actrice à la beauté louée dans le monde entier, et bien qu'elle soit un peu plus petite, la jeune femme tenait beaucoup d'elle physiquement. Elle avait la beauté de Madeline Martin en plus distillée et condensée.

Encore une des raisons pour lesquelles la mère jalousait la fille.

— Enlève le soutien-gorge. Je m'occuperai de la culotte, dit-il d'un ton bourru.

Il lui sembla que l'air lui brûlait les poumons quand Elise dégrafa son soutien-gorge et libéra ses seins. Son sexe se cabra sous l'étoffe de son pantalon.

Non. Pas encore.

Elle laissa retomber ses bras contre ses flancs, laissant exposée sa poitrine ferme aux tétons roses. Ses yeux étaient toujours baissés. C'était tellement étrange de voir Elise dans une position qui évoquait même de loin l'idée de soumission... Étrange, et formidablement excitant.

Il ferma un instant les paupières pour chasser l'image de la jeune femme et reporta son attention sur la chambre pouilleuse dans laquelle elle vivait. Il étrécit les lèvres en voyant les barreaux aux fenêtres. S'avançant vers la commode, il prit la brosse à cheveux en émail et argent qu'il avait remarquée plus tôt.

— Ramasse tes perles et viens ici, dit-il en désignant d'un geste l'extrémité du misérable lit double.

Il devait reconnaître une chose en faveur d'Elise : elle avait tenu cette chambre dans un état aussi propre et ordonné que possible. Son cœur se serra à l'idée qu'une femme aussi splendide vive dans un tel taudis.

Il s'assit sur le rebord du lit, et les ressorts grincèrent. Elise n'avait toujours pas bougé et regardait alternativement la brosse qu'il tenait à la main et le rang de perles qu'elle avait posé sur la commode.

— Je vais te dire ce que je compte faire avec. Apporte-les-moi.

Elle ramassa les perles et s'approcha de lui, sans oser tout à fait le regarder en face. Le membre de Lucien se raidit comme si elle l'avait touché.

Il fit de son mieux pour ignorer la peau nue et radieuse qui se trouvait à quelques centimètres à peine de ses doigts et, après avoir posé la brosse, souleva les mains de la jeune femme. Elle écarquilla les yeux, puis comprit ce qu'il voulait et lui tendit les perles.

— Ces perles ont une valeur sentimentale pour toi, dit-il en faisant rouler les gemmes lourdes et crémeuses entre ses doigts.

C'était davantage une constatation qu'une question. La jeune femme pâlit.

— Comment le sais-tu ? répondit-elle.

— Parce que même si elles sont très belles, il s'agit de perles de culture qui présentent des défauts, et sont à un prix abordable. Tu disais que la montre était le moindre des objets de valeur que tu pouvais proposer au chauffeur de taxi, mais le choix de ce bijou aurait été plus raisonnable. Il coûte cent fois moins.

— Ne dis pas qu'il n'a pas de valeur.

— Je ne critique pas tes perles. Je dis juste que le chauffeur de taxi aurait sans doute accepté cet échange plus facilement. Qui t'a offert ces perles ?

Il décela une lueur de révolte briller dans les yeux de la jeune femme, et aussi quelque chose d'autre... quelque chose qu'il n'aimait pas.

— Ça ne te regarde pas.

Il la dévisagea pendant quelques secondes, mais elle ne révéla rien de plus. Cette défiance suscita en lui une nouvelle montée de colère. Mais ce n'était pas seulement ça. Il ressentait de la jalousie.

— Je vais t'attacher les poignets. Place-toi de cette façon.

Il souleva ses mains devant elle et les positionna paume contre paume. Durant une fraction de seconde, la panique apparut sur le visage d'Elise. Malgré les rumeurs qui lui prêtaient une vie sexuelle délurée, elle n'avait visiblement pas l'habitude qu'on l'attache.

— Qu'est-ce que tu vas faire après ça ? demanda-t-elle d'un ton suspicieux.

— Je t'ai dit que je te devais une punition pour m'avoir provoqué. Tu as gagné un supplément parce que tu vis dans un trou à rats, et pour les risques inconsidérés que tu as pris. (Il étrécit les yeux en voyant le trouble envahir le visage de la jeune femme... son désir.) Y a-t-il des questions que tu veux me poser ?

— Non.

Elle ne rajouta rien d'autre, mais son expression butée disait clairement : « Je me plierai à tout ce que tu veux. Ça m'est égal. »

— Tu essaies toujours de reprendre l'avantage, dit Lucien doucement. Quand tu arrêteras, l'heure sera venue.

Elle semblait interdite, mais lorsque leurs regards se croisèrent, son angoisse parut diminuer. Lentement, elle lui offrit ses poignets pour qu'il les lie.

Il exhala profondément. L'abandon dont elle faisait preuve l'excitait encore plus que la vision de son corps splendide. Il résista à l'envie de la toucher... de la caresser... de se consumer...

... de la posséder entièrement.

— Tu vas m'attacher avec des perles ? demanda-t-elle, incrédule, quelques secondes plus tard alors qu'il commençait à enrouler le collier autour de ses poignets.

— Si tu luttes pour te libérer, tu risques de briser le collier, dit-il en la regardant toujours dans les yeux. Je crois qu'un fil fragile peut restreindre bien mieux qu'une chaîne de métal pourvu qu'il ait de la valeur pour nous.

Il se concentra volontairement sur l'entrelacs des perles autour des poignets d'Elise. Il ne pouvait s'empêcher de contempler ses seins bombés qui tremblaient légèrement sous l'effet de sa respiration oppressée ; d'imaginer la douceur de cette peau quand il l'effleurerait de ses lèvres. Quand il eut fini, il releva les yeux sur son visage.

Elle était exquise. Sa peau semblait encore plus lumineuse que les perles, et son parfum léger, pur, extrêmement féminin, envahissait ses narines. Ses yeux paraissaient immenses au milieu de son visage pâle, mais ils s'agrandirent encore quand il leva la main, incapable de se restreindre davantage, pour caresser la courbe inférieure de son sein gauche. Le sang pulsait dans son pénis dressé.

Durant une seconde, un brouillard de désir obscurcit sa vision et anéantit sa volonté.

— Allonge-toi à plat ventre sur mes genoux, dit-il après s'être repris.

Elle obéit sans rien dire. Il la guida, l'aidant à garder son équilibre malgré ses poignets entravés. Il remarqua qu'elle faisait extrêmement attention à ne pas étirer le fil de soie qui reliait les perles, et l'irritation monta de nouveau en lui.

Qui lui avait offert le collier ? Elle y tenait manifestement comme à la prunelle de ses yeux.

Il posa la main sur une de ses hanches et la maintint fermement. Sa peau était comme de la soie tiède. Les doigts de son autre main suivirent la courbe de son dos. Il la sentit frissonner à son contact, ce qui augmenta encore l'excitation qu'il éprouvait. Elle s'immobilisa enfin sur ses genoux, le ventre juste au-dessus de sa virilité.

— Je ne te l'ai pas dit la dernière fois, mais j'ai pris un grand plaisir à te punir, dit-il en faisant courir les doigts sur sa peau.

— Tu… vraiment ?

— Tu ne l'avais pas vu ? répliqua-t-il d'une voix ironique. (Elle bougea légèrement et il comprit qu'elle avait perçu l'ampleur de son érection.) Maintenant, place les mains au-dessus de la tête.

Elle suivit ses instructions. Devinant sa nervosité, il la caressa jusqu'à ce qu'elle se détende un peu, et sa peau devint progressivement plus malléable sous sa paume. Il palpa et pétrit les nœuds de tension qu'il découvrit dans ses muscles.

— Tu es une vraie pelote de nerfs. Je m'occuperai de toutes ces crispations, un jour. Tu es raide comme un bâton, ajouta-t-il alors qu'elle émettait de doux gémissements de soulagement sous son massage.

Il avait toujours eu une compréhension instinctive du jeu des muscles ; il saisissait par intuition comment le stress, les traumatismes, la douleur physique ou émotionnelle pouvaient se répercuter dans la chair. Dès son plus jeune âge, on lui avait enseigné à décrypter l'état de stress des chevaux par l'examen des muscles, à comprendre le langage du corps animal exténué par l'exercice, à apaiser une bête par les mots, par le toucher... ou par une tape précise et brève de la cravache. Plus tard, il avait appris à évaluer l'état de tension de ses amantes, à doser soigneusement les punitions pour faire monter cette contraction en puissance jusqu'à ce qu'elle se libère en une explosion de plaisir...

Il n'avait jamais touché une femme aussi crispée que l'était Elise. Quand il lui massa les épaules, il l'entendit exhaler un soupir de douleur et de plaisir mêlés. Elle charriait tant de douleurs... Cette pensée le fit grimacer.

— Ça va mieux ? demanda-t-il en caressant son flanc du plat de la paume, admirant la délicate cage thoracique d'où pulsaient les battements de son cœur.

— Je crois, répondit-elle.

Elle était toujours allongée sur le ventre, le front posé sur le couvre-lit, comme une enfant qui fermerait les yeux avant un moment désagréable, comme une piqûre. Lucien sourit et caressa la peau située juste au-dessus de l'élastique de sa culotte de soie. Elle frémit quand il suivit la ligne de sa colonne vertébrale.

— Alors, nous allons commencer.

*

* *

Il abaissa la culotte au-dessous des fesses de la jeune femme. Elle poussa un léger gémissement, et il se demanda si elle avait perçu la réaction de son corps à la vision érotique qu'elle offrait, festin décadent, nu et offert sur ses genoux. Il fit descendre le sous-vêtement jusqu'au bas de ses cuisses pour exposer pleinement les courbes de son fessier pulpeux.

D'une main, il agrippa un des globes de chair.

— Tu savais ce que tu faisais en me provoquant, n'est-ce pas ?

— Oui.

Il frappa son postérieur d'un coup sec. Elle sursauta légèrement sur ses genoux.

— Reste tranquille, ordonna-t-il en pétrissant ses fesses.

Elle lâcha une petite plainte et s'immobilisa. Il relâcha sa prise et frappa les deux globes de chair l'un après l'autre. Voyant qu'elle restait immobile, il émit un grognement approbateur. La soumission évidente de la jeune femme excita plus encore son membre viril. Il fit pleuvoir une série de coups brefs afin qu'elle sente la brûlure. Fasciné, il contemplait son derrière, qui commençait à rosir.

Frapper cette partie ferme et rebondie de son corps était un délice. Il assena deux soufflets secs au niveau des courbes inférieures de chaque fesse et grimaça de désir en voyant la chair rebondir. Fermant les yeux, il résista à l'envie de frotter son érection naissante contre ce corps offert.

— Je n'ai vraiment pas fait exprès de faire allusion à nos relations passées, tout à l'heure ! gémit-elle misérablement un peu après, quand il gifla de nouveau sa peau

— Peut-être, mais tu t'es montrée impulsive. Tu parles avant de réfléchir. Calme-toi, dit-il en tapotant très légèrement son fessier jusqu'à ce qu'elle détende ses muscles.

Elle continua ses explications comme s'il ne l'avait pas interrompue.

— Et je t'ai suivi uniquement parce que je me demandais ce que tu faisais dans l'appartement. Oh… bon sang, ça brûle ! se lamenta-t-elle alors qu'il frappait de nouveau.

Elle tordit fébrilement les hanches sur ses genoux, ce qui arracha à Lucien un grondement de plaisir. Il l'immobilisa, plaquant le ventre d'Elise contre son sexe en érection. Ils poussèrent simultanément un gémissement. À présent, les fesses de la jeune femme viraient au pourpre. Il allait devoir faire attention car sa peau était très délicate, et il n'avait pas l'intention de l'abîmer.

— Lucien ? fit-elle dans un souffle. Pourquoi écoutais-tu Ian de cette façon ?

— Ce sont mes affaires, répondit-il distraitement tout en malaxant une fesse et en appliquant sur l'autre plusieurs coups précis.

La vision de sa chair rougie était absolument délicieuse.

— Mais qu'est-ce qui t'a pris d'espionner Ian Noble ? insista-t-elle.

Il poussa un grognement d'irritation et de colère, puis frappa une dernière fois. Durement. Il fit ensuite descendre la culotte le long de ses jambes et la jeta au sol. Incapable de se maîtriser, il glissa les doigts entre ses jambes et effleura le sexe de la jeune femme.

Merveilleux. Un nectar tiède et soyeux humectait sa féminité. Elle eut un bref hoquet sous son toucher et se tortilla pour s'offrir davantage à ses doigts.

— Relève-toi, dit-il sèchement, conscient qu'il ne pourrait pas résister si elle restait ainsi sur ses genoux.

Malgré son ton autoritaire, il l'aida doucement à se redresser, conscient que ses liens l'empêchaient de se mouvoir normalement.

Il se leva, lui aussi. Elle se tenait devant lui ; ses seins plantureux étaient entravés entre ses deux bras, et sa chevelure blonde formait une crinière de boucles ondulantes. Le long collier de perles enroulé six ou sept fois autour de ses poignets et de ses avant-bras offrait un spectacle extraordinairement excitant. Tout en elle était séduisant. Lucien contempla son visage et vit que ses lèvres et ses joues rougissaient.

Il fronça les sourcils. Un tel corps aurait dû être interdit, du fait des pensées obscènes qu'il inspirait aux hommes… et qu'il regretterait certainement plus tard.

— Qu'est-ce que tu as dit ? l'interrogea-t-il d'une voix dure, essayant de se focaliser sur les raisons de son irritation.

— Je… je ne voulais pas dire espionner comme… comme…

— Comme mon père ?

Elle se mordit la lèvre inférieure, dévoilant ses dents blanches, et le charme agit de nouveau sur Lucien, qui en oublia sa colère.

— Je ne pense pas que tu sois comme ton père, Lucien. En tout cas, c'est ce que j'espère. Mais cet homme, à Paris… il avait mentionné Ian Noble. Je ne comprends pas…

— Je ne te demande pas de comprendre, dit-il en caressant sa joue tiède. Je te demande de me faire confiance. Tu as confiance en moi ?

Elle hocha la tête, mais il vit le doute dans son regard. Haussant les sourcils, il ramassa la brosse à cheveux sur le lit.

— Est-ce que tu as au moins assez confiance pour te pencher en avant durant le reste de ta punition ?

Les yeux d'Elise s'agrandirent.

— Tu vas me fesser avec la brosse de ma grand-mère ?

Il sourit.

— J'aime innover avec ce que j'ai sous la main, et ta grand-mère n'en saura jamais rien. Ce sera notre petit secret, ajouta-t-il en se positionnant de côté par rapport à elle. Maintenant, incline-toi.

Elle eut un sourire coquin, et il soutint son regard tandis qu'elle se courbait lentement jusqu'à placer ses mains liées sur ses genoux.

— Petite sorcière, dit-il d'un ton accusateur.

Le sourire d'Elise s'élargit, et il lui sourit en retour. Il ne pouvait s'en empêcher. Ce n'était pas sa faute si tout en elle respirait le sexe.

— Baisse les yeux tout de suite. Tu te souviens de ce que j'ai dit qui t'arriverait si tu tentais de me séduire lors d'une punition ? demanda-t-il en massant son derrière rose et ferme.

Elle s'immobilisa alors que les doigts de Lucien glissaient vers la courbe inférieure de ses fesses. Il brûlait d'envie d'atteindre la douce et humide moiteur de sa féminité.

— Tu as dit que je serais punie davantage.

Il cligna les yeux, interrompu dans le fil de sa rêverie.

— Exactement, murmura-t-il en faisant courir sa main le long de la colonne vertébrale d'Elise.

Il sentit qu'elle frissonnait à son toucher, et son pénis se cabra à nouveau. Il avait envie de la chevaucher jusqu'à l'orgasme, de s'abandonner à ce brasier ardent. Mais s'il ne conservait pas le contrôle de lui-même, ils seraient tous les deux perdus.

Il raffermit sa prise sur l'épaule d'Elise et présenta le dos de la brosse en émail à la jeune femme.

— Ça fera plus mal que la fessée, dit-il. Bon sang, pourquoi ne m'as-tu pas demandé de t'aider financièrement ?

— Je ne pouvais pas, répondit-elle d'une voix étouffée.

— Mais pourquoi ?

Une pause. Il attendit, le bras suspendu en l'air.

— J'étais trop fière, murmura-t-elle finalement.

Il abattit la brosse à cheveux. Le dos de l'accessoire heurta les fesses de la jeune femme avec un bruit sec, faisant délicieusement rebondir sa chair. Lucien vit qu'elle se tortillait et la maintint immobile en la saisissant par les hanches.

Il frappa plusieurs fois.

— Oooh !

— C'est trop dur ? demanda-t-il en massant sa chair sous sa paume.

Elle était de plus en plus brûlante. Il attendit sa réponse, ignorant la pulsation impérieuse de son membre.

— Non. C'est supportable, dit-elle au bout d'un moment.

Cette réponse tremblante mais brave l'incita à fermer un instant les yeux.

Il examina minutieusement sa peau rougissante, pétrissant la chair douce et chaude. Oui, elle pouvait encore encaisser quelques coups, mais pas beaucoup. Il ne voulait surtout pas laisser de marques sur sa peau tendre.

— Je vais frapper encore trois fois, dit-il, mais je ne te ménagerai pas pour la dernière. Prépare-toi.

Il vit les muscles de la jeune femme se crisper. Tout en la massant et en la maintenant par l'épaule, il contempla les courbes délicieuses de ses seins pointés vers le bas. Des fruits si délicieux... Si tentants... Il passa une main sous son ventre pour les palper. Elle sursauta et gémit quand il pinça doucement un téton.

— Ce téton est raide. Tu es excitée, petite fille ? gronda-t-il d'une voix sourde.

Il sentit la respiration d'Elise se suspendre.

— Et si je l'étais ? demanda-t-elle insolemment au bout d'un moment ?

— Alors, tu ne serais pas la seule, admit-il en tordant doucement la pointe érigée. Mais cela reste une punition. J'ai cru que j'allais avoir une attaque, quand j'ai vu ce dégénéré de Johnson poser la main sur toi.

— Tu... C'est vrai ?

— Qu'est-ce que tu croyais ? Il a de la chance que je ne l'aie pas étranglé.

Elle lâcha un petit hoquet, sans doute davantage à cause de la façon dont il lui caressait les seins qu'aux propos qu'il venait de tenir.

— Je l'ai vu monter dans l'ambulance. Tu l'avais presque étouffé.

— Ce fils de pute s'en tirera bien – malheureusement pour le reste du monde, commenta-t-il.

L'idée que Baden Johnson soit relâché dans quelques semaines ou quelques mois le révoltait. Il pressa le sein sous sa paume et décrivit un subtil mouvement circulaire. Elise lâcha un cri assourdi.

— Bref, ceci est bien une punition, affirma-t-il en guise de rappel tout autant à lui-même qu'à Elise. Les trois derniers coups vont vraiment faire mal.

Il pétrit quelques instants encore le sein de la jeune femme avant de l'abandonner à regret. Jamais il n'avait touché une peau aussi sensible. Durant ses caresses, il avait senti le cœur de sa douce proie battre frénétiquement sous sa main avide.

Il lui serait si facile de se perdre en elle...

*

* *

« Les trois derniers coups vont vraiment faire mal. »

L'avertissement de Lucien résonnait dans la tête de la jeune femme, décuplant son appréhension. Allait-il vraiment frapper si fortement ? Et qu'arriverait-il quand il aurait fini ? Il avait dit qu'il lui devait du plaisir. En repensant à cette phrase, elle sentit son sexe se contracter d'excitation et son clitoris vibrer. Elle crispa instinctivement les muscles de ses cuisses et de ses fesses. Elle aurait tellement voulu pouvoir se toucher pour atteindre enfin la jouissance !

— Je veux que tu écartes plus les jambes. Approche-toi de cette table.

Il l'aida à se redresser et elle le suivit en grimaçant un peu à cause de la sensation de brûlure sur ses fesses. Il débarrassa le bureau de quelques papiers et repoussa la chaise. Elle trouvait un peu humiliant d'être nue, à l'exception de ses sandales et des perles, les fesses rougies à cause du châtiment, alors que Lucien demeurait impeccablement vêtu. Il lui avait demandé de lui faire confiance. Avait-il besoin d'une meilleure preuve que celle-là ?

Une fois que le bureau fut vide, il s'approcha d'elle. Elle releva les yeux et contempla son visage alors qu'il ôtait délicatement les perles de ses poignets. À quoi pensait-il ? Comment pouvait-il garder l'air aussi inaccessible, aussi indéchiffrable pendant qu'il lui faisait toutes ces choses ?

Elle baissa les yeux, qui se posèrent sur son abdomen puis au niveau de son entrejambe. Non. Il était loin d'être indifférent à son charme. Son excitation était évidente, et merveilleuse à contempler. Une bosse importante déformait son pantalon à l'entrejambe, et elle discernait parfaitement les contours de son pénis à travers l'étoffe. Elle aurait même pu jurer deviner le dessin du nœud gonflé de son membre. Son clitoris l'élança à nouveau. Elle mourait d'envie de se toucher, d'apaiser la douce brûlure. Elle ouvrit la bouche pour... pour quoi, au juste ?

Le supplier ?

Ses lèvres se refermèrent, mais c'était comme si sa langue et sa gorge la démangeaient d'être ainsi réprimées. Lucien se figea un moment.

— Oui ? Tu voulais me dire quelque chose ?

Elise eut une pointe d'orgueil.

— Non, répondit-elle en détachant le regard de son entrejambe.

— Très bien. Penche-toi encore et pose les coudes sur le bureau, dit-il simplement après avoir fini d'ôter les perles et les avoir déposées sur le lit.

Il la prit doucement par la main et la guida.

— Croise les bras. Très bien. Maintenant, pose le front sur tes avant-bras.

Elle avait l'impression que ses poumons n'arrivaient plus à aspirer d'air. Suivant ses instructions, elle dut s'incliner encore plus bas qu'elle ne l'avait fait auparavant pour atteindre le rebord du bureau. Cette position l'exposait terriblement. Lorsque Lucien posa les mains sur ses épaules, elle s'immobilisa.

— Recule un peu.

Sa voix était sourde... bourrue.

Elle recula de quelques centimètres jusqu'à ce que ses seins pointent au-dessus du sol. Lucien laissa échapper un grognement guttural.

— Parfait, commenta-t-il. (Il caressa doucement l'intérieur de ses cuisses avec le dos de la brosse.) Écarte encore les jambes.

Elle s'exécuta en étouffant un soupir. Il ouvrit sa large main, paume ouverte au-dessus de ses fesses, et la caressa. Elise sentit l'air frais effleurer son sexe humide.

— Lucien ! hurla-t-elle en tremblant.

Elle ne savait pas si ce simple mot était une supplication pour qu'il cesse d'exposer ainsi son sexe, ou pour qu'il la touche. Son regard sur elle était comparable à du métal chauffé à blanc.

— Seigneur... chuchota-t-il. Tu es belle.

« Tu es belle. » Elise eut l'impression que son cœur allait exploser. Il repartit d'un coup quand Lucien releva la main, et qu'elle entendit la brosse fouetter l'air.

— Oh ! s'exclama-t-elle.

Il avait frappé fort, mais c'était plus de surprise que de douleur qu'elle avait crié. Il posa immédiatement la main sur l'endroit qu'avait touché la brosse, massant et apaisant la chair brûlante.

— Encore deux.

— D'accord, dit-elle d'une voix tremblante.

— Reste immobile.

Mais elle ne pouvait pas s'empêcher de gesticuler. Elle tourna la nuque sans relever la tête du creux de ses bras et le vit à travers ses boucles blondes. Ses muscles ciselés et puissants étaient visibles sous sa chemise. La brosse siffla avant de s'abattre sur son corps. La brûlure intense lui arracha une grimace, et elle serra les dents. Le regard de Lucien était fixé sur ses seins. Elle vit ses narines frémir.

Un gémissement misérable s'échappa de la gorge d'Elise. Les yeux de Lucien revinrent se poser sur son visage. Un lien fiévreux semblait les unir.

— *Tu es beau*, murmura-t-elle en français entre deux halètements.

L'expression de Lucien devint féroce.

— Espèce de petite...

Il plaça une main à l'arrière de sa tête et appuya légèrement, de manière à ce qu'elle ne voie plus que ses bras croisés et le revêtement en contreplaqué minable de la table. Les cuisses de la jeune femme tremblaient. Il avait parlé d'un ton tellement... Elle ne savait pas quoi, au juste. Coléreux ?

Brusquement, il l'empoigna par les hanches et se positionna derrière elle pour coller son sexe contre ses fesses. Il se mit à cambrer frénétiquement les hanches, et les yeux d'Elise s'écarquillèrent.

Non... ce n'était pas de la colère. C'était de l'excitation à l'extrême.

Il frottait leurs chairs l'une contre l'autre, et elle était prisonnière entre son corps et l'étau de ses mains. Jamais elle n'avait connu ou même imaginé une sensation aussi torride.

La brosse atterrit avec un claquement retentissant. Elle lâcha un petit cri aigu. Oh, comme ses fesses lui faisaient mal !

Un objet heurta la table. Elle releva la tête et vit que l'instrument de sa torture – la brosse – gisait maintenant sur le bureau. Puis, elle sentit la main de Lucien masser son postérieur, l'apaiser, tandis que son sexe pulsait contre sa hanche. Ce moment était si intense, si ardent, qu'elle arrivait à peine à respirer.

— Ta punition est terminée. Redresse-toi.

Elle essaya de faire ce qu'il disait, mais le désir qu'elle ressentait ralentissait ses mouvements. Il recula un peu pour l'aider, et elle poussa un petit gémissement de protestation quand son corps tiède se détacha du sien. Mais juste après, ses bras l'entourèrent.

— Lucien, balbutia-t-elle entre ses lèvres engourdies en relevant les yeux vers lui.

— Je suis là, souffla-t-il à quelques centimètres de sa bouche.

Il la serra plus fort, et elle se sentit submergée par la sensation de son corps puissant.

— Tu as été très courageuse d'accepter ainsi ton châtiment.

— Je ne te laisserai jamais me faire ça de nouveau.

— Si, tu me laisseras faire.

— Tu as raison, murmura-t-elle. Je le ferai.

Qui essayait-elle de berner ? Se soumettre à lui était la chose la plus enivrante qu'elle ait jamais expérimentée.

Il sourit et se pencha sur elle pour l'embrasser. Un baiser à la fois tendre et passionné. Ses mains caressèrent ses flancs et ses hanches, tissant autour d'elle un sortilège auquel elle n'avait aucune envie d'échapper. Il prit ses fesses dans ses paumes en se courbant encore davantage au-dessus d'elle. Il était si grand ! Et pourtant, elle aimait la façon dont son corps à elle s'adaptait au sien. Lorsque les doigts de Lucien glissèrent vers l'intérieur de ses cuisses, elle se mit à trembler.

— Tu es si menue... chuchota-t-il avec tendresse, avant de la soulever brusquement du sol.

La jeune femme sentit ses pieds quitter le plancher, et enroula instinctivement les jambes autour des hanches de Lucien tout en s'accrochant à ses épaules.

Il s'empara à nouveau de sa bouche, et elle ne put s'empêcher de gémir de plaisir. Sans s'en apercevoir, elle resserra les jambes autour de la taille de Lucien. Elle baignait tout entière dans l'océan de sa virilité, de sa solidité, de l'autorité de son baiser. Il la maintenait sans fléchir d'un bras, et lui caressait une fesse de l'autre.

Avec un grognement sourd, il introduisit un doigt dans sa féminité.

— Tu es si étroite... souffla-t-il. (Il ôta son doigt.) Et si humide... Mon Dieu, tu es trempée. Tu aimes qu'on te punisse, hein ? dit-il tout contre sa bouche.

Elle gémit tandis qu'il étalait son nectar à l'orée de son sexe. Il enfouit le doigt entre ses lèvres intimes.

— Réponds-moi, reprit-il d'une voix dure.

— Oui !

Il reprit possession de sa bouche en un baiser brûlant.

Elle cria presque de désir. Il était trop grand pour pouvoir atteindre facilement son entrecuisse quand ils étaient debout, mais il avait réussi à la toucher exactement là où il le voulait. Elle se rendit compte qu'elle était totalement à sa merci, suspendue à ses épaules et retenue par son bras. Il ravagea sa bouche tout en caressant sa féminité, se focalisant avec une précision diabolique sur son clitoris.

Elle allait exploser.

Sans pouvoir s'en empêcher, elle arqua les hanches pour accentuer la pression de ses bras et lui rendit son baiser avec une passion absolue. Oh, c'était délicieux... La friction augmentait à mesure qu'elle se cambrait contre lui, à califourchon sur sa main. Son clitoris pulsait d'un plaisir incontrôlable. Si ça continuait, elle allait exploser en un million de fragments.

Son excitation fut tout d'un coup interrompue par un claquement sec et un élancement de douleur. Lucien avait giflé ses fesses déjà brûlantes. Elle voulut crier, mais il la musela de ses lèvres. Essayant désespérément de reprendre ses esprits, elle cligna les yeux. Quand une vision claire lui revint enfin, elle aperçut les traits durs de Lucien.

— Tu ne me prendras pas, dit-il doucement. C'est moi qui te prendrai.

— *Personne* ne peut me prendre !

Les yeux de Lucien étincelèrent. Elise rougit en prenant conscience de ce qu'elle venait de dire sous le coup de l'émotion.

— Nous verrons ça. Maintenant, reste immobile pendant que je te regarde jouir, dit-il entre ses mâchoires serrées.

Elle voulut ouvrir la bouche pour modérer ce qu'elle venait de dire, mais elle sentit alors le doigt de Lucien remonter vers son clitoris. Pour lui donner exactement ce dont elle avait besoin.

Elle hoqueta doucement quand le plaisir habilement distillé commença à monter lentement en elle. Oh, Seigneur... il était d'une dextérité diabolique. Il la regardait, les paupières étrécies, une lueur sauvage dans le regard.

— Abandonne, *ma chère**. Soumets-toi.

Elle ne pouvait pas fuir. Emprisonnée dans l'étau de ses bras, elle n'avait d'autre choix que de lui obéir. À la lettre.

Elle s'agrippa désespérément à ses épaules au moment où elle s'abandonnait pour de bon, se donnant au plaisir… s'offrant à Lucien.

Partie IV

QUAND JE ME REBELLE

7

Regarder Elise jouir, sentir son corps trembler contre le sien, écouter ses cris de plaisir, respirer son parfum... Lucien nageait dans un océan de désir. Il continua à faire bouger sa main entre ses cuisses, à agiter son doigt entre ses lèvres intimes délicieusement lubrifiées, à jouer avec son clitoris, à prolonger son plaisir. À arracher à son corps frémissant des tressaillements de plaisir.

Elle était si douce qu'il avait envie de la dévorer tout entière. Il allait la prendre comme un animal en rut. Il imagina durant quelques instants avec précision ce qu'il ressentirait en pénétrant ce sexe étroit et avide, contracté autour du sien...

Il voulait la goûter encore avant de la posséder. Même enivré par son envie d'elle, il avait encore envie de l'explorer avec ses lèvres, de sentir la saveur intime de sa féminité sur sa langue et dans sa gorge.

Elle poussa un petit cri de surprise quand il se pencha sur le lit et la déposa d'un coup sur le matelas. Il vit alors fugitivement ses paupières se rouvrir. Avant de s'agenouiller devant elle, face au rebord du lit, il effleura une dernière fois sa bouche avec la sienne.

— Lucien ? murmura-t-elle d'une voix embrumée par le plaisir.

— Je vais te déguster, dit-il sans préambule en écartant ses cuisses blanches.

Il contempla un moment le spectacle qui s'offrait à lui. Les poils pubiens de la jeune femme étaient soigneusement taillés, avec une nuance d'or plus sombre près de la fente. L'orée de son sexe ressemblait à une rose pourpre, une couleur délicieusement érotique par contraste avec ses cuisses pâles. Fasciné, il écarta ses lèvres intimes, révélant son clitoris gonflé. L'odeur d'Elise lui emplit les narines. Il laissa échapper un râle guttural et inspira profondément.

— Cette petite chatte m'appartient, souffla-t-il.

Il était à peine conscient de ce qu'il disait, guidé uniquement par le besoin primal de la posséder – au point que sa propre voix lui parvenait à peine, étouffée par le battement sourd de son cœur.

Il glissa la langue dans cette vallée crémeuse, titillant son clitoris. À partir de cet instant, son parfum décadent le submergea, et il sombra dans l'abîme du désir. Il tourna légèrement la tête pour manœuvrer son bouton de chair avec sa langue, à peine conscient des cris de plaisir d'Elise et de ses ongles qui lui griffaient le cuir chevelu. Elle était toute de musc et de miel, de lumière douce et dorée – l'essence même du sexe. Il n'avait qu'une idée en tête : se gorger d'elle. Se repaître de son goût dans sa bouche, dans sa gorge. Satisfait de la voir mouiller davantage, il la fit s'allonger complètement, de manière à appliquer une pression parfaite de sa langue, la succion précise nécessaire pour la faire crier de bien-être.

Au bout d'un moment, il devint conscient que d'autres sensations parasites se mêlaient à son désir furieux. Un bruit sourd et répété contre la porte, distinct du martèlement de son cœur.

— Oh, Lucien... Mon Dieu... Il y a quelqu'un... à la porte... hoqueta Elise sans cesser un instant de se cramponner à ses cheveux pour le pousser au plus près de son sexe.

— Vos gueules, là-dedans ! glapit une voix rauque de femme dans le couloir. Avec tous ces bruits de fessée, ces cris et ces gémissements, mon client s'est mis en tête des choses qu'il a pas les moyens de se payer !

— On devrait... s'arrêter, souffla misérablement Elise. Je ne peux pas m'empêcher de hurler. Ce n'est pas... possible.

Mais Lucien était allé bien trop loin pour se soucier de voisins irascibles. Il aimait les exhortations irrépressibles d'Elise. Il les adorait, même. Déterminé, il se remit à savourer le sexe le plus exquis qu'il ait jamais connu.

— Eh, la gamine ! Fais pas comme si t'étais pas là. Je t'entends bien beugler comme une sorcière... Tu donnes des idées à mes clients... des idées *françaises,* ajouta la femme d'un ton acide.

Elise se tortilla entre les mains de Lucien. Il ne savait pas si c'était pour le provoquer davantage ou pour lui échapper, mais il refusait qu'on le prive de cette orgie de sens. D'un geste sec, il maintint les hanches de la jeune femme sur le lit avant de recommencer à lécher goulûment son clitoris. Elle se crispa brusquement tandis qu'un gémissement impuissant s'échappait de sa gorge. Tournant la tête alternativement de chaque côté, il suça impitoyablement la pointe de chair. Le geignement d'Elise se mua en cri, qui diminua avant d'enfler encore, porté par les vagues de l'orgasme.

Lucien se laissa lui aussi emporter par l'océan de sensations – les plaintes désespérées d'Elise, ses ongles crispés dans sa chevelure, son parfum, sa saveur.

La femme martela de nouveau la porte quelques instants plus tard, puis le bruit cessa. Elise gisait sur le lit, haletante. Lucien lécha une dernière fois sa vallée intime avant de l'abandonner à regret.

Elle releva la tête et croisa son regard. Durant un instant, le désir de Lucien fit place à l'amusement. L'expression hébétée et vaguement émerveillée du visage de la jeune femme valait le détour.

— C'était Mme Inga ? interrogea-t-elle d'un ton incrédule.

Il enserra sa taille de ses mains pour pétrir avidement la chair de ses flancs, et constata avec satisfaction que les muscles de la jeune femme s'étaient sensiblement assouplis sous l'effet de la punition et de l'orgasme.

— J'ignore si c'était elle. Je n'ai pas eu l'honneur de faire la connaissance de cette dame, et je n'en ai pas la moindre envie.

Malgré tout, il commençait à reprendre ses esprits. Il balaya la pièce du regard et vit la peinture écaillée sur les murs, le plâtre fissuré dans un coin, la moquette élimée jusqu'à la trame. Fermant les yeux, il s'efforça de calmer les battements de son cœur et son érection persistante. Après avoir déposé un baiser sur une cuisse douce et pâle, il se releva.

À quoi pensait-il ? L'heure n'était pas encore venue. Il avait beau être conscient au plus haut point qu'il ne devait pas se laisser entraîner par les charmes d'Elise, quand on en venait à la pratique, c'était tout de suite plus difficile de résister.

— Rhabille-toi, dit-il en évitant délibérément de contempler son splendide corps nu allongé sur le lit.

Elle était comme un lit défait à l'odeur de sexe, qu'il aurait eu envie de rejoindre pendant au moins une semaine... pour commencer. Il devait absolument se reprendre. Il avait déjà perdu le contrôle plusieurs fois ce soir, et avait failli se jeter dans ce brasier ardent.

— Je vais t'aider à faire tes bagages.

— Mes bagages ? répéta-t-elle d'une voix interloquée en se redressant lentement.

Il lui jeta un bref coup d'œil, et il n'en fallut pas plus pour que son membre se cabre douloureusement. Détournant aussitôt la tête pour dissimuler un rictus, il ouvrit la porte du placard.

— Oui. Tu ne pensais quand même pas que j'allais te laisser rester ici ? lança-t-il en sortant une valise.

— Je ne pensais pas que tu avais ton mot à dire là-dessus.

— Et de nouveau, tu t'es trompée. Tu viens avec moi, dit-il d'un ton sans réplique.

Il posa la valise sur le lit et l'ouvrit.

— Habille-toi, Elise.

Dans un coin de son champ de vision, il vit la jeune femme se lever et s'avancer vers le placard.

— Où est-ce qu'on va ? demanda-t-elle d'une voix où perçait maintenant la curiosité.

— Chez moi.

Comme elle ne répondait pas, il se retourna. Elle était debout devant le placard, un tee-shirt dans les mains – qui masquait son sexe et une partie de son ventre, mais pas grand-chose de plus. Il fallut un moment à Lucien pour comprendre qu'elle était complètement perdue.

— Tu veux que je m'installe chez toi ? dit-elle d'une voix blanche.

— Oui.

Le ton factuel qu'il avait choisi dissimulait les doutes que ce plan lui inspirait. Il rassembla les objets présents sur la table de chevet pour les placer dans la valise.

— Tu resteras chez moi jusqu'à ce qu'on trouve une autre solution.

Il fronça les sourcils en découvrant un flacon de son parfum fétiche – le 24 Faubourg d'Hermès – sur le haut du placard. Il emballa soigneusement la fragile bouteille dans un déshabillé en soie.

— Ce sont des circonstances... exceptionnelles, reprit-il. Mais il va falloir faire avec.

— Où est-ce que tu vis ? demanda-t-elle timidement.

Il la regarda de nouveau et regretta qu'elle n'ait pas enfilé le tee-shirt.

— Près de Lake Shore et Astor. Pas loin du marché où on s'était retrouvés l'autre jour.

Il dénicha un grand sac plastique et retourna vers le placard, d'où il commença à sortir des dizaines de paires de chaussures.

— C'est un très joli quartier. Mais...

— Mais quoi ?

Son irritation augmentait à force de la voir se tenir là, immobile.

Nue.

Adorable.

Comme elle restait silencieuse, il haussa les sourcils d'un air impatient.

— Euh... tu ne veux pas qu'on... finisse ? dit-elle enfin en regardant alternativement le lit et la bosse de son entrejambe.

Il contempla à nouveau sa nudité splendide et imagina un instant la prendre tout de suite, sur ce lit branlant. Et s'il trouva la force de refuser, ce fut seulement dans l'incertitude – peut-être la timidité – qu'il perçut dans la voix d'Elise. Comment une créature aussi libre et sensuelle pouvait-elle sembler à la fois si naïve et innocente ?

— Je ne te ferai pas l'amour pour la première fois dans ce trou à rats, mais selon les termes que j'aurai choisis, à l'endroit que j'aurai choisi.

Il vit la gorge de la jeune femme se contracter.

— Elise ? Comprends bien que je choisirai aussi *quand.* Et ne t'avise jamais de te persuader du contraire.

Une lueur de rébellion étincela dans ses yeux, mais elle détourna promptement le regard vers le sol. À la grande surprise du Lucien, elle s'était contrôlée suffisamment pour s'empêcher de lui répondre.

Elle se revêtit prestement avant de l'aider à empaqueter ses affaires.

*

* *

L'appartement de Lucien ressemblait en tous points à l'idée qu'Elise pouvait s'en faire – un intérieur d'une masculine élégance, avec une vue idéale sur le lac Michigan à l'est et les gratte-ciel scintillants au nord et à l'ouest. Évidemment, il était situé au sommet de l'immeuble et occupait tout l'étage.

Quand ils franchirent le seuil de la résidence luxueuse et feutrée perchée au-dessus de la ville, Lucien lui prit sa valise en plus de celle qu'il portait déjà.

— Tu devrais rester te détendre un peu dans le salon, dit-il en désignant d'un hochement de tête la vaste pièce entourée de baies vitrées. Je vais préparer ta chambre.

— *Ma* chambre ? s'étonna Elise.

Il la toisa sous ses paupières à demi closes.

— Je t'ai dit que nous avancerions à mon rythme. Tu es prête à accepter ça ?

Elle se mordit la lèvre inférieure, essayant du mieux qu'elle pouvait de masquer sa déception. Elle avait espéré dormir au côté de Lucien, deviner la chaleur de son corps, sa force, le caresser jusqu'à ce qu'il ne puisse plus contenir ses désirs virils. Elle voulait qu'il la prenne, qu'il la réclame. Elle voulait le sentir en elle, le sentir la pénétrer… et tomber dans un sommeil bienheureux jusqu'à ce que tout recommence au réveil.

Elle n'avait jamais été si affamée d'un homme, si désireuse qu'il fasse partie de sa vie.

Au bout d'un moment, elle se rendit compte qu'il attendait sa réponse, les sourcils froncés. Elle hocha la tête avec réticence. Manifestement, Lucien ne voyait pas les choses de la même façon qu'elle.

— Je te pose la question encore une fois : acceptes-tu que les choses se déroulent à mon rythme ?

Comprenant qu'il attendait d'elle qu'elle s'exprime à voix haute, elle surmonta ses réticences.

— Je l'accepte.

— Bien. Laisse-moi juste un moment pour m'occuper de ta chambre.

Quelques minutes plus tard, elle laissa échapper un murmure admiratif quand il la conduisit dans une grande chambre aux murs beiges, meublée d'anciens objets en bois. Le grand lit recouvert de draps ivoire avait l'air scandaleusement moelleux, et de grands rideaux de laine et de soie dissimulaient les baies vitrées.

— C'est nettement mieux que l'hôtel Cedar, dit-elle d'un ton taquin en posant son sac sur l'immense lit.

— J'espère bien.

Elle le regarda avec curiosité comme il s'arrêtait à quelques pas d'elle. Qu'allait-il faire maintenant ?

— Il y a des serviettes propres dans la salle de bains. La femme de ménage vient les mardi, jeudi et samedi. Elle fait les courses le mardi. Si tu as envie de quoi que ce soit, laisse-lui juste une note sur le tableau de la cuisine.

— D'accord, répondit la jeune femme d'un ton hésitant.

— À présent, je te souhaite une bonne nuit. La journée a été longue, et j'imagine que tu es fatiguée.

— Lucien ? l'interpella-t-elle alors qu'il allait sortir de la pièce.

Il se retourna.

— Merci. Je... je rembourserai ma dette. Un jour.

— Tu me rembourseras en te conduisant bien.

Mais je n'ai pas envie de bien me conduire.

Durant un terrible instant, il la fixa entre ses paupières étrécies. Elle se demanda s'il n'était pas en train de lire dans son esprit.

Quelques heures plus tard, Elise alluma prudemment la lumière dans la cuisine ultramoderne et s'avança à pas de loup sur le sol de marbre blanc.

— Oui ! souffla-t-elle triomphalement en découvrant une carafe de thé glacé dans le réfrigérateur.

Après le départ de Lucien, elle avait pris une douche et lu un moment avant de regarder distraitement la télévision, passant de chaîne en chaîne. Ensuite, quand elle avait jugé que Lucien était probablement endormi, elle s'était lancée dans une brève exploration de l'appartement. Il était plus grand que ce qu'elle avait cru, et comprenait un grand bureau, une élégante salle à manger et une annexe plus informelle pour le petit déjeuner, qui jouxtait la cuisine. Derrière une porte, elle avait même découvert des escaliers qui menaient à une terrasse privée sur le toit de l'immeuble. La seule pièce qu'elle n'avait pas inspectée était la chambre de Lucien, bien sûr. Elle supposait que ses quartiers privés se trouvaient derrière une grande porte de bois au bout du couloir, qui lui rappelait un peu celle de son bureau chez *Fusion*.

C'était typique de Lucien d'élever des portes mystérieuses dans sa vie, songea-t-elle en prenant un verre pour se verser du thé. Il veillait jalousement sur ses secrets.

— Qu'est-ce que tu fais ?

Surprise, elle renversa un peu de thé sur son poignet et releva brusquement la tête. Découvrant Lucien, elle le contempla ébahie. Il se tenait sur le seuil de la cuisine, les sourcils froncés, vêtu en tout et pour tout d'un pantalon de pyjama crème qui lui descendait bas sur les hanches.

Et de vraiment rien d'autre.

— Je... je venais juste boire un peu de thé, balbutia-t-elle.

L'apparition soudaine de Lucien l'avait totalement prise au dépourvu. Elle contemplait stupidement son torse cuivré aux muscles saillants et bien dessinés. Sa poitrine était lisse, mais on discernait une zone constellée de poils noirs qui partait du nombril et disparaissait sous l'élastique du pyjama. Si elle avait dû choisir un seul adjectif pour le qualifier physiquement, elle aurait eu du mal à trancher entre *mince* et *musclé*. Il était les deux à la fois – un corps félin irradiant la plus primale virilité.

— Il est presque trois heures du matin.

— Je sais. Je suis un vrai oiseau de nuit. J'ai du mal à dormir – depuis toujours, ajouta-t-elle en voyant qu'il la fixait d'un regard incisif.

Il ne dit rien pendant plusieurs secondes.

— Lucien ?

— Tu as toujours eu des problèmes d'insomnie, même quand tu étais petite, dit-il pensivement. Tes parents ne t'imposaient jamais d'heure de coucher. C'est toi-même qui décidais de tes heures de sommeil, si je me souviens bien.

Elle sourit et continua de se verser de thé.

— Tu étais toujours surpris que j'attende que tu sois rentré pour aller me coucher.

— J'allais jouer dans les casinos de Monte-Carlo, je rentrais au petit matin, et je te retrouvais en train de lire dans le salon.

— Je voulais juste être sûre que tu rentrais bien, dit-elle en rangeant la carafe dans le réfrigérateur. J'étais jalouse, tu sais.

— De mes soirées de jeu ?

— Non, répondit-elle en prenant son verre. Des femmes qui t'accompagnaient.

Lorsqu'il s'avança brusquement vers elle pour lui ôter le verre des mains, elle eut un hoquet. Interloquée, elle le regarda vider le récipient dans l'évier. Tournant la tête vers elle, il dut remarquer son expression incrédule. Quelques instants plus tard, elle fut dans ses bras.

— Ce n'est pas du thé déthéiné, dit simplement Lucien.

— En quoi ça pose problème ? Je n'en bois jamais.

Il lui sourit et la regarda dans les yeux.

— Il n'est pas trop tard pour commencer, non ? Tu veux de l'eau ? proposa-t-il poliment.

Elle secoua la tête, trop confuse pour parler. Il la prit par la main et l'entraîna hors de la cuisine.

— Lucien ? Qu'est-ce que tu fais ? demanda-t-elle quand il la mena dans la chambre qu'il lui avait attribuée.

Il s'arrêta près du lit, sans lui lâcher la main.

— Enlève tes vêtements et allonge-toi sur le lit, à plat ventre.

Elle frissonna au son de sa voix grave et sensuelle.

— Pourquoi ?

— Je vais t'aider à trouver le sommeil. Ça marchera beaucoup mieux que le thé glacé.

Il n'ajouta rien. Elle ne savait pas quoi répondre.

— Tu as dit que tu acceptais mes règles, reprit-il au bout d'un moment. Voilà une occasion de le prouver. Maintenant, enlève tes vêtements.

Sa voix calme contenait une légère nuance de défi.

— Tous mes vêtements ? Même mes dessous ? demanda-t-elle un moment plus tard en enlevant son tee-shirt.

— Oui.

Pour la deuxième fois cette nuit-là, elle se déshabilla devant lui, consciente de son regard sur elle.

— Tu vas me donner la fessée ? dit-elle d'une voix tremblante en faisant descendre son pantalon de pyjama.

— Non. Je te l'ai dit. Je vais t'aider à dormir, d'une manière on ne peut plus adulte.

Elle se tint devant lui, nue, mais il était occupé à écarter la couette et les draps. Il lui fit signe de s'avancer vers le lit.

— Allonge-toi sur le ventre, les mains au-dessus de la tête. Bien au milieu, ajouta-t-il en voyant qu'elle s'installait sur le côté du matelas.

Quand elle fut allongée, le visage contre l'oreiller, il attrapa un de ses poignets. Elle tordit le cou et poussa un cri de surprise en sentant qu'il enroulait quelque chose autour de son bras. C'était une épaisse bande de tissu noir. Il l'attacha à son poignet. Elle tira un peu et se rendit compte que l'étoffe était reliée à une boucle qui semblait fixée au coin du lit.

— Tu attaches souvent des gens dans ta chambre d'amis ? dit-elle d'une voix amusée.

— J'ai installé les boucles quand tu es arrivée, expressément pour toi. (Elle le fixa d'un regard incrédule.) J'en ai déjà d'autres sur mon lit.

Elle écarquilla les yeux, essayant de dissimuler son angoisse.

— Ta femme de ménage doit trouver ça plutôt intéressant.

— Maria est la discrétion même, répondit-il sans se froisser. Je t'attacherai souvent. Tu vas devoir t'y habituer.

— Mais tu as dit que tu n'allais pas me punir !

— Effectivement. Mais je t'attacherai aussi pour faire d'autres choses.

Un picotement d'excitation envahit le clitoris de la jeune femme. Elle résista à l'envie de se frotter contre les draps.

— Quel genre ?

— Pour le sexe, certainement. Et souvent pour mon seul plaisir. Quand tu auras du mal à accepter la soumission, j'utiliserai des liens, avec ta permission, pour te faciliter la tâche. Tu n'auras d'autre choix que d'autoriser ce que je te ferai. Ce soir, je vais t'apprendre à te laisser aller et à te détendre. Je vais aussi t'entraîner à accepter ma main.

« Tu n'auras d'autre choix que d'accepter ce que je te ferai. »

« T'entraîner à accepter ma main. »

Ces phrases, prononcées d'une voix grave et sensuelle, résonnèrent dans son esprit et firent frémir sa chair. Lucien s'assit à côté d'elle sur le lit, et elle le contempla avec un mélange d'excitation et de crainte.

— Je vais entraver tes poignets et tes chevilles. Tu seras à ma merci, mais je ne te ferai aucun mal, Elise. Jamais. Si tu te laisses aller et que tu te soumets, je m'en rendrai compte. Et je te donnerai du plaisir. Tu as confiance en moi ?

— Oui, souffla-t-elle.

Il sourit et écarta une boucle blonde de sa joue. Un frisson de plaisir parcourut la jeune femme.

— Tourne ton visage, pose ta joue contre l'oreiller. Tes yeux ont l'art de me déconcentrer. Essaie de te relaxer, je vais finir de fixer tes liens.

Le cœur de la jeune femme battait de plus en plus vite. Elle le laissa sans résister manipuler son corps nu. Lorsqu'il passa aux chevilles, il rejeta la couette moelleuse et écarta ses jambes vers chaque côté du lit. Quand il eut fini, c'était si étrange... Elle était écartelée, incapable de bouger. Vulnérable. Il recouvrit soigneusement ses jambes avec le duvet, et s'assit sur le matelas au niveau de sa poitrine. La respiration d'Elise s'accéléra encore.

Il posa les mains sur son dos et se mit à pétrir ses muscles de sa grande main chaude. Elle frémit de soulagement et de plaisir.

— C'est bien. Il est temps de te laisser aller, murmura-t-il. Détends-toi encore.

Il continua à la masser d'un geste expert pendant plusieurs minutes. Elle essaya de résister, mais les mains de Lucien étaient implacables. Où avait-il appris à connaître aussi bien les points de crispation musculaires ? Elle lâcha un soupir quand il fit glisser sa paume du bas de la colonne vertébrale jusqu'au cou, comme pour balayer d'un coup toutes ses angoisses et ses résistances. Un petit hoquet s'échappa de la gorge d'Elise. Elle essayait de contrôler une émotion bouleversante qu'elle ne comprenait pas.

— Lâche prise, Elise, ordonna-t-il en plongeant les doigts dans la chair de ses épaules. Abandonne-toi. Je m'occupe de toi.

— Non ! cria-t-elle alors qu'il enserrait sa cage thoracique, la tenant totalement à sa merci, et malaxait des pouces les muscles de son dos.

Elle ne savait même pas pourquoi elle protestait. Le massage était merveilleux. Ça avait un rapport avec l'ordre qu'il lui avait donné de se laisser aller.

— Si, dit-il simplement.

Il enfonça légèrement les pouces au-dessous des omoplates et maintint la pression. Elise sentait l'air brûler dans ses poumons. Ça faisait si mal... et c'était si bon. Elle ne pouvait plus contenir ses émotions. Que lui faisait-il avec ses mains diaboliques ? Tout d'un coup, une barrière s'effondra en elle.

Un sanglot s'échappa de sa gorge.

— C'est bien, dit-il tout en continuant à pétrir les muscles de son dos, à évacuer toute la tension qui demeurait en elle.

Elle cessa de lutter et s'effondra sur le matelas, en larmes. Tous les muscles de son corps s'amollirent brusquement, malgré elle.

Les larmes se tarirent vite, remplacées par une douce somnolence. Elle était entièrement concentrée sur les sensations que lui offraient les paumes magiques de Lucien. Il rabaissa la couette, découvrant ses fesses et ses cuisses.

Elle rouvrit brusquement les yeux, et ses muscles revinrent à la vie. Les caresses chaudes de Lucien apaisèrent son angoisse, mais ne firent rien pour calmer son excitation naissante.

— Ne recommence pas à te crisper. Tu as été parfaite, et je suis fier de toi. C'est difficile de se laisser aller, surtout quand on a l'impression que le reste du monde peut se retourner contre vous à tout moment. Tu as érigé un mur autour de toi, et c'est normal. Mais tu dois apprendre à baisser la garde avec moi. Maintenant... je vais te donner une récompense. Un passeport pour les rêves les plus doux.

La main de Lucien glissa entre ses cuisses et entoura son sexe. Avant qu'elle ait eu le temps de dire quoi que ce soit, un de ses doigts plongea entre ses lèvres intimes. Elle lâcha un cri, surprise par sa propre réaction. Avait-il délibérément orienté son massage de manière à exciter sa zone génitale sans qu'elle en soit consciente ? L'orée de sa féminité pulsait sous les caresses, alors même qu'elle était attachée, cuisses écartelées, offerte. Elle ne pouvait rien faire d'autre qu'accepter le plaisir qu'il lui donnait.

Elle tordit le cou sur l'oreiller, essayant désespérément de se tourner vers lui. À travers les boucles éparpillées de ses cheveux, elle le vit. Il était assis sur le rebord du lit, un genou sur le matelas, un bras tendu entre ses cuisses. Avec son autre main, il caressait son membre nu.

Elle le contempla avec émerveillement. Elle n'avait jamais vu son sexe. Seigneur, il était magnifique... Le pantalon de pyjama était descendu juste au-dessous de son membre, cachant ses testicules, mais son sexe était long et épais, et son nœud rouge et fuselé comme un savoureux champignon. Elise se souvint du goût qu'il avait dans sa bouche et elle se mit à saliver. Il se caressait tout en contemplant son autre main bouger entre ses cuisses, et elle le regardait faire, fascinée. L'impuissance qu'elle ressentait et l'impossibilité de le toucher ne faisaient qu'attiser son désir.

C'en était trop. Elle laissa retomber la tête sur l'oreiller en s'abandonnant au plaisir.

— Oui, c'est bien, dit-il d'une voix sourde alors qu'elle se mettait à trembler sous l'effet de l'orgasme. Tu commences à comprendre ce que te soumettre signifie.

Il la caressa jusqu'au bout, ses doigts agiles glissant dans sa vallée humide. Elle ne cessa pas un instant de contempler sa grande main qui bougeait, de plus en plus vite.

— Lucien ! cria-t-elle alors qu'il lui arrachait un dernier frémissement d'extase.

Il la regarda dans les yeux pour la première fois, sans cesser de bouger les mains, leur offrant du plaisir à tous deux. Un spasme altéra les traits crispés de son visage, et elle comprit qu'il jouissait lui aussi. Un jet de sperme blanc vint asperger son abdomen bandé, et il continua sans relâche son mouvement de va-et-vient jusqu'à se vider entièrement, avec une frénésie qui impressionna Elise. Elle sentait son regard vrillé sur elle tandis qu'il éjaculait.

C'était un moment extraordinairement intime et intense.

Les mains de Lucien ralentirent. Leurs souffles haletants entrecoupaient le silence. Enfin, il tendit la main vers une boîte de mouchoirs posée sur la table de chevet, et s'en servit pour s'essuyer le ventre d'un geste qui ne montrait aucune gêne. Elise ressentit de nouveau une pointe de désir, mais son orgasme explosif l'avait rassasiée. Quand Lucien se releva pour détacher ses liens, elle était semblable à une masse de chair molle. Comme il se rasseyait sur le lit à côté d'elle, elle voulut se tourner pour le regarder, mais elle se rendit compte qu'elle n'en avait pas l'énergie. Une immense somnolence la terrassait, et elle se contenta de savourer les caresses de Lucien sur son dos.

— Tu ne dors pas ? demanda-t-il doucement au bout d'un moment en rabattant la couette sur son corps.

Elle émit un borborygme.

— Nous ferons cet exercice tous les soirs à vingt-trois heures trente, jusqu'à ce que ton corps intègre l'heure de l'endormissement, et que ton esprit apprenne le lâcher-prise. Tu as compris ?

Elle comprenait, et était plus que volontaire. Cette expérience avait été délicieuse pour elle.

« Oui », essaya-t-elle de dire. Quelle frustration ! Elle n'arrivait même plus à bouger les lèvres, comme si elles pesaient des tonnes. Cette tentative d'articuler un mot fut la dernière chose dont elle se souvint avant le lendemain matin.

8

Quatre jours plus tard, Denise Riordan était en train de superviser Elise tandis que cette dernière mettait la dernière touche au nouveau plat du jour – une terrine de saumon aux champignons. La jeune femme leva distraitement la tête en entendant la porte de la cuisine s'ouvrir. En voyant la silhouette de Lucien apparaître sur le seuil, elle étouffa un juron et renversa de la sauce aïoli sur la table.

Denise prit le bol de sauce et tendit une serviette à Elise.

— Ce n'est rien. Ça m'a l'air parfait ! dit le nouveau chef de *Fusion* en souriant et en confiant l'assiette à un serveur.

Elise jeta un regard piteux à Lucien. Elle le voyait de plus en plus rarement – en fait, encore moins qu'avant d'emménager chez lui, quatre jours plus tôt.

Bien sûr… Il venait toujours la mettre au lit, chaque soir, l'habituant non seulement à s'endormir à heure fixe, mais aussi à être attachée. Ses mains étaient magiques. Le plus dur n'était pas de s'accoutumer à leur toucher, mais de brûler d'envie de les sentir à nouveau sur sa peau, à chaque instant.

Cette pensée lui fit monter le rouge aux joues. Elle le visualisait en train de se masturber, de la masser, de la saisir et de la caresser jusqu'à ce qu'elle n'en puisse plus.

C'était à peu près tout ce qu'elle percevait de lui. Ces moments érotiques où elle était entravée, impuissante, et où il lui offrait tout le bien-être possible pour l'aider à se détendre. La nuit dernière, elle ne l'avait même pas vu, parce qu'il avait insisté pour lui bander les yeux.

« Tu refuses de coopérer, avait-il dit en posant un foulard de soie sur ses paupières. Je te dis de garder la tête tournée, et tu t'obstines à me regarder. Petite maligne », avait-il murmuré d'un ton amusé en resserrant le nœud derrière son crâne.

Ça avait été pire – bien pire – de laisser aller son imagination. Alors qu'il la faisait frissonner de plaisir, elle n'avait pu s'empêcher de se représenter avec précision Lucien en train de se masturber.

Il disait qu'il était occupé à finaliser l'achat de son hôtel, et elle supposait que c'était vrai, parce qu'il passait rarement chez *Fusion* ou à l'appartement. Elle savait qu'il se rendait de temps en temps au club de polo, mais jusqu'à maintenant, il ne lui avait pas proposé de l'accompagner. Le seul espoir qu'elle avait à ce sujet était lié à une allusion qu'il avait faite, disant qu'il cherchait un cheval pour elle afin qu'ils puissent monter ensemble.

Elle ne s'était jamais sentie aussi en forme qu'après ces nuits de sommeil profond et réparateur. Et pourtant, chaque matin, elle se réveillait seule. Toute cette énergie en surplus était la bienvenue, mais elle contribuait aussi à renforcer sa frustration. Personne ne l'avait jamais traitée comme Lucien le faisait. Elle était habituée à ce que les hommes se plient en quatre pour elle – faisant des courbettes pour lui plaire, suivant chacune de ses demandes à la lettre, se livrant même à des coups d'éclat stupides pour qu'elle les remarque. Erik Cebir, par exemple, l'homme que ses parents espéraient la voir épouser, lui avait demandé une fois si elle aimait la pêche, et elle avait répondu distraitement que oui. Erik avait réagi en achetant un yacht flambant neuf, doté de huit chambres, qu'il avait fièrement baptisé *Elise Dorée.* Lorsqu'elle avait fini par accepter d'y séjourner avec lui, il avait parfaitement dissimulé son irritation en découvrant qu'elle ne connaissait strictement rien à la pêche en haute mer, et ne s'y intéressait pas davantage. Quand elle lui avait dit qu'elle aimait pêcher, elle pensait aux séances de pêche à la ligne au bout d'un ponton avec Lucien, durant l'été de sa jeunesse. En dépit du manque total d'enthousiasme dont fit preuve la jeune femme le jour où il attrapa un thon de belle taille, Erik avait fini par se résoudre à la séduire par d'autres moyens.

Elle savait très bien que la plupart des hommes se comportaient ainsi à cause de sa célébrité et de sa fortune, et que cela n'avait strictement rien à voir avec ses qualités en tant qu'être humain. Ils ne la connaissaient pas vraiment, et en général, n'accordaient aucune importance à sa personnalité. Mais tout cela ne changeait rien à la réalité : elle s'était habituée à attendre des hommes ce genre de comportement, quand bien même elle ne le désirait pas vraiment.

Lucien avait bouleversé les règles du jeu, et elle le soupçonnait de savoir parfaitement ce qu'il faisait. Après tout, il était au courant de son ancienne vie. Ainsi, sa frustration croissait d'heure en heure. Elle ne pouvait pas avoir ce qu'elle souhaitait le plus –

cet homme cruellement beau, sensuel, distant, qui semblait la regarder comme si elle n'avait pas plus d'intérêt que la pile de vaisselle sale posée près de l'évier.

— Puis-je vous emprunter Elise un moment ? J'ai besoin de quelques précisions au sujet de ses charges salariales pendant qu'elle était employée. Je vous promets que ce ne sera pas long, assura Lucien à Elise.

— Bien sûr. Elle travaille non-stop depuis ce matin, et le service de midi est presque terminé, répondit Denise en versant une bisque de tomate fumante dans un bol, qu'elle garnit ensuite de fromage de chèvre frais et de croûtons.

Elise respectait Denise et s'entendait très bien avec elle. Comparée à d'autres chefs de sa connaissance, cette dernière était dotée d'un tempérament très calme. Bien mieux que ses anciens formateurs ne l'avaient jamais fait, elle avait appris à Elise à réprimer ses caprices et ses impulsions.

Non, ce n'était pas tout à fait vrai. Elle avait appris à contenir son orgueil depuis qu'elle avait revu Lucien à Chicago, songea-t-elle en s'essuyant les mains. D'un hochement de tête, ce dernier lui fit signe de le suivre. Quand il referma derrière eux la lourde porte du bureau au fond du couloir, elle sentit son anxiété monter d'un cran. Elle n'avait pas cru une seconde à ces histoires de charges salariales. Tous les documents administratifs qu'elle lui avait fournis étaient corrects et à jour.

Elle le regarda faire le tour de son bureau et s'asseoir. Il portait un jean, une chemise blanche et une veste noire qui soulignait la forme de ses larges épaules. Derrière l'énorme table en bois d'acajou, il avait tout d'un seigneur autoritaire et séduisant.

— Qu'est-ce qui ne va pas ? lui demanda-t-elle en tremblant.

Il haussa les sourcils.

— Rien. Qu'est-ce qui te fait croire qu'il y a un problème ? dit-il avec un sourire.

— C'est juste que... tu ne me convoques pas souvent ici.

Elle effleura instinctivement la ligne de ses fesses et repensa à la punition qu'il lui avait donnée dans ce bureau. Lucien remarqua son geste, et son sourire s'élargit.

— Tu as été vilaine, Elise ?

Sa voix était grave, sensuelle. Maudites fossettes... La jeune femme se rendit seulement compte de ce qu'elle venait de faire et replaça les mains vers l'avant.

— Bien sûr que non. Pourquoi voulais-tu me parler ?

— J'ai pensé que tu serais contente d'apprendre que je t'ai acheté une jument.

Le cœur d'Elise fit un bond dans sa poitrine. Sans cesser de sourire, Lucien étudiait sa réaction.

— Tu m'as acheté un cheval ? s'exclama-t-elle en se rapprochant du bureau. Où est-il ? Quand pourrai-je le voir ?

Il leva les mains pour lui signifier de se calmer.

— Je t'emmènerai aux écuries ce soir, après la fermeture de *Fusion*.

Elle lâcha un gémissement de dépit. Lucien lui avait acheté un cheval !

— Je ne peux pas attendre tout ce temps.

— Il faudra bien, parce que tu n'as pas le choix, répliqua-t-il d'un ton sévère, adouci par son sourire. Tu vas l'adorer.

— Je sais.

— Comment pourrais-tu le savoir ?

Il fronça les sourcils en la voyant se lever de son siège.

— Parce que c'est toi qui l'as choisi, répondit-elle.

Sans prévenir, elle s'approcha de lui et le serra dans ses bras. Quand elle releva les yeux, elle vit qu'il avait l'air agréablement surpris. Il glissa un bras autour de sa taille et lui caressa la joue.

— Tu es splendide, murmura-t-il. J'ai l'impression de tenir le soleil dans mes bras.

Elle sentit le rouge lui monter aux joues.

— C'est sans doute la beauté que tu gagnes chaque nuit, dit-il.

— Alors, c'est la beauté que toi, tu m'insuffles, répondit-elle.

Elle se sentait légère et ivre dans ses bras. Elle cambra le bassin de manière provocante, collant les seins contre les côtes de Lucien et sentit son corps réagir. Un soupir de satisfaction s'échappa de sa gorge.

L'expression de Lucien se durcit. Il délia gentiment les bras d'Elise de lui et se dégagea de son étreinte.

— J'ai cru comprendre en discutant avec Denise que tu ne lui avais pas dit que tu avais emménagé chez moi.

— En effet, dit-elle. J'ai pensé que tu préférerais garder ça secret. Il y a un problème de ce côté-là ?

— Pas du tout. Mais comme nous n'en avions pas discuté, je voulais te remercier d'avoir été discrète. Techniquement, tu travailles pour Denise, pas pour moi, mais elle est mon employée. Je ne voudrais pas qu'elle se sente mal à l'aise, ou que cela fausse vos rapports.

— Je ne laisse jamais mes relations de couple interférer avec mes études, rétorqua résolument Elise.

Voyant que Lucien restait silencieux, elle repensa à ce qu'elle venait de dire et rougit.

— Non que nous ayons vraiment... tu sais...

— Quoi donc ?

— Une relation de couple, lâcha-t-elle en osant à peine le regarder.

À sa grande surprise, il afficha un franc sourire.

— C'est dommage que tu penses cela, parce que je ne demande généralement pas à n'importe quelles femmes de s'installer chez moi.

— Dans la chambre d'amis, dit-elle à mi-voix.

— Excuse-moi ?

— Rien.

— Tu as autre chose à me demander ? insista-t-il.

Elise se sentait confuse. Pourquoi revenait-il toujours sur ce point ? Elle secoua la tête d'un air têtu. Il était hors de question qu'elle le supplie de la prendre complètement... de la posséder. S'il la voulait, c'était à lui d'agir.

— Fort bien, alors. Mais je voulais aussi te parler d'un autre sujet, même si je ne suis pas certain que ce soit nécessaire. Tu t'es montrée extrêmement discrète avec Denise et les autres employés de *Fusion*... dit-il en saisissant une enveloppe sur son bureau.

— Où veux-tu en venir ?

Il releva brièvement les yeux, et elle comprit qu'il essayait de dissimuler son état de tension en faisant mine de trier son courrier.

— J'ai un peu discuté avec Ian à propos de notre séance d'escrime. Lui et Francesca vont venir dîner ici ce soir. Ian m'a dit que Francesca voulait te proposer un rendez-vous pour aller courir toutes les deux.

Le pouls d'Elise se mit à marteler ses tempes. Elle était reconnaissante et émerveillée que Lucien lui ait acheté une jument, mais les derniers mots qu'il avait prononcés l'avaient mise en alerte. À présent, elle était absolument certaine que ce problème à propos de Ian et Francesca était la véritable raison pour laquelle il l'avait convoquée dans son bureau – ou en tout cas, que l'achat du cheval n'était que secondaire.

— Et tu voulais t'assurer que je ne dirai rien à Francesca sur le fait que je vis dans ton appartement ? clarifia-t-elle.

Il haussa les épaules.

— Elle trouverait ça bizarre, tu ne penses pas ? Que tu vives avec moi alors que nous sommes censés ne nous connaître que depuis quelques jours ?

— Tu t'inquiètes parce que tu sais que tu ne pourras pas me surveiller si je vais courir avec Francesca.

Il la toisa du regard.

— Tant que nous nous comprenons...

Distraitement, il ouvrit une enveloppe dans le courrier.

— Je ne suis pas sûre de te comprendre, dit-elle lentement.

Il se figea et releva les yeux vers elle.

— Que veux-tu dire ?

— Pourquoi te soucies-tu autant de l'opinion de Ian Noble ? Pourquoi est-ce qu'il... t'intéresse à ce point ? Est-ce qu'il possède une chose que tu convoites ? Essaies-tu de le manipuler pour gagner quelque chose ? Une affaire financière ?

— Bien sûr que non.

— Pourquoi tu ne me dis pas simplement de quoi il s'agit ? Je pourrai peut-être t'aider.

— Laisse tomber, Elise.

Cet ordre bref, prononcé d'une voix calme, la fit hausser les sourcils. Elle n'avait pas envie de jouer les rabat-joie alors qu'il venait de lui offrir un cadeau, mais une impression de malaise continuait à flotter en elle. Elle avait grandi dans un monde de trahisons et de manipulations. Chacun des actes de ses parents était prémédité et conçu dans un but précis. Elle savait que Lucien avait vécu dans un univers similaire – si ce n'est pire. Le père de Lucien aurait pu donner quelques idées à Machiavel.

— Ian Noble n'a rien à voir avec toi – avec nous, reprit Lucien.

Elle eut une moue incrédule.

— Je refuse qu'on me fasse chanter, poursuivit-il. Si tu crois ça tellement nécessaire, va le voir et dis-lui ce que tu crois savoir.

— Oh, super. Et après, tu me flanqueras dehors, répondit-elle sèchement.

Lui avait-il demandé de venir s'installer chez lui pour pouvoir la contrôler en permanence ? Avait-il seulement jugé plus pratique de la garder à portée de main ?

— Je n'ai aucune intention de te jeter dehors. Je te dis juste de ne pas te mêler d'affaires qui ne te regardent pas – le monde ne tourne pas autour de toi, Elise.

— Je le sais très bien ! s'exclama-t-elle, piquée au vif. Je n'arrive simplement pas à comprendre pourquoi tu fais autant de mystères.

— Nous ne sommes pas là pour en discuter. Soit tu me fais confiance, sois tu ne le fais pas. À toi de voir.

Il se rassit à son bureau, ouvrit un cache-dossier en cuir et commença à remplir des colonnes de chiffres.

Il venait de lui donner congé.

Elle se retourna et sortit sans rien dire du bureau. Elle se sentait à la fois irritée par les manœuvres de

Lucien pour obtenir d'elle le silence, et émerveillée par son cadeau. Son désarroi ne faisait que s'accroître.

Lucien ne ressemblait absolument pas à son père. C'était l'évidence même.

Alors pourquoi gardait-il autant de secrets ?

*
*   *

Elise resta travailler tard, ce soir-là, et Lucien en fut soulagé. Il s'était dit qu'elle quitterait peut-être *Fusion* dès qu'elle aurait terminé ses tâches, et refuserait de l'accompagner à l'écurie à cause des mots durs qu'ils avaient échangés. Quand Ian et Francesca étaient venus dîner, quelques heures plus tôt, il avait observé la jeune femme. Elle s'était très bien comportée, exception faite de sa froideur vis-à-vis de lui. De son côté, il pouvait tolérer cette attitude, mais il était certain que Ian, du moins, l'avait remarquée.

— Tu es prête à y aller ? demanda-t-il d'un ton neutre en pénétrant dans la cuisine.

La plupart des lumières étaient éteintes. Elise se tenait derrière une grande table en bois, en train d'empiler des assiettes. Elle s'était changée, troquant sa panoplie de chef pour une tenue décontractée – un jean blanc Martin, la marque créée par son père, et un tee-shirt moulant bleu marine qui soulignait les courbes de sa taille étroite et de ses seins.

Elle hocha la tête sans rien dire. L'expression de son visage ne laissait rien deviner de ses sentiments, et Lucien aurait été incapable de dire si elle était toujours fâchée contre lui ou pas. Il ne parvint pas davantage à décrypter son humeur une fois qu'ils furent en route. Elle resta polie et calme pendant les quarante-cinq minutes que dura le trajet.

Le club était situé dans une zone de banlieue boisée, à l'ouest de Chicago. Le garde de l'entrée principale avait été prévenu que Lucien viendrait visiter les écuries à une heure tardive. Il ouvrit le portail avec un geste amical. Une fois qu'ils eurent dépassé le club encore éclairé, la route s'enfonça dans les ténèbres de la forêt. L'endroit avait l'air totalement désert.

Elise brisa finalement le silence alors que Lucien garait sa voiture sur le parking.

— J'ai hâte de la voir.

Au loin, on discernait le terrain de polo, illuminé par quelques lampadaires. La forêt alentour était plongée dans le noir.

Lucien perçut de l'excitation dans la voix de la jeune femme, et il sourit dans la pénombre. L'adolescente dont il se souvenait, celle qui adorait les chevaux, existait donc toujours.

— Comment s'appelle-t-elle ? reprit Elise.

— Kesara. C'est encore une jeunette ; elle aura trois ans dans quelques mois.

— Ce n'est pas un cheval de polo, n'est-ce pas ?

Ils approchaient des écuries obscures. Stan, l'employé en charge de la trentaine de chevaux qui vivaient ici, n'était manifestement pas là. Il habitait dans un logement de fonction proche de la route, à environ un demi-kilomètre de là.

— Non. C'est un simple cheval de selle. Il y a beaucoup de jolis chemins de randonnée dans le coin.

— Tu as dû avoir du mal à trouver un club de polo ici, non ? Ce n'est pas un sport très répandu aux États-Unis.

— Effectivement. Mais on trouve quelques amateurs dans la région, et ce sport se popularise peu à peu.

— Tu as fait partie de l'équipe de France de polo… La compétition doit te sembler trop facile, ici.

— Ça ne me dérange pas. Je viens pour m'amuser, et qui plus est, je ne suis plus un tout jeune homme, ajouta Lucien en ouvrant la porte du haras.

La jeune femme lui lança un regard perplexe.

— C'est vrai, je t'assure. Mon cheval me donne déjà assez de fil à retordre. C'est une vraie tornade.

Ils pénétrèrent dans les écuries, et Elise reconnut immédiatement l'odeur riche et familière, l'air saturé du souffle des bêtes. De brefs hennissements les saluèrent.

— Comment s'appelle-t-il ?

Ils dépassèrent la sellerie. Quelques têtes de chevaux émergèrent des stalles quand Lucien alluma la lumière.

— Jax. Le voici.

L'immense étalon noir releva la tête quand son maître le caressa et souffla des naseaux. Il frotta la joue contre sa main avec rudesse, en une forme de salut bourru. L'animal se calma lorsque Lucien posa la paume sur les muscles massifs de son encolure.

— Oh, mon Dieu, il est splendide ! s'enthousiasma Elise.

Elle tendit la main pour le cajoler à son tour, mais le cheval montra les dents et poussa un hennissement irrité en roulant les yeux. Lucien saisit la main d'Elise pour l'attirer hors de portée de Jax.

— Il n'est pas très affectueux. Viens plutôt voir Kesara, dit-il en l'entraînant plus loin dans l'allée.

Ils arrivèrent devant un box où une jument baie élancée les contemplait d'un regard vif.

— Kesara, je te présente Elise, dit Lucien.

Il jeta un bref coup d'œil vers la jeune femme, et remarqua que le regard d'Elise s'attardait toujours vers la stalle de Jax. Quand elle se tourna pour contempler la jument, ses yeux s'agrandirent.

Lucien comprit immédiatement qu'il s'agissait d'un coup de foudre réciproque. Kesara hennit doucement et dressa les oreilles sous les caresses d'Elise, qui la complimentait en chuchotant avec douceur, mélangeant l'anglais et le français. Pendant un moment, Lucien se sentit subjugué par la voix soyeuse de la jeune femme, qui le charmait, l'hypnotisait... comme elle le faisait avec la jument. Il baissa les yeux sur les courbes sensuelles de ses hanches, de ses fesses, moulées à la perfection par le jean et le tee-shirt. Soudain, le désir qu'il gardait sous contrôle en permanence déferla dans ses veines.

Le sang se mit à pulser dans son membre, qui durcit en quelques secondes.

*

* *

Elise se retourna vers Lucien, radieuse. En voyant qu'il la contemplait entre ses paupières étrécies, son sourire s'élargit encore. Une lueur brûlante étincelait dans ses yeux, et il regardait son postérieur.

Maudit soit-il. Elle savait qu'il la voulait. Pourquoi jouait-il ainsi avec elle ? Elle n'en pouvait plus. Pourquoi insistait-il tant sur la maîtrise... sur sa soumission ?

Je vais l'obliger à me prendre.

Cette pensée farouche la surprit elle-même. Brusquement, elle sut précisément ce qu'elle allait faire pour arriver à ses fins.

— On peut aller faire un petit tour à cheval ? demanda-t-elle d'une voix innocente.

— Il fait trop sombre. Je t'emmènerai faire une balade dimanche.

Elle utilisa ses yeux pour le séduire.

— J'ai envie d'y aller maintenant. S'il te plaît ! Kesara est si belle... On peut juste faire le tour du terrain de polo.

Lucien ne répondit pas tout de suite, comme s'il réfléchissait à sa requête. Elle se lécha subrepticement la lèvre inférieure et vit la lueur d'envie se rallumer dans ses yeux.

— D'accord, accepta-t-il au bout d'un moment en retirant sa veste.

Elise prit bien garde de ne pas afficher son triomphe.

— Attends-moi ici pendant que je selle les deux chevaux, reprit-il.

Après s'être occupé de Jax, il attacha son licou devant la porte des écuries. À ce moment, Elise lui demanda où se trouvaient les vestiaires. Il lui indiqua la direction et rentra dans le box de Kesara pour la préparer.

Au lieu de s'y rendre – ça ne l'intéressait pas le moins du monde –, Elise sortit à pas de loup du haras et s'arrêta devant la porte. Jax leva la tête et la considéra d'un air de défi alors qu'elle s'approchait de lui. Avec un sourire malin, elle tendit la main vers le pommeau de la selle.

*

* *

Une minute plus tard, Lucien entendit la porte s'ouvrir, puis le hennissement irrité de Jax.

Un mauvais pressentiment l'envahit aussitôt.

Non. Elle n'oserait pas.

Il se rua hors du box de Kesara et vit la porte de l'écurie grande ouverte. Ni Jax ni Elise n'étaient en vue.

*

* *

C'est le diable qui m'a forcée à le faire.

Ces mots flottaient dans son esprit tandis que Jax filait dans la nuit. Un mélange de terreur et d'excitation lui nouait la gorge.

Elle ne pensait pas au diable chrétien. Elle pensait à l'homme qui la menait par le bout du nez depuis des semaines. Le cri de colère de Lucien transperça les ténèbres, mais Elise était trop occupée à s'efforcer de rester sur le dos de Jax pour s'en soucier vraiment. Elle se pencha au maximum, à quelques centimètres de la crinière échevelée du cheval, les cuisses serrées autour de ses flancs comme un étau. Se cramponnant aux rênes, elle tira de toutes ses forces, mais l'animal énorme et puissant s'était emballé à l'instant où elle était montée sur son dos.

Il était fou de rage.

Elle était bonne cavalière, mais cela faisait plus d'un an qu'elle n'était pas montée sur un cheval. De plus, elle n'avait jamais chevauché une monture aussi rebelle et farouche. Jax s'engagea sur une allée faiblement éclairée, la jeune femme accrochée sur son dos comme une sangsue.

Peut-être n'avait-elle pas fait le choix le plus sage, après tout. Mais elle n'avait jamais fait preuve de discernement quand on la poussait au désespoir.

— Jax, non ! l'implora-t-elle désespérément lorsque la bête quitta le sentier pour pénétrer dans la forêt.

Avant que l'obscurité ne les engloutisse complètement, elle vit qu'il s'agissait d'un petit chemin de randonnée. Jax le connaissait manifestement, car il ralentit à peine quand la terre remplaça les gravillons sous ses sabots. L'animal filait comme une flèche à travers les bois, emportant Elise qui priait pour sa vie et commençait à regretter amèrement sa décision de défier Lucien.

Tout était sa faute. Si seulement il ne l'avait pas poussée à bout… À regarder ses fesses de son regard gris et sensuel lorsqu'elle avait le dos tourné, à se comporter comme si ses charmes ne l'intéressaient pas alors qu'elle savait pertinemment qu'il la désirait.

Elle n'y voyait strictement rien au milieu des bois, sous le ciel obscurci de nuages. Jax galopait sur le sentier et le martèlement assourdissant de ses sabots sur le sol se mêlait dans les oreilles d'Elise avec les sourdes pulsations de son cœur. La trajectoire du cheval était sûre. Si elle arrivait à tenir sur son dos, il finirait par se fatiguer.

N'est-ce pas ?

L'énergie brute et sauvage qui irradiait de l'animal la fit douter. Au moins ne tentait-il pas de la désarçonner, se dit-elle pour se rassurer.

La vision de la jeune femme s'accommoda aux ténèbres, et elle discernait à présent la voûte céleste à travers les frondaisons. À force de serrer aussi fort que possible les flancs du cheval, les muscles de ses cuisses commençaient à la brûler. Si Jax ruait ou se cabrait, elle ne parviendrait pas à se maintenir sur son dos.

Tout à coup, elle entendit un bruit lointain de galopade derrière elle.

Lucien.

Une vague de soulagement l'envahit. La terreur que lui inspirait sa cavalcade incontrôlée dépassait de loin la crainte de la réaction de Lucien.

— Jax ! cria quelques instants plus tard une voix masculine derrière elle.

Le cheval tourna brusquement la tête et poussa un hennissement farouche, qui fit craindre à Elise qu'il se mette à ruer.

— Tiens bon, Elise. Ne lâche pas prise. Jax, ralentis, satané démon !

Un mélange d'inquiétude et de colère teintait la voix de stentor de Lucien. Arriverait-il à calmer l'animal avant que les forces d'Elise ne l'abandonnent ? Le galop souple de Kesara indiqua à Elise qu'elle était issue d'une lignée de pur-sang de course. À l'inverse, la carrure de Jax faisait de lui le descendant des chevaux de guerre, une race sélectionnée pour sa force brute et sa résistance, parfaitement adaptée aux terrains de polo.

Mais il était entré dans un état de rage frénétique.

Par sa faute.

Elle entendit le claquement sec d'une cravache et entraperçut Lucien quelques pas derrière elle, pressant Kesara d'accélérer. Durant un bref instant, elle souhaita que Jax poursuive sa course folle.

— Jax ! lança Lucien d'une voix ferme, qui semblait de plus en plus proche.

Le cheval souffla bruyamment. Au début, Elise ne remarqua aucun changement, mais elle se rendit compte au bout de quelques secondes que l'animal commençait à ralentir. Le bruit des sabots de Kesara martelant la terre battue se rapprocha encore, mêlé aux halètements rauques de Jax. Il était en train de s'épuiser.

Enfin, il cessa de galoper pour passer à un trot rapide. La jeune femme poussa un soupir de soulagement et put enfin relâcher un peu la tension dans ses cuisses. Elle tira sur les rênes, et Jax lui obéit enfin, en ralentissant davantage.

Quelques secondes plus tard, il s'arrêta. Elise resta penchée contre l'encolure du cheval, essoufflée, les doigts crispés sur les rênes. Elle entendit Kesara et Lucien les rattraper, puis s'immobiliser à côté d'elle.

— Lucien ? dit-elle d'une voix tremblante lorsqu'elle sentit sa jambe effleurer la sienne.

Dans la nuit, elle ne distinguait que les contours de sa haute silhouette. Il lui prit les rênes des mains. Jax secoua la tête, et la jeune femme crut un instant qu'il allait s'emballer à nouveau.

— Calme, calme ! fit Lucien d'un ton doux et ferme.

Jax cessa de bouger, et Elise devina que Lucien lui palpait la croupe d'une main apaisante.

— Retire les pieds des étriers.

Elle s'exécuta. Il empoigna le pommeau de la selle, et une seconde plus tard, il fut derrière elle sur le dos du cheval. Son grand corps était solide et chaud. Réconfortant. Sans rien ajouter, il équilibra les rênes entre ses mains et fit faire demi-tour au grand étalon noir. Jax obéit sans protester.

— Kesara ? lança Lucien.

Jax se dirigea au pas vers les écuries, et Elise entendit derrière eux le bruit des sabots de Kesara, qui les suivait.

— Je suis désolée, murmura-t-elle. Je n'ai pas fait exprès de l'exciter. Il s'est emballé dès que je l'ai monté... Je voulais juste l'essayer.

Lucien demeura silencieux un long moment. La jeune femme se sentait misérable.

— Tu as ouvert la porte de l'écurie, lâcha-t-il enfin d'un ton glacial.

Elle s'adossa contre lui et sentit la tension qui bouillait dans ses muscles.

La rage.

Le cœur d'Elise se remit à battre à tout rompre.

— Merci d'être venu à mon secours, chuchota-t-elle en lui jetant un regard par-dessus son épaule.

Une part d'elle aurait bien voulu discerner son expression, mais l'autre part était soulagée de ne rien voir.

— Lucien ? insista-t-elle en tremblant.

Il fit repasser Jax au trot, et Kesara suivit le pas du grand cheval.

— Tu ferais mieux de la boucler. Je suis déjà assez furieux comme ça.

Il ceintura la jeune femme et poussa sur son ventre pour la forcer à se coller contre lui. Elle écarquilla les yeux en sentant son érection brûlante.

Oh, non. Il était comme un bloc de dynamite sur le point d'exploser.

— Si tu n'avais pas porté un jean blanc, Kesara n'aurait jamais été capable de te suivre dans l'obscurité. Elle ne connaît pas encore le chemin. Jax aurait très bien pu te rompre le cou.

— Je n'avais vraiment pas l'intention de...

— Je sais très bien quelles étaient tes intentions – nous pousser, moi et Jax, à bout, c'est bien ça ? souffla-t-il d'une voix rauque tout contre son oreille.

Un frisson brûlant parcourut la jeune femme.

— Eh bien, il semble que tu aies réussi, fillette. Je vais te donner exactement ce que tu mérites.

Elle sentit une barre longue et rigide remplacer la main de Lucien sur son ventre. Un mélange de trouble et d'effroi la traversa quand elle se rendit compte qu'il s'agissait de la cravache.

C'était ce qu'elle avait cherché, n'est-ce pas ?

Elle avait dû perdre la raison.

Durant le reste de la chevauchée, Lucien ne prononça plus un mot et maintint fermement la cravache contre l'abdomen d'Elise, la forçant à rester en contact permanent avec son sexe dur… un rappel intimidant et effrayant de ce qui l'attendait.

*

* *

À l'arrivée, Elise put enfin mettre pied à terre. Elle prit nerveusement les rênes de Kesara et entreprit de la desseller et de la panser.

— Mets-lui juste une couverture sur le dos, dit sèchement Lucien. On pansera les chevaux après.

« Après. »

Elle savait très bien *après quoi.* Pendant qu'il ramenait la jument dans sa large stalle, elle évita le regard de Lucien.

— Viens par ici, dit-il un peu plus tard, alors qu'elle plaçait une couverture sur le dos de Kesara.

Elle se retourna vers lui, et se figea en le voyant debout devant la demi-porte de la stalle. Une de ses mains, posée sur le sommet du battant, tenait une longe en cuir.

Elle s'avança lentement vers lui, tête haute, soutenant son regard. Elle n'avait pas véritablement peur. Après tout, n'avait-elle pas elle-même voulu cela ?

La fébrilité qu'elle ressentait était presque insupportable. Et si elle avait provoqué Lucien au-delà de ce qu'elle pouvait encaisser ?

Il referma le box de Kesara et enlaça brusquement Elise. À l'instant où il s'empara brutalement de sa bouche, elle écarquilla les yeux. Il semblait furieux et fou de désir. Il l'embrassa sauvagement, passionnément, et toute pensée dans l'esprit de la jeune femme vola en éclats. Il était impossible de songer à autre chose qu'aux lèvres conquérantes de Lucien, à sa possession totale. Il l'avait déjà embrassée, mais jamais comme cela. C'était comme s'il voulait l'écorcher vive. Il lui immobilisa le menton, et elle s'éleva sur la pointe des pieds pour coller son corps contre le sien – otage consentante et avide de sa bouche.

Un gémissement s'échappa de sa gorge alors qu'il la soulevait sans rompre leur baiser. Instinctivement, elle enroula les jambes autour de ses hanches et s'accrocha à sa nuque, plongeant les doigts dans ses cheveux épais. L'odeur épicée de Lucien l'envahissait tout entière, l'enivrait, et elle tentait désespérément d'absorber tout ce que ses sens lui offraient.

Quand il la reposa un moment plus tard, elle cligna les yeux de désorientation. Puis, son regard revint se fixer sur lui. Tous les muscles de son corps étaient contractés. Elle baissa les yeux et vit la bosse impressionnante qui déformait son entrejambe.

— C'est bien ça que tu voulais, hein ? demanda-t-il d'une voix sourde et menaçante.

Elle se rendit compte qu'il l'avait portée jusqu'à un enclos délimité par une barrière. Elle avait déjà vu ce genre d'endroit dans d'autres écuries ; l'espace était prévu pour nettoyer au jet d'eau les chevaux et pratiquer les examens vétérinaires.

— Enlève tous tes vêtements.

— Mais… c'est vraiment nécessaire ? demanda-t-elle en scrutant la zone ouverte aux yeux de tous.

La seule réponse qu'elle obtint fut un regard farouche qui signifiait : « À ton avis ? »

— Et si quelqu'un vient ?

— Tu aurais dû réfléchir à ça avant de grimper sur Jax et de nous pousser tous les deux à bout, dit-il d'une voix calme entre ses mâchoires crispées. Pourquoi ces manières ? Tu savais depuis le début que je réagirais comme ça, mais il a fallu que tu me défies quand même, hein ? Il a fallu que tu essaies de me prendre les rênes.

Elle entraperçut un bref mouvement au niveau des genoux de Lucien, et ses yeux s'agrandirent encore quand elle comprit qu'il tenait une cravache. Elle était faite en cuir noir et semblait neuve en comparaison de la cravache en cuir brun souple qu'il avait utilisée sur Kesara un peu plus tôt. Une vague d'angoisse et d'excitation la traversa.

— D'accord, souffla-t-elle en relevant le menton. Mais je te laisse faire ça seulement parce que ça a l'air plutôt intéressant.

Il exhala lentement. Une lueur sauvage brillait dans ses prunelles.

— Tu as failli te tuer juste pour pimenter un peu ta vie sexuelle ? Seigneur… tu n'imagines même pas ce qui t'attend. Déshabille-toi.

Elle ôta ses vêtements à la hâte, déposant ses frusques sur le rebord de la barrière. Autour d'eux, des dizaines de chevaux étaient à présent réveillés, et les contemplaient d'un œil curieux. C'était ridicule, mais le regard des animaux la mettait mal à l'aise. Elle se sentait vulnérable, exposée. Et si le gardien se présentait ? Il était tard, c'est vrai, mais pas si tard que ça.

— Je dois enlever aussi mes bottes ? demanda-t-elle en examinant le sol de l'écurie.

Le revêtement de ciment était jonché de paille, mais il semblait propre.

— Complètement nue, dit Lucien.

Quelque chose, dans le tranchant de sa voix, incita Elise à relever les yeux. Il scrutait ses seins nus. Elle sentit ses tétons se durcir et sursauta lorsqu'il tapota sa jambe avec la cravache d'un geste impatient. Voyant le scintillement dangereux de ses iris, elle se dépêcha autant qu'elle le put. Quelques secondes plus tard, elle se tenait devant lui, en tenue d'Ève. Les narines de Lucien frémissaient, rappelant un peu la furie de Jax.

— Penche-toi en avant et pose les mains sur la barrière.

Elle suivit ses instructions. Quelque part en elle, elle s'attendait à ce qu'il prononce exactement ces mots. Elle les attendait... les redoutait... les espérait. Une décharge d'angoisse et de désir mêlés la traversa quand il s'approcha d'elle par l'arrière.

— Maintiens ça entre tes cuisses pendant que je t'attache.

Elise le regarda avec incrédulité quand il pressa l'extrémité de la cravache contre le sommet de ses cuisses, à quelques centimètres de sa féminité.

— Je... je dois faire quoi ? bredouilla-t-elle alors que la cravache commençait à glisser entre ses cuisses.

— Tu m'as très bien compris. Laisse la cravache glisser entre tes jambes et resserre tes cuisses autour. Ne la laisse pas glisser complètement ou tomber. Et ne t'inquiète pas, elle est propre. Je viens de l'acheter, et j'ai décidé de l'utiliser sur toi plutôt que sur un cheval.

La jeune femme demeura interdite. Elle finit par faire ce qu'il disait, interloquée, mais réagissant instinctivement aux intonations sévères de sa voix. Au bout de quelques secondes à serrer les cuisses pour maintenir l'objet en place, elle commença à comprendre les intentions de Lucien. D'abord, ses muscles étaient déjà tendus et endoloris après l'effort qu'elle avait dû produire pour se cramponner au dos de Jax. Très vite, ils se mirent à la brûler.

Ensuite, tenir elle-même à quelques centimètres de son sexe l'instrument potentiel de son châtiment avait quelque chose de tabou... d'interdit... d'*excitant*. Son clitoris était presque collé au manche en cuir de la cravache, et un picotement agréable l'envahit aussitôt. Elise serra encore davantage les cuisses pour augmenter la sensation de friction, mais une grimace de douleur lui échappa tant ses muscles étaient en feu.

Elle constata que cette grimace n'avait pas échappé à Lucien.

— Tu es le diable, dit-elle d'une voix douce en voyant qu'un infime sourire était apparu sur ses lèvres.

— Tu es la seule responsable de cela, répondit-il en commençant à lui attacher les mains à la barrière avec la longe.

Quand il eut terminé, il s'écarta sur le côté, et elle ne put s'empêcher de rougir. À quoi ressemblait-elle, nue et attachée à une clôture au milieu d'une écurie, avec le manche de la cravache qui dépassait juste de ses fesses ?

— Comment as-tu osé mettre ainsi ta vie en danger ? questionna-t-il d'une voix où sourdait une immense colère.

Elle tordit le cou pour le regarder en face. La manière dont ses yeux brillaient la fit frémir intérieurement. On aurait dit qu'il considérait cette prise de risque comme un affront personnel. Il leva la main et frappa son postérieur en une gifle cinglante.

— Ne t'avise jamais... jamais plus... de tenter quelque chose de ce genre, Elise, siffla-t-il en frappant la chair de ses fesses une nouvelle fois pour appuyer son propos.

Le cœur de la jeune femme se mit à tambouriner à ses tempes lorsqu'elle vit qu'il se caressait à travers son jean. Le visage crispé, il contemplait rageusement son corps dénudé.

— Je n'arrive pas à croire que tu aies fait ça, reprit-il. Aucun de mes coéquipiers de polo n'est capable de maîtriser Jax – des hommes forts et expérimentés. Qu'est-ce qui t'est passé par la tête ?

— Je ne pouvais plus supporter que tu m'ignores... que tu me négliges... que tu te comportes comme si je n'étais pas plus intéressante que ce tas de paille. J'ai fait ça pour que tu me remarques !

— C'est vraiment ce que tu crois ? la tança-t-il d'une voix qui semblait à la fois furieuse et étonnée. Que je ne te remarque pas ? Tu crois qu'il est seulement possible pour moi de t'ignorer quand tu es là ? Et même quand tu n'es pas là, d'ailleurs ? C'est inimaginable. Je risque autant de t'ignorer que de ne pas voir un brasier dans une pièce.

La tempête qui flamboyait dans les yeux gris de Lucien évoquait pour Elise un orage électrique. Oh, Seigneur... Elle avait réellement déchaîné un ouragan.

— Je suis désolée, souffla-t-elle.

L'expression de Lucien se durcit.

— Non, tu n'es pas désolée.

Elle réprima un cri quand il saisit le manche de la cravache. Il tira légèrement, attisant le feu qui couvait dans son sexe. Une vague de plaisir la submergea.

— Tu aimes ça ? demanda-t-il dans son dos, d'une voix saturée de désir.

Il se mit à faire bouger le manche en cuir d'avant en arrière, entre ses cuisses, tout contre sa féminité. Comme elle ne répondait rien, bouleversée par le plaisir interdit qu'il lui procurait, il fit remonter le manche le long de ses fesses et déplaça l'extrémité de la cravache plus près de son sexe. Elle lâcha un cri en sentant le cuir s'enfoncer entre ses lèvres intimes et frotter contre son clitoris. Lucien émit un grondement sourd, et elle comprit qu'il pouvait probablement sentir à quel point elle était humide.

— Bon sang... marmonna-t-il. Ton nectar va s'accorder parfaitement avec le cuir.

Un gémissement s'échappa de la gorge de la jeune femme. Lucien tira sur la cravache et fit bouger le manche entre ses cuisses en un subtil mouvement de va-et-vient.

— Desserre un peu les jambes, ordonna-t-il.

Sa voix était dure. Tendue. Était-il aussi excité qu'elle ? À cette pensée, elle sentit ses tétons durcir davantage. Elle fit ce qu'il demandait et cria de jouissance quand il fit remonter l'embout de cuir directement contre son clitoris pour le caresser inlassablement par petits cercles.

— Lucien !

Le plaisir interdit qu'il lui donnait fit monter sa fièvre à un niveau intolérable, si bien qu'elle se mit à cambrer le bassin pour accentuer la pression délicieuse. Mais quelques instants plus tard, le contact de la cravache avait disparu.

Smack !

Il venait de frapper légèrement son postérieur avec l'instrument.

— Ça brûle ! s'exclama-t-elle.

Elle ne faisait pas seulement référence à la chair cuisante de ses fesses, mais aussi au picotement insupportable de son clitoris.

— Je t'en prie, Lucien... gémit-elle.

Le désir avait fini par vaincre son orgueil. Une envie monstrueuse qui enflait en elle et lui déchirait le ventre comme une bête ruant pour s'échapper.

— Ne t'inquiète pas. Je t'ai dit que je te donnerais ce que tu voulais.

Elle remarqua que la cravache était tombée au sol.

— Lucien... répéta-t-elle.

Elle voulait s'excuser. Bien sûr, elle avait voulu tout cela – elle était brûlante et tendue de désir –, mais elle regrettait de l'avoir poussé à bout. Il l'interrompit en la saisissant par les hanches, et elle entendit un raclement sur le sol cimenté.

— Il faut que je te surélève, dit-il derrière elle.

Elle hoqueta lorsqu'il la souleva sans effort apparent pour déposer ses pieds sur une caisse de plastique. Quand il la relâcha, ses fesses étaient plus hautes de quarante centimètres, et elle sentait la braguette de son jean contre sa peau. Derrière eux, Jax poussa un hennissement sonore.

Elise écarquilla les yeux en entendant glisser la fermeture Éclair de sa braguette. Son cœur se mit à battre encore plus vite qu'il ne l'avait fait quand elle était sur le dos de Jax.

— Tu as épuisé ma patience, Elise.

Elle tourna la tête vers lui et croisa son regard. Elle vit à quel point il était excité, elle détecta la sauvagerie de son envie. De la sueur perlait sur la lèvre supérieure de Lucien, et une étincelle farouche animait ses yeux. Haletant, il fit descendre son pantalon et abaissa l'élastique de son boxer.

Lorsqu'il pressa l'extrémité épaisse et vibrante de son membre contre sa fente intime, elle ne put s'empêcher de hoqueter à nouveau. Elle sentait sa chaleur se mêler à la sienne. *Oh...* Elle n'avait jamais connu de pénis aussi rigide, aussi énorme. Une vague de panique l'envahit. Quelle mouche l'avait piquée ? Elle ne pouvait pas jouer. Elle ne pouvait pas mettre en scène ses réactions à ce qui était en train de se passer – elle n'était même pas sûre que les émotions en œuvre étaient exprimables.

— J'avais prévu de te prendre pour la première fois dans un échange mutuel de plaisir dont tu te serais souvenue toute ta vie, mais une possession brutale ici, dans ces écuries, me semble plus appropriée. C'est toi qui l'as voulu, Elise, ajouta-t-il sombrement en immobilisant ses hanches d'une main.

Il arqua le bassin et grogna en voyant qu'il n'arrivait à rien.

— Écarte les cuisses, exigea-t-il d'une voix tendue.

Elle s'exécuta et sentit l'air frais des écuries lécher ses chairs intimes humides et exposées. Elle n'en pouvait plus d'attendre. Il se servit de ses doigts pour élargir l'entrée de sa féminité et pressa l'extrémité de son membre contre sa fente. Elise poussa un gémissement.

La maintenant par les hanches, des deux mains, il plongea en elle.

Elle laissa échapper un cri face à cette abrupte invasion. Lucien se figea un moment, et elle tenta de reprendre sa respiration. De la sueur gouttait sur son front.

La douleur se mua en brûlure. Elle geignit doucement.

— Elise ? questionna Lucien.

Sa voix avait l'air à la fois incrédule et furieuse. Mais elle était trop bouleversée pour s'attarder sur la fureur.

Non... ça ne brûlait pas réellement, en fin de compte, comprit-elle en retrouvant son souffle. Elle luttait pour assimiler la sensation nouvelle de la chair de Lucien nichée au creux de la sienne. L'élancement de souffrance s'était vite apaisé pour se transformer en une merveilleuse impression de plénitude. Étaient-ce les battements du cœur de Lucien qu'elle sentait pulser le long de son membre ?

C'était incroyable.

Elle resserra ses muscles intimes, et Lucien poussa un grognement sourd.

— Elise ? répéta-t-il cette fois avec le ton du désespoir. Est-ce que tu as déjà... ?

— Non, articula-t-elle entre deux halètements.

— *Merde**. Pourquoi...

Il laissa sa phrase en suspens. Sa voix avait quelque chose de dur. Elise était incapable de répondre, comme si elle avait perdu la capacité de parler. Lucien bougeait doucement en elle, avançant et reculant d'à peine quelques centimètres chaque fois. Il se pencha au-dessus de son dos jusqu'à ce qu'elle sente les muscles de son abdomen contre sa peau. Elle percevait sa respiration crispée... comme s'il essayait de reprendre le contrôle. C'était tellement étrange de l'enserrer si intimement dans son corps, de sentir les pulsations de son membre au creux de son ventre, de découvrir des terminaisons nerveuses qu'elle ignorait posséder. Elle resserra encore les muscles de son fourreau intime, savourant cette sensation.

Lucien exhala d'un coup. Il raffermit sa prise et arqua les hanches, la faisant gémir.

— Je ne peux pas m'arrêter, dit-il d'une voix brisée. C'est trop bon de te baiser.

Elle se cramponna à la barrière et colla ses fesses contre le bas-ventre de Lucien.

— Je n'ai pas envie que tu arrêtes. C'est ce que je voulais depuis le début.

— Tu vas avoir ce que tu voulais, alors.

Il glissa un bras sous son ventre pour la maintenir contre lui et se mit à aller en elle de plus en plus vite.

Elle écarquilla les yeux, mais sa vision était brouillée. N'existaient plus que les sensations. Il s'enfonçait en elle à coups de reins puissants, et leurs corps s'entrechoquaient dans un rythme rapide. Au début, elle éprouva une forme d'inconfort, mais la main de Lucien glissa ensuite entre ses cuisses. Il caressa son clitoris, le pressant et le titillant comme s'il s'agissait d'un bouton magique lui offrant l'accès à sa féminité.

À chaque passage de son membre conquérant, une délicieuse brûlure s'amplifiait en elle. Lorsqu'il la pénétrait, il accompagnait le mouvement d'un à-coup de son pénis vers le haut pour accentuer la pression sur son clitoris. Sentir ses testicules buter contre sa chair était formidablement excitant, et elle cambra les hanches pour profiter de chaque coup de boutoir, accentuer la pression… pour défier Lucien de la prendre davantage.

*

*   *

Il assena une tape sur les fesses d'Elise en voyant qu'elle essayait de reprendre le contrôle. *Petite garce.* Bon sang, elle allait finir par le tuer… Le claquement sec produit par sa paume sur la peau de la jeune femme lui éclaircit l'esprit. Il lui souleva les hanches des deux mains, l'immobilisa et plongea de nouveau dans le paradis de son être, savourant le contact de l'étroit fourreau de chair autour de son membre. Elle gémit sous l'impact, mais les réactions de son corps proclamaient haut et fort combien elle aimait ses coups de reins victorieux.

Il se redressa. Sa chemise le collait à cause de la sueur.

— Reste tranquille, dit-il d'une voix rude en voyant les flancs d'Elise remuer entre ses mains. Il se retira de quelques centimètres et grimaça.

Elle était vierge. C'était la première fois qu'il était confronté à ce cas de figure, et il ignorait à l'origine si un homme était en mesure de discerner cet état. Dans le cas d'Elise, cependant, cela lui apparaissait comme évident. Lorsqu'elle le lui avait confirmé, il était déjà pris dans le piège délicieux de son sexe. Il ne pouvait plus reculer.

Il n'en avait pas la moindre envie.

Il la prenait alors qu'elle était vierge. Ces mots rebondissaient sans fin dans son esprit, mais il n'était capable de se concentrer que sur les sensations exquises de son pénis enserré par celui de la jeune femme. Elle l'enveloppait comme une bouche étroite, chaude et humide. Et pour ne rien arranger, il n'était pas habitué à pénétrer une femme sans préservatif – sans qu'il en sache vraiment la raison, cela lui avait paru un choix évident pour la première fois avec Elise. À présent, il regrettait et se félicitait à la fois de cette décision. Elle possédait une intimité capable de rendre un homme fou.

De nouveau, elle remua les hanches, essayant de reprendre le contrôle. Il lâcha un grognement et la maintint immobile, assenant un coup sec de la paume sur ses fesses.

— Qui dirige les choses, Elise ? susurra-t-il d'une voix rauque.

Il essayait désespérément de se raccrocher à un embryon de logique… de maîtriser le brasier qui le consumait tout entier. Il admira, fasciné, le tremblement du torse de la jeune femme qui essayait de reprendre son souffle pour répondre à sa question.

— C'est toi, souffla-t-elle d'une voix haletante.

Il sentit son pénis se cabrer en elle.

— Exactement. Maintenant, laisse-moi te prendre à ma guise.

Il lâcha un grondement de triomphe et attira le corps de la jeune femme contre le sien avant de plonger sauvagement en elle. Elle était brûlante, et il se consumait dans cet abîme incandescent.

Plus de retour en arrière.

Leurs chairs s'entrechoquaient dans une sublime frénésie. Il se retira un peu et contempla, avec extase, l'abondant nectar féminin qui recouvrait son membre.

Plus de retour en arrière.

Chaque fois qu'il donnait un coup de reins, ils gémissaient tous les deux de plaisir. Brusquement, il tendit la main et tira sur la longe de cuir pour détacher les poignets d'Elise. Après quoi, il l'attira à lui, plaqua son corps souple contre son torse et se remit à la prendre dans une position légèrement penchée vers l'avant. Les dents serrées, il savoura le bien-être que lui offrait ce nouvel angle. Le parfum des cheveux d'Elise l'enivrait, et un brouillard de délices vint obscurcir sa vision. Il lui saisit les seins et les pétrit avec passion, faisant aller et venir le corps de la jeune femme au-dessus de son membre.

— Oh, c'est si bon... Encore... Prends-moi... brutalement. J'ai été *très* vilaine.

Un voile rouge recouvra la vision de Lucien, et il gifla les fesses d'Elise. Elle le rendait dingue.

— Tu vas payer pour tes provocations.

Bon sang, oui, elle allait payer. Mais c'était lui qui allait brûler dans les flammes.

Il s'abîma en elle, oubliant tout sauf cet astre de beauté vibrante qui le consumait. Il ne laissait pas beaucoup de marge de manœuvre à la jeune femme, mais elle réussit quand même à se cambrer contre lui, prête pour la course finale. Il raffermit sa prise, ses mains glissèrent sur sa peau, ses doigts s'enfoncèrent dans ses fesses. Elle resserra ses muscles intimes autour de lui et lâcha une plainte tandis que l'orgasme explosait en lui.

Avec un grondement sauvage, il repoussa la jeune femme en position courbée. Elle tendit instinctivement les mains pour s'accrocher à la barrière. Perdu dans un tourbillon de jouissance, Lucien continua à la prendre à coups de boutoir rageurs.

Tous les sons se mélangèrent comme un roulement de tonnerre – les gémissements sensuels d'Elise, ses cris, le claquement moite de leurs chairs, le sang qui battait à ses tempes, les hennissements de Jax un peu plus loin.

Il relâcha un peu son emprise sur les hanches de la jeune femme, juste assez pour lui permettre de participer à leur communion frénétique. Elle se joignit instantanément au mouvement, arquant le bassin en rythme, absorbant ses coups puissants avec son corps doux et musclé, l'entraînant dans une danse sublime.

Il sentit une nouvelle vague de chaleur se répandre autour de son membre tandis qu'elle contractait ses muscles intimes. Ses gémissements se transformèrent en cri, et le fourreau de chair convulsa autour de lui. *Seigneur.* Elle jouissait de nouveau.

Il plongea une dernière fois en elle en la serrant étroitement contre lui et rugit en sentant la jouissance le ravager, accompagnée par les tremblements du corps d'Elise contre le sien. Tous les deux vibraient et frissonnaient de la même agonie, brûlaient dans le même feu.

Il ne regrettait pas de s'être jeté tout entier dans les flammes. Il savait que les regrets viendraient plus tard.

Mais la première pensée qui lui vint, quand le brasier commença à faiblir, fut que tout cela était juste. Inévitable.

Et infiniment délicieux.

PARTIE V

QUAND TU TE SOUMETS

9

Quand Elise reprit ses esprits, elle perçut la délicieuse sensation du torse de Lucien qui respirait lourdement contre son dos. Sa tête s'était effondrée entre son cou et son épaule, et elle sentait sur sa peau humide de transpiration son souffle haletant. Son pénis toujours plongé en elle se cabra, et elle rouvrit enfin les yeux.

Lucien était en elle. D'une certaine façon, il en avait toujours été ainsi... mais à présent, c'était vrai.

Il posa les lèvres sur sa nuque. Elle frissonna de plaisir et contracta instinctivement ses muscles intimes autour de lui. Il eut un léger grognement et serra davantage sa taille.

— Que vais-je faire de toi ? demanda-t-il d'une voix grave et vibrante, qui fit trembler la jeune femme.

Elle entendait une forme de regret dans cette voix, et elle-même se sentait coupable. Pourquoi devait-elle toujours être si impatiente ?

— Tu m'en veux ? murmura-t-elle.

Elle était certaine qu'il comprendrait qu'elle voulait dire : « Tu m'en veux de ne pas t'avoir dit que j'étais vierge ? » Tel qu'il était en cet instant, profondément imbriqué, entrelacé à elle, il lui paraissait en fait quasiment impossible qu'il comprenne de travers sa question. Elle avait prié pour qu'il ne remarque rien, comme le médecin qu'elle avait vu l'avait suggéré, mais Lucien n'était pas n'importe quel homme. Il connaissait très bien les femmes, et pour tout dire, il n'était pas... fait physiquement comme les autres hommes. Du point de vue d'Elise, il ressemblait davantage à un dieu.

— Je n'en suis pas sûr, répondit-il d'un ton bourru.

Il pressa de nouveau les lèvres contre sa nuque. Comment son souffle tiède pouvait-il être aussi délicieux ?

— Je devrais t'en vouloir. Pourquoi ne m'as-tu pas dit que tu n'avais jamais couché avec un homme ?

— J'ai couché avec des hommes. Cette partie – elle serra son pénis entre les parois de son fourreau de chair... Ce n'est qu'un détail technique.

Lucien grogna. Il se redressa un peu, et Elise regretta aussitôt le poids de sa poitrine et la chaleur de son souffle sur sa peau.

— Ce n'est pas un détail technique. Une femme est vierge ou elle ne l'est pas. Tu l'étais au vrai sens du terme.

Il se retira un peu, et elle ne put s'empêcher de grimacer alors qu'un élancement la traversait. Il la retourna si vite dans ses bras qu'elle n'eut pas le temps de dissimuler son expression. Les traits de Lucien se durcirent.

— Et en voilà la preuve. Dire que je t'ai prise comme...

Il ne termina pas sa phrase et la dévisagea d'un air sombre.

— Ne fais pas cette tête-là, chuchota-t-elle. Je l'ai voulu, Lucien. J'ai voulu que ma première fois se passe avec toi.

— J'aurais préféré que tu me dises tout. Ta première fois aurait quand même été avec moi, mais pas de manière si dure, et...

Il s'interrompit, comme s'il repensait à ce qui venait de se passer. Elle sentait ses regrets... sa chaleur.

— Pourquoi m'as-tu provoqué ainsi ? demanda-t-il.

Il ferma brièvement les yeux, et elle perçut une nuance de colère dans sa voix.

— Seigneur. J'aurais dû faire les choses tellement mieux pour toi.

— J'ai trouvé ça merveilleux, répondit-elle avec franchise.

Elle se souvint des sensations délicieuses qu'elle avait éprouvées quand il était ancré en elle, de leurs battements de cœur mêlés.

— Ce n'est pas du tout à cela que je m'attendais, souffla-t-elle.

— J'imagine, dit-il d'un ton ironique.

Elle détesta l'expression neutre qui apparut alors dans ses yeux gris.

— Nous en reparlerons plus tard, acheva-t-il. Rentrons à la maison. Tu dois te reposer.

*

* *

Quand ils arrivèrent à l'appartement, Elise balaya le couloir du regard avec hésitation. Lucien n'avait pas dit grand-chose durant le trajet du retour. Elle n'avait cessé de repasser en boucle dans sa tête le souvenir de sa décision impulsive, de la galopade folle sur le dos de Jax à travers la forêt obscure, de la fureur de Lucien parce qu'elle avait mis stupidement sa vie en danger. Il savait très bien qu'elle avait fait cela pour attirer son attention... pour l'inciter à faire exactement ce qu'il avait fait.

Elise ne pouvait pas regretter leurs ébats torrides et passionnés dans les écuries. Cela avait été une expérience extraordinaire et révélatrice pour elle. Elle regrettait seulement d'avoir poussé Lucien à bout jusqu'à ce qu'il en perde le contrôle. Elle déplorait ses regrets *à lui.* Combien de temps resterait-il furieux contre elle ?

Alors qu'elle s'apprêtait à regagner sa chambre, il la prit par la main. Elle se tourna vers lui et entrevit son visage plongé dans la pénombre.

— Je vais t'aider à transporter tes affaires.

Il avait parlé d'un ton si calme qu'elle n'enregistra pas sur le coup ce qu'il venait de dire. Lorsqu'elle comprit, son cœur se mit à battre à tout rompre.

— Tu me mets dehors ? demanda-t-elle d'une voix tremblante.

Il fronça les sourcils et serra plus fort sa main.

— Non, bien sûr que non. Mais on ne peut pas revenir en arrière. Je ne serai plus capable de réprimer mes désirs maintenant que j'ai été en toi. Tu dormiras dans mon lit à partir de maintenant. Viens.

Il l'entraîna dans la chambre d'amis et alluma la lumière. Sans rien dire, ils commencèrent tous les deux à rassembler ses bagages. Le visage de Lucien était grave. Elise ressentait un mélange d'émerveillement et de crainte.

C'était elle qui avait cherché cela. Alors pourquoi s'en voulait-elle autant de son manque de maîtrise – non, de son entêtement au contraire à viser à prendre le contrôle de la situation ?

Lucien s'avança vers elle avec sa valise, une pile de vêtements sur le bras. Elise termina de ranger ses produits de toilette dans la salle de bains et le rejoignit quelques minutes plus tard. Une étrange sensation l'envahit lorsqu'elle franchit le seuil de sa suite privée, et observa pour la première fois la pièce. Une sensation qu'elle n'avait jamais réellement expérimentée avant d'entamer cette relation avec Lucien.

De la timidité.

Il commença à ranger ses habits dans le compartiment vide d'une énorme armoire.

— Viens, dit-il. Cette garde-robe est pour toi. J'en ai une autre dans le dressing.

— Merci, dit Elise en s'avançant d'un pas hésitant dans la vaste pièce.

L'odeur de Lucien lui titillait les narines – les fragrances mêlées de sa peau, de son savon et de son eau de toilette, Clive Christian 1872. C'était une chambre indéniablement masculine, un enchantement luxueux pour les sens.

Maria, la femme de ménage, n'était pas passée aujourd'hui, et l'on voyait que l'énorme lit *king-size* n'était pas très bien fait. Lucien avait manifestement remonté lui-même l'édredon de plumes et rabattu les draps au-dessus. La multitude d'oreillers bruns, caramel et ivoire était entassée de façon un peu désordonnée. Elise aimait ce soupçon de négligé. Le lit avait l'air scandaleusement doux... et sexy. Elle se représenta Lucien en train de se lever le matin, émergeant de la couette dans sa glorieuse nudité et rabattant distraitement le duvet avant de s'avancer vers la douche.

Il lui effleura l'avant-bras. Elle releva les yeux vers lui, et le rouge lui monta aux joues comme s'il avait pu lire dans son esprit.

— Je vais te montrer la salle de bains, et tu pourras y ranger tes affaires. Tu auras peut-être envie de prendre un bain après ça ?

Elle scruta les yeux bleus de son amant mais fut incapable d'y décrypter ses pensées. En fait, elle préférait presque sa colère à ce calme étranger… Et peut-être en avait-il toujours été ainsi. Depuis l'adolescence, elle essayait toujours de passer outre à cette façade impassible pour établir un lien avec lui.

Elle le souhaitait désespérément.

Quelques minutes plus tard, elle se retrouva seule dans la grande salle d'eau. Au centre, trônait un bassin en marbre flanqué de marches. La cabine de douche se trouvait sur le côté. Elle posa son flacon de parfum à côté de l'eau de toilette de Lucien sur la desserte en marbre du lavabo, envahie par une sensation d'irréalité. Elle vivait chez Lucien Sauvage. Elle allait dormir dans son lit.

Ça ressemblait à un rêve.

— Tu veux que je te fasse couler un bain ?

Elle regarda par-dessus son épaule et contempla, émerveillée, la silhouette qui accompagnait cette voix grave et sensuelle. Lucien était debout sur le seuil de la salle de bains, appuyé d'une main contre un cadre, tout en muscles et en virilité. C'était vraiment lui. Tout cela lui arrivait réellement.

— Je… je vais juste récupérer mes affaires et prendre une douche rapide, bredouilla-t-elle.

Il hocha la tête et disparut dans la chambre. Une pointe de regret traversa la jeune femme. Elle s'imaginait très bien prendre un long bain parfumé… et revenir dans la chambre nue, sûre de sa séduction, prête à défier Lucien de la prendre encore et encore.

Elle avait ce pouvoir. Cette nuit le lui avait prouvé.

Mais cela aurait été une victoire dénuée de sens.

Quand elle revint dans la chambre, elle ne vit pas Lucien. Elle attrapa quelques affaires dans la garde-robe qu'il lui avait attribuée et alla prendre sa douche. Dix minutes plus tard, elle réapparut sur le seuil, vêtue d'un pyjama en coton ample, qui n'avait rien de spécialement glamour.

Il se tenait de l'autre côté du lit, vêtu seulement d'un pantalon de pyjama bleu marine qui lui descendait bas sur les hanches, dévoilant pleinement son abdomen rigide aux muscles obliques et bien dessinés. Elle le trouvait si beau qu'une onde de désir douloureuse naquit dans sa poitrine et dans son ventre. Une sensation bouleversante, intimidante, déstabilisante. Il était en train de repositionner le duvet luxueux sur le lit. Elle éprouva l'envie absurde de se retourner pour fuir dans la salle de bains, mais au lieu de cela, elle resta stupidement plantée là, sans rien dire.

Interrompant sa tâche, il releva les yeux vers elle et leurs regards se croisèrent.

— Viens par ici, dit-il d'un ton bourru après l'avoir scrutée des pieds à la tête.

Alors qu'elle approchait, il fit le tour du lit. Une vague de confusion se mêla au désir trouble de la jeune femme lorsqu'elle vit ses muscles se tendre alors qu'il rabattait l'édredon de son côté. Il désigna la couche d'un hochement de tête et elle se glissa enfin sur le matelas moelleux, entre les draps doux. Il s'allongea à côté d'elle, étirant son long corps. Brusquement, la lumière s'éteignit et il roula près d'elle pour la prendre dans ses bras.

C'était arrivé si vite qu'elle passa en un instant de l'angoisse à un désir émerveillé. Il avait dû prendre une douche dans une autre salle de bains. Sa peau lisse sentait extraordinairement bon, et gardait encore une légère trace d'humidité lorsqu'elle l'effleura timidement de ses doigts.

— Lucien ? murmura-t-elle dans les ténèbres, la joue pressée contre ses muscles pectoraux.

— Oui ?

— Tu es toujours fâché contre moi ?

Elle sentit ses doigts glisser dans sa chevelure. Une vague de frissons la parcourut de la tête aux pieds et fit durcir la pointe de ses seins collés contre le flanc de Lucien.

— Non, dit-il d'une voix grave qui résonna dans sa poitrine, tout contre l'oreille d'Elise. Je suis furieux contre moi-même. Je me suis toujours vanté de tout comprendre de toi – de te percer à jour, même quand tu joues la comédie à la perfection. Mais j'ai échoué cette fois, fillette. Je suis désolé.

Elle resta sans rien dire, bouleversée par ces mots.

— Que veux-tu dire ? murmura-t-elle.

Durant un moment, il ne répondit rien. Lorsqu'il bougea de nouveau les doigts dans ses cheveux, une cascade de frissons envahit la jeune femme.

— Je m'étais convaincu que je déjouerais n'importe lequel de tes tours. Mais celui-ci ? (Il lâcha un rire rauque.) Je ne l'ai pas envisagé une seconde. Je parle du fait que tu n'aies jamais couché avec un homme.

Des larmes perlèrent sous les paupières d'Elise.

— J'ai couché avec des hommes, Lucien. Un grand nombre d'hommes. Je ne suis pas innocente.

— Si, tu l'es.

Il avait parlé d'un ton si assuré qu'elle releva la tête, surprise.

Elle sentit son souffle contre sa peau.

— Tu es un vrai paradoxe, Elise Martin. Une sirène vierge. J'aurais dû me douter que je ne pouvais pas me fier aux rumeurs te concernant. J'aurais dû me rappeler qu'avec toi les choses ne sont jamais simples.

Elle cala son visage contre le torse de Lucien et lâcha un profond soupir lorsqu'il lui caressa le dos. Une vague d'émotion la submergea, comme cela lui arrivait souvent sous un effleurement inattendu.

— J'avais tellement envie de toi... souffla-t-elle tout contre sa peau.

— Tu as failli te tuer pour me le montrer. Il aurait mieux valu que tu me dises ce que tu pensais... ce que tu souhaitais.

— Mais tu savais déjà ce que je ressentais, à quel point j'étais désespérée... Tu te montrais cruel en te dérobant en permanence à moi, lâcha-t-elle sans le vouloir vraiment.

Il saisit doucement l'arrière de sa nuque. Elle releva la tête, même si elle ne pouvait pas distinguer son visage dans l'obscurité.

— Ce n'était pas de la cruauté. J'attendais.

Elle se figea.

— Tu attendais quoi ?

— Que tu me dises ce que tu désirais. Ce dont tu avais besoin.

— Mais je te l'ai dit !

— Vraiment ?

Sa voix grave vibra dans l'obscurité. Cette question résonna longuement dans l'esprit d'Elise. Le lui avait-elle *vraiment* dit ? Elle lui avait clairement fait comprendre qu'elle était sexuellement disponible. Elle avait accepté l'arrangement qu'il lui avait proposé. Il ne pouvait quand même pas contester ça !

— Je t'ai clairement dit que j'avais envie que nous soyons amants... J'ai même accepté la relation peu orthodoxe que tu as suggérée.

— Ce n'était pas le genre de désir que j'avais envie d'entendre, dit-il en massant doucement son cou.

Ce geste la berça, l'apaisa, en dépit de la confusion que ses paroles lui inspiraient. Elle ouvrit la bouche pour demander plus d'explications, mais il posa sa large main le long de sa joue et recouvrit brusquement ses lèvres des siennes. Quand leur baiser se termina, elle savait très bien ce qu'elle souhaitait.

— Dors, maintenant.

— Mais...

Il pressa doucement la tête de la jeune femme contre son torse et la serra plus encore. Lorsqu'elle sentit son pénis gonfler contre sa cuisse, elle contint sa frustration en se mordant la lèvre inférieure.

— Tu as fait preuve de discrétion en choisissant ce pyjama. Tu as respecté mes vœux au lieu de chercher à me provoquer, alors que tu savais que j'aurais du mal à te résister.

Elle ne remua pas, absorbant lentement ses paroles, sans arriver à ignorer son érection contre sa jambe.

— Tu as rendez-vous demain très tôt avec Francesca pour courir, n'est-ce pas ?

— Oui, souffla-t-elle.

Après les événements tumultueux de la journée, elle avait complètement oublié ce projet. Brusquement, une immense lassitude l'envahit, au point qu'elle n'imaginait même plus bouger – et encore moins courir sur plusieurs kilomètres.

— Il faut que je programme le réveil, dit-elle en enfouissant son visage contre le torse de Lucien.

— Je l'ai déjà fait pour toi.

— Merci, répondit-elle avec une gratitude sincère.

C'était gentil de sa part d'avoir pensé à elle.

— Il faut que tu dormes, maintenant. La journée a été longue pour nous deux. Je t'ai prise sauvagement à l'écurie, et n'importe quelle femme aurait bien besoin d'une nuit de repos après ça – sans parler d'une vierge.

— Une ex-vierge, corrigea-t-elle d'une voix ensommeillée. Et je vais très bien.

Il lâcha un petit grognement à la fois irrité et amusé, et une onde de regret emplit de nouveau l'esprit embrumé d'Elise. En dépit de ses paroles, Lucien continuait à caresser tendrement son dos, faisant glisser ses doigts le long de sa colonne vertébrale. Comment pouvait-il se montrer aussi irritant et la toucher avec autant de tendresse ?

— Bonne nuit, *ma chère**.

Ce fut les derniers mots qu'elle entendit avant de sombrer dans un sommeil exquis entre les bras de Lucien.

*
* *

Le lendemain matin, courant à côté de Francesca, Elise regarda avec émerveillement la boule rouge du soleil apparaître derrière le lac bleu qui scintillait.

— Je ne suis pas sûre d'avoir déjà vu un lever de soleil, murmura-t-elle.

Francesca lui jeta un regard surpris, faisant voltiger sa queue-de-cheval d'un blond cuivré sur ses épaules. Elles s'étaient retrouvées avant l'aube, devant l'immeuble où Ian vivait avec sa fiancée. Elise avait déposé chez le gardien son sac à dos avec ses affaires de travail, et les deux jeunes femmes s'étaient élancées dans la faible lumière du petit jour. Même si elles n'avaient jamais couru ensemble, leurs foulées s'accordaient parfaitement.

— Vraiment ? La première fois ?

— J'en ai déjà vu, bien sûr, se reprit Elise.

Elle remarqua l'expression perplexe de Francesca devant cette apparente contradiction.

— Désolée. Je pensais plus ou moins à haute voix. C'est juste que je me sens particulièrement éveillée ce matin. C'est comme si j'avais déjà assisté à des levers de soleil, mais que je ne les avais jamais vraiment vus. Tu as déjà ressenti ce genre de chose ?

Les yeux sombres de Francesca semblaient ailleurs.

— Oui. Je crois que je comprends ça. Je me souviens d'un matin à l'aube à Paris, quand j'étais avec Ian. C'était comme si le soleil tombait sur le monde d'une façon qui le faisait briller. Tout me paraissait nouveau.

Elle sembla se rendre compte de la douce rêverie de ses mots et jeta un coup d'œil inquiet à Elise. Cette dernière lui adressa un sourire rassurant.

— C'est drôle que tu te sois sentie plus vivante que jamais à Paris. C'est l'endroit où je me sens morte.

Francesca la considéra d'un regard méditatif.

— J'avais l'impression, d'après certaines choses que tu m'as dites, que tu menais une vie plutôt... privilégiée là-bas.

— C'était également une vie vide.

— Et tu es plus heureuse aujourd'hui.

C'était plus une affirmation qu'une question. Francesca ne quittait pas des yeux le profil d'Elise.

— Oui. Oui, vraiment.

L'Américaine se tourna pour contempler le soleil. Durant un moment, seuls le clapotis des vaguelettes du lac, le son feutré de leurs chaussures de tennis sur le macadam et la rumeur de la circulation sur Lake Shore Drive emplirent l'espace.

— Tu as raison, sourit Francesca. Ce lever de soleil est spectaculaire. Merci de me l'avoir fait remarquer.

— Il n'y a pas de quoi, dit Elise en lui rendant son sourire.

— Tu as l'air assez emballée par... Chicago, non ? (Elise haussa les sourcils en voyant le sourire complice de sa comparse.) Est-ce que tu comptes rester ici quand tu auras terminé ta formation ?

— C'est mon objectif, oui. J'ai une idée. Des projets.

— Quel genre de projets ?

Elise hésita. La curiosité sincère de Francesca lui donnait envie de répondre avec franchise. Elle appréciait la jeune femme et se sentait d'instinct à l'aise avec elle. Cependant... elle n'avait jamais osé parler de cela à quiconque. Révéler ses aspirations secrètes lui donnait l'impression d'être très vulnérable.

— Je rêve d'ouvrir un restaurant d'un genre unique, destiné à aider les gens en voie de désintoxication. Pas seulement pour eux, bien sûr - tout le monde pourrait venir - mais en pensant d'abord à eux. Ce ne serait pas seulement un restaurant, mais aussi un café et un bar, avec peut-être des soirées-concerts. C'est très dur pour ceux qui veulent renoncer à leur addiction de passer du bon temps sans être tentés par l'alcool. Le risque d'y succomber est toujours très fort, pour les alcooliques bien sûr, mais aussi pour les dépendants aux drogues diverses.

— Tu as l'air de bien connaître le sujet, dit Francesca avec prudence.

Elise sourit.

— Je n'ai jamais été dépendante, si c'est la question que tu te poses. Même si j'abusais des fêtes et soirées arrosées, j'ai toujours été capable de refuser un verre de vin. Mais, oui, je connais un peu le sujet. (Elle inspira pour se donner du courage.) L'un de mes meilleurs amis est mort d'une overdose à l'héroïne.

Francesca ralentit brusquement sa course.

— Je suis désolée. C'est horrible.

— Oui. C'était terrible, dit Elise en tentant d'évacuer le nœud qui s'était formé dans sa gorge. C'est encore assez récent. Il est mort il y a un peu plus de six mois. Michael Trent. C'était son nom.

— Est-ce que vous étiez...

— Non, dit Elise en devinant la question de Francesca. Nous étions juste camarades. Très proches. En fait, il comptait parmi les très rares amis que j'ai jamais eus dans ma vie. J'ai honte de cela.

Elle sourit pour compenser son malaise avant de reprendre :

— Je choisissais très mal mes connaissances. Ou c'étaient elles qui me choisissaient mal. Peut-être les deux.

— Je suis sûre que ça a changé, maintenant.

— Merci, dit Elise avec reconnaissance. En tout cas, je veux y croire. Michael a complètement modifié la façon dont je vois les choses. Ce n'est pas seulement sa mort, ou la prise de conscience que l'existence est une chose fragile et éphémère... Sa vie m'a transformée. Je sais que les gens ont des idées préconçues sur les consommateurs d'héroïne, mais Michael ne correspondait pas à ces clichés. Il était unique. Merveilleux. Je l'ai rencontré dans mon école de cuisine. C'était le plus talentueux d'entre nous – un vrai poète culinaire – et pourtant il n'hésitait jamais à soutenir et à aider ceux pour qui c'était plus difficile. Il avait juste ses démons. Il se battait chaque jour contre son addiction. Chaque minute. Ce monstre a fini par le tuer, mais sa vie avait du sens. Il comptait. Pour moi, en tout cas.

Elle avala péniblement sa salive et cligna les yeux face au soleil.

— Tu veux donc créer ce restaurant pour lui rendre hommage, commenta sobrement Francesca.

— Oui. Mais c'est davantage que cela. Ma vie n'allait nulle part quand j'ai rencontré Michael. J'étais une coquille vide. Je n'avais peut-être pas de mal aussi terrible que le démon de la drogue à combattre, mais mon destin était totalement hors de contrôle. Il m'a redonné de l'espoir… du sens. Et je lui en serai éternellement reconnaissante.

— Il devait être quelqu'un de vraiment spécial.

— Oui, répondit Elise en luttant pour maîtriser ses émotions. C'est pour ça que j'ai eu l'idée du restaurant. Ce serait formidable. Les proches des gens qui luttent contre une addiction ont souvent l'impression qu'ils ne peuvent pas les inviter à sortir, à s'amuser, par peur de déclencher une rechute. Ce serait un endroit où ils pourraient se rendre sans crainte. Michael me disait que dans les centres de désintoxication, on leur enseignait la cuisine et les règles de la diététique – en général, leurs corps sont épuisés par les drogues. Beaucoup d'anciens dépendants deviennent des passionnés de cuisine – comme Michael – mais ne disposent d'aucun endroit où sortir en ville pour célébrer leur amour de la gastronomie. Je me suis dit que ça pourrait répondre à ce besoin.

Elle regarda anxieusement Francesca, craignant de voir sur son visage une expression d'incrédulité ou de réprobation. Mais la réponse de Francesca fut tout sauf dédaigneuse.

— Je trouve l'idée fantastique. Sais-tu qui d'autre pourrait être intéressé par ton projet ? Par exemple, les personnes au régime – et même celles qui essaient simplement d'assainir leur alimentation. Ce serait génial ! Elles pourraient s'habiller et mettre en valeur

leur nouveau corps ; elles n'auraient pas à s'inquiéter des calories contenues dans l'alcool, et elles auraient même la possibilité de rester danser sur place !

— Je n'avais pas pensé à ça, dit Elise d'une voix songeuse.

— La boulimie est aussi une dépendance.

L'assurance dont Francesca faisait preuve piqua la curiosité d'Elise.

— Tu en parles comme si tu connaissais très bien le sujet, dit-elle en écho à la phrase de son amie un peu plus tôt.

— C'est le cas. J'étais boulimique jusqu'à mon adolescence. Et obèse. C'est l'une des raisons pour lesquelles je me suis mise au jogging en arrivant à l'université.

— Ça t'a aidée à combattre l'addiction ?

— Ça m'a aidée à reprendre le contrôle de mon corps. De ma vie. Oh, j'adore vraiment ton idée ! Tu sais à qui tu devrais demander de l'aide ? Lucien.

Comme Elise ne répondait rien, Francesca se tourna vers elle pour la dévisager. Elle venait de se rendre compte qu'elles approchaient de la grande tour où vivait Lucien - où elle vivait.

— Tu ne penses pas que ce serait une bonne idée ? Il a déjà énormément de contacts ici. Ian dit toujours qu'il a du mal à croire qu'il soit venu s'installer il y a seulement un an, vu le nombre de personnes qu'il connaît déjà. Il paraît que Lucien était au centre du monde de la restauration à Paris - et il n'est pas loin de le devenir à Chicago. (Elle parut songer soudain à quelque chose.) D'ailleurs... tu n'as jamais rencontré Lucien avant d'arriver ici ? Tu dois connaître son restaurant parisien... Ian dit qu'il est très fréquenté par les noctambules chics.

— Le Renygat ? demanda Elise.

Sachant qu'elle avait vécu à Paris, Francesca trouverait très étrange qu'elle ne connaisse pas le nom du restaurant réputé de Lucien. Il lui semblait logique d'admettre au moins qu'elle connaissait son existence.

— J'ai dû y passer une ou deux fois, répondit-elle en regardant distraitement l'immeuble de Lucien.

Elle pensait à ce qu'il lui avait dit la veille au soir. Qu'il voulait qu'elle exprime ses désirs. Cette requête la faisait beaucoup réfléchir.

Devait-elle révéler son idée à Lucien ? Elle n'en avait rien fait pour le moment, parce qu'elle craignait que la réaction de son amant la rende bien trop vulnérable. Si son projet le laissait sceptique, elle le verrait instantanément dans ses yeux, et ça lui ferait mal. C'était une chose dont elle n'avait pas à se préoccuper avec Francesca – elles se connaissaient depuis trop peu de temps.

Lucien, c'était une autre histoire.

— C'est l'immeuble où vit Lucien, non ?

Elise cligna les yeux, tirée de ses pensées.

— Euh... peut-être bien. Je crois que tu as raison.

Elle remarqua le regard amusé de Francesca.

— Qu'y a-t-il ?

L'Américaine leva les yeux au ciel.

— Bon sang, Elise ! Tu n'imagines quand même pas que je te crois si peu au courant des détails de la vie de Lucien !

Le cœur d'Elise bondit dans sa poitrine. Elle défaillit presque.

— Qu'est-ce qui te fait croire le contraire ?

— Pur sens de l'observation, répondit Francesca. L'alchimie entre vous est évidente. (Elle vit qu'Elise la dévisageait d'un air interloqué.) Il n'arrive pas à détacher les yeux de toi quand tu es là. Ian l'a remarqué aussi.

— Il... il l'a vu ?

Oh, non. Ça n'allait pas plaire à Lucien.

— Oui. Mais ce n'est pas vraiment un problème, si ? répondit Francesca en constatant le visage inquiet de son amie.

— Non. C'est juste que... On pensait avoir été discrets.

— Ne te tourmente pas pour ça. Je n'aurais pas dû t'en parler. Ça ne me concerne pas, même si je trouve ça fantastique. Lucien est un homme formidable, dit-elle avec un regard complice. Et tellement sexy ! Sa voix et son accent... C'est à tomber par terre. Enfin, bien sûr, comme tu as le même, j'imagine que tu trouves ça moins irrésistible que nous, aux États-Unis, mais...

— Je trouve sa voix pleine de charme, lâcha Elise sans réfléchir.

Francesca sourit.

— Nous sommes d'accord, alors. Est-ce que tu vas lui dire ? Ton idée de restaurant ?

Elise se mordit la lèvre.

— Peut-être.

— Dans ce cas, je te souhaite bonne chance. Je sais que Lucien peut sembler un peu intimidant – je ressentais la même chose avec Ian. Ils se ressemblent sur ce point-là. Mais maintenant que j'ai appris à le connaître, je sais que Lucien est un type très bien.

— Merci. C'est vrai qu'à première vue, il est intimidant. En fait, je pense que j'aurai besoin de plus de courage que de chance, souffla-t-elle comme pour elle-même.

En particulier parce qu'elle envisageait d'être honnête avec Lucien sur autre chose que son projet de restaurant. Elle souhaitait lui demander son avis, et lui dire à quel point elle le désirait… combien elle voulait se soumettre à lui. Exprimer en mots cette envie si fragile, si vulnérable, lui paraissait être l'un des défis les plus ardus qu'elle ait jamais affrontés de sa vie.

*

* *

Le soir venu, elle quitta *Fusion* dès qu'elle eut terminé son travail, c'est-à-dire avant Lucien. Quand il rentra à l'appartement, à minuit passé, elle était assise sur le canapé à l'attendre, adossée contre l'accoudoir. Elle se redressa brusquement et le regarda s'avancer dans le salon. Il consultait l'écran de son téléphone, l'air légèrement soucieux. Il fallut un moment avant qu'il la remarque, et Elise profita de l'occasion pour le scruter.

Ce matin-là, quand le réveil avait sonné, elle avait quitté avec réticence les bras de Lucien, abandonnant à regret la chaleur solide de son torse pressé contre son dos. Elle s'était tirée de rêves sensuels en respirant son odeur, et en sentant son membre dur pressé contre ses fesses – seules quelques fines couches de tissus les séparaient. Elle n'arrivait toujours pas à s'habituer à l'idée qu'elle allait ouvrir les yeux chaque jour dans ses bras. Cela lui semblait irréel.

La sonnerie du réveil avait fait bouger Lucien, mais il s'était instantanément rendormi dès qu'elle l'avait arrêtée. De nouveau, elle avait ressenti l'envie brûlante de le toucher alors qu'il était vulnérable, de prendre son sexe entre ses mains, de poser ses lèvres sur sa peau ferme et lisse pour l'embrasser, la lécher, la mordiller…

C'était précisément le genre de chose dont sa mère était capable pour manipuler un homme. Le séduire dans son sommeil.

Lorsqu'elle s'était redressée, il avait resserré instinctivement son bras autour d'elle. Elise avait dû faire appel à toute la force de sa volonté pour s'extirper de son étreinte.

À présent, elle était de nouveau seule avec lui, et c'était elle qui se sentait terriblement vulnérable.

Il releva soudainement la tête de l'écran de son téléphone et la cloua sur place de ses yeux clairs. Un mince sourire remplaça l'expression soucieuse de son visage.

— Que fais-tu ainsi à m'observer, petite souris ? murmura-t-il en s'avançant vers elle.

— Je t'attendais.

En entendant sa voix grave et familière vibrer dans le grand salon silencieux, elle ressentit un étrange mélange d'angoisse et de consentement. Ce jour-là, il portait une veste noire taillée à l'européenne sur une cravate bleu-argent. Il avait quelque chose d'exotique et de si viril qu'elle sentit son ventre se nouer. D'un geste brusque, il retira sa veste, dénoua sa cravate et déboutonna les boutons supérieurs de sa chemise, avant de s'asseoir à côté d'elle sur le canapé. Elle sourit quand il lui prit les pieds pour les poser sur ses genoux. Il commença à les masser, et un gémissement approbateur monta dans la gorge d'Elise.

— C'est tellement agréable... dit-elle en contemplant avec fascination ses grandes mains.

Il avait l'air si masculin face à elle ; ses mains fortes aux veines apparentes formaient un contraste saisissant avec ses pieds à elle, lisses et pâles.

— Pourquoi avais-tu l'air préoccupé ?

— J'avais l'air préoccupé ?

Il interrompit un instant son massage et croisa son regard.

Elle hocha la tête, et comprit qu'il était effectivement soucieux, même s'il tentait de le lui cacher.

— De mauvaises nouvelles ? demanda-t-elle en désignant d'un hochement de tête le téléphone posé sur la table basse.

— Oui, pour tout te dire, répondit-il au bout d'un moment.

Pendant plusieurs secondes, il n'ajouta rien.

— Lucien ? insista-t-elle, inquiète de l'expression qui se dessinait sur son visage.

— J'ai découvert que le directeur exécutif que j'ai engagé pour gérer le consortium des Trois Rois détourne de l'argent, dit-il d'une voix tendue.

Les Trois Rois regroupait les trois hôtels luxueux qu'il possédait à Paris, hérités malgré lui de son père lorsque ce dernier avait été envoyé en prison.

— Oh, non. Que vas-tu faire ?

— Je vais m'en occuper, lâcha-t-il froidement après une pause. Ce Lebœuf sera interpellé dès que j'aurai réuni suffisamment de preuves contre lui. Mais je n'ai pas envie de penser à ça pour le moment. Je préfère que tu me dises pourquoi tu m'attendais ainsi.

Le cœur de la jeune femme se mit à tambouriner.

— Est-ce que... Tu es sûr que tu n'as pas besoin de te rendre à Paris... de prendre le premier vol ?

Il la dévisagea calmement.

— Si. Il va falloir que j'y aille. Très vite. Ce qui s'est passé là-bas est ma faute.

— Comment peux-tu dire ça ? Tu as engagé cet homme parce que tu lui faisais confiance. Tu ne pouvais pas imaginer qu'il allait détourner des fonds.

Il ferma un instant les yeux.

— Je n'ai jamais voulu reprendre la gérance des hôtels de mon père. Mais j'en ai la charge quoi qu'il en soit. J'ai abandonné des centaines d'employés à leur sort, parce que je refusais de prendre part à la gestion... À cause de mon entêtement.

— Lucien, ce n'est pas juste. Tu le sais. La situation est compliquée. Connaissant les fautes de ton père, on peut très bien comprendre que tu n'aies pas envie de gérer sa fortune et ses propriétés.

— C'est compréhensible, oui. Mais excusable ? Étant donné les conséquences que ça risque d'entraîner, je n'en suis pas certain.

Songeur, il se tourna vers elle.

— Pourquoi m'attendais-tu ?

Quelque chose dans le ton qu'il avait employé fit comprendre à Elise que le sujet précédent était clos.

— Je... je voulais te faire part de quelque chose, mais c'était avant que tu me dises tout ça. Je ne veux pas t'ennuyer avec des choses insignifiantes.

Il engloba ses deux pieds de ses mains et pressa ses pouces sous sa voûte plantaire.

— Tu ne m'ennuies pas, et rien de ce que tu as à me dire ne me semblera jamais insignifiant. De quoi souhaitais-tu me parler, Elise ?

Elle déglutit. Il avait l'air si calme, si patient... comme s'il savait à quel point c'était difficile pour elle. Comment faisaient les gens pour dévoiler leurs espoirs... leurs désirs ? Elle se sentait nue, malgré la robe estivale qu'elle avait passée en rentrant à l'appartement.

— Je... eh bien... Je discutais avec Francesca ce matin, et elle... elle m'a encouragée à t'entretenir d'une idée qui me tient à cœur.

— Une idée ?

Il reprit son massage. Devinait-il son anxiété et tentait-il de l'apaiser ? Elle n'avait jamais connu personne qui lise en elle comme le faisait Lucien.

— Elise ?

Elle avait l'impression que les mots restaient bloqués au fond d'elle-même. Un voile sombre traversa le visage de Lucien.

— Dis-moi juste de quoi il s'agit, insista-t-il avec douceur.

Alors, elle lui révéla tout. Tout ce qu'elle avait raconté à Francesca au sujet de Michael, de leur amitié... de sa douleur quand elle l'avait perdu. Elle lui expliqua l'idée du restaurant, parlant très vite, sans s'arrêter, comme si les termes se bousculaient dans sa bouche pour sortir. Et durant tout ce temps, elle fut incapable de croiser son regard.

— Je t'ai à peu près tout dit, je suppose, conclut-elle au bout de plusieurs minutes de discours ininterrompu.

Lucien tenait toujours ses pieds sur ses genoux. Grâce à son reflet dans la baie vitrée, elle pouvait voir qu'il scrutait son profil.

— Francesca m'a conseillé de t'en parler parce que tu connais beaucoup de gens dans le monde de la restauration et des affaires. J'ai pensé que tu pourrais peut-être...

— Quoi donc ? dit-il doucement.

— M'aider, chuchota-t-elle.

— Elise, regarde-moi.

La gorge de la jeune femme se noua. Elle détacha ses yeux du reflet de Lucien pour rencontrer les siens.

— C'est Michael qui t'a offert les perles ?

Elle hocha la tête, les larmes au coin des paupières.

— C'était pour mes vingt-quatre ans, quelques semaines avant qu'il meure. Il n'avait pas vraiment les moyens de m'offrir un tel cadeau.

— Tu l'aimais vraiment, hein ?

— Oui. Pas d'une façon romantique, mais *oui*. Il a changé ma vie.

— Et il t'a conduite vers moi.

Une larme coula sur la joue d'Elise.

— Bien sûr que je t'aiderai, Elise.

— Vraiment ? demanda-t-elle lentement.

— C'est un très beau projet. Pourquoi refuserais-je ?

— Je n'ai pas besoin d'argent... Quand j'aurai terminé ma formation, j'aurai accès à mes fonds personnels. J'ai juste besoin de conseils. De soutien.

— Tu auras les deux. Je te donnerai tout ce que je suis en mesure de te proposer.

Le nœud dans la gorge de la jeune femme s'amplifia.

— C'est aussi simple que ça ? dit-elle en contemplant le léger sourire de son amant.

— Oui. Ça l'est. Tout ce que tu as à faire, c'est de demander. Pas manipuler, ou séduire, ou faire quelque chose de provocateur ou de dangereux... ni renoncer à ta fierté. Ce sont les méthodes de nos parents, et je souhaite qu'elles restent derrière nous. Je te fournirai tout ce dont tu as besoin si c'est en mon pouvoir. Mais tu devras demander.

« Tout ce dont tu as besoin. »

Elle comprit à l'expression de Lucien qu'il attendait patiemment la suite.

— Tu voulais me dire autre chose ?

Le cœur de la jeune femme se remit à battre à tout rompre.

— Oui, murmura-t-elle.

— Alors vas-y.

Quand elle ouvrit la bouche, ses lèvres étaient comme engourdies. Le regard de Lucien était à la fois perçant et empli de compassion, comme une flamme vibrante. Il lui donna le courage qui lui manquait.

— Je veux me donner à toi. Me soumettre à toi… te procurer du plaisir. Je veux te faire assez confiance pour te laisser contrôler les choses sexuellement.

Les narines de Lucien frémirent, et ses mains s'immobilisèrent sur ses pieds.

— On ne « veut » pas faire confiance, Elise. On fait confiance ou pas. (Il la dévisagea en étrécissant les paupières.) Considérant ta position sociale, tu as incontestablement de bonnes raisons de vouloir contrôler les hommes. Crois-tu assez en moi pour renoncer à te défendre, ou non ?

Elle scruta ses traits, cherchant à savoir si elle commettait une erreur. Elle ne vit rien d'autre qu'une assurance solide. Et pourtant… donner sa confiance était une chose terrifiante.

— Je crois en toi, dit-elle en espérant qu'il ne percevrait pas le tremblement dans sa voix.

Lorsqu'elle constata un éclair de bonheur et de fierté traverser le visage de Lucien, elle se réjouit de la décision qu'elle venait de prendre. Elle conserverait le souvenir de cette expression parmi tous les souvenirs chers qu'elle avait de lui.

— Viens par ici, dit-il en tendant les bras vers elle.

Elle reposa les pieds au sol, anxieuse, mais aussi impatiente de se retrouver contre lui, de découvrir ce qu'il voulait vraiment dire quand il avait affirmé vouloir la dominer sexuellement – de comprendre ce que signifiait se soumettre au désir.

Le téléphone de son amant se mit à sonner. Elise jeta un coup d'œil vers l'écran tout en se lovant dans les bras de Lucien.

— C'est l'Hôtel Louis, dit-elle.

Un voile d'inquiétude assombrit les traits de Lucien. Il parut hésiter.

— Il n'y a pas de problème, Lucien, assura-t-elle. Pour qu'ils t'appellent à cette heure-ci, c'est certainement une urgence.

Malgré tout, Lucien ne réagissait pas, comme s'il ne parvenait pas à se décider. Au bout de plusieurs secondes, il lâcha un juron étouffé et se saisit du portable.

En l'écoutant mener une conversation tendue en français avec l'individu au bout du fil, Elise sentit son angoisse croître.

— Ça semble sérieux... hasarda-t-elle quand il eut raccroché.

— J'ai demandé à M. Attale, le directeur de l'Hôtel Louis - un homme très loyal - de vérifier toute la comptabilité. Il m'appelle plusieurs fois par jour pour me tenir au courant, et il vient de découvrir que notre comptable en chef est sans doute complice du détournement. Il n'y a plus assez d'argent dans les caisses, et les salaires doivent être versés demain.

— Je suis désolée, répondit timidement Elise.

Elle détestait voir les plis d'appréhension sur son front.

Il la transperça du regard.

— Je suis capable de remettre les choses en ordre. Je suis juste furieux contre ces fils de putes, parce que ça tombe précisément maintenant - alors que tu viens juste de m'avouer tes désirs.

Elle eut un sourire tremblant et se rassit à côté de lui sur le divan. Il lui prit la main.

— Je le voudrai toujours quand tu reviendras.

Il pressa sa paume contre la sienne et souleva sa main pour l'embrasser.

— Tu vas devoir partir ce soir, n'est-ce pas ?

— Dès que ma secrétaire à Paris m'aura trouvé un vol express. Elle peut me rappeler d'une minute à l'autre. Je suis navré, Elise. C'est un très mauvais timing.

— Je comprends, répondit-elle en ignorant la chaleur qui montait dans son ventre. Bien sûr qu'il faut que tu y ailles. Les employés de ces trois hôtels ont des familles… des proches qui comptent sur eux. Ils ont besoin de leur travail et de leurs salaires.

— Je suis heureux que tu le comprennes.

Il se leva et l'enlaça. Lorsqu'elle releva les yeux vers lui, il lui saisit doucement le menton. Il jeta un regard à son téléphone, puis de nouveau à elle, et lâcha un bref juron étouffé. L'instant suivant, il la soulevait dans ses bras et l'entraînait à travers le couloir.

— Lucien ?

— Quelques minutes ne feront pas tant de différence que ça, répondit-il.

Plusieurs secondes plus tard, il la déposa sur son lit et plaça les mains autour de ses hanches.

— Tu possèdes un vibromasseur, *ma chère** ? souffla-t-il à quelques centimètres de son visage.

Elise frissonna au son de cette voix.

Elle déglutit et secoua la tête.

Sans un mot, il s'éloigna d'elle et ouvrit un tiroir de la table basse. Sous le regard d'Elise, qui le contemplait en respirant trop vite, il sortit une petite boîte en carton et l'ouvrit en déchirant l'emballage. Elle découvrit un fin objet oblong à la surface argentée et aperçut plusieurs élastiques rouges qui tombaient dans sa paume. Il en choisit un, et s'en servit pour fixer l'accessoire métallique à l'un de ses doigts. Puis, il revint s'asseoir près d'elle.

— Enlève tes dessous et remonte ta robe jusqu'à la taille. Je vais te donner du plaisir, et tu m'en rendras en retour. Ce sera rapide, car je n'ai pas le choix (sa bouche se tordit en une moue), mais efficace. Et je veux t'expliquer quelque chose.

« Rapide mais efficace. » Elise sentit son pouls commencer à marteler ses tempes et son regard peser sur elle tandis qu'elle se débarrassait de sa culotte en la faisant glisser le long de ses jambes.

— Assieds-toi au milieu du lit, exigea calmement Lucien lorsqu'elle commença à relever son vêtement.

Elle s'installa à l'endroit qu'il lui avait indiqué et s'adossa contre les oreillers. Sa respiration était de plus en plus saccadée. Lucien ne quitta pas un instant des yeux sa féminité alors qu'elle remontait sa robe.

— Maintenant, écarte les cuisses, murmura-t-il en posant un genou sur le matelas.

Il appuya sur un bouton du vibromasseur qui se mit alors à émettre un bourdonnement, comme si une abeille s'était introduite dans la pièce. Lorsque l'objet de métal entra en contact avec ses lèvres intimes, Elise laissa échapper un hoquet. Une délicieuse sensation envahit son clitoris.

— Oh !

Elle écarquilla les yeux. Le vibromasseur répandait une chaleur lente et addictive.

Il la dévisagea et sourit.

— C'est bon ?

— Oui, souffla-t-elle.

Le métal commençait à se réchauffer au contact de sa chair. Au loin, elle entendit la sonnerie insistante du téléphone. Elle voulut parler, mais il ne lui en laissa pas le temps.

— Ignore-la, dit-il fermement. À présent, cette chose est à toi. C'est un accessoire de luxe – très puissant. Quand je serai absent, je veux que tu l'utilises sur ta petite chatte tous les soirs à vingt-trois heures trente. J'aimerais que tu repenses à ce que tu m'as dit, à ton désir de te soumettre à moi sexuellement. Tu as compris ?

— Oui, répondit-elle.

Il enfonça l'objet plus profondément dans sa vallée intime tout en imprimant un subtil mouvement de son doigt. Sous l'effet du diabolique petit instrument, Elise commença à onduler des hanches.

— Chaque fois que tu seras sur le point de jouir, je souhaite que tu écartes le vibro et que tu repousses ton orgasme. Tu pourras l'appliquer de nouveau dès que ton excitation sera un peu calmée. Et lorsque tu seras à nouveau proche de l'extase, tu le retireras. Tu devras penser que je suis en train de t'en donner l'ordre.

— Combien de fois devrais-je faire cela avant... de pouvoir jouir ? hoqueta-t-elle.

— Jusqu'à ce que tu m'imagines en train de t'accorder la permission. Souviens-toi, ajouta-t-il avec un regard teinté d'amusement – je suis un maître exigeant, mais pas cruel.

Il se tut quelques instants et reprit :

— Je t'appellerai tous les jours, et tu devras me raconter la séance en détail, et me dire si tu as réussi – ou échoué. J'attends de toi une totale honnêteté. Tu sais que je devine toujours quand tu mens – depuis que tu es petite, ajouta-t-il en fixant son doigt enfoui dans sa féminité. Si tu réussis à faire preuve de discipline, je te récompenserai. Si tu échoues, je te dirai quelle sera ta punition.

Sous l'action conjuguée de ses instructions autoritaires et du vibromasseur, la jeune femme sentit un liquide moite envahir le creux de ses cuisses. Elle imaginait combien il serait érotique de rapporter à Lucien ces moments intimes de masturbation, d'anticiper les récompenses et les sanctions qu'elle aurait à subir lorsqu'il reviendrait. Elle cambra instinctivement les hanches. C'était si bon... si brûlant.

Soudain, Lucien retira son bras. Elle gémit de frustration.

— Tu m'as compris, Elise ?

Elle ravala ses protestations.

— Oui, souffla-t-elle.

— Très bien. Maintenant, déboutonne ta robe, et montre-moi tes jolis petits seins.

10

La respiration haletante, elle commença à ôter sa robe. Lorsqu'elle fit glisser l'étoffe autour de sa poitrine, Lucien lâcha un grognement approbateur en voyant qu'elle ne portait pas de soutien-gorge.

— Tu es très belle. Je préférerais que tu ne portes pas de sous-vêtements lorsque nous sommes seuls dans l'appartement et que nous n'attendons pas de visiteurs. J'aurai souvent envie de toi, et il faut que tu sois disponible. Maintenant, mets les mains sur tes seins et joue avec tes tétons pendant que je repositionne le vibromasseur, ordonna-t-il d'une voix crispée.

Elle s'exécuta et prit en coupe la chair douce et ferme de sa poitrine. Ses gestes se firent de plus en plus enthousiastes quand elle vit les yeux de Lucien briller alors qu'il stimulait son clitoris. Oh... elle allait s'embraser très vite ! Elle caressait ses deux seins en même temps, pinçant ses tétons entre le pouce et le majeur. C'était la première fois qu'elle faisait ce genre de chose – elle n'avait jamais porté grand intérêt à son buste, en dépit de l'appétit qu'il éveillait chez les hommes. C'était bon. Elle serra plus fort, et l'élancement de douleur pimenta les palpitations de son clitoris.

— C'est bien. Tu aimes cela ? demanda Lucien sans cesser de l'encourager.

— Oui... c'est si bon ! s'exclama-t-elle en arquant les hanches pour accentuer la pression de l'accessoire métallique.

— Tu es magnifique, murmura-t-il. Quand je serai rentré de Paris, je te garderai prisonnière au lit pendant des jours. Oui, c'est ça... pince ces mamelons roses.

Elle répondit à son attente, sentant sa fièvre croître de seconde en seconde. Même la plante de ses pieds la chatouillait. Le vibromasseur était extrêmement précis et puissant.

— Oh, je vais jouir !

— Demande-moi la permission.

Elle le regarda avec surprise. Son visage était tendu de désir... et il paraissait parfaitement sérieux.

— Est-ce que je peux... jouir ?

— D'abord, écarte tes lèvres intimes. Laisse-moi contempler ce petit joyau rose, dit-il d'une voix qui tenait à la fois du grondement et du ronronnement. Oui, comme ça. Adorable.

Il releva temporairement l'instrument pour détailler son bouton de chair luisant.

— J'attends de toi davantage de discipline pendant mon absence. Mais puisqu'il nous reste peu de temps pour ce soir...

Elle hoqueta et gémit quand il replaça l'objet sur son clitoris vulnérable.

— Tu peux, *ma chère**.

Quelques secondes plus tard, elle trembla sous l'orgasme. Elle gardait ses lèvres intimes ouvertes d'une main et pinçait un téton de l'autre ; ses hanches se cambraient en rythme sous la main de Lucien.

S'abandonner ainsi au plaisir devant lui semblait si juste... si *délicieux.*

— Très bien, commenta-t-il un peu plus tard alors que les ondes orgasmiques s'apaisaient.

Elise rouvrit paresseusement les yeux et entrevit Lucien en train de retirer l'accessoire luisant de son nectar. Il saisit un autre élastique rouge, de taille différente, et ôta celui qui se trouvait autour de son doigt.

— Mets-toi à genoux, le visage face à mon ventre.

Elle adorait le son de sa voix vibrante de désir.

— Comme ça ?

Alors qu'elle se penchait, sa respiration s'accéléra encore sous l'effet de la confusion et de l'excitation. Ses lèvres n'étaient qu'à quelques centimètres de l'érection cachée derrière la fermeture Éclair du pantalon. La jeune femme sentit l'eau lui monter à la bouche en fixant le contour de son pénis qui se dessinait sous l'étoffe. Les doigts de Lucien s'agitèrent pour descendre sa braguette. Il resta un moment, sans cérémonie, le vêtement tombé jusqu'aux genoux. Elle eut à peine le temps d'apercevoir ses fesses et ses cuisses musclées avant qu'il se rasseye sur le rebord du lit.

Elle baissa à nouveau les yeux. C'était la première fois qu'elle contemplait son sexe de si près, en pleine lumière. Quand Lucien la caressait le soir, il ne la laissait pas le toucher, et ses liens l'empêchaient même de s'approcher de lui. Son pénis était long, épais et droit, et sa couleur caramel contrastait avec le pourpre intense du gland. Des poils sombres en parsemaient la base, mais les testicules étaient rasés. En voyant leur rondeur et leur fermeté, elle sentit son clitoris la démanger. Lorsqu'elle avait pris Lucien dans sa bouche, dans l'obscurité de l'appartement de

Ian, elle avait savouré leur forme parfaite et leur poids dans sa paume.

Il avait l'air extraordinairement viril, puissant et énergique, comme un fauve prêt à bondir. Folle d'envie de sentir ce membre raide en elle, elle humecta ses lèvres sans y penser.

— Tu es l'homme le plus beau que j'ai vu de ma vie, murmura-t-elle avec franchise, en relevant les yeux vers lui.

L'expression de Lucien était sobre. Il baissa le regard vers elle, et elle reprit :

— Est-ce que je peux te prendre dans ma bouche ? S'il te plaît...

Un muscle se crispa sous la joue de son amant.

— Comment arrives-tu à faire ça ?

Elle cligna les paupières. Elle n'était pas sûre de comprendre ce qu'il voulait dire.

— Comment je fais quoi ?

— Tu joues tellement bien la soumise que j'en arrive même à te croire.

— C'est parce que je ne joue pas, Lucien. Je veux vraiment te plaire. J'en ai tellement envie...

Avec émerveillement, elle se rendit compte que ce qu'elle disait était totalement vrai.

Les narines de Lucien frémirent. Elle sentit qu'il posait une main sur l'arrière de son crâne et la glissait dans ses cheveux. De l'autre, il semblait chercher quelque chose. La confusion envahit l'esprit de la jeune femme quand elle vit qu'il tenait à nouveau le vibromasseur, et elle l'observa d'un air interrogateur.

— Ouvre la bouche.

Elise écarta les lèvres sans hésitation, même si elle ne comprenait pas exactement quelles étaient ses intentions. Elle voulut dire quelque chose mais en fut empêchée, car Lucien saisit délicatement l'extrémité de sa langue pour rouler l'élastique vibrant autour. Quelques instants plus tard, l'anneau se trouva fixé au milieu de sa langue. Lucien actionna l'appareil, et une pulsation plaisante se répandit dans sa chair. Elle referma la bouche pour contenir sa salive et déglutit tandis que le petit vibrateur continuait à bourdonner autour de sa langue.

Elle comprit enfin et écarquilla les yeux en voyant Lucien attraper la base de son membre pour la diriger vers elle. Il dut remarquer son expression interloquée, car il sourit.

— J'ai pu constater à quel point tu étais habile avec ta bouche. Pour tout t'avouer, je ne cesse pas d'y penser. Ça me hante. Tu n'as pas vraiment besoin d'accessoire pour me donner du plaisir, mais puisque le temps nous est compté...

Il laissa traîner sa phrase et incita doucement Elise à le prendre en appuyant sur l'arrière de sa tête, mais la jeune femme avait déjà saisi. Maintenant qu'elle connaissait les règles, elle avait très envie de jouer. D'après la pression qu'il exerçait sur sa nuque, elle devinait qu'il n'était pas d'humeur à badiner ; elle alla donc droit au but et prit son sexe dans sa bouche. Il était si large qu'elle dut écarter au maximum les lèvres. Elle pressa d'abord le vibromasseur contre l'extrémité de son pénis, puis contre la hampe, expérimentant les sensations. Au début, elle ne fit que l'effleurer, mais elle passa vite à une pression plus ferme qui arracha un grognement guttural à Lucien. Il crispa les doigts dans ses cheveux.

C'était si étrange de sentir ainsi les trépidations dans sa chair et de savoir que la même énergie se répandait dans le membre de Lucien... Elle massait et caressait la base de son sexe avec ses lèvres, tout en l'aspirant vers sa gorge.

— Tu es tellement adorable... insatiable, murmura-t-il au-dessus d'elle d'une voix rauque.

Savoir que son regard était posé sur elle excitait Elise au plus haut point. Oui, elle était insatiable. Et elle était également curieuse de découvrir les effets de la petite bague. Brusquement, elle recula la tête pour extraire le pénis de sa bouche, et les doigts de Lucien derrière son crâne se contractèrent en signe de protestation. Cependant, avant qu'il ait pu dire quoi que ce soit, elle inclina la tête et le reprit entre ses lèvres sous un angle opposé. Il sembla comprendre ses intentions, car il inclina son membre pour l'aider. Elle avala seulement les premiers centimètres de chair et fit passer l'anneau sur la fente de son gland.

Il lâcha un hoquet.

— Petite chatte diabolique, gronda-t-il. Oh... c'est bon. Tu vas vraiment ne faire qu'une bouchée de moi.

À l'idée qu'il allait devoir la quitter, une pointe de tristesse envahit Elise. Mais elle tenait à lui offrir ce qui lui était dû. Elle inclina une nouvelle fois la tête et engloutit la totalité du pénis de Lucien de la façon la plus favorable possible.

— Non, dit-il d'une voix dure alors qu'elle tentait de remplacer sa main par la sienne pour mieux serrer la base de son sexe.

Lorsqu'elle l'aspira jusqu'au fond de sa gorge, il poussa un grognement sourd.

— Je chaufferai ton petit cul à vif pour te punir d'être aussi douée à ce jeu.

Elle releva les yeux vers lui en une imploration muette, la bouche emplie de sa chair vibrante, les joues creusées par l'effort.

— Et merde, jura-t-il en appuyant sur sa nuque pour lui intimer de reprendre le rythme. Je peux supporter presque tout, mais pas ton regard...

Les lèvres et la mâchoire d'Elise commençaient à la faire souffrir à force de contenir le sexe énorme de Lucien.

Quelques instants plus tard, ce fut comme s'il enflait encore. Il commença à jouir, éjaculant sur sa langue. La jeune femme parvenait difficilement à tout contrôler. Le vibromasseur la faisait déjà saliver à l'excès et, à présent, elle devait absorber la semence de Lucien. Et pourtant, elle adorait tout cela... sentir les pulsations frénétiques de son membre, savourer le goût de sa virilité, écouter ses râles de plaisir, qui avaient quelque chose de poignant. L'expression d'une puissance fauve et primale. Elle aima aussi percevoir le moment où cette puissance enflait une ultime fois avant de se briser en spasmes désespérés.

— Non, *ma chère**. Non, marmonna-t-il d'une voix crispée quelques secondes plus tard alors qu'elle continuait à le lécher. C'est comme stimuler un nerf à vif.

Elle cligna les yeux et reprit ses esprits. Avec regret, elle commença à retirer la bouche. Le pénis de Lucien était encore hypersensible sous l'effet de l'orgasme, et la pulsation du vibrateur était trop intense pour sa chair repue. À sa grande surprise, il arrêta son mouvement en la retenant par l'arrière du crâne. Lorsqu'elle releva les yeux vers lui, son visage exprimait un curieux mélange d'amusement et de frustration.

— C'est trop intense, mais c'est extraordinairement bon, dit-il. Tu serais sans doute capable de me faire jouir à nouveau d'ici cinq minutes. Un homme ne peut compter sur aucun répit avec tes lèvres, Elise.

Son membre fut pris d'un spasme dans la bouche de la jeune femme. Elle le titilla très doucement avec le vibromasseur et vit une lueur farouche scintiller dans son regard.

Elle était prête à relever le défi, si c'en était un.

La sonnerie du téléphone retentit dans le salon. Lucien ferma un instant les yeux et relâcha à regret sa prise sur sa nuque.

— Je dois répondre, même si j'aimerais qu'il en soit autrement.

Avec réticence, Elise laissa glisser son sexe hors de sa bouche. Elle ôta elle-même l'anneau vibrant et le posa sur la table de chevet. Lucien la prit par les épaules pour l'aider à se relever, et elle savoura sa brève étreinte.

— Que tu m'aies avoué tes désirs signifie plus pour moi que ce que tu peux imaginer, souffla-t-il contre sa gorge. C'est déjà très difficile de te résister d'habitude, mais quand tu te montres franche et honnête, cela devient impossible.

Un étrange cocktail d'émotions s'empara de la jeune femme : l'embarras de s'être rendue ainsi vulnérable, une forme de reconnaissance pour Lucien car il comprenait combien franchir ce pas avait été compliqué pour elle… et la satisfaction de l'avoir comblé.

Par simple habitude, elle faillit répondre quelque chose comme « c'était un plaisir » ou, pire encore, « il n'y a pas de quoi ».

Mais non ; elle ne minimiserait pas le challenge qu'elle avait relevé ou le bien-être qu'elle avait apporté à Lucien.

Elle se contenta de le contempler, les yeux brillants. Il ferma un instant les paupières. La seconde suivante, il l'embrassait avec passion, chassant toute pensée rationnelle de son esprit.

— Pourquoi faut-il toujours que tu rendes les choses si ardues Elise ? susurra-t-il tout contre ses lèvres un peu plus tard.

— Parce que tu fais en sorte que les choses soient toujours un défi ?

Un sourire se dessina sur les lèvres de Lucien.

— Je n'ai jamais eu autant de mal à sortir d'une pièce avant aujourd'hui, répondit-il en fronçant les sourcils. Tu feras ce que je t'ai demandé ? Tous les soirs à onze heures et demie ?

Elise sentit ses joues s'empourprer.

— Oui.

— Parfait. Il me sera agréable de t'imaginer, de savoir que tu te caresses avec ma seule voix dans la tête pour te guider. J'espère qu'en plus de mes instructions, tu m'entendras aussi te dire combien tu es belle, murmura-t-il en lui caressant la joue. Irrésistible. La certitude que je suis ainsi présent dans ton esprit me donnera l'impression d'être à côté de toi, même si un océan nous sépare.

Enfin, il se redressa et rassembla ses vêtements.

Elle redescendit sa robe sur sa poitrine, songeant qu'elle entendait de toute façon la voix patiente et vibrante de Lucien dans ses pensées. Elle commençait à intégrer en elle-même sa tranquille assurance. Il cultivait le courage et la confiance en elle dont elle avait toujours manqué.

La jeune femme commençait à soupçonner que c'était ce qu'il avait prévu depuis le début.

*

* *

Le lendemain, Elise rentra tard à l'appartement. Les jeudis soir, une foule de noctambules venait souvent peupler le restaurant à une heure avancée. Même si la cuisine fermait avant le bar, ils servaient plus tard les jeudi, vendredi et samedi que les autres jours de la semaine. Denise avait dû partir assez tôt, et la jeune femme s'était portée volontaire pour rester. Cela ne la dérangeait pas. Elle adorait son travail, et, de plus, il lui permettait de ne pas trop penser à l'absence de Lucien.

Lorsqu'elle franchit le seuil, à onze heures passées, l'appartement lui sembla tristement vide. Elle avait déjà dîné rapidement chez *Fusion*, et elle se rendit donc directement dans la chambre à coucher. Alors qu'elle se dirigeait vers la salle de bains attenante, son regard s'attarda sur le grand meuble de chevet qui jouxtait le lit de Lucien. Il avait placé le vibromasseur qu'elle était censée utiliser à onze heures trente dans le tiroir du haut, se souvint-elle. Rougissant, elle ne put s'empêcher de s'approcher du cube en bois d'acajou.

Quels autres instruments de torture et de plaisir conservait-il là ?

Elise tira sur la petite poignée. Elle découvrit alors plusieurs boîtes et accessoires – certains la firent frémir, d'autres l'intriguèrent. Il y avait un emballage encore neuf qui contenait apparemment plusieurs plugs en caoutchouc, dont quelques-uns d'une taille impressionnante. À la vue d'un autre sex-toy métallique, long et effilé, elle fronça les sourcils. En apparence, il ne faisait pas le poids contre le membre splendide de Lucien. Elle trouva aussi une palette en bois verni dotée d'un manche court et sentit immédiatement une chaleur troublante envahir son sexe. Pourquoi était-elle si excitée à l'idée que Lucien utilise cet objet sur ses fesses ? Elle ouvrit ensuite un joli paquet en velours, et découvrit un assortiment de chaînettes reliant des pinces. Ses tétons se durcirent instantanément. Sans réfléchir, elle leva la main vers ses seins et pinça légèrement l'une des pointes de chair, déclenchant un bref élancement de douleur.

Elle n'avait jamais utilisé de tels instruments sur ses seins, mais elle savait très bien de quoi il s'agissait. La délicatesse de ceux-ci l'émerveilla – ils ne ressemblaient en rien aux lourds objets de torture sadique qu'elle s'était imaginés. Pensivement, elle suspendit l'une des chaînes dorées entre ses doigts, essayant de se représenter quel aspect elle aurait sur ses seins, excitée à la seule idée de Lucien les contemplant. Serait-elle capable de supporter ces petites pinces... ?

Elle serra plus fort son mamelon, et le mélange de douleur et de plaisir la tira de sa rêverie. Elle jeta un coup d'œil sur l'horloge de la table de nuit et rangea la boîte avant de se diriger vers la salle de bains pour se changer.

Lucien lui avait dit « onze heures trente », et elle tenait à suivre précisément ses instructions. Songeant à l'effet du petit vibromasseur, elle acheva en hâte de s'apprêter.

Elle voulait respecter ses volontés à la lettre.

Lorsque l'horloge afficha l'heure attendue, Elise était nue et étendue sur la couette, les cuisses écartées et l'anneau vibrant passé autour de son doigt. Elle plongea l'instrument entre ses lèvres intimes et se laissa aller contre les oreillers, soupirant de plaisir. Pourquoi n'avait-elle jamais acheté elle-même l'un de ces miraculeux joyaux ? Pour obtenir la pression idéale sur son clitoris, elle arqua les hanches. *Oh, Seigneur.* C'était divin.

Elle se rappela la nuit où Lucien l'avait possédée dans les écuries, la prenant avec une autorité magistrale... ses mains la maintenant immobile pendant qu'il se faisait plaisir en elle et l'incitait à crier.

Oh, oui. Cela avait été si bon de percevoir sa glorieuse virilité en elle, d'entendre ses grondements farouches, de sentir ses testicules la heurter à chaque coup de reins... Et si exquis également de savoir qu'elle lui procurait autant de jouissance.

Serrant les dents, elle se concentra sur les pulsations de l'accessoire. Oh, comme Lucien lui manquait ! Elle ne pouvait pas attendre qu'il l'emplisse encore, qu'il la possède de toutes les façons qu'il voulait, qu'il la soumette à lui pour qu'elle s'abandonne à son désir farouche...

« La discipline, *ma chère**. »

Elle lâcha un hoquet de rage. Sa main quitta brusquement son sexe pour se plaquer sur le matelas, mais l'instrument diabolique continua à pulser autour de son doigt pour la stimuler, la tenter... Haletante, elle fit de son mieux pour ignorer la brûlure insistante au creux de son sexe. Les dents serrées, elle glissa ses doigts le long de son ventre pour saisir l'un de ses seins... Lorsqu'ils pincèrent un téton, elle se cambra frénétiquement sur le lit. C'était bon, mais ce n'était pas assez.

Son clitoris pulsait, implorant d'être touché.

Elle voulait la caresse du vibromasseur. Elle avait *besoin* de Lucien.

— Tu es le diable, souffla-t-elle en imaginant avec précision la lueur dans les yeux de Lucien, son petit sourire sexy et ravageur.

La frustration et l'enfièvrement obligeaient son corps à se tordre. Sa chair vibrait, brûlait, se consumait… Lentement, cette insupportable tension commença un peu à s'apaiser.

Maintenant, recommence.

Le contact tiède et dur de l'anneau fut de retour contre son intimité grâce à l'autorisation imaginaire de Lucien. La jeune femme lâcha un long gémissement de plaisir. Ce petit objet pouvait jouer les pires tours à une femme, songea-t-elle vaguement alors que l'orgasme atteignait son sommet. Elle allait jouir.

« Non, fillette. Tu n'as pas encore ma permission. »

Elle gémit et frappa brusquement le lit de sa main. Durant quelques secondes, elle resta ainsi à haleter, tous les muscles crispés, les nerfs hurlant de protestation. Elle attendit que la tempête se calme. Elle pria en son for intérieur pour qu'elle se tranquillise.

Respire et maîtrise-toi, Elise. Tu es si belle quand tu fais preuve de contrôle. Tu vas pouvoir jouir très bientôt, je te le promets. Encore un tout petit peu de patience. N'abandonne pas. Je suis avec toi.

— Non, tu n'es pas avec moi ! s'écria-t-elle dans un élan de déception.

Elle était seule. Il lui manquait. Et il était à des milliers de kilomètres d'elle.

Il ne saurait jamais.

Quelques secondes plus tard, elle tremblait sous l'orgasme, gémissant, submergée de plaisir honteux, les hanches ondulant contre sa main et le petit appareil.

Elle s'effondra sur le matelas peu de temps après, la chair délicieusement repue et détendue après son extase explosive. C'était si bon. Si érotique.

« Tu étais l'image même du laisser-aller. »

Elle rouvrit soudainement les yeux. Cette fois, la voix de Lucien n'était pas le fruit de son imagination, mais le souvenir d'une phrase qu'il lui avait dite. Une vague de culpabilité et de regret s'empara de la jeune femme. Elle aurait dû faire mieux. Elle aurait pu, mais elle en avait décidé autrement, en s'apitoyant sur elle-même parce que Lucien n'était pas là.

Le téléphone sonna. Elle se redressa, en alerte. Quand elle reconnut le numéro qui s'affichait sur l'écran, la panique l'envahit aussitôt.

Non. C'était impossible. Il ne pouvait pas savoir qu'elle avait échoué.

— Allô ? répondit-elle en tremblant.

— Est-ce que tu es au lit ?

Le son grave de ses paroles la fit frissonner.

— Oui, répondit-elle d'un ton trop neutre. Et toi ? Comment ça se passe avec la police ?

— Aussi bien qu'on pouvait s'y attendre, dit-il avec un soupir. Nous leur avons apporté les preuves. Lebœuf et le comptable ont été interpellés.

Les craintes d'Elise firent place à l'inquiétude lorsqu'elle perçut la tension qui animait Lucien.

— Tu as dormi ? demanda-t-elle.

Elle savait que c'était le petit matin à Paris.

— Non. Je viens juste d'arriver dans mon appartement. Je m'étais dit que je me reposerais dans l'avion, mais j'ai passé tout le vol au téléphone avec mon banquier pour organiser le transfert de fonds de mon compte personnel vers celui des Trois Rois. Tous les employés ont reçu leurs salaires en temps et en heure. J'ai aussi dû m'occuper de recruter un détective privé pour essayer de retrouver la trace de l'argent détourné. Il sera peut-être possible d'en récupérer une bonne partie. En arrivant, j'avais rendez-vous avec M. Attale, avec qui j'ai discuté le reste de la nuit. J'ai été stupide de ne pas l'engager plus tôt comme directeur général des Trois Rois. C'est un homme de qualité, mais je me méfiais de tous les gens qui travaillaient à l'origine pour mon père. J'ai cru qu'il était mieux d'embaucher une personne moins expérimentée.

— Tu extrapoles trop, Lucien. Je sais que tu ne retiendrais jamais quelqu'un qui n'aurait pas d'excellentes références. Tu ne peux pas détecter les intentions criminelles d'un homme. (Comme il ne répondait pas, le souffle de la jeune femme s'accéléra.) Tu devrais te détendre, dit-elle. Tu as l'air complètement épuisé.

Elle sentait que tous les sujets en rapport avec son père le rendaient nerveux, et elle essayait de dévier la conversation.

— Je suis au lit en ce moment.

Les cuisses de la jeune femme se crispèrent légèrement en réaction au ton calme et sensuel de Lucien.

— Il est minuit moins dix à Chicago, murmura-t-il. Est-ce que je t'ai interrompue au milieu de ta séance d'autodiscipline ?

— Oui, répondit-elle impulsivement, saisie à nouveau par la panique.

Avait-il perçu l'hésitation dans sa voix ?

— Tu es excitée ?

— Oui. Incroyablement, mentit-elle effrontément.

— C'est faux.

Cette réponse immédiate et assurée l'irrita malgré elle.

— Comment peux-tu le savoir ?

— Parce que je sais à quoi ressemble ta voix quand tu trembles d'excitation, et aussi quand tu es apaisée. Même si tu m'as l'air quelque peu stressée, tes intonations sont celles d'une femme qui vient juste d'être comblée par un orgasme.

Elise, si prompte à la repartie généralement, eut l'impression que sa langue ne coopérait plus.

— Je t'ai avertie que je repérerais tes mensonges, dit-il avec une trace d'amusement dans la voix. Combien de fois ?

— Combien de fois quoi ? dit-elle plus sèchement qu'elle ne l'aurait voulu.

Constater que Lucien paraissait certain de son échec et de son manque de contrôle ne faisait qu'accroître son amertume.

— Combien de fois as-tu retiré ta main et essayé de te maîtriser ? clarifia-t-il avec calme.

— Deux fois, reconnut-elle après un silence.

Elle se sentit rougir d'embarras, mais étrangement, une nouvelle onde de désir parcourut son corps – si intense qu'elle glissa les doigts dans sa vallée intime.

— C'est plus que ce à quoi je m'attendais.

— Vraiment ? dit-elle sans en croire ses oreilles.

— Tu m'as imaginé en train de te dire que tu avais la permission de jouir ?

— Eh bien…

— Elise ? insista-t-il plus froidement.

Elle grimaça.

— Non. J'ai… imaginé que tu me disais de retenir ma main encore un peu.

— Mais tu as quand même glissé le vibromasseur contre ta petite chatte pour jouir ?

Le timbre de Lucien avait baissé de plusieurs décibels, et semblait maintenant feutré. La main de la jeune femme remua entre ses cuisses.

— J'ai vraiment essayé, Lucien. Mais l'appareil est très puissant. Il me faisait penser à…

— À quoi ? la pressa-t-il impitoyablement.

— À ce qui s'est passé dans les écuries. Quand tu m'as prise sauvagement. Et à quel point j'ai aimé ça.

Le grognement rauque de Lucien la fit frissonner.

— Petite ensorceleuse, souffla-t-il. Comment vais-je faire pour te convaincre que tu as tort de me provoquer, naïve que tu es, si tu me répètes sans cesse que tu adores les conséquences de tes fautes ?

Un fluide moite envahit l'entrecuisse d'Elise. C'était incroyablement excitant de parler ainsi avec Lucien alors qu'ils se trouvaient à des milliers de kilomètres de distance.

— Ce n'est pas ma faute si j'ai aimé ça. Tu aurais préféré l'inverse ?

— Ne fais pas l'innocente, la gronda-t-il. Tu sais que je te trouve irrésistible, et tu adores me le prouver à la moindre occasion, hein ? (Elle sourit. Il paraissait amusé. Et terriblement excité.) Il me semble t'avoir dit que je te punirais si tu échouais.

Elle accentua la pression de son majeur sur son clitoris.

— Qu'est-ce que tu me feras à ton retour ? demanda-t-elle en tremblant de désir.

— Oh, tu n'auras pas à attendre mon retour. Tu vas recevoir ton châtiment maintenant.

Elle cessa brusquement d'agiter les doigts, surprise.

— Que veux-tu dire ? Tu es encore à Paris.

— Je sais. Il va donc falloir que tu administres la punition à ma place.

Il avait vraiment le don de la laisser sans voix.

— Ouvre le tiroir du haut de la table de chevet. Il y a une palette en bois avec une poignée courte. Tu l'as peut-être déjà remarquée.

— Lucien... murmura-t-elle stupéfaite. Tu as fait installer une caméra dans la chambre ? Tu me surveilles ?

— Bien sûr que non, répondit-il durement. Tu crois sincèrement que je serais capable de te filmer sans ton consentement ?

Elle demeura muette, incapable de lui répondre.

— Non, il n'y a pas de caméra cachée, reprit-il d'une voix plus forte comme s'il avait perçu son désarroi. Mais je sais que tu as dû ouvrir le tiroir pour prendre le vibromasseur. Et je sais que tu es curieuse. Y a-t-il d'autres choses que tu as trouvées intéressantes ?

— Non, répondit-elle d'un ton buté en rouvrant le tiroir.

Elle n'en revenait pas qu'il puisse si bien lire en elle.

— Tu as la palette ? demanda-t-il avec un petit rire.

Elle avala sa salive en sortant du meuble l'instrument de sa punition à venir.

— Oui.

— Alors mets le téléphone sur haut-parleur, et pose-le sur le matelas, près de toi.

Elle suivit ses instructions, de plus en plus excitée et intriguée.

— Maintenant, allonge-toi sur le côté. Remonte les hanches, petite chatte, ajouta-t-il d'un ton sensuel. Tu as bien l'objet dans ta main droite ?

— Oui, souffla-t-elle.

— Arque un peu le bassin. Présente tes fesses à la palette.

Elle dut se mordre la lèvre inférieure pour réprimer un gémissement. Les rumeurs affirmant que Lucien était capable de séduire une femme uniquement avec sa voix n'étaient pas exagérées. Elle effleura prudemment son postérieur avec le bois dur de la palette. Ce seul contact était déjà extraordinairement excitant.

— Tu es en position ? susurra Lucien.

— Oui.

— Ce n'est pas inconfortable ?

— Non, répondit Elise avec franchise.

Elle gisait sur le côté, les genoux repliés contre sa poitrine, la cuisse droite un peu surélevée par rapport à la gauche afin de mieux exposer son postérieur.

— Tu avais raison en supposant que je te demanderais de retenir ton plaisir plus longtemps. Et tu aurais dû m'obéir. Mais je suis satisfait, néanmoins, que tu aies réussi à retirer ta main deux fois. Pour la peine, je t'autorise à te caresser tout en te donnant une fessée. Et je te donne aussi la permission de jouir, si tel est ton désir.

— Je... d'accord, dit-elle avec un curieux mélange d'ardeur et de timidité.

Instinctivement, elle serra un peu les jambes pour accentuer la pression sur son sexe.

— Puis-je commencer maintenant ? reprit-elle.

— Tu pourras toucher ta petite chatte quand j'aurai entendu le premier coup. Je saurai si tu essaies de tricher ou pas. Le téléphone est posé à côté de tes fesses ?

Elle rapprocha encore le combiné et leva la palette.

Smack.

— Hmm, ça me semble adéquat. À toi de me le dire : est-ce une punition adaptée à ta faute ?

— J'ai sans doute eu la main un peu légère, dit-elle d'une voix tremblante.

Lucien éclata de rire.

— Elise, tu me plais tellement !

Le désir perceptible dans sa voix fit s'emballer le cœur de la jeune femme.

— Tu vas frapper encore dix fois. Compte à voix haute, que je puisse t'écouter. Et je te fais confiance pour que ce soit cuisant. Si je remarque que les coups s'affaiblissent, je t'indiquerai combien en rajouter quand tu auras terminé. Tu m'as bien compris ?

Elise était en totale effervescence. Existait-il quelque chose de plus excitant que cette voix sensuelle qui lui dictait les règles de son autopunition ? Que de savoir Lucien certain qu'elle ferait précisément ce qu'il lui ordonnerait ?

— Est-ce que je peux... me toucher, maintenant ?

— Tu peux commencer.

Son bouillonnement intérieur était atroce. Le souffle coupé, elle s'appuya un peu sur l'un de ses coudes pour mieux voir le profil de son postérieur nu et ferme. Sa main plongea au creux de sa vallée humide. Jusque-là, elle n'avait jamais considéré le moins du monde son portable comme un objet érotique, mais savoir que Lucien l'entendait pendant qu'elle se fessait et se caressait transformait la technologie moderne en vecteur suprême de désir.

Elle leva la palette au-dessus de son derrière.

Smack.

La jeune femme sursauta. Dans son emportement, elle avait frappé plus fort qu'elle ne l'avait voulu, et une douleur modérée embrasa son postérieur. Elle déplaça la main entre ses cuisses.

— Un... souffla-t-elle. (Elle donna un nouveau coup et grimaça.) Deux.

Au bout de cinq, ses fesses commencèrent à la brûler. Cela ferait certainement plaisir à Lucien, n'est-ce pas ? Dans sa fièvre, elle frottait de plus en plus vite son clitoris.

— Ton postérieur devient rose ? demanda-t-il d'une voix soudain plus rauque et séductrice.

— Oui, haleta-t-elle en l'inspectant.

— Et chaud ? Touche-le.

Avec les doigts qui tenaient la palette, elle effleura la chair des deux globes.

— Oui, dit-elle en accélérant le mouvement entre ses jambes.

Lucien lâcha un râle sourd.

— Continue, ordonna-t-il.

Il semblait de moins en moins calme.

— Six, dit-elle entre deux halètements.

Ses nerfs embrasés engendraient des picotements électriques le long de son anus, son périnée et son sexe. Sa féminité était brûlante et trempée. Elle allait jouir... bientôt. La palette gifla de nouveau sa chair avec un bruit sec. Une brève exhalaison s'échappa de ses lèvres.

— Sept.

Lucien se masturbait en l'écoutant se punir. Elle en était certaine. Elle imagina sa paume en train de frotter son membre, en un rythme rapide, puissant, depuis le gland empourpré jusqu'aux testicules rebondis. Son visage crispé, ses yeux flamboyants. Elle l'avait vu assez souvent le faire pour en garder le souvenir gravé à jamais dans sa mémoire.

L'évocation de cette image la fit bouillonner, et elle gémit tout haut. Elle assena un nouveau coup sur son postérieur, et la brûlure qui en découla accentua son trouble.

— Huit... lâcha-t-elle avant de reprendre aussitôt. Neuf... Oh...

L'orgasme la submergea sans prévenir. Elle lutta pour abattre la palette une dernière fois sur ses fesses, mais la douleur qui en découla ne fit que l'embraser davantage.

— Dix, chuchota-t-elle d'une voix désespérée et tremblante.

Lucien poussa un grondement d'approbation. Elise s'affala sur les oreillers et laissa retomber l'instrument à côté d'elle. La jouissance la terrassait. Son autre main, glissée entre ses cuisses, bougeait frénétiquement d'avant en arrière tandis que le plaisir anéantissait sa conscience.

Un moment plus tard, elle commença à reprendre son souffle, et les mouvements de son bras ralentirent. Bien que ses sens soient embrumés, elle perçut soudain la voix de Lucien hurlant au téléphone.

— Ramasse le portable, bon sang ! tonnait-il.

Elle s'exécuta, hébétée, et porta instinctivement l'appareil à son oreille alors qu'il était toujours en fonction haut-parleur. Lucien dut discerner sa respiration haletante, car il enchaîna aussitôt par d'autres ordres :

— Rapproche le téléphone de ton sexe. Vite, Elise.

Les aspirations et expirations de Lucien paraissaient à présent aussi précipitées que les siennes. Elle roula sur le dos et écarta les cuisses avant de faire ce qu'il disait.

— Je t'ai entendue jouir. Tu es mouillée ?

— Je suis trempée, admit-elle sans pudeur.

— Glisse les doigts dans ta chatte. Caresse-toi. Fais-moi entendre à quel point tu es humide.

Elle suivit ses ordres. Sa féminité était tellement inondée que Lucien pourrait sans doute saisir les bruits moites que produisait le mouvement de ses doigts dans sa chair gonflée.

— Je t'entends, dit-il.

Rien qu'au son rauque de sa voix, Elise sut qu'il approchait de l'orgasme. Elle se représenta son poing serré autour de son membre triomphant... pulsant.

— Seigneur Dieu. Je voudrais être là pour me gorger de toi jusqu'à la dernière goutte.

Il avait parlé d'un ton calme, mais avec une telle férocité contenue qu'Elise écarquilla les yeux.

Elle s'immobilisa et écouta, plongée dans une sorte de transe. Lucien gémit, comme s'il venait d'être transpercé par une lame de plaisir. Lentement, la jeune femme porta le téléphone à son oreille. Au bout de quelques secondes, le cri éraillé de son amant brisa le silence crépitant. Elise désactiva le haut-parleur – percevoir sa voix directement à son oreille lui donnait l'impression d'être plus proche de lui. Elle absorba chaque hoquet de plaisir, chaque grognement tandis qu'il jouissait.

Chaque jour ou presque, il lui faisait découvrir un degré nouveau d'extase et d'intimité. Et il venait de recommencer, d'une manière éclatante. Comment y parvenait-il avec tant d'aisance ? Tant d'habileté ?

Elle attendit avec patience, comblée par le souffle enroué de Lucien alors qu'il reprenait peu à peu ses esprits.

— Tu penses que tu vas arriver à dormir, maintenant ? demanda-t-elle d'une voix taquine lorsque la respiration de son amant se ralentit enfin.

Il rit doucement.

— Je suppose que je n'ai plus le choix. Tu m'as épuisé.

Elle sourit.

— Qui aurait pu s'en douter ? J'avais déjà entendu parler du sexe au téléphone, mais je n'aurais jamais cru que ça puisse être aussi… rassasiant.

— D'ordinaire, ça ne l'est pas vraiment. Mais je pense que tu as battu le record mondial.

— C'est *toi* qui l'as battu. Je n'étais que ton innocente victime.

Ce ton badin lui venait naturellement. Elle se sentait totalement relaxée et repue.

— Tu ressembles autant à une victime que Genghis Khan.

— Je me souviendrai de cette comparaison, dit-elle avec un grand sourire.

— Tu ferais mieux de réviser tes leçons de discipline d'ici demain soir onze heures trente.

— Comment ça ? s'indigna-t-elle faussement.

— Tu sais quoi ? Tu as rencontré plus fort que toi. Même Genghis Khan a été vaincu.

Elle ressentit une nuance autoritaire dans la voix de Lucien et déglutit.

— Elise ? reprit-il plus doucement.

Malgré les terres et l'océan immense qui les séparaient, c'était comme s'il reposait sur l'oreiller à côté d'elle.

— Oui ?

— Couvre-toi. Je ne voudrais pas que tu attrapes un rhume. Et...

Elle se glissa sous les draps et attendit la suite.

— Demain soir, tu réussiras mieux à te maîtriser. J'ai confiance en toi.

Une vague d'émotion monta dans la poitrine de la jeune femme.

— Merci, chuchota-t-elle.

— Bonne nuit, *ma chère**. Dors bien.

— Bonne nuit, Lucien.

Une impression de solitude la submergea à l'instant où elle coupa la communication. Elle régla le réveil et éteignit la lampe avant de se tourner nerveusement dans le lit de Lucien, qui lui semblait immense... et désespérément vide, sans lui.

Pourtant, Lucien avait bien éduqué son corps – pas seulement au plaisir, mais aussi de façon à améliorer son hygiène de vie. Elle s'endormit moins de cinq minutes après avoir raccroché.

*
* *

Deux jours plus tard, alors qu'Elise était en train de préparer une sauce béarnaise, Sharon entra dans la cuisine.

— Francesca Arno est au restaurant. Elle me demande si vous auriez un moment pour la voir.

Elise fit la moue.

— Ça va être difficile. Je ne peux pas laisser ça...

— Je m'en occupe, intervint Evan.

Elle jeta un coup d'œil interrogateur à Denise. La chef, concentrée sur une assiette de canard rôti, hocha la tête avec un sourire distrait. Après s'être lavé les mains, la jeune femme entra dans la salle principale du restaurant, cherchant Francesca du regard. Elle la trouva accoudée au bar, devant un verre d'eau gazeuse aromatisée au citron.

— Je suis désolée de te déranger, dit la fiancée de Ian. Je sais que tu dois être très occupée, mais je ne vais pas t'accaparer longtemps. Il s'agit plus ou moins d'une urgence.

— Qu'est-ce qui ne va pas ? demanda Elise, alarmée.

— Oh... répondit Francesca d'un air contrit. J'aurais dû être plus précise. Ce n'est pas une vraie urgence. C'est à propos du mariage.

Elise éclata de rire.

— Mon père dit toujours qu'il n'existe pas pire catastrophe qu'une fiancée angoissée, parce qu'elle fait paniquer tout le monde autour d'elle.

Francesca pouffa à son tour.

— C'est drôle que tu parles de ton père, parce que c'est pour une question en rapport avec lui que je suis passée te voir. En tout cas, en partie.

Elise redevint subitement sérieuse.
— Mon père ?
L'Américaine hocha la tête.
— Oui. Louis Martin.
Elise resta sans voix, réfléchissant à toute vitesse. Lucien lui avait explicitement demandé de ne rien révéler de leur passé commun à leurs connaissances de Chicago. Elle avait pris soin de ne pas parler de sa famille ou de son histoire, de crainte que les gens n'établissent le lien entre Lucien et elle. Sur ce point, les exigences de Lucien s'accordaient avec son envie de repartir de zéro.
Qu'était-elle censée répondre à Francesca ?
— Louis Martin est bien ton père, n'est-ce pas ? Le célèbre couturier ?
— Je... Il... Comment l'as-tu appris ? bafouilla Elise.
Son amie se décomposa.
— Je suis navrée. Tu ne souhaitais pas que les gens le sachent ?
Je ne sais pas ce que je veux, songea Elise avec anxiété. Elle n'était pas sûre de faire la distinction entre ce qui devait rester secret aux yeux de Lucien et ce qu'elle pouvait révéler. Pourquoi restait-il si vague à ce sujet ? C'était horripilant.
— C'est juste que je n'en avais parlé à personne, ici. J'essaie de prendre un nouveau départ, dans un nouvel endroit.
En voyant l'expression consternée de Francesca, elle fut prise de remords.
— Je suis vraiment désolée, reprit l'Américaine. Je n'aurais jamais dû...
— Il n'y a aucun souci, vraiment, la rassura Elise. Je suis seulement surprise que tu aies appris que Louis Martin était mon père.

— Ian me l'a dit, admit Francesca. Il sait que je suis complètement obsédée par la robe que je porterai pour notre mariage en bord de mer – je veux quelque chose de simple mais d'élégant, original et classique à la fois... Et ton père est connu pour ces qualités-là. Ian m'a suggéré que tu pourrais peut-être me mettre en contact avec lui.

— Vraiment ? dit distraitement Elise.

Lucien n'allait pas aimer ça. Le connaissant, il penserait sans doute que c'était sa faute si Ian et Francesca avaient appris ses origines familiales.

— Comment Ian a-t-il pu apprendre que j'étais la fille de Louis Martin ? Il fréquente l'univers de la mode parisienne ?

Francesca la dévisageait d'un air inquiet.

— Pas plus que ça, mais il connaît bien les milieux d'affaires en Europe. Il passe beaucoup de temps là-bas. Et il est très fort pour... (Elle rougit.) Pour se renseigner sur les gens, acheva-t-elle avec une expression d'excuses.

Évidemment. Pour un magnat du business tel que Ian Noble, le savoir égalait le pouvoir. Et elle avait été invitée dans l'intimité de son appartement privé. S'il était aussi intelligent qu'on le disait – ce qui ne faisait aucun doute –, il n'aurait jamais fait cela sans s'être préalablement assuré qu'elle n'était ni une voleuse ni une espionne.

Elle était encore en train de réfléchir aux implications de tout cela quand Francesca reprit la parole :

— Je suis sincèrement navrée, Elise. Je n'avais pas compris que tu préférais garder ton passé secret. Je voyais bien que tu en parlais peu, mais je pensais que c'était seulement par souci de modestie. Même à notre fête de fiançailles, j'ai entendu Ian demander à Lucien si tu étais bien la fille de Louis Martin, et Lucien lui répondre que oui.

Elise haussa les sourcils, interloquée. Lucien n'avait pas fait mystère de sa vie à elle devant Ian ? Alors qu'il ne cessait d'insister pour qu'elle reste discrète à ce sujet ? Apparemment, il ne craignait pas que ses origines familiales ou son statut social éveillent les soupçons de ses amis.

L'irritation montait en elle. Il refusait toujours d'évoquer devant elle ses relations avec Ian Noble. À supposer qu'elle ait dit une bêtise, ce n'était certainement pas sa faute, mais celle de Lucien. Il aurait dû lui indiquer spécifiquement les choses qu'elle ne devait pas ébruiter – au lieu de ça, il la laissait avancer les yeux bandés au milieu d'un champ de mines.

Elle haussa les épaules et sourit à Francesca, déterminée à faire son possible pour ne pas tout gâcher entre elle et son amant.

— C'est sans importance, je t'assure. Et je serai heureuse de te mettre en relation avec mon père. Je suis sûre qu'il sera content de concevoir une robe pour l'une de mes amies, et que te voir l'inspirera beaucoup !

Les yeux sombres de l'Américaine s'écarquillèrent.

— C'est adorable de ta part. Mais tu en es certaine, Elise ? Je ne voulais vraiment pas soulever un sujet... sensible. J'aurais dû comprendre que tu désirais être reconnue pour tes seuls mérites, et non en tant qu'héritière. J'ai toujours le chic pour mettre les pieds dans le plat... marmonna-t-elle.

— Ne sois pas ridicule, dit Elise en lui touchant l'épaule d'un geste amical. J'étais juste surprise que tu sois au courant. C'est tout.

— J'expliquerai à Ian que tu souhaites entamer une nouvelle vie, et on prendra soin de ne plus parler de ta famille à quiconque. Il comprendra.

Francesca se tut quelques secondes et parut hésiter.

— Mais j'avais autre chose à te demander. Êtes-vous disponibles, Lucien et toi, pour venir dîner chez nous lundi soir ?

— Ce serait formidable, mais tu nous as déjà conviés à votre fête de fiançailles, et je dois d'abord te rendre la politesse ! Je suis désolée de ne pas y avoir pensé plus tôt, mais j'ai eu tellement de travail ces derniers temps...

— C'est absurde, dit Francesca. Il n'y a aucune raison d'être aussi formels pour un simple repas entre amis, non ?

— Eh bien, si tu en es si sûre...

— Évidemment que je le suis. Je t'en prie, dis-moi que tu viendras ! Ian a subi beaucoup de stress ces derniers temps et je dois t'avouer que je me fais du souci pour lui. Il travaille très dur, et il a dû passer beaucoup de temps loin de chez nous... Ça lui ferait du bien de se détendre avec des amis, et voir Lucien lui a toujours été bénéfique.

— Je vais demander à Lucien, alors.

Manifestement, cette soirée comptait beaucoup pour son amie. Elise fit de son mieux pour dissimuler l'inquiétude qui se peignait sur son visage.

— Je ne suis pas certaine qu'il sera rentré de Paris lundi soir, mais je t'appellerai dès que je le saurai. Et je te promets de vous inviter pour un dîner exceptionnel très bientôt.

— Tu le fais déjà chaque fois qu'on vient chez *Fusion,* dit Francesca avec un petit sourire.

— Ça ne compte pas.

Elise sourit elle aussi, bien qu'elle fût en proie à une tempête intérieure. Non seulement elle en voulait à Lucien de l'avoir mise dans une situation ingérable, mais elle se demandait aussi si cette omission ne cachait pas quelque chose de louche. Bien sûr, elle n'imaginait rien de criminel, mais elle pressentait une affaire qui risquait d'apporter à Lucien des ennuis – elle en était convaincue.

Il allait devoir s'expliquer. Et, cette fois, quelques vagues semi-vérités ne suffiraient pas.

Partie VI

QUAND TU T'ABANDONNES

11

Le lendemain soir, Elise regarda la table de chevet avec une moue. Elle regrettait en partie de ne l'avoir ouverte ce soir-là, d'avoir renoncé au plaisir si intense qu'elle avait connu les deux nuits précédentes... une telle intimité avec Lucien. Ils ne s'étaient pas seulement procuré des orgasmes l'un l'autre, ils avaient fait l'amour, à des milliers de kilomètres de distance. Les talents de Lucien avaient quelque chose de magique. Elle aurait voulu ignorer l'irritation qu'elle éprouvait à son égard.

Mais elle ne le pouvait pas.

Elle composa son numéro sur son téléphone portable.

— Bonjour, dit-elle en français d'une voix crispée.

Il y eut un silence.

— Bonsoir. Tu m'as l'air bien sérieuse ce soir, dit Lucien avec un mélange d'inquiétude et d'amusement.

— C'est que je suis d'humeur à parler affaires. Et pas du type de celles des deux dernières nuits.

Techniquement, c'était un mensonge. Elle était parfaitement disposée à laisser la voix sensuelle et grave de Lucien l'entraîner dans un abîme de bonheur. Mais elle avait plus important en tête.

— Comment s'est passée ta journée ?

— Elle a été productive. Je continue à mettre les comptes des Trois Rois en ordre, avec l'aide de M. Attale. C'est un travail de titan.

— J'imagine, dit-elle d'une voix adoucie. Ne me dis pas que tu y as consacré toute ta nuit ?

En dépit de ses griefs, elle savait que Lucien affrontait une situation difficile. Il semblait épuisé.

— Je dormirai un peu ce matin.

Son soupir poussa Elise à croire qu'il venait tout juste de se mettre au lit. Comme elle aurait voulu être avec lui, sentir ses bras l'enlacer... Elle coupa volontairement court à ces pensées qui risquaient de saboter sa résolution.

— Francesca est passée me voir chez *Fusion*, ce matin. Elle nous a invités à dîner chez Ian et elle lundi soir. Qu'en penses-tu ?

— Je serai sans doute rentré d'ici là. Si ça te va, ça me convient aussi.

Il y eut un long silence.

— Tu ferais mieux de me le dire, reprit enfin Lucien.

— De te dire quoi ?

— Ce qui te met en rogne. Je suppose qu'il y a quelque chose, car tu n'as manifestement pas suivi mes instructions, ce soir.

— J'avais de bonnes raisons. Tu sais ce que Francesca m'a demandé ? Si j'accepterais de la mettre en contact avec mon père pour sa robe de mariée. C'est Ian qui lui a soufflé l'idée.

— D'accord, répondit sobrement Lucien.

Son attitude prudente ne fit qu'aviver l'exaspération d'Elise.

— Pourquoi ne m'as-tu pas dit que Ian savait qui j'étais ?

— C'était important pour toi qu'il l'ignore ?

— Non, rétorqua-t-elle froidement. Mais je pensais que c'était important *pour toi*. Tu voulais que je garde le silence sur ma vie et ma famille, que j'évite à tout prix de révéler quoi que ce soit qui mette les gens sur la piste de notre passé commun.

Lucien soupira.

— Si ça peut te consoler, je n'ai jamais parlé à Ian de tes proches. Il a découvert tout seul cet aspect de ton identité. Il sait tout des gens qui sont présents dans son existence, même dans son entourage éloigné. Ce n'est pas seulement par précaution ; c'est dans sa nature de rassembler autant d'informations que possible sur tout ce qui le touche de près ou de loin. Il n'est pas du genre à accorder facilement sa confiance – mais j'imagine que sa paranoïa est compréhensible, vu son histoire.

Elise resta muette. Elle était de plus en plus folle de rage.

— Si l'on suit ta logique, Ian Noble doit tout connaître de ton passé. (Il ne répondit rien, et elle renonça à toute diplomatie.) Il est forcément au courant des délits financiers de ton père, et de son incarcération.

— Bien sûr qu'il le sait. Je me suis confié à lui après l'arrestation de mon père. Il m'a soutenu durant le procès, simplement en étant là pour moi. Je ne t'ai jamais dit le contraire.

La jeune femme marqua sa désapprobation en restant silencieuse quelques instants.

— C'est parce que tu ne me dis rien, de toute façon. En plus, tu m'as fait comprendre depuis le début que tu avais peur que je gaffe en révélant ton vrai nom et l'histoire de ton père.

— Je n'ai jamais rien dit de tel au sujet de mon père. Tu l'as seulement supposé.

Cette réponse sèche la mortifia. La gorge nouée, elle fut incapable de répondre pendant plusieurs secondes. Lucien finit par soupirer.

— Lorsque tu t'es introduite chez *Fusion* l'autre jour en prétendant être le nouveau chef, j'ai trouvé plus simple de dire à Ian que nous ne nous connaissions pas. Je ne voulais pas compliquer les choses, vu les circonstances.

— Tu veux plutôt dire que tu ne voulais pas compliquer ton *mensonge*.

— Si tu préfères voir les choses comme ça, oui.

— Tu savais que Ian et Francesca étaient au courant de notre relation ?

— Je le soupçonnais depuis qu'ils nous ont vus à leur fête de fiançailles.

— Et ça ne t'est pas venu à l'idée de me le dire ? Non, personne ne dit jamais rien à Elise ! On ne peut pas lui faire confiance. Laissons-la juste trébucher dans le noir comme une idiote. C'est la meilleure manière de gérer une gamine difficile.

— Je ne t'ai jamais considérée de cette façon, dit-il d'une voix tendue.

— Au contraire, c'est précisément ce que tu penses. Tu m'as même dit que tu voulais me garder à l'œil… me contrôler. Tu ne vas quand même pas le nier ?

— Elise…

— Je vais te proposer un truc dingue, le coupa-t-elle. Pourquoi ne me dirais-tu pas ce qui te turlupine au sujet de Ian Noble, pour éviter que je ne provoque une catastrophe sans le vouloir ?

— Je ne peux pas faire ça.

— Pourquoi ? Parce que tu n'as pas assez confiance en moi pour me le dire, répondit-elle elle-même. Tu penses toujours que je risque de dire une bêtise à tout moment... ou pire, que je te ferais chanter.

— Je ne pense pas que tu tenterais la technique du chantage avec moi.

— Ce n'est pas ce que tu disais au début.

— Et quand bien même ? répliqua-t-il d'un ton brusque. Ce jour-là, dans mon bureau, tu réfléchissais à un moyen d'obtenir de moi ce que tu voulais. Je le voyais dans tes yeux. Ose me dire que je me trompe ?

Elle ouvrit la bouche, mais ravala son mensonge au dernier moment en se mordillant la lèvre.

— C'est bien ce que je croyais, reprit-il après un long moment pendant lequel ils s'étaient tus tous les deux. Mais ça ne veut pas dire que je te crois capable d'essayer de me nuire.

Ce demi-aveu soulagea un tantinet la jeune femme. Sa gorge se dénoua un peu, mais elle était toujours furieuse. Et confuse.

— Je ne pensais pas que tu me mettrais volontairement des bâtons dans les roues, Elise, insista Lucien d'une voix soudain inquiète. J'ai juste songé que ce serait plus facile pour nous deux si tu tenais ta langue. J'avais conscience de ne pas t'avoir donné assez d'informations, et c'est pour cela que je voulais garder un œil sur toi. Pas pour une question de confiance.

Le silence s'abattit sur eux, un silence des plus pesants.

— Si c'est ça que tu penses, pourquoi ne pas m'avouer la vérité ? Dis-moi ce qui te hante, Lucien.

Les larmes lui montèrent aux yeux sans qu'elle pût se l'expliquer. Elle se rendit alors compte que cette réaction venait du plus profond de son être – elle reconnaissait la vérité dans ses propres paroles.

Lucien se comportait si bizarrement depuis qu'il avait quitté Paris... Quelque chose l'obnubilait, le torturait. Ce qu'il cachait le dévorait de l'intérieur. Pourquoi ne l'avait-elle pas compris plus tôt ?

— Je ne peux pas, répondit calmement le Français. Ce secret ne concerne pas que moi. Pas complètement, en tout cas.

— Tu ne me fais pas confiance, murmura-t-elle d'une voix étranglée.

Un mélange de douleur et de crainte l'envahit – allait-il refuser l'aide qu'elle lui offrait ?

— Ce n'est pas ça, rétorqua-t-il. Écoute... On pourra en reparler quand je serai rentré.

— Quand reviens-tu ? demanda-t-elle après un long silence.

— Je ne sais pas exactement. Probablement après-demain. Et... Elise ? insista-t-il comme elle restait muette.

— Oui ?

— Je suis désolé de t'avoir laissé croire que je voulais dissimuler les crimes de mon père à Ian. C'était juste plus...

— Pratique de me faire taire de cette façon ? compléta-t-elle en voyant qu'il n'achevait pas sa phrase. (Elle avait l'impression que sa gorge était plâtrée, mais elle poursuivit malgré tout :) Tu savais combien je tenais à toi. Tu savais que je me tairais par crainte de te causer du tort en révélant les délits financiers d'Adrien, et sa condamnation. Tu as utilisé mes sentiments à ton égard pour me faire agir comme tu le voulais.

— Je n'ai pas fait ça délibérément.

— Ce n'était pas la peine. Influencer les gens pour obtenir ce que tu veux est une seconde nature, chez toi. Nous sommes semblables sur ce point – ne me l'as-tu pas dit toi-même ? Tu m'accuses d'avoir appris la manipulation dès le berceau, mais c'est exactement la même chose pour toi. Tu as fait tout ce qu'il fallait pour me museler. Y compris me proposer cette relation avec toi, afin de me garder sous contrôle.

— Je te l'ai proposée parce que je suis attaché à toi, répondit Lucien d'une voix dure. Je sais combien tu es fière. Si tu n'étais pas intimement convaincue de mon intérêt sincère, tu n'aurais jamais accepté qu'il se passe quoi que ce soit entre nous. Tu ne serais pas dans ma chambre, en ce moment même.

Elise fut prise d'un spasme. Elle pensa nier qu'elle était, effectivement, assise sur son lit, juste pour le punir de sa suffisance. Mais à quoi bon ? Elle tenait réellement à Lucien. Et elle savait que c'était réciproque.

Malgré tout, il lui refusait sa confiance. Et cela lui brisait le cœur.

— Je serai rentré bientôt, reprit-il avec calme. Nous aurons le temps de discuter. Essaie de te reposer, *ma chère**.

— Bonne nuit, répondit Elise avec toute la dignité qu'elle était capable d'afficher.

*

* *

Le lendemain, elle se leva avant l'aube et prit la voiture jusqu'aux écuries pour monter Kesara. Lucien avait eu la gentillesse de lui offrir une carte membre du club équestre, mais elle n'était pas vraiment d'humeur à penser à lui avec le sourire.

L'air frais et pur du matin, tandis qu'elle galopait à tout vent, l'aida à apaiser l'inquiétude et la frustration causées par leur conversation de la veille.

Après quoi, elle retourna en ville et prit une douche. Quand Sharon arriva pour ouvrir le restaurant, elle attendait devant la porte. Elle se mit au travail avec toute l'énergie engendrée par son agitation intérieure. Le soir venu, à vingt-trois heures trente, elle continuait à s'occuper dans la cuisine.

— Vous devriez peut-être partir un peu plus tôt aujourd'hui et vous détendre, suggéra Denise. Vous avez l'air épuisée.

— On est samedi, rétorqua Elise en disposant de la salade sur une assiette.

— On a parfaitement anticipé l'affluence de fin de soirée, et Evan et Javier sont là tous les deux pour aider. Rentrez chez vous, Elise. Vous avez travaillé d'arrache-pied aujourd'hui, et je n'ai pas envie que vous tombiez malade. J'ai trop besoin de vous.

Elise adressa un sourire hésitant à sa supérieure.

— Je vais peut-être aller dormir un peu, concéda-t-elle tout en se mettant à découper des rognons de porc.

— Parfait, dit Denise en lui prenant le couteau des mains. Mieux vaut tard que jamais. Je vous souhaite un excellent week-end.

Lorsque Elise franchit le seuil de l'appartement, tout était sombre et silencieux. Elle s'avança sans bruit dans le couloir, mais quelque chose éveilla soudain son attention. Une sorte de raclement léger, comme si quelqu'un déplaçait une chaise sur le plancher. Son cœur bondit dans sa poitrine. Aux aguets, elle perçut une voix d'homme. Elle était trop étouffée pour qu'Elise distingue les mots qui étaient prononcés, mais elle avait quelque chose de guttural et d'étranger aux oreilles d'Elise.

Il y avait quelqu'un dans l'appartement.

12

Elle fouilla frénétiquement son sac à la recherche de son téléphone, et rebroussa chemin vers l'entrée. Elle allait sortir, appeler la police et attendre en bas avec le gardien qu'ils éclaircissent la situation, puis arrêtent l'intrus. Quand elle le trouva, l'écran de son mobile s'éclaira aussitôt, et elle se rendit compte qu'elle avait manqué un message de Lucien.

Elle le lut alors qu'elle s'apprêtait à refermer la porte derrière elle. Lucien lui disait qu'il avait travaillé toute la nuit pour boucler ses dossiers et qu'il prenait un avion à dix-huit heures. Heure de Paris. En tenant compte du décalage horaire, cela signifiait qu'il était de retour à Chicago depuis plusieurs heures.

La jeune femme revint sur ses pas et traversa le couloir tout doucement. Une vague de soulagement l'envahit lorsqu'elle reconnut la voix de Lucien. Quelques instants plus tard, elle s'approcha de la porte close du bureau.

Cette fois, elle distingua clairement les mots de son amant.

— Je n'arrive pas à croire qu'il soit mort.

— La prison n'est pas un environnement très sain.

Elise sentit un goût de plâtre dans sa bouche. Elle s'était trompée en pensant ne pas identifier la deuxième voix, un peu plus tôt. Elle avait déjà entendu cet accent germanique une fois. À Paris. Elle était presque sûre qu'il s'agissait de l'homme avec lequel s'entretenait Lucien lorsqu'elle l'avait épié plusieurs années plus tôt, au *Renygat*.

Parlaient-ils d'Adrien Sauvage ? Seigneur Dieu, il n'était quand même pas décédé ?

Elle savait qu'elle aurait dû s'en aller. Elle avait tort de chercher de nouveau à espionner Lucien. Mais peut-être obtiendrait-elle des indices sur les secrets de Lucien... sur ce qui le hantait ? Elle retint son souffle et écouta.

— À sa décharge, il n'a jamais essayé de faire chanter aucun d'entre vous. Et vous êtes une vingtaine. Ce salaud a sous-entendu qu'il y en avait plus, à la fois devant moi et devant la police, mais il a toujours pris garde de ne rien révéler de précis pour ne pas risquer d'autres procès.

— Vous devez maîtriser parfaitement les techniques d'interrogatoire. C'est à vous qu'il s'est le plus dévoilé.

— Il était vaniteux. Il voyait en moi un type face à qui il pouvait se vanter. De plus, il essayait de me tirer les vers du nez pour obtenir des informations sur vous.

— Et pourtant, il a toujours refusé de me recevoir.

— Il lui restait peut-être un vague semblant de conscience. Un embryon de culpabilité qui l'empêchait de vous regarder en face.

— Cet homme ne connaissait pas le sens de ce mot. C'était un malade mental.

L'agressivité des propos de Lucien fit tressaillir Elise. Sa voix avait quelque chose d'effrayant. De venimeux.

— Eh bien, c'est fini maintenant.

— Dommage qu'il n'ait pas emporté son putain d'héritage avec lui.

Le cœur de la jeune femme battait à tout rompre. Qu'est-ce qui pouvait générer en Lucien une telle amertume ? En voulait-il à ce point à son père pour parler ainsi de lui alors qu'il venait d'apprendre sa mort ? Non… Quelque chose ne collait pas.

— Et pour notre seconde affaire ? Vous pensez être en mesure de retrouver la trace de l'argent détourné ?

— J'ai bon espoir. Je pense que j'aurai quelques éléments à vous fournir d'ici demain soir.

— Très bien, dit Lucien d'une voix ferme qui semblait clore le sujet. Herr Schroeder, merci encore de vous être déplacé jusqu'à Chicago. J'apprécie toujours autant votre flair et votre réactivité.

— Ce n'est rien. J'étais déjà aux États-Unis quand vous m'avez appelé. Je vais repartir pour la Suisse afin de poursuivre mes investigations, et je vous rappellerai dès que j'en saurai plus sur…

Un bruit totalement inattendu fit sursauter Elise – des pas légers dans l'escalier qui menait à l'étage. Elle s'écarta en toute hâte de la porte du bureau pour se diriger vers la chambre.

— Elise ! glapit une voix aiguë.

Maria Oronzo se tenait dans le couloir. Elise avait déjà rencontré plusieurs fois la femme de ménage âgée d'une quarantaine d'années, et s'entendait bien avec elle.

— Vous m'avez surprise ! Lucien m'avait dit que vous ne seriez pas rentrée avant minuit.

Elise sourit et s'efforça de paraître calme en dépit des battements frénétiques de son cœur.

— J'avais prévu de terminer tard, mais…

La porte du bureau de Lucien s'ouvrit brusquement.

— Elise ?

Elle se retourna, le souffle court. Lucien s'avança dans le couloir et la dévisagea d'un regard acéré.

— Tu es rentrée tôt.

— Toi aussi, souffla-t-elle, incapable de détacher les yeux de lui.

Dans la pénombre du couloir, il était beau et imposant. Ses yeux clairs et la blancheur de sa chemise contrastaient avec sa veste et son pantalon noirs. Une fine barbe recouvrait son menton et lui donnait un air ténébreux... presque dangereux.

Maria se racla la gorge et Elise recouvra brusquement ses esprits.

— Je dois y aller, dit la voix de Schroeder depuis l'intérieur du bureau. Le vol que vous m'avez réservé est pour bientôt.

— Je m'en vais aussi, annonça Maria. Tout est prêt, Lucien.

— Merci à tous les deux, répondit Lucien en détachant enfin son regard d'Elise. Maria, pouvez-vous raccompagner M. Schroeder ?

— Bien sûr, répondit la femme de ménage en adressant un sourire à Schroeder.

Elle entraîna ce dernier vers la sortie. Avant qu'il disparaisse, la jeune femme détailla plus avant cet homme aux cheveux argentés, élégamment vêtu. Il paraissait avoir une soixantaine d'années. Quelques secondes plus tard, elle entendit Maria le saluer, et le bruit de la porte qui se refermait.

Ils étaient seuls.

— Entre, dit Lucien en désignant le bureau d'un hochement de tête.

Elise pénétra dans l'antre masculin, tapissé de bois sombre et de cuir.

— Assieds-toi, murmura Lucien en indiquant l'un des deux fauteuils de cuir disposés autour d'une table basse.

Il s'installa en face d'elle. Elise ne savait pas quoi dire. Se doutait-il qu'elle avait surpris sa conversation avec l'Allemand ?

— Herr Schroeder est détective privé, dit Lucien avant qu'elle ne décide d'une stratégie. Il cherche la trace de l'argent dérobé à Paris. Et comme tu l'as sans doute déjà compris, il s'est déjà occupé d'autres affaires pour moi.

— C'est avec lui que tu parlais au *Renygat* quand je vous ai surpris ? Lucien, qu'est-ce qui se passe ? L'homme qui est mort en prison, ce n'est pas Adrien, n'est-ce pas ?

Lucien pâlit.

— Non, bien sûr que non. Je parlais d'un homme que tu ne connais pas. Et qui n'a absolument aucun lien avec toi, ni de près ni de loin.

— Mais alors, qu'est-ce que ce type – ce Schroeder – a à voir avec Ian Noble ? C'est de lui dont vous discutiez à Paris, il y a des années, et tu t'es installé depuis à Chicago. Lucien, dis-le-moi… je t'en prie, ajouta-t-elle doucement en voyant que son regard était devenu glacial.

— Parviendrai-je un jour à te guérir de ta tendance à écouter aux portes ? grommela-t-il au bout d'un moment.

— Tu as l'air plutôt doué à ce jeu-là aussi, rétorqua-t-elle.

Elle pensait au moment où elle avait surpris Lucien en train d'épier la conversation de Ian au téléphone. Il fronça les sourcils. Dans le silence qui s'ensuivit, elle entendit le tic-tac régulier de l'horloge posée sur le bureau. Lucien resta immobile, les bras légèrement crispés sur les accoudoirs de son siège. Il la scruta de ses yeux gris acier, mais elle sentit la tension qui l'habitait malgré sa posture en apparence détendue. Brusquement, il se leva.

— J'ai besoin d'un remontant, dit-il en s'avançant vers une desserte où se trouvaient plusieurs verres et carafes. Tu veux bien prendre un cognac avec moi ?

— D'accord.

En réalité, elle n'avait pas vraiment envie de boire. Elle attendit avec anxiété que Lucien reprenne la parole. Il versa d'un air détaché le liquide ambré dans deux verres à whisky.

— Tu te souviens du jour où tu m'as demandé, à Nice, si je n'étais pas curieux au sujet de ma mère biologique ? dit-il un moment plus tard.

Elle haussa les sourcils avant d'accepter le verre qu'il lui tendait.

— Oui, bien sûr. Tu m'as dit que tu ne pensais pas très souvent à elle. Que tu ne pouvais pas manquer de quelque chose que tu n'avais jamais connu.

Il eut un sourire poignant.

— Et tu m'as dit alors que toi aussi, tu avais été adoptée – avec l'assurance absolue d'une princesse.

— Tu m'avais répondu que j'étais le portrait craché de ma mère. Ça m'avait heurtée, ajouta-t-elle doucement. Mais tu as affirmé que c'était ce qu'on avait au fond du cœur qui comptait… que je pouvais choisir qui je voulais être. Je n'ai jamais oublié ça.

Lucien se rassit et sirota une gorgée de cognac.

— Et te voilà aujourd'hui, en train de te créer une vie qui a du sens – de prouver que notre héritage biologique ne détermine pas notre destinée.

Le compliment la fit rougir.

— C'est toi qui m'as appris cela le premier.

— Et tu y crois toujours ?

L'intensité de son regard accrut la perplexité de la jeune femme.

— Oui. Totalement. Je pense que nos parents ont une influence sur nous, mais qu'en tant qu'êtres humains, nous pouvons choisir notre propre voie... Lucien, de quoi me parles-tu ? Qu'est-ce que tout ça a à voir avec Schroeder et Ian Noble ?

Lucien sembla hésiter. Pendant quelques instants, Elise crut qu'il n'allait pas lui répondre. Il finit par siroter une nouvelle gorgée de cognac avant de reposer son verre sur la table.

— Quand je t'ai dit, à Nice, que je pensais rarement à ma mère biologique, je n'ai pas été totalement honnête.

La poitrine de la jeune femme se serra.

— Tu songeais à elle, n'est-ce pas ? Tu te posais des questions, souffla-t-elle à mi-voix.

— Ce n'était pas facile pour moi d'en discuter. Ça ne l'est toujours pas aujourd'hui. Bien sûr que je m'interrogeais sur la femme qui m'a mis au monde. Pourquoi m'avait-elle abandonné ? Quelles circonstances l'avaient forcée à ce geste ? Avais-je une famille de sang ? Des frères, des sœurs, des tantes, des oncles ? Est-ce que je leur ressemblais ? Ces questions me hantaient. Sans cesse. Cela fait huit ans que je fais tout pour retrouver les traces de ma mère, admit-il sans détour.

— Vraiment ?

Il hocha lentement la tête. L'expression rigide qu'affichait son visage déclencha un élan de compassion chez la jeune femme. Elle se pencha vers lui.

— Et tu as trouvé quelque chose ?

Il exhala et ferma un instant les yeux. Elle percevait sa frustration.

— La plupart des pistes n'ont abouti à rien, mais j'ai obtenu quelques informations. Je sais que ma mère m'a confié à l'adoption dans la ville de Cabourg, et qu'elle était d'origine marocaine. Apparemment, elle travaillait comme employée de maison dans le nord de la France.

— Le Maroc. Le Maroc et la France. *Fusion*, murmura Elise.

Les pensées tourbillonnaient dans son esprit. Lucien avait choisi le nom et le style culinaire de son restaurant en se basant sur ses origines ethniques.

Les traits crispés de Lucien s'adoucirent un instant.

— Oui. Un accès de fantaisie de ma part.

— Qu'as-tu appris d'autre sur elle ?

— Pas grand-chose, dit-il d'un ton amer. Schroeder n'a retrouvé aucun document officiel. Ce que nous savons, il l'a appris grâce à un travail minutieux, en allant interroger à Cabourg les employés de l'hôpital, de l'agence d'adoption... et du voisinage. Ma mère a accouché sous un nom d'emprunt. Elle parlait à peine français, avec un accent très prononcé. C'est pourquoi les gens ont supposé qu'elle n'était pas en France depuis longtemps. Malgré tout, il semble qu'elle ait fait forte impression sur ceux qui l'ont rencontrée. Il semblerait qu'elle était très belle.

— Évidemment qu'elle l'était. Regarde-toi, dit Elise avec un petit sourire.

— Deux des infirmières s'étaient attachées à elle. Elles se souviennent combien elle était angoissée, combien elle paraissait seule. Elle était très jeune.

— C'est terrible. Elle devait être morte de peur, si loin de ses proches et de son pays. Est-ce que... (Elise hésita un bref instant, scrutant le visage de Lucien.) Est-ce qu'elle est toujours en vie ?

— Il y a de fortes chances. Elle n'avait même pas vingt ans quand je suis né. Elle doit avoir la quarantaine aujourd'hui... cinquante ans tout au plus.

— Lucien, je n'arrive pas à croire que tu aies traversé tout ça...

Elise posa son verre, se leva et s'avança vers lui. Elle s'assit sur l'accoudoir du fauteuil et le prit dans ses bras. Lucien l'étreignit à son tour et elle se retrouva sur ses genoux, la joue collée contre son torse. Il déposa un baiser sur ses cheveux et lui caressa le bras.

— Schroeder essaie toujours de la localiser ? demanda Elise au bout d'un moment, sans décoller la tête de sa poitrine.

— Il poursuit les recherches.

La voix de Lucien se répercuta à travers sa chair. Il lui saisit délicatement le menton, et elle releva les yeux vers lui. À la lueur qui brillait dans son regard, elle sut qu'il s'apprêtait à lui dire quelque chose d'important.

— Nous avons une piste. Cruciale qui plus est.

— Laquelle ?

— L'un des témoins que Schroeder a interrogés lui a dit qu'il existait une seule personne en mesure de révéler le véritable nom et l'histoire de ma mère. Et cette personne est Helen Noble. La mère de Ian.

Elise resta bouche bée.

— Mais... La mère de Ian n'est pas la fille du comte de Stratham ? Lorsque j'avais rencontré le comte et la comtesse lors d'une soirée de charité à Londres, j'avais cru comprendre que leur fille unique était décédée, et qu'ils avaient élevé eux-mêmes leur petit-fils.

Lucien hocha la tête.

— C'est ce que Ian dit aux gens. Mais Helen Noble est toujours vivante. Je l'ai très vite soupçonné quand nous sommes devenus amis à Paris. Quand il parlait de sa mère, il y avait un chagrin, une amertume dans sa voix… comme s'il s'agissait d'émotions à vif, et pas de souvenirs issus de son enfance. Les investigations de Schroeder ont confirmé qu'elle était toujours en vie, et je suis venu m'installer à Chicago pour essayer d'en apprendre davantage. Nous avons localisé la mère de Ian dans une clinique des environs de Londres.

— Mais… comment Helen Noble pourrait-elle savoir quelque chose sur ta mère naturelle ?

— Ma mère travaillait pour Helen. En tant qu'employée domestique. Sans doute a-t-elle quitté son service lorsqu'elle a découvert qu'elle était enceinte.

Les pensées d'Elise s'entrechoquaient dans son esprit.

— Tu as pu t'entretenir avec Helen alors ? Et pourquoi les grands-parents de Ian prétendent-ils que leur fille est morte ?

— Elle est gravement malade et très fragile, répondit calmement Lucien. La clinique où elle est soignée est un établissement privé doté d'une haute sécurité. En réalité, il appartient à Ian. Nul ne peut y pénétrer à moins de faire partie des proches. Quant à la fiction sur sa mort, je ne pense pas que ce soit Ian qui l'ait inventée. Il avait seulement dix ans quand il est parti vivre chez ses grands-parents – ces derniers ont dû penser qu'il était préférable qu'il croie sa mère morte, afin de lui épargner l'épreuve de la voir dans son état. J'ignore à quel moment il a découvert la vérité à son sujet.

— Alors, Ian ne sait pas que tu es au courant ?

— Non, dit Lucien en fermant brièvement les yeux.

— Tu ne peux pas lui expliquer la situation ? Solliciter un entretien avec Helen ?

— Je l'ai envisagé un temps. Mais... les choses sont très compliquées, Elise, lâcha-t-il en détournant le regard.

— À quel niveau ? Lucien ?

— Je pense que l'état d'Helen s'est aggravé récemment. Ian m'a semblé très inquiet, et j'ai surpris quelques conversations. Si sa santé est à ce point préoccupante, il n'aimerait pas que je l'interroge sur son passé.

Elise fronça les sourcils.

— Je peux comprendre cela, mais c'est sans doute supportable pour elle de répondre à quelques questions au sujet d'une femme qu'elle a connue il y a trente ans de ça.

— Non, répondit Lucien d'un ton sans réplique.

— Mais retrouver ta mère est tellement important pour toi ! Tu as changé de vie pour la retrouver. Tu ne peux pas abandonner maintenant.

Une expression de frustration traversa le visage de Lucien.

— Je n'abandonne pas. Loin de là. Mais la vie des gens qui nous entourent est parfois elle aussi difficile. Je ne peux pas forcer la main de Ian, ou le manipuler pour qu'il cède à mes désirs. Je n'en ai pas envie. C'est un ami. Il a ses propres inquiétudes. Et il a une famille concernée tout autant que lui.

— Si c'est un ami, il voudrait sans doute au moins que tu lui dises la vérité.

— Il jugerait sans doute mon attitude intéressée et égoïste. (Il soupira et frotta ses yeux d'une main.) Et, de fait, elle l'était au début. J'ai demandé à une connaissance commune de me mettre en relation avec Ian, à Paris, parce que j'espérais en apprendre plus sur sa mère. Depuis, mon amitié pour lui est devenue sincère, mais si Ian apprend les origines de notre rencontre, il ne sera pas indulgent. Il pensera seulement que je l'ai utilisé.

Elle le dévisagea, mesurant le fardeau qu'il portait. À la façon blasée dont il exposait les faits, elle devinait qu'il avait tourné et retourné ces pensées dans sa tête des milliers de fois. Cela devait être terrible pour lui d'être si proche d'un but qui restait pourtant inaccessible.

— Seigneur, Lucien... Je n'ai jamais imaginé que retrouver ta mère biologique était aussi important pour toi.

Une vague d'émotion submergea la jeune femme. Elle aurait dû comprendre que ce besoin hantait Lucien. Il s'était toujours défini comme un étranger vis-à-vis de sa famille adoptive. Il avait même souligné ce point commun entre Elise et lui.

— J'aurais dû le savoir, dit-elle en tremblant.

Il posa la main sur la joue d'Elise. Il était si massif, comparé à elle ! Quand il la touchait, elle se sentait toujours enveloppée. En sécurité.

— Comment l'aurais-tu pu ? Je n'en ai jamais parlé à personne, sauf à Schroeder – et sur un mode purement professionnel.

— Tu... Tu n'as dit à personne d'autre que tu recherchais ta mère ?

Lucien secoua gravement la tête, et un étrange sentiment d'humilité envahit la jeune femme à l'idée qu'il s'était ouvert à elle.

— Je t'aiderai à la trouver, Lucien. Je ferai tout ce que je pourrai. Je sais combien la famille compte pour toi, souffla-t-elle, la gorge nouée.

— Tu n'imagines même pas à quel point, répondit-il en la dévisageant. Mais je veux ta promesse que tu ne diras rien de tout cela à quiconque. Les choses sont sous contrôle. Fais-moi confiance.

— Bien sûr, mais…

— Viens par-là, l'interrompit-il d'une voix douce.

Il la serra fortement contre lui, comme s'il voulait se fondre en elle. Elle ferma les yeux, saisie par un raz-de-marée d'émotions. Quel était ce sentiment puissant qui ne cessait de croître en elle, l'empêchait de parler et de réfléchir ? Il était présent en filigrane depuis qu'elle avait rencontré Lucien, lorsqu'elle n'était encore qu'une adolescente. Et maintenant qu'ils s'étaient retrouvés, il fleurissait et s'épanouissait. Ce soir, l'honnêteté de Lucien, la confiance qu'il affichait en lui dévoilant son côté vulnérable, portait ce sentiment jusqu'à incandescence. Quoi qu'il pût être, elle avait l'impression qu'il finirait par la faire suffoquer si elle ne le libérait pas.

L'amour. C'est de l'amour.

Elle étrécit les paupières, comme si elle pouvait faire taire cette voix impérieuse. D'une certaine façon, cela la terrifiait. Si elle admettait ce besoin, cela la rendrait si faible, si fragile… Mais elle ne pourrait pas étouffer cette impression encore très longtemps.

Les lèvres chaudes de Lucien embrassèrent ses cheveux et son oreille ; des frissons envahirent la jeune femme et lui firent oublier son angoisse… et toutes ses questions sans réponses.

— Mais assez parlé d'Helen Noble pour le moment. J'ai une surprise pour toi.

L'intonation grave de Lucien la faisait tressaillir de plaisir. Elle arqua un peu le bassin et sentit son membre en érection contre sa hanche. Elle avait l'impression de retrouver son étreinte après des mois.

— Qu'est-ce que c'est ? murmura-t-elle en relevant la tête vers lui.

Elle déposa de minuscules baisers sur ses mâchoires, savourant le contact abrasif de sa barbe naissante contre ses lèvres.

— Si je te le disais, ce ne serait plus une surprise.

Elle l'embrassa, explorant délicatement le contour de sa bouche. Il laissa échapper un grognement rauque et répondit à son baiser avec passion.

Elise s'abandonna tout entière à lui ; elle sentait qu'il voulait oublier ses angoisses et ses doutes. À son contact, elle oublia aussi ses propres craintes, la peur de perdre le contrôle... de tomber amoureuse.

— Le voyage a été long, je dois aller prendre une douche, murmura-t-il tout contre ses lèvres. Je vais utiliser la deuxième salle de bains pour que tu puisses prendre un bain dans l'autre si tu en as envie. Je reviens dans quelques minutes.

— Et alors, j'aurai ma surprise ?

— Tout à fait, répondit-il d'une voix sévère qui fit hausser les sourcils de la jeune femme. Tu l'auras ta surprise, ainsi qu'un petit extra pour avoir écouté aux portes.

Elle frissonna, captivée par son sourire.

— Je n'écoutais pas aux portes... enfin, je veux dire... pas intentionnellement. Je passais juste dans le couloir quand j'ai entendu des bribes de ta conversation avec Schroeder.

Lucien secoua la tête.

— Quand apprendras-tu que je vois tes mensonges clignoter comme des panneaux lumineux, fillette ?

Elle allait protester, mais il l'interrompit par un baiser torride. Elle gémit dans sa bouche et s'agrippa à ses épaules quand il la souleva pour la porter hors du bureau. Ses lèvres étaient si brûlantes, si conquérantes, qu'elle crut un moment qu'il allait renoncer à sa douche en solitaire et venir se laver avec elle. Mais il la déposa sur le sol de la grande salle de bains, et pressa la bouche contre son front.

— Dépêche-toi, chuchota-t-il simplement avant de s'en aller.

Malgré sa déception, Elise ne put s'empêcher de ressentir une excitation délicieuse en entendant ces mots.

Sous l'eau qui coulait sur elle, elle repensa à la conversation entre Lucien et le détective allemand. Qui était cet homme qui venait de mourir en prison, et qui engendrait des propos si amers de la part de Lucien ? Schroeder travaillait sans doute sur différentes affaires, et cependant... un problème professionnel n'aurait pas mis Lucien dans un tel état.

Elle l'interrogerait à ce sujet, mais pas maintenant. Ce soir était spécial. Elle l'avait senti à son regard, à la façon dont il avait prononcé son nom quand il l'avait invitée à entrer dans son bureau. Il ne s'était pas attardé à Paris. Il lui avait révélé qu'il recherchait sa mère.

Ça signifiait plus pour Elise qu'elle ne pouvait le dire.

Dix minutes plus tard, la curiosité et le désir l'emportèrent sur tout le reste. Au lieu d'attendre au lit, elle sortit de la pièce à la recherche de Lucien. Toute la fatigue du jour s'était évaporée. Il sortit de la chambre d'amis presque au moment où elle entrait dans le couloir. Il s'arrêta et la dévisagea. Elle le dévora du regard. Il portait seulement un pantalon lâche dont l'élastique descendait bas sur les hanches, dévoilant son abdomen musclé. Sa peau lisse était encore humide. Ses muscles luisaient sous la lumière tamisée des appliques murales.

Elle rencontra ses yeux et ressentit de nouveau cette étrange émotion... Cette timidité qu'elle n'avait jamais connue auparavant.

— Tu es magnifique, dit-il en s'avançant vers elle.

Elise n'arrivait pas à interpréter son petit sourire énigmatique.

— C'est Maria qui a choisi ce déshabillé pour toi ? demanda-t-il en désignant d'un hochement de tête la courte nuisette bleu saphir qu'elle portait.

— *Maria ?* (Elise éclata de rire.) Bien sûr que non. Pourquoi l'aurait-elle fait ?

Lucien haussa les épaules. Il paraissait toujours amusé. La jeune femme remarqua alors quelque chose de nouveau. Autour de son cou était suspendue une petite clé, attachée à une chaînette platine.

— Qu'est-ce que c'est ? demanda-t-elle en scrutant le pendentif qui brillait entre ses pectoraux saillants.

— Tu verras, murmura-t-il.

— C'est ça, ma surprise ? interrogea-t-elle d'un ton mutin en fixant la petite boîte de velours qu'il tenait dans une main.

Il se rapprocha d'elle, jusqu'à ce que leurs torses se touchent presque.

— Une partie, dit-il en jouant avec l'une des boucles de sa chevelure.

Une vague de frissons parcourut la jeune femme.

— Où est le reste ? insista-t-elle d'un ton rieur, un léger sourire aux lèvres.

— Petite créature avide ! la gronda-t-il tout en se penchant pour la soulever dans ses bras.

Quand il ouvrit la porte de l'escalier qui menait au toit de l'immeuble, elle riait encore d'étonnement.

— Qu'est-ce qu'il y a là-haut ? souffla-t-elle alors qu'il gravissait rapidement les marches. Je pensais... à la chambre.

Elle n'arrivait pas à masquer sa déception, mais il la porta tout de même jusqu'à la grande terrasse qui s'étendait sur presque toute la surface du toit. C'était une tiède nuit de juin. Elise sentit la brise venue du lac caresser doucement sa joue. Lucien se retourna alors, et elle en resta bouche bée.

— Oh... Oh, c'est... Comment as-tu fait ça ?

Les yeux écarquillés, elle regardait Lucien, puis la terrasse, puis de nouveau Lucien.

— J'ai porté les meubles lourds et aidé à arranger le tout, mais c'est d'abord Maria qu'il faut remercier, répondit-il en la portant vers le parapet est qui surplombait le lac Michigan.

Là, il la déposa au pied du lit.

Et quel lit.

Elise tourna la tête, découvrant son environnement avec ravissement. Elle avait l'impression d'être assise au milieu d'une féerie sensuelle. Le lit à baldaquin était entouré de quatre colonnes de bambou, un bois léger mais robuste – rien n'était laissé au hasard dans ce tableau décadent. Des rideaux de soie blanche et opaque, suspendus aux quatre piliers, bruissaient doucement dans la brise, les dissimulant aux regards de la ville au-dessous d'eux. Le sommet du lit était à ciel ouvert, et les voilages écartés du côté est laissaient admirer la vue sur le lac. Les draps immaculés étaient recouverts par un duvet bleu nuit, constellé de pétales de roses blanches – comme un reflet des étoiles au-dessus d'eux. Une rose blanche parfaite était posée contre les oreillers. Des dizaines de bougies brillaient, encerclées dans des petits bougeoirs de verre qui avaient été répartis sur le rebord du parapet de brique. Un seau à champagne rempli de glace était placé à côté du lit.

Lucien la contemplait avec un petit sourire. La jeune femme secoua la tête, incrédule.

— Lucien Sauvage, tu es un vrai romantique.

— Un peu de champagne ? suggéra-t-il en s'asseyant près d'elle.

Elle refusa, incapable de détacher les yeux de lui.

— Peut-être plus tard, murmura-t-elle.

Quelque chose accrocha soudain son regard.

— Ce sont mes perles !

L'interminable collier était posé à l'autre extrémité du lit.

— J'ai demandé à Maria de les monter ici. J'espère que ça ne t'ennuie pas.

Elise déglutit, devinant qu'il prévoyait de les utiliser pour l'attacher.

— Heureusement que tu la paies si bien, marmonna-t-elle en rougissant. Avec tout ce qu'elle voit ici, elle pourrait en raconter de belles.

— Les perles n'ont rien de scandaleux.

— Non. Mais je suis prête à parier que l'usage que tu voudrais en faire, si.

Lucien rit doucement et l'attira en arrière sur le lit. Ils s'effondrèrent tous deux sur le matelas, et l'odeur des pétales de fleurs emplit les poumons de la jeune femme. L'immeuble où ils étaient perchés était le plus haut à des centaines de mètres à la ronde. Grâce aux voiles de soie blanche, ils étaient comme dans un cocon – un cocon ouvert sur le ciel et le lac. Lucien tendit la main et déposa la rose sur le ventre d'Elise.

— Tu fais tout cela pour t'excuser de ne m'avoir jamais rien dit au sujet de ta mère et de Ian ?

— Je le fais car tu m'as manqué. (Elle remarqua que ses narines frémissaient un peu.) Et aussi parce que je te désire depuis très, très longtemps, et que les circonstances m'ont empêché de répondre à ce besoin.

— Les circonstances ? Comme mon manque de discipline ?

— Comme mon incapacité à respecter mes propres règles quand tu refuses d'appliquer les tiennes, dit-il avec un regard appuyé.

Il baissa la tête et Elise retint son souffle lorsqu'il effleura ses lèvres avec les siennes. Elle respira son parfum musqué. Il reprit :

— Et parce que jusqu'à la nuit où j'ai dû quitter Chicago, tu avais toujours refusé de me dire ce que tu souhaitais vraiment. Ce qui était nécessaire pour toi.

Elle caressa ses pectoraux, émerveillée par sa force.

— Me soumettre à toi ? dit-elle d'une voix tremblante.

Il hocha la tête sans ciller.

— Au lit. Me plier à tes envies au lit, précisa-t-elle. Car je doute de pouvoir me soumettre à quiconque - même toi - ailleurs.

— Tu verras, dit-il doucement en esquissant un sourire. Chaque fois que je te voudrai, tu te soumettras. Et ce sera très souvent bien loin d'un lit.

Elle déglutit et secoua la tête.

— Tu sais ce que je veux dire. Sexuellement.

— Je sais ce que tu veux dire, confirma-t-il.

Sa voix était comme une caresse de velours sur sa peau. Il jouait avec la bretelle de sa nuisette, et elle était incapable de se concentrer sur autre chose.

— Et, oui, reprit-il. L'obéissance sexuelle est bien ce dont je parlais. Ce que j'attends de toi.

— D'accord, souffla-t-elle.

Son pouls martelait ses tempes. Qu'allait-il faire, maintenant qu'elle avait consenti à être dominée, et qu'ils étaient seuls tous les deux ? Elle sentit un liquide moite envahir son entrecuisse, et elle pressa ses jambes l'une contre l'autre pour contenir son désir. La rose glissa de son ventre.

Il la regarda dans les yeux, sans cesser de s'amuser avec sa bretelle. Le contact de ses doigts sur son épaule enivrait la jeune femme.

— Tu veux ton cadeau maintenant ?

— Hein ?

Les yeux brûlants de Lucien lui avaient fait oublier la boîte en velours. Elle la contempla avec une sorte d'hébétement comme il la posait sur son abdomen.

— Je les ai fait fabriquer spécialement pour toi.

— Vraiment ? demanda-t-elle en essayant de contenir son excitation.

Les longs doigts de Lucien glissèrent sur son ventre alors qu'il ouvrait la boîte, et un frisson traversa la chair de la jeune femme. Lucien retourna la petite poche de velours, et deux bracelets étincelants tombèrent sur la soie de la nuisette.

— Oh, Lucien ! souffla-t-elle.

Les bracelets constituaient une paire, même s'ils n'étaient pas tout à fait identiques. La lumière des bougies faisait scintiller les saphirs comme s'ils contenaient de minuscules flammes. Entre les joyaux étaient intercalées de petites plaques de platine. Les yeux écarquillés, Elise les détailla une à une. Sur chacune était gravé un motif différent : une cuillère, en hommage à son amour de la cuisine ; un cheval au galop qui ressemblait beaucoup à Kesara ; un minuscule cadenas ; un drapeau miniature avec les couleurs britanniques d'un côté, et celles de la France de l'autre – c'était le seul motif coloré –, et puis...

— Oh ! s'exclama-t-elle en reconnaissant une petite canne à pêche.

Un souvenir de l'été merveilleux qu'ils avaient passé ensemble des années auparavant.

— Merci, dit-elle avec ferveur en relevant les yeux vers lui.

Par le passé, on lui avait offert les cadeaux les plus coûteux, mais jamais quelque chose d'aussi intime. D'aussi personnel.

— Je les adore. Ils sont si beaux... si uniques !

— Comme celle qui va les porter, répondit Lucien.

Elise rougit de plaisir. Lucien leva un bras, et la jeune femme le regarda avec excitation retirer la clé qui pendait à son cou.

— Il est possible d'ajouter d'autres plaques. Tu peux porter les deux au même poignet quand tu sors. Mais quand nous sommes seuls tous les deux, je préférerais que tu en mettes un à chacun. Je les utiliserai pour t'attacher.

— Hein ? souffla-t-elle.

Elle pensait avoir mal compris. D'un geste négligent, Lucien fit descendre les bretelles de sa nuisette le long de ses bras, ce qui fit glisser le tissu jusqu'à la pointe de ses seins.

— Mais... les bracelets ont l'air si délicats !

— Ils ont de la valeur pour toi ?

— Énormément.

— Alors, comme tu l'as appris avec les perles, tu prendras garde à ne pas tirer sur tes liens. Ne t'inquiète pas, ajouta-t-il en prenant l'un des bracelets pour le glisser à son poignet droit. Si je sens que tu perds le contrôle, j'en utiliserai de plus solides. Mais il me sera agréable de t'entraver avec des éléments qui rendent hommage à ta beauté.

Il la fixa droit dans les yeux en passant le deuxième bracelet à son autre poignet.

— Il me sera également agréable de te voir faire preuve d'un peu de maîtrise de toi, même dans le plaisir.

Elise déglutit, à la fois intimidée et excitée par ces mots. Elle prendrait soin des bracelets. C'était un cadeau merveilleux. Mais elle savait aussi qu'il la conduirait jusqu'à une extase extrême... Elle vit Lucien utiliser la clé pour ouvrir le minuscule cadenas. Il replaça la chaînette autour de son cou, puis pencha la tête pour le faire passer dans une boucle métallique de l'autre bracelet. Le verrou cliqueta. Les poignets de la jeune femme étaient maintenant liés.

Parviendrait-elle à ne pas briser les précieux bijoux ? se demanda-t-elle avec anxiété. Cette tension intérieure grandit en elle alors que Lucien la contemplait, et elle sut que c'était exactement ce qu'il avait voulu obtenir en lui offrant ces précieuses attaches.

— Place les bras au-dessus de la tête et allonge-toi sur l'oreiller, ordonna-t-il d'un ton bourru en posant la paume sur son biceps.

Elle leva les poignets au-dessus de sa tête. Lucien se rapprocha plus près d'elle, et elle sentit son membre dur pressé contre sa hanche. Elle se laissa aller en arrière, adossée sur les coussins, les mains ouvertes vers le ciel. Lucien fit alors glisser l'étoffe sous sa poitrine, puis sous son bassin et le long de ses jambes. Elle se retrouva nue, offerte à la brise d'été et à la lumière des bougies. Ses tétons se durcirent – non pas à cause de la brise fraîche venue du lac, mais à cause du regard brûlant de Lucien. Il émit un grondement approbateur en la détaillant de la tête aux pieds.

Lorsqu'il saisit le collier de perles, elle se mordit nerveusement la lèvre inférieure. Fascinée, le cœur battant, elle le regarda enrouler le sautoir autour de ses chevilles. Les perles cliquetaient doucement tandis qu'il les manipulait, ajoutant au sortilège voluptueux qu'il avait tissé autour d'elle. Quand il arriva au bout de la longueur – il n'y avait plus assez de perles pour faire un tour supplémentaire –, Lucien coinça délicatement les dernières perles entre les deux premiers orteils de chaque pied.

— C'est tout à fait... solide, commenta-t-il en se hissant d'un coude sur le matelas pour revenir s'asseoir à la hauteur d'Elise.

Elle constata avec surprise que ses chevilles étaient étroitement liées. Lucien sourit en croisant son regard.

— Tu es entravée de joyaux, murmura-t-il. (Son regard descendit vers son ventre, ses jambes, ses chevilles.) Ne jouis pas avant que j'aie retiré les perles. Tu as compris ? ajouta-t-il gravement.

— Pourquoi ? demanda-t-elle, troublée par la fermeté de sa voix.

— D'abord, parce que je ne t'en donne pas la permission. Ensuite, parce que les pieds se courbent pendant l'orgasme. C'est un réflexe instinctif. Tu briserais probablement le collier.

Elise sentit son clitoris pulser, et ses yeux s'étrécirent.

— Tu es vraiment le diable, tu sais ?

— Tu me taquines souvent avec ça, mais tu sais que je ne te ferais jamais de mal, n'est-ce pas ?

Une intensité particulière habitait sa voix.

— Bien sûr ! s'exclama-t-elle avec un haussement de sourcils.

Lucien hocha la tête, apparemment rassuré.

— Maintenant... dis-moi de nouveau ce que tu désires.

Son regard remonta un instant sur ses seins, avant de se fixer sur son visage.

— Toi. Me soumettre à toi.

— Je suis fier de toi, dit-il d'une voix douce, en lui caressant la joue. Je sais à quel point c'est dur pour toi d'abandonner volontairement tout contrôle. Fais-moi confiance.

— Je te fais confiance, chuchota-t-elle.

Elle sentit son pénis durcir contre son flanc et se demanda à quoi il pensait en la dévisageant d'un air si farouche.

— Tu me hantes, Elise. Nuit et jour. Ne crains jamais de ne pas me plaire... Si tu restes honnête sur tes envies, tu me plairas à chaque instant.

Il se pencha plus près d'elle, et elle respira son parfum – où se mêlaient les odeurs de sa peau et de son eau de toilette. À cela s'ajoutaient la brise fraîche et la senteur des pétales de roses qui enivraient la jeune femme.

— Je veux te donner du plaisir, Lucien. Dis-moi comment faire.

Les narines de son amant frémirent, et il la regarda dans les yeux.

— Tu le fais déjà. Magnifiquement.

Elle réprima un soupir au son de sa voix rauque et sensuelle. Les pupilles de Lucien flamboyaient. Il se mit à la caresser, faisant courir ses mains le long de ses côtes, de ses hanches... pressant un sein dans sa paume. Personne ne la touchait comme lui. Elle se sentait possédée, chérie comme elle ne l'avait jamais été. Elle percevait aussi son désir contenu, son excitation croissante.

Il pinça ses tétons durcis et elle gémit, se tordant légèrement sur le lit luxueux. Elle sentit alors le collier de perles se tendre, et elle se força à rester immobile. Lucien bougea, s'appuyant sur les genoux et sur les bras pour se soulever au-dessus d'elle. Elle contempla le glorieux spectacle de son corps qui se détachait sur le ciel étoilé. Comme elle aurait voulu se coller contre lui, presser sa poitrine contre la muraille solide de son torse, son ventre contre le sien ! Comme elle aurait voulu caresser son membre dressé…

— As-tu la moindre idée de ce que ça me fait, de te voir attachée et à ma merci ?

La petite clé suspendue à son cou oscilla. À dire vrai, ce n'était pas la seule chose suspendue entre eux… Elle remarqua à quel point son sexe était énorme sous l'étoffe fine de son pantalon. Fébrile, elle fit passer nerveusement sa langue sur sa lèvre inférieure.

— Elise ? insista Lucien comme elle ne répondait pas.

— J'imagine que tu aimes ça ? dit-elle en regardant toujours son érection.

Il rit.

— Oui, tu me rends dur comme l'acier. Mais ce n'est pas seulement à ça que je pensais.

Elle retint son souffle tandis qu'il pliait un peu les coudes pour se pencher davantage sur elle. Un gémissement s'échappa de sa gorge quand il saisit un téton érigé entre ses lèvres pour le lécher avidement. C'était comme si une onde brûlante se propageait jusqu'à son bas-ventre.

— Je veux dire que ça signifie beaucoup pour moi de voir que tu t'abandonnes à moi volontairement, souffla-t-il un peu plus tard.

Elise sentit son souffle brûlant caresser un mamelon dur et humide. Elle ouvrit les yeux et gémit de protestation lorsqu'il le lâcha.

— Je me serais donnée à toi de mon plein gré, chaque fois que tu me l'aurais demandé.

— Je sais, répondit-il en bougeant de manière à se retrouver à quatre pattes au-dessus d'elle. Mais je voulais que tu me sollicites.

Il remarqua peut-être l'éclair d'irritation dans les yeux de la jeune femme, car il ajouta aussitôt :

— Demander, *ma chère**. Pas supplier. Ce n'est pas du tout la même chose – il n'y a aucun désespoir dans le fait de demander. Seulement du courage.

La jeune femme était sur le point de protester, mais elle referma la bouche, rassurée. Lucien sourit, et elle sentit son entrecuisse se contracter. *Quel homme magnifique.*

Il saisit ses seins entre ses mains et les souleva légèrement, pétrissant leur chair. Elle gémit en voyant la façon dont il les dévorait du regard.

— J'ai rêvé jour et nuit de tes seins. Ils sont devenus le sujet central de ridicules séances de masturbation.

Elle se représenta alors avec précision la scène. Lucien empoignant son formidable pénis, les muscles crispés de ses bras, les va-et-vient fiévreux...

Cette image intense la fit hoqueter.

— Je ne pensais pas que tu les remarquais, dit-elle d'une voix tremblante alors qu'il faisait rouler ses tétons entre ses doigts.

Elle n'avait jamais contemplé spectacle plus érotique que ses seins pâles entre les mains sombres et viriles de Lucien.

— Quand j'en aurai terminé avec toi, tu ne douteras plus de mon obsession pour toi. Sache aussi que tout ce que je vais te faire, je l'ai imaginé cent fois, et en détail, gronda-t-il farouchement avant de pencher la tête pour s'emparer de la bouche de la jeune femme.

Elle lui rendit son baiser avec ardeur. La saveur délicieuse de la bouche de Lucien, sa langue sensuelle, experte, le contact de ses mains, oblitérèrent toute conscience en elle. Il la caressait avec lascivité… et fermeté. Il ne la touchait pas comme si elle était en sucre – ses manières n'avaient rien de brutales, mais il ne cachait pas l'ardeur de son désir. Avait-elle vraiment pensé un jour qu'il se montrerait froid envers elle ? C'était ridicule. Il était fou de désir. Il n'avait rien perdu de son contrôle mais ce soir, il avait décidé de lâcher la bride.

Percevoir son désir brut, revendiqué, libéra celui de la jeune femme.

Les lèvres de Lucien étaient brûlantes et conquérantes. Il lui mordit légèrement l'épaule, et elle se tordit d'extase entre ses liens.

— Reste tranquille, dit-il d'une voix apaisante tout en étreignant ses seins entre ses mains – il les pressa de manière à ce que les tétons ne soient plus espacés que de quelques centimètres.

Ses pouces glissèrent sur les deux pointes de chair ; il la regardait avidement. Soudain, il se déplaça un peu sur le lit pour positionner son visage à hauteur de son torse. Il pencha la tête et se mit à lécher les deux mamelons en même temps.

— Oh ! cria-t-elle en arquant le bassin.

Ce mouvement purement instinctif était une tentative de contenir la pulsation sauvage qui envahissait sa féminité. Ses fesses se soulevèrent au-dessus du matelas, et ses cuisses effleurèrent l'entrejambe en érection de Lucien. Il continua à pétrir sa poitrine d'une main tout en léchant ses tétons. Fascinée, elle le regarda sucer alternativement les deux pointes durcies. Elle ne pouvait s'empêcher de se tortiller pour essayer de coller son bassin contre celui de son amant, mais restait consciente qu'elle devait prendre garde à ne pas briser ses liens fragiles.

L'extase contenue faisait vibrer chaque fibre de son corps.

— Repose ton joli postérieur sur le lit, ou je te punirai.

Le timbre acéré de la voix de Lucien plongea la jeune femme dans un abîme de fièvre. Elle se laissa retomber sur le lit, regrettant amèrement la chaleur de son corps, le contact de son pénis lourd et rigide. Il continua à jouer avec ses seins pendant plusieurs minutes avec une rudesse délibérée qui la mettait dans un état d'excitation frénétique. Elle sentit que ses mamelons enflaient, gagnaient en sensibilité sous les caresses impitoyables de Lucien. Lorsqu'il inséra une pointe dans sa bouche pour la lécher voracement tout en pinçant l'autre, elle était dans un état proche du désespoir.

— Oh, je t'en prie... Arrête, Lucien, gémit-elle en pressant les fesses contre le matelas.

Il avait eu raison. Elle ne ressentait aucune douleur, mais cette frustration était plus enivrante encore. Malgré ses supplications, Lucien continua à aspirer, sucer et pincer ses tétons tout en pétrissant ses seins... Elise crut qu'elle allait crier. Elle se cabra sur le lit.

— Oh, je crois que je vais jouir ! souffla-t-elle avec incrédulité.

Elle n'aurait jamais cru possible d'être poussée jusqu'à l'orgasme par les simples caresses d'un homme sur ses seins.

— Je ne t'en donne pas la permission, grogna Lucien, la bouche à quelques centimètres à peine d'une pointe de chair dure. Tu dois te calmer. Je suis en train de préparer ton buste.

— Le préparer à quoi ? demanda Elise d'une voix étrangée.

Il ignora sa question et se remit à la tâche, l'étreignant jusqu'à ce que même la fraîcheur de la brise n'ait plus d'effet sur la fièvre qui l'habitait. Elle n'arrivait plus à penser, se tordait et gémissait sous le corps de Lucien. Lorsqu'il se souleva un peu, elle émit une plainte de protestation. Les lèvres de son amant étaient serrées, son expression rigide.

— Tu es la femme la plus sensible, la plus ardente... la plus insatiable que j'aie rencontrée, souffla-t-il d'un ton rauque.

— À t'entendre, on croirait que c'est négatif.

— Ça l'est. Tu vas finir par briser ton collier, répliqua-t-il froidement en relevant les yeux vers son visage. (Son expression s'adoucit.) Mais c'est aussi merveilleux.

Elle sourit, haletante, et le regarda, hébétée, tandis qu'il attrapait quelque chose sur le matelas. Elle mit un moment à reconnaître la petite poche en velours qui avait glissé de son ventre quand Lucien lui avait retiré sa nuisette. Lorsqu'elle l'avait soupesée un peu plus tôt, elle avait senti qu'il y avait une autre pièce à l'intérieur en plus des bracelets, mais les attentions de Lucien lui avaient rapidement fait oublier ce détail.

Lucien tapota le sac et fit tomber une nouvelle chaînette ornée de saphirs dans sa large paume.

— Oh... c'est somptueux, murmura Elise, les yeux rivés sur le bijou délicat.

Lucien le souleva devant ses yeux. La partie supérieure ressemblait à un pendentif – une exquise chaînc cn platine sertie de dizaines de petits saphirs demi-carats. Elle sut qu'elle avait vu juste quand Lucien s'agenouilla au-dessus d'elle pour passer le joyau autour de sa gorge. La partie inhabituelle consistait en deux chaînettes supplémentaires, qui pendaient verticalement de plusieurs centimètres sous la gorge. Une dernière chaîne circulaire était fixée à ces dernières, sertie elle aussi de saphirs.

— Qu'est-ce que c'est ? demanda Elise subjuguée en voyant Lucien manipuler une minuscule boucle attachée au collier.

— Le pendentif contient de petites pinces à seins. Tu peux les ôter quand tu veux pour le porter comme un bijou classique. (Elise gémit doucement alors qu'il faisait glisser un téton durci dans l'une des petites boucles.) J'ai juste à faire basculer ce saphir – comme ceci – et la boucle se resserre.

La jeune femme écarquilla les yeux quand l'anneau métallique s'étrécit, enfermant l'un de ses mamelons. Lucien la dévisagea avidement.

— Ça doit pincer, mais pas vraiment faire mal. Est-ce que c'est trop ? ajouta-t-il calmement. Je peux desserrer la boucle.

Elle secoua la tête, trop excitée et émerveillée pour parler. Elle n'arrivait pas à détacher les yeux de son téton rose, encerclé par l'élément de métal. La pression et la légère friction étaient troublantes au plus haut point. Elle ressentit l'envie brûlante d'accentuer la pression sur sa chair hypersensible. Voyant Lucien fixer l'autre bout de la chaîne à son autre mamelon, elle se mit à respirer trop vite. Quand il eut fini, la fine chaînette formait un arc entre ses deux seins.

Lucien recula un peu et l'inspecta, le visage crispé et ombrageux. Les tétons d'Elise étaient pointés vers le ciel, mais ils semblaient aussi inhabituellement gonflés à cause des boucles qui retenaient le flux sanguin. Elle se mordit la lèvre pour étouffer un gémissement en voyant le pénis de Lucien se cabrer sous son pantalon de coton.

— Laisse-moi t'aider, dit-il en plaçant les mains derrière son dos pour la soulever. Redresse-toi un peu. Laisse la chaîne retomber librement entre tes seins.

Elle geignit d'excitation quand il l'installa en position semi-assise contre les oreillers. La chaînette glissa à la verticale de son buste. Les saphirs fixés au bout agissaient comme un poids érotique, tirant doucement sur les pointes de chair rose. La jeune femme sentit son clitoris pulser. Elle grimaça et tordit les poignets entre les bracelets fragiles qui les liaient.

Si elle n'avait pas été attachée, elle aurait plongé immédiatement la main entre ses cuisses pour apaiser ce martèlement brûlant.

Lucien la dévisagea, et elle sut qu'il avait remarqué sa réaction.

— C'est agréable ? demanda-t-il d'une voix sourde.

— C'est étrange… mais c'est fantastique, murmura-t-elle.

Elle-même n'en revenait pas de voir son corps réagir ainsi aux pinces à seins.

Un sourire fugitif apparut sur les lèvres de Lucien.

— Tu n'imagines pas combien tu es belle.

Il leva la main et tira doucement sur un des saphirs retenus à la chaîne. Elle laissa échapper un petit cri et serra les jambes. Lucien paraissait captivé par ses réflexes. Il tira légèrement sur un autre saphir.

— *Lucien !* souffla Elise dans un râle.

Elle cambra les hanches sur le matelas, cherchant désespérément le contact du corps de son amant... le soulagement de cette douce torture.

— Oui ? répondit-il d'un ton calme.

— J'ai besoin de jouir. (Les traits de la jeune femme étaient crispés par l'excitation. Elle se mordit la lèvre inférieure, et sentit un goût de sel.) *S'il te plaît.*

Il marmonna un juron étouffé et repositionna le corps d'Elise à l'horizontale. Haletante, confuse, elle le vit défaire rapidement les boucles de perles autour de ses chevilles et déposer le collier à l'écart. Ses pieds étaient libres. Il se remit ensuite au-dessus d'elle, appuyé sur les poignets, les biceps saillants. Elle laissa échapper un cri quand il colla son bassin contre le sien et frotta la bosse dure de son entrejambe contre sa féminité.

Il la prit par les hanches d'un geste d'une précision diabolique. La petite clé oscillait sous son torse, à quelques centimètres des lèvres d'Elise.

— Je peux sentir comme tu es humide, souffla-t-il. Et brûlante comme la braise. Je vais plonger dans ce petit sexe torride et te baiser sauvagement.

Les muscles du visage d'Elise se crispèrent de désir. Elle souleva la tête des oreillers pour saisir le pendentif entre ses lèvres. Lucien poussa un grognement guttural et arqua brutalement le bassin.

Un orgasme explosif envahit la jeune femme au contact de son membre pulsant. Ses cris de jouissance s'élevèrent par-dessus la petite clé qui était retombée sur sa langue.

Au grand désappointement de la jeune femme, Lucien s'écarta d'elle presque immédiatement quand ses spasmes de plaisir commencèrent à refluer. Il sourit sensuellement en la voyant haleter sur les coussins.

— Tu étais excitée à ce point ? Je n'ai jamais vu des seins aussi sensibles. Ils vont m'apporter beaucoup de bonheur – je compte leur infliger encore tant de douces tortures... murmura-t-il en la contemplant d'un regard flamboyant.

Il se redressa brusquement au-dessus d'elle, et le cœur d'Elise bondit lorsqu'elle le vit glisser sa main sous l'élastique du pantalon. Fascinée, elle le regarda extraire la hampe dure de son sexe. Il resta à genoux un moment, à califourchon sur ses hanches, se caressant.

— Laisse-moi faire, Lucien... murmura-t-elle d'un ton implorant.

L'envie qu'elle éprouvait était tellement évidente qu'elle sut qu'il comprenait précisément ce qu'elle souhaitait.

— Tu es la délicatesse même, mais ta bouche rend les choses trop faciles, répondit Lucien avec amusement. C'est tentant, mais j'ai un autre projet en tête. Il y a autre chose que je voudrais faire à ta jolie poitrine.

À genoux, il s'avança vers le haut de son buste. Elle hoqueta quand il effleura l'un de ses tétons hypersensibles avec son membre velouté. Son pénis tapota la chaîne qui retenait les pinces, et elle dut se mordre la lèvre pour étouffer un cri. En une étrange caresse, Lucien fit ensuite osciller son sexe sous la courbe de son sein gauche.

— Tu es le diable... souffla-t-elle en voyant son petit sourire.

— Une autre fois, je te ferai presser tes seins l'un contre l'autre et je te prendrai par cette vallée, jusqu'à jouir sur ta poitrine. Est-ce que tu aimeras ça ?

— Oui. Seigneur, oui... dit-elle en se tordant sur le matelas.

L'excitation croissait de nouveau en elle, à un rythme affolant. Les paroles crues de Lucien, combinées à ses gestes, étaient capables de la conduire à nouveau jusqu'à l'extase en quelques minutes. C'était peut-être parce qu'il se contrôlait tant, d'habitude – ou peut-être à cause du désir vibrant perceptible dans sa voix riche et sensuelle –, mais entendre Lucien prononcer ces mots crus lui faisait l'effet d'un aphrodisiaque surpuissant.

Il recula vers ses jambes et se pencha sur elle, posant la bouche sur ses premières côtes. Elle frémit sous ses baisers brûlants. Elle avait l'impression que ses lèvres, ses dents et sa langue étaient partout à la fois. Elle ne cessa de trembler alors que sa bouche descendait lentement vers son ventre. La vision de son lourd pénis soutenu par l'élastique du pantalon était une véritable torture.

— Pourquoi tu n'enlèves pas ton pantalon ? demanda-t-elle entre deux hoquets alors qu'il faisait courir sa langue juste au-dessus de ses poils pubiens.

Il releva la tête dès l'instant où elle cambra les hanches pour essayer d'aller à la rencontre de ses lèvres.

— Chaque chose en son temps, murmura-t-il avec un sourire sardonique qu'elle interpréta comme un avertissement.

Lorsqu'il se mit à dévorer ses cuisses de baisers, elle ne put s'empêcher de pousser un cri aigu. C'était pour elle incroyablement érotique de le contempler en sachant qu'elle n'avait d'autre choix que de rester allongée, immobile, et d'accepter chaque caresse et baiser qu'il voudrait lui donner.

— Oh, je t'en prie... chuchota-t-elle un peu plus tard alors qu'il léchait l'intérieur de ses jambes.

Elle lâcha une faible exhortation tremblante quand la langue de Lucien passa à quelques centimètres de son sexe.

— Ton nectar mouille tes cuisses. Hmm... c'est délicieux, dit Lucien avant de la goûter à nouveau.

Elle serra les paupières, bouleversée par la vision de sa tête entre ses jambes. Lucien titilla sa peau avec la pointe de sa langue, lui arrachant un gémissement de frustration. Elle sentit ses orteils se recourber.

— Dis-moi ce que tu veux, murmura-t-il.

— Sers-toi de ta bouche sur mon sexe et fais-moi jouir... implora-t-elle à travers ses lèvres gonflées.

Les narines de Lucien frémirent.

— Comme ton désir s'accorde avec le mien, je serais plus qu'heureux d'exaucer ton vœu.

Il fléchit les genoux et écarta les jambes de la jeune femme, avant de faire rouler ses hanches en arrière, exposant pleinement sa féminité. Un instant plus tard, elle lâcha un glapissement lorsqu'il la souleva au-dessus du lit, les mains crispées autour de ses fesses. Elle ne s'était jamais habituée à la facilité avec laquelle il soulevait son corps.

Assis sur les talons, les muscles des bras saillants, il rapprocha lentement son sexe de sa bouche. L'attente de ce qui allait venir la déchirait presque de l'intérieur.

Quelques instants plus tard, elle succomba de nouveau à l'orgasme quand Lucien balaya son clitoris de sa langue ferme et humide. Il se gorgea d'elle sans lui accorder de répit, couvrant sa féminité de ses lèvres et appliquant une succion précise qui projeta la jeune femme dans la stratosphère du bonheur durant un moment interminable. Il ne releva la tête qu'après lui avoir arraché un ultime spasme de plaisir. Lorsqu'il la reposa, elle s'effondra sur le matelas, exténuée. Elle remarqua alors que les traits de Lucien étaient toujours tendus, et que ses lèvres brillaient de son nectar.

— Tu es délicieuse. Bientôt, je raserai ton pubis. Rien ne doit s'interposer entre moi et ton exquise petite chatte.

Le périnée de la jeune femme se contracta.

— Très bien, souffla-t-elle, bien qu'elle sût qu'il ne requérait pas véritablement son consentement.

Il semblait tout entier en proie au désir. Elle hoqueta quand il abaissa de nouveau son visage, inclinant la tête de manière à pouvoir plonger la langue dans sa fente étroite et se gorger de sa moiteur. Oh, Seigneur... c'était extraordinairement érotique de sentir la bouche experte de Lucien sur son sexe, de percevoir son appétit sexuel qui pénétrait chaque pore de sa peau. Elle ne s'était jamais sentie si désirée de toute sa vie. Elle avait tellement envie de le palper que ses paumes la démangeaient.

— Je veux te toucher. Pourquoi dois-je être attachée ? demanda-t-elle d'une voix emplie de frustration alors qu'il continuait à remuer la langue à l'intérieur de sa féminité.

Il releva la tête.

— C'est très excitant de savoir que tu es à ma merci, que tu n'as pas d'autre choix que d'accepter tout ce que je fais.

Il se redressa sur les genoux de manière à surplomber une nouvelle fois son corps étendu.

— Tu parles des punitions ?

— Pas seulement de cela. Du plaisir, aussi. Tu ne peux pas t'y dérober. Quelle que soit son intensité.

— Je n'aime pas vraiment avoir mal, répondit-elle d'une voix faible. Je ne suis pas masochiste.

Lucien esquissa un léger sourire. Il effleura du regard les petites pinces à seins.

— Tu apprécies la douleur à toutes petites doses. Rien de sévère. Ne t'inquiète pas, je l'ai compris. Je commence à savoir ce qui t'excite – et j'ai l'intention d'en découvrir encore davantage.

Comme elle ne répondait pas, surprise par le fait qu'il lise si bien en elle, à l'instar de tant d'autres fois, il ajouta :

— Tu as éprouvé du plaisir quand je t'ai punie, ou demandé de te punir toi-même, n'est-ce pas ? Et cela faisait mal, il me semble.

— Pas beaucoup. Ça brûlait un peu – surtout la palette et la brosse – mais je ressentais surtout...

— Quoi ?

— De l'excitation, souffla-t-elle.

Lucien hocha la tête.

— Et tu aimes sentir les pinces sur ta poitrine, n'est-ce pas ? dit-il en effleurant un téton de son majeur.

Les nerfs de la jeune femme étaient si sensibles que cette caresse infime la fit frissonner d'envie.

— Si jamais les choses deviennent trop intenses entre nous, tu auras simplement à dire « arrête tout ». Uniquement cela. Et je cesserai. Mais tu dois prononcer ces mots, exactement. Quelles que soient tes suppliques, si tu ne prononces pas ces paroles précises, je continuerai. En revanche, je m'interromprai si tu les dis. Sans poser de questions. Tu as compris, Elise ? dit-il d'une voix rauque.

Elle avala sa salive et hocha la tête. En pensant qu'il pourrait poursuivre alors qu'elle l'implorerait de cesser, elle sentit ses muscles intimes se contracter. Comment était-ce possible ? Peut-être parce qu'il lui donnait aussi le pouvoir absolu de le stopper ? C'était comme une clé secrète, un passe-partout qu'elle aurait toujours à sa disposition.

— Je comprends, chuchota-t-elle.

Elle n'ajouta rien, et le regard de Lucien s'attarda sur ses lèvres.

— Tu es venue à moi et tu as été honnête au sujet de tes désirs. Maintenant, je vais l'être quant aux miens. Quand je t'ai baisée comme dans les écuries, c'était parce que tu m'avais provoqué. Mais ce soir, je vais user de ton corps pour mon plaisir parce que tu t'es offerte volontairement, et que je me consume à force de te désirer. (Il lui caressa le bras, puis les flancs, et prit finalement un sein en coupe. Elle laissa échapper un gémissement quand il tira légèrement sur l'un des saphirs suspendus à la chaîne.) Je me retiens depuis trop longtemps. Mais ce soir... (Il la regarda d'un air farouche.) Je vais me repaître de toi, Elise, et je n'arrêterai qu'une fois rassasié. Je vais te prendre sans ménagement... peut-être un peu brutalement.

Il scruta sa réaction. Les flammes des bougies se reflétaient dans ses yeux. Son sexe, toujours retenu par l'élastique de son pantalon, se cabra quand il formula cette phrase. Elise serra les cuisses, hantée par les paroles de son amant : « Je vais te prendre sans ménagement... peut-être un peu brutalement. »

— Si tu veux que j'arrête... À n'importe quel moment, souviens-toi des mots que je t'ai indiqués.

Elle hocha la tête. Jusque-là, il s'était vraiment retenu avec elle. Ce soir, elle allait devenir le terrain de toute cette passion réprimée. C'était ce qu'elle voulait, ce qu'elle désirait plus que tout, mais comment ne pas être intimidée à l'idée qu'elle allait subir les assauts de cette énergie sexuelle enfin débridée ?

— Répète les mots que je t'ai enseignés si tu veux m'interrompre. Je veux être sûr que tu t'en souviens.

— Arrête tout, répéta-t-elle. Mais ce n'est pas ce dont j'ai envie, Lucien. Je veux que tu me prennes sauvagement. Je veux que tu uses de moi pour ton plaisir.

Les yeux de Lucien s'embrasèrent et un petit sourire se forma sur ses lèvres. Il écarta largement les cuisses de la jeune femme et saisit son membre dans sa main.

— Alors, tes désirs vont être exaucés, *ma chère**.

Partie VII

QUAND J'AI BESOIN DE TOI

13

Lucien avait dit à Elise qu'il se consumait de désir pour elle, et il était sincère. En écartant les jambes de la jeune femme et en s'installant pour la pénétrer, il avait effectivement l'impression qu'un feu couvait sous sa peau, circulant dans ses veines, le brûlant de l'intérieur jusqu'à ce qu'il ne reste plus en lui qu'une envie brute et incandescente. Appuyé sur un coude, il regarda son membre pénétrer dans la féminité rose et humide d'Elise, qui s'offrait docilement à lui... acceptait ses monstrueux besoins.

Ils hoquetèrent tous les deux quand son membre épais écartela la chair délicate de son fourreau intime. Lucien utilisa son autre bras pour serrer la jeune femme contre lui, et contempla son visage extatique alors qu'il la prenait. Depuis plusieurs jours, il n'avait cessé de penser à cette féminité merveilleuse, obsédé par l'idée d'y plonger à nouveau. Et maintenant que cela arrivait, c'était plus intense que tout ce qu'il avait imaginé.

Quelques instants plus tard, il sentit ses testicules heurter l'orée du sexe de la jeune femme, qui poussa un léger cri. Il la posséda alors par de rapides va-et-vient, scrutant la façon dont les traits d'Elise se contractaient à chaque coup de reins.

Il poussa un grognement d'extase. Elle était trop petite, trop fragile pour son corps viril et massif. Et pourtant, elle l'acceptait sans se plaindre – en fait, à en juger par le ravissement pur qu'exprimait son visage, elle aimait la rudesse avec laquelle il l'empalait.

Au loin, on entendait les vaguelettes sur la rive du lac, et la rumeur distante de la circulation. Lucien avait l'impression que ce bruit de fond se fondait aux sourdes pulsations de son cœur, et il suivait instinctivement ce tempo en s'enfonçant par à-coups dans le ventre d'Elise. Un rictus sauvage aux lèvres, il plongea plus violemment en elle, et elle gémit. Il sentit ses muscles intimes se contracter autour de son membre. Il la prit de plus en plus vite, plus fort, plus profondément, faisant tressauter à chaque coup la chaînette reliée à ses seins, jusqu'à ce qu'elle pousse une exhortation désespérée.

— Ta chatte est parfaite, râla-t-il sans cesser d'aller et venir en elle. Dis qu'elle m'appartient. Dis-le.

— Ma chatte t'appartient, souffla en tremblant la jeune femme.

Les yeux écarquillés, elle grimaça quand il plongea brutalement en elle.

— C'est ça. Elle est à moi, rugit-il farouchement.

Le brasier, incontrôlable, insupportable, montait en lui. Posséder Elise était comme de se lancer corps et âme dans les flammes. Il lui saisit les hanches et se maintint sur ses tibias. Elle hurla lorsqu'il lui replia les genoux contre le torse en s'enfonçant rageusement en elle. Son propre grondement de satisfaction primale se mêla à cette protestation. Il la besogna de cette façon pendant un long et délicieux moment, accompagné par le mouvement du bassin de la jeune femme qui formait le contretemps parfait à ses coups de reins exigeants. La sensation était divine… trop, même, pour qu'il supporte cette douce agonie très longtemps.

Quand il sentit un fourmillement familier envahir ses testicules, il se força à rester immobile quelques instants, au plus profond du fourreau étroit et brûlant de la jeune femme. Il sentait distinctement le fond de son sexe pressé contre l'extrémité de son membre. Elise poussa un geignement aigu… Il se pencha et prit un téton entre ses lèvres. Il était enflé à cause des petites pinces, rouge et empli de sang. Il lécha la chair tendre et hypersensible, et un rictus de plaisir s'afficha sur son visage quand il sentit le corps de la jeune femme frémir autour de son pénis. Elle jouissait. Quand il mordilla la pointe de chair fragile, ajoutant la pression de ses dents à celle de la pince, Elise fut prise d'un spasme et projeta brusquement ses bras liés derrière la tête de Lucien, lui griffant le cuir chevelu presque jusqu'au sang.

Cette sensation provoqua le déclenchement de l'orgasme, lequel ressembla à une éruption volcanique qui l'embrasa de l'intérieur. Il se mit à la prendre par coups de reins frénétiques, impitoyables, emporté par l'extase, consumé vivant… Elle le satisfaisait totalement, et pourtant il en voulait davantage.

Il ralentit un peu et reprit son souffle, toujours enfoncé profondément en elle. Elise se calma progressivement, par paliers, et l'écorchure de ses doigts sur le crâne de Lucien se mua finalement en caresse. Quand il croisa son regard, il la trouva magnifique.

— Ne te détends pas trop, dit-il. J'ai bien l'intention de te posséder à nouveau dans un petit moment.

Les doigts de la jeune femme se figèrent.

— Si vite ? demanda-t-elle d'une voix incrédule.

— Ça fait très longtemps que j'attends ça, dit-il en frôlant l'intérieur de son tunnel étroit avec son membre rassasié comme pour raviver les braises du désir.

Un sourire discret se dessina sur les lèvres d'Elise. Il était fou de cette bouche pulpeuse, de l'étincelle de malice et d'amusement qu'il discernait dans ces yeux de saphir... Il était fou d'elle. Brusquement, il se pencha en avant pour effleurer d'un baiser ce rictus, tout en pénétrant en elle d'un nouveau coup de reins. Elle gémit.

— J'espère que tu n'avais pas d'autres projets pour le week-end, parce que je compte passer autant de temps en toi qu'il est possible.

— Je suis là pour ton plaisir, murmura-t-elle en passant ses poignets liés derrière la nuque de Lucien et en resserrant ses muscles intimes autour de son membre.

Il hoqueta et recommença un lent mouvement de va-et-vient. Ce qu'elle venait de dire était la vérité.

L'absolue vérité.

*

* *

Lorsque Lucien avait dit qu'il avait l'intention de passer le maximum de temps possible en elle, elle avait cru qu'il exagérait. Mais c'est effectivement ainsi qu'il passa une bonne partie de la nuit. Hormis cela, il lui faisait l'amour par d'autres façons et lui arrachait des cris de plaisir. Quand il retira finalement la chaînette de ses seins et lui détacha les poignets, ils glissèrent tous les deux dans un profond sommeil. Il était une heure avant l'aube.

Elle s'éveilla en sentant le nez de Lucien chatouiller son oreille.

— Le jour est levé. Il commence à faire chaud, murmura-t-il. Descendons et allons prendre une douche.

Elise cligna les paupières et se redressa au milieu du lit luxueux. Le soleil était déjà haut au-dessus du lac bleu scintillant – il devait être dix ou onze heures du matin. Elle referma les yeux et se remémora avec ravissement la nuit magique qu'elle venait de vivre. Lorsqu'elle se tourna pour sourire à Lucien, il était adossé contre les oreillers, nu, tel un apollon dans une sensuelle posture d'abandon. Il se redressa pour lui caresser l'épaule et fit courir ses doigts le long de sa peau.

— Chaque fois que je te regarde, je me dis qu'il n'est pas possible d'être plus belle encore. Et chaque fois tu me détrompes.

Elle éclata de rire.

— Je dois surtout avoir l'air mal réveillée.

— Tu es divine. Tu brilles plus que le soleil.

En entendant cette déclaration simple et directe, Elise cessa de sourire, fascinée par l'intensité... la gravité qui vibrait dans ces mots. Il avait l'air sincère, mais c'était comme si son esprit était aussi ailleurs. Quelque chose qui ne s'accordait pas avec la lumière éblouissante du matin et leur glorieuse nuit d'amour.

— Lucien ? Ça ne va pas ? demanda-t-elle d'une voix calme.

Il la contempla en silence pendant un moment, cligna les yeux, puis sembla revenir à lui.

— Bien sûr que non. Viens, remets ta nuisette, dit-il en lui tendant la délicate pièce d'étoffe, et en tendant la main vers son pantalon, qu'il enfila aussitôt.

Il rassembla aussi les bijoux, et se glissa hors des draps.

— Il est temps d'aller se rafraîchir sous la douche.

— Mais pour le lit ? J'ai vu qu'il allait sans doute pleuvoir ce soir, dit Elise en lui emboîtant le pas.

Il hocha la tête en direction d'un cabanon au centre de la terrasse.

— Je vais appeler le service d'entretien de l'immeuble et leur demander de le démonter et de le ranger à l'intérieur. La cahute est bien isolée, et je pense qu'elle est assez grande.

— Tu n'avais jamais stocké le lit à l'intérieur ? demanda-t-elle en scrutant son profil.

Il lui jeta un petit coup d'œil en biais et gloussa. Elle rougit, et comprit qu'il avait sans doute compris pourquoi elle posait cette question.

— Je viens juste de l'acheter. Pour toi.

Elle ne put s'empêcher de sourire, heureuse de savoir qu'il n'avait pas pour habitude de faire l'amour à d'autres femmes sous le ciel étoilé.

Ils prirent une douche ensemble dans la grande baignoire, prenant leur temps, se savonnant l'un l'autre de leurs doigts caressants, découvrant des zones chatouilleuses, s'amusant et s'embrassant entre leurs rires. Les tétons de la jeune femme étaient encore un peu gonflés et rougis à cause des pinces. Lucien joua doucement avec les deux pointes de chair, une lueur ardente et admirative dans le regard. Elise adorait le voir ainsi, délivré de ses manières réservées, de ses poses autoritaires. Elle chérissait l'idée qu'il relâchait le contrôle qu'il s'imposait habituellement pour se montrer à elle sous son vrai visage.

C'était un signe de confiance, n'est-ce pas ? spécula-t-elle avec espoir.

Lorsqu'elle remarqua que son pénis commençait à durcir et à enfler, elle tendit la main pour l'étreindre, mais il l'arrêta d'un geste ferme.

— Attendons, dit-il en prenant en coupe l'un de ses seins et en serrant doucement un mamelon.

Sa voix rauque et sensuelle fit naître un frisson dans le corps de la jeune femme. Auparavant, elle aurait pris cette réponse pour une rebuffade. Mais il lui avait prouvé son désir d'éclatante façon, et elle savait que les restrictions qu'il s'infligeait – et qu'il lui infligeait – n'étaient qu'une manière de faire monter le désir jusqu'à incandescence, afin que le feu d'artifice final soit inoubliable.

— J'aimerais t'emmener quelque part, dit-il un peu plus tard tout en la frictionnant avec une serviette.

— Où ça ?

— Tu verras. Mets ta tenue d'équitation. On ira voir après Jax et Kesara pour une petite virée.

La curiosité piquée au vif, elle revêtit un pantalon jodhpur brun sombre, des bottes et une chemisette à manches courtes de couleur crème. En la boutonnant, elle remarqua que ses seins étaient toujours très sensibles, comprimés par le seul contact des armatures de ses balconnets. C'était une sensation plaisante et bienvenue, un rappel permanent de la nuit qu'elle avait passée avec Lucien. Lorsqu'elle jeta un coup d'œil à son reflet dans le miroir, elle vit que les pointes étaient visibles sous l'étoffe fine de sa blouse, et même à travers le soutien-gorge. Lorsqu'elle effleura d'un doigt un téton raide, elle ne put s'empêcher de grimacer ; elle serra les cuisses pour éteindre le feu qui couvait dans son ventre.

Elle avait l'impression que des milliards de terminaisons nerveuses étaient apparues en elle grâce à la lumière des étoiles et aux caresses de Lucien.

Elle laissa ses cheveux sécher à l'air frais du matin, brossa ses boucles, et les fixa en arrière avec une barrette fantaisie jaune et blanc – des couleurs qui s'accordaient avec son humeur ensoleillée. Quand elle rejoignit Lucien dans la chambre, fin prête, ils échangèrent un sourire. Lucien la regarda d'un air appréciateur… possessif. Il la prit par le menton, et fit courir son pouce le long de sa joue.

Vêtu d'un pantalon en toile kaki, d'une chemise bleu clair et de bottes brun sombre, il était scandaleusement beau. Faire un tel usage d'un simple collant d'équitation devrait être interdit, songea Elise avec malice. Elle s'apprêtait à lui lancer cette taquinerie mais elle se ravisa brusquement, bouche entrouverte, quand elle vit l'intensité de son regard d'acier.

— Tu as fleuri cette nuit, souffla-t-il en l'embrassant si doucement, si ardemment, qu'elle ferma les yeux et oublia tout pendant un moment.

Il releva enfin la tête et lui prit la main. Ils quittèrent l'appartement ensemble.

Lucien resta essentiellement silencieux une fois qu'ils furent montés dans sa berline, mais Elise resta divinement détendue alors qu'il conduisait à travers les rues animées de Chicago. Elle n'avait jamais connu cette sensation étrange de ne pas toucher terre, ce ravissement. Durant toute sa vie, elle s'était sentie à l'étroit dans son propre corps, toujours insatisfaite, toujours en quête d'un moment électrique et parfait, toujours en train de manœuvrer et d'agir sans vraiment comprendre ce qu'elle aimait, ni où elle souhaitait être.

Se rendre compte qu'elle était arrivée précisément là où elle l'avait voulu, vivre ce précieux moment, était une chose extraordinaire. Elle regarda en biais le profil aristocratique de Lucien et se promit à elle-même de savourer chaque seconde, chaque moment, comme il viendrait... sans penser au lendemain.

Lucien s'arrêta devant un bâtiment en brique typique du dix-neuvième, orné de superbes gravures en pierre. Il faisait près de quinze étages, mais avait la délicatesse d'un château à la française. D'ailleurs, la rue où ils s'étaient garés rappelait davantage à Elise Paris que Chicago, avec ses façades de briques et les arbres qui bordaient les trottoirs. En voyant la façon dont Lucien scrutait l'immeuble à leur gauche, elle se pencha par la fenêtre pour mieux le distinguer.

— C'est superbe. Le quartier entier est magnifique. Où sommes-nous ?

Elle n'était encore jamais entrée dans cette zone de Chicago empreinte d'une atmosphère particulière, qui semblait surgie d'un autre siècle.

— C'est le quartier historique de Prairie Avenue, répondit Lucien en coupant le moteur. Tu veux voir l'intérieur ?

Elle sourit, comprenant soudain.

— C'est l'immeuble que tu as acheté pour ton nouvel hôtel ?

Il hocha la tête. Elise ouvrit grand la portière et sauta hors de la voiture.

— Allons-y ! dit-elle avec enthousiasme.

Dix minutes plus tard, elle lâcha une exclamation incrédule quand Lucien l'introduisit dans la cuisine du bâtiment.

— C'est... Je n'arrive pas à y croire, Lucien !

La pièce était immense, et bien qu'elle fût visiblement désaffectée depuis longtemps, elle avait toutes les caractéristiques des grandes cuisines européennes : un large îlot central en albâtre ; des buffets en bois précieux aux vitres – intactes – en cristal de plomb ; trois grands chandeliers de cuivre ternis par le temps, mais toujours élégants.

— C'est extraordinaire, n'est-ce pas ? dit Lucien en balayant l'endroit du regard. C'était l'hôtel préféré des bourgeois visitant Chicago à la fin du dix-huitième siècle et dans la première moitié du dix-neuvième. Après le tournant industriel qu'a pris le quartier, il a été reconverti en local administratif pour un hôpital. La cuisine n'a pas été utilisée depuis presque cent ans.

— Elle est parfaite, dit Elise avec sincérité.

Réhabiliter une pièce ancienne comme celle-ci, la pourvoir avec tous les ustensiles modernes sans pour autant perdre l'atmosphère de l'époque, représentait un rêve pour tout chef cuisinier.

Lucien se tourna vers elle.

— Est-ce que tu la veux ?

Il fallut un moment à Elise pour saisir le véritable sens de sa question. Et même alors, elle demeura confuse.

— Si je la veux ?

— Oui. Après réaménagement et rénovation, est-ce que cette cuisine conviendrait pour le projet de restaurant dont tu m'as parlé ?

Elle cligna les paupières et le regarda stupidement.

— Bien sûr, répondit-elle enfin. Ce serait fantastique. Mais tu as acheté cet immeuble pour ton propre projet d'hôtel.

— Je sais. Et je t'offre le poste de codirecteur de l'établissement, en plus bien sûr de celui de chef. (Comme elle continuait de le dévisager sans rien dire, il ajouta :) J'ai été très impressionné par ton idée, et j'ai fait réaliser une étude marketing. La zone est en plein boom, mais elle manque cruellement de clubs et de restaurants. On n'en trouve pas un seul à moins de trois cents mètres à la ronde. De plus, une dizaine d'immeubles d'habitation ont été récemment construits dans le voisinage, sans parler d'un nouveau centre d'affaires soutenu par la chambre de commerce de la ville. L'idée d'une gastronomie saine et raffinée, sans la tentation de l'alcool, a toutes les raisons de séduire. Je pense que ce serait une bonne opportunité pour développer ton concept – on pourrait attirer la clientèle des environs avec une offre attractive pour le déjeuner, et utiliser ensuite cet atout pour proposer des dîners.

— Lucien, je voulais juste des conseils pour démarrer. Rien ne t'oblige à m'offrir tout ça.

— Je sais. (Il s'avança d'un pas vers elle, le regard étréci.) Si tu n'aimes pas l'idée de créer un restaurant ici, il te suffit de me le dire. On trouvera un emplacement qui te conviendra mieux.

— Non, ce n'est pas du tout ça ! s'exclama-t-elle en regardant de nouveau la pièce avec incrédulité. Je n'aurais jamais imaginé d'endroit plus idéal. Mais... c'était ton projet. Je ne veux pas le parasiter.

— Ce n'est pas le cas, répondit-il simplement. Je te l'ai dit. J'aime ton idée. En fait, c'est plutôt moi qui viens m'y greffer.

Elle avala sa salive.

— Tu la trouves vraiment bonne ?

— Je te l'ai déjà dit plusieurs fois, non ? dit-il avec un petit sourire.

Elle s'avança brusquement vers lui et passa les bras autour de sa taille. Lorsqu'elle releva le visage, il se pencha, et elle colla avec ferveur sa bouche contre la sienne. Le sourire de Lucien s'élargit.

— Cela signifie que la réponse est oui ? demanda-t-il avec un rire franc et vibrant.

— Non. Il faut encore que j'y réfléchisse, murmura-t-elle avant d'embrasser de nouveau ses lèvres. Parce que tu crois en moi.

Le rictus de son amant se dissipa. Il lui prit le menton.

— J'ai toujours cru en toi. Et j'ai toujours voulu que tu croies en toi-même. Quand tu m'as expliqué ton idée et les raisons pour lesquelles tu avais ce projet, j'ai su que ce moment était arrivé.

Elise eut l'impression que son cœur enflait démesurément dans sa poitrine, au point qu'elle avait du mal à parler. Elle fut soulagée quand il baissa la tête pour l'étreindre avec une passion à peine contenue, rendant tout discours impossible.

*

* *

Lucien l'invita à déjeuner au club d'équitation ; ils parlèrent quasiment non-stop du projet de restaurant. Il avait réfléchi à tout, prévoyant plusieurs offres de partenariat qui laissaient à Elise la possibilité de choisir ce qu'elle désirait et de changer d'avis à n'importe quel moment. Pour l'essentiel, il lui donnait carte blanche, qu'elle souhaite être associée à part entière ou employée royalement payée participant pour moitié à toutes les décisions. Lorsqu'elle lui fit remarquer que toutes ces propositions étaient très avantageuses pour elle, il haussa les épaules.

— Ton idée est excellente. J'aurais risqué encore davantage pour pouvoir y participer.

En dépit de l'assurance qu'il affichait, Elise ne pouvait s'empêcher de penser qu'il lui faisait une immense faveur... Il lui offrait non seulement l'opportunité de disposer d'un emplacement unique et idéal, mais aussi sa vaste expérience. Aucun autre entrepreneur ne lui aurait proposé le dixième de tout cela. La foi de Lucien en elle était comme un porte-bonheur qu'elle conservait précieusement près de son cœur, un talisman qu'elle aurait toujours à sa disposition.

La confiance qu'il lui témoignait se transformait comme par magie en confiance en elle-même.

Après ce déjeuner léger, ils partirent chevaucher sur les chemins. Elise, heureuse de se dépenser, savourait ces moments privilégiés avec l'homme dont elle était tombée amoureuse.

À ce niveau de relation, il paraissait absurde de le nier.

Ils mirent pied à terre près d'un petit étang au milieu du bois, et attachèrent les chevaux. Elise s'assit à côté de Lucien sur la branche courbée à l'horizontal d'un vieux chêne bas, et s'adossa contre son flanc. Il passa une main autour de sa taille, et ils contemplèrent tous les deux l'eau scintillante.

— Lucien ? demanda-t-elle au bout d'un moment. Est-ce que tu as parlé à ton père depuis qu'il est en prison ?

— Non, répondit ce dernier en caressant distraitement les cheveux de la jeune femme.

— Tu es toujours en colère ? Contre ce qu'il a fait ?

— Oui. Un peu moins qu'avant, mais quand même… (Il s'interrompit et lui embrassa le sommet de la tête.) Il a lésé beaucoup de gens par pure avidité. La société dont il a dérobé les secrets industriels était cotée en bourse. Les actions auraient pu chuter drastiquement. Des milliers de personnes ont failli perdre leurs investissements et leurs emplois.

Elise soupira. La voix de Lucien exprimait toute l'amertume qu'engendrait en lui la cupidité aveugle de son père.

— Et, en plus de cela, il t'a entraîné là-dedans, murmura-t-elle. La police est venue t'interroger. Il a été condamné, et il t'a légué son empire commercial entaché d'argent sale. Ça ne m'étonne pas que tu aies refusé d'y toucher.

La main de Lucien glissa le long de son ventre, générant une agréable chaleur en elle.

— Oui. Mais il va falloir que j'arrête de fuir mon héritage, quel que soit son passé. Il en va de ma responsabilité.

Elle se tourna vers lui.

— Tu vas accepter d'en reprendre la gestion ?

— Je n'accepterai pas l'argent, non. Mais je ne peux pas ignorer les charges que mon père m'a laissées. Si je continuais à ignorer les employés qui dépendent des sociétés qu'il a bâties, je ne vaudrais pas mieux que lui.

— C'est l'affaire des fonds détournés aux Trois Rois qui t'a ouvert les yeux, n'est-ce pas ?

Il hocha la tête.

— Est-ce que tu... est-ce que tu prévois de rentrer en Europe ?

En posant cette question, Elise sentit son pouls battre sourdement à ses tempes. Un nœud désagréable lui tordait l'estomac.

— Non, répondit-il. (Le soleil se reflétait dans ses yeux tandis qu'il la fixait.) Je peux m'occuper des affaires de mon père depuis Chicago. Mais je vais devoir faire de fréquents séjours sur ce continent dans les prochains mois pour être certain d'embaucher les bonnes personnes.

Elise hocha la tête, infiniment soulagée de savoir qu'il ne prévoyait pas de déménager prochainement. Les yeux de Lucien s'étrécirent, et il lui caressa le menton.

— Tu pensais que je prévoyais de te quitter ?

— Non, bien sûr que non ! répondit-elle trop vite.

Comme il haussait les sourcils d'un air ironique, elle rougit et détourna les yeux, envahie par la honte. Il la força à relever la tête et à le regarder en face.

— Pourquoi es-tu toujours convaincue que l'on va te rejeter ?

Il avait visé juste. Elle échappa à la douce emprise de sa main et détourna les yeux pour contempler fixement l'étang. Des larmes perlaient sous ses paupières. Que pouvait-elle répondre sans paraître stupide et mélodramatique ? *Parce que chaque fois que je m'attache à une personne, elle finit par m'abandonner ? Parce que quels que soient mes efforts pour plaire à mes proches, ma présence les indiffère ?*

Jamais. Elle ne prononcerait jamais ces paroles à la fois faibles et vaines.

Elle ne put empêcher une larme de couler le long de sa joue. Lucien se pencha sur elle et attrapa sa bouche entre ses lèvres avec un murmure apaisant. Brusquement, elle sentit ses bras l'encercler. Il la soulevait... l'attirait sur ses jambes. Elle se retrouva face à lui, les genoux pliés sur ses cuisses, les pieds reposant sur la branche. Il la serra jusqu'à ce que ses seins soient collés à son torse. Elle sentait les battements sourds de son cœur contre le sien, sa main qui lui caressait doucement le dos.

Elise enfouit son visage au creux de l'épaule de Lucien, refusant de le regarder en face. Réchauffée par le soleil et protégée par l'étreinte de cet homme dont elle était amoureuse, elle pleura en silence un long moment.

— Ce n'est pas parce que tes parents ne se sont jamais intéressés à toi que tu n'es pas un joyau inestimable... chuchota-t-il à son oreille quelques minutes plus tard. Cela veut simplement dire que tu dois apprendre à t'accorder à toi-même de la valeur. Et tu sais que tu en es remplie, fillette. N'est-ce pas ?

Elle déglutit et inspira profondément pour trouver du courage. Enfin, elle se rallongea sur les genoux de Lucien, lui laissant voir ses joues humides de sanglots.

— Je le sais, murmura-t-elle.

Les yeux de Lucien scintillèrent sous ses paupières à demi closes. C'était comme s'il contemplait le gouffre des doutes et des faiblesses qu'elle traînait depuis le début de sa vie...

... alors qu'elle ne s'était jamais sentie plus comblée de bonheur.

Elle l'embrassa doucement, et il lui rendit tendrement son baiser. Pendant quelques instants éblouissants, saturés de soleil, elle se rassura dans le cocon de sécurité que lui inspirait la compréhension de Lucien. Sa chair s'électrisa et une moiteur subite envahit sa féminité. Sous ses cuisses, le sexe de Lucien se durcit, et elle sut qu'il partageait son excitation. Mais c'était davantage qu'une communion sexuelle.

Beaucoup plus.

Ils demeurèrent enlacés, immobiles, pendant un moment qui sembla durer une éternité. Enfin, Lucien entoura son visage de ses paumes et attendit patiemment qu'elle rouvre les yeux.

— Viens. Il est temps de rentrer en ville. J'ai prévu de t'inviter à dîner. Où ma jeune chef a-t-elle envie d'aller ? *L'Everest* ? Le *Savaur's* ? Le *Tru* ?

Il s'agissait de trois des restaurants les plus réputés de Chicago, chacun tenu par un chef cuisinier de renommée internationale.

Elle se redressa un peu et lui caressa le dos.

— Pour être honnête, j'aimerais bien aller chez *Fusion*. Je n'y ai jamais mangé…

Lucien rit.

— Nous sommes fermés le dimanche.

— Je pourrais préparer le repas pour toi, murmura-t-elle d'une voix langoureuse contre sa bouche.

— Hors de question. Tu ne travailleras pas ce soir. Je veux que tu te concentres sur une chose : le plaisir.

Il prit de nouveau possession de ses lèvres pour un bref baiser ardent et ferme. Lorsqu'il se releva, il enveloppa la taille de la jeune femme pour la faire glisser avec lui au bas de la branche d'arbre… Avant de poser pied à terre, elle sentit un instant la forme de son érection contre ses fesses.

— Cependant, tu m'as donné une idée, reprit-il.

— Laquelle ?

— Tu le sauras bien assez tôt.

Il se dirigea vers les chevaux en train de paître et elle trébucha derrière lui, encore un peu hébétée par l'étreinte enivrante et fusionnelle qu'elle venait de vivre.

*

* *

Quand ils retournèrent à l'appartement, Lucien l'abandonna un moment pour s'occuper de quelques affaires dans son bureau. Après cette randonnée à cheval et sous le soleil, elle se sentait si détendue qu'elle ôta ses bottes pour s'allonger sur le lit qui n'avait pas été défait la veille. Elle sombra presque instantanément dans le sommeil.

Ce fut la sensation des lèvres de Lucien sur son front qui la sortit de son repos. Elle entendit de l'eau couler du robinet de la salle de bains.

— Réveille-toi, ma beauté, murmura-t-il. (Le timbre vibrant de sa voix la fit frissonner de plaisir.) Nous avons des réservations pour dîner à faire.

Elle cligna les paupières, encore lourdes, et sa vision se concentra sur la courbe sensuelle des lèvres de Lucien.

— J'ai dormi combien de temps ? demanda-t-elle, désorientée.

— Deux heures, répondit Lucien avec un sourire éclatant de blancheur. Tu en avais besoin, c'est évident. Après m'avoir tenu éveillé toute la nuit…

Il la prit par la main pour l'aider à s'asseoir auprès de lui.

— C'est *toi* qui ne m'as pas laissée dormir ! protesta Elise d'une voix pâteuse alors qu'il l'entraînait vers la salle d'eau.

— Ton bain t'attend.

La jeune femme s'ébahit en voyant le grand jacuzzi empli de bulles au centre de la pièce. De la vapeur montait à la surface de l'eau.

— Tu viens avec moi ? souffla-t-elle alors que Lucien la tournait dos à lui pour commencer à déboutonner sa chemisette.

— C'est bien l'idée.

Il fit glisser la blouse sur ses épaules. Une fois qu'ils furent tous les deux nus et immergés dans le liquide bouillonnant, Lucien s'adossa contre le rebord du bassin et la prit dans ses bras. Elle se retrouva appuyée contre son torse puissant et elle gémit doucement quand il commença à faire courir ses mains sur elle, la caressant et la massant d'une manière délicieusement sensuelle au milieu de l'eau brûlante.

— Tu pourrais faire d'une femme une esclave rien qu'avec tes mains, Lucien Sauvage, chuchota-t-elle en laissant aller sa tête contre la poitrine de son amant.

Elle ne tarda pas à fermer les yeux pour mieux savourer ce plaisir sensuel, et elle sentit qu'il souriait contre sa joue.

— Je ne parviens pas à t'imaginer sous la domination totale d'un homme. Le pourrais-tu ?

Elle se figea, et un fourmillement envahit sa nuque.

— Peut-être, souffla-t-elle. Et si je voulais tester l'idée juste une fois, à ma demande… avec toi ?

— Ce serait ta propre décision. Mais après avoir consenti à cette servitude, ta liberté de décision disparaîtrait pendant une période de temps définie à l'avance. Et tu serais à ma merci jusqu'à ce qu'elle se termine.

Elle inspira profondément lorsque Lucien se mit à jouer avec ses tétons entre son pouce et son majeur. Elle sentait déjà son sexe, collé à ses fesses, se dresser.

— Combien de temps durerait cette période ? demanda-t-elle en réprimant un gémissement quand il prit ses seins en coupe pour les pétrir doucement.

— Hypothétiquement ? souffla-t-il tout contre son oreille, ce qui projeta une nouvelle vague de frissons dans le corps de la jeune femme.

— Oui.

— Eh bien, par exemple, si tu acceptais d'être mon esclave cette nuit, elle durerait jusqu'à ce que j'aie tiré tout le plaisir possible de toi, ou jusqu'à l'arrivée du matin... en fonction de l'événement qui se produirait le premier.

Elise frémit malgré elle. Elle se mordit la lèvre et pressa subtilement le derrière contre l'érection naissante de Lucien.

— Et tu pourrais faire ce que tu veux de moi pendant ce laps de temps ?

— Bien sûr. Et tu serais tenue de m'obéir. Cela exigerait de ta part une grande part de confiance.

Il posa sa large paume contre son ventre pour la caresser. Sa main paraissait sombre et virile en contraste avec la peau pâle de la jeune femme. Il pinça un mamelon durci, et la légère douleur se mêla à la douceur langoureuse de son étreinte sur son abdomen.

— J'ai confiance en toi. Totalement, ajouta-t-elle en un souffle. (Elle bascula sur le flanc pour pouvoir regarder Lucien dans les yeux.) Je le ferai. Je serai ton esclave... pour cette nuit.

Un timide sourire apparut sur ses lèvres, et elle se sentit de nouveau envahie d'embarras devant l'énormité de ce qu'elle venait de dire.

— Tu feras tout ce que je t'ordonnerai ? insista-t-il en la transperçant de son regard gris acier.

— Oui.

Il la dévisagea longuement.

— Tu es vraiment capable de te soumettre à ce point ? Tu devras faire tout ce que j'exigerai et faire de mes envies ta priorité – sachant que j'aurai du plaisir à te voir m'obéir sans renâcler. C'est à cela, que tu consens pour cette nuit ?

— Je l'accepte, répondit-elle sans une hésitation.

Il semblait réjoui... et excité par son audace.

— Alors, lave-moi, petite esclave.

Elle s'écarta momentanément de lui pour arrêter le bain à bulles. Elle voulait être capable de voir distinctement le corps de Lucien dans l'eau claire et pure. Lorsqu'elle se retourna vers lui, elle arbora un sourire séducteur, mais en voyant le haussement de sourcils amusé de son amant, elle se dit qu'elle avait sans doute paru plus malicieuse qu'autre chose. Elle se mit à califourchon au-dessus de lui pour lui savonner la poitrine. Elle n'avait pas si souvent l'occasion de caresser à loisir ce torse lisse et musclé... Il resta silencieux pendant qu'elle le frottait, mais elle sentait en permanence son regard attentif sur elle, comme s'il suivait chacun de ses mouvements. Le bruit de l'eau qui ruisselait du gant de toilette sur sa peau lui paraissait hautement sensuel. Elle ne pouvait s'empêcher de remarquer que son pénis devenait de plus en plus dur à chaque passage de sa main sur son ventre.

Une fièvre ardente se mit à parcourir ses veines. Elle allait lui savonner l'abdomen et les cuisses, le torturer comme il l'avait tourmentée la nuit précédente avant de daigner enfin toucher son membre dur. Mais alors qu'elle posait la paume sur ses muscles tendus, il l'agrippa soudain par les épaules.

— Lucien... murmura-t-elle, frustrée de voir ainsi ses projets contrariés.

Il appuya doucement, jusqu'à ce que le visage d'Elise arrive à hauteur de son torse. Dans un second geste, il se laissa aller vers le fond du bassin, de manière à ce qu'elle reste en position surélevée par rapport à lui, les seins immergés dans l'eau, le dos et les fesses au-dessus de la surface.

— Donne-moi ça, dit-il doucement en lui ôtant le savon des mains.

— Mais… j'étais en train de te laver, protesta-t-elle lorsqu'il utilisa le nettoyant pour lui frictionner le dos de ses mains larges.

— Je suis déjà propre, murmura-t-il.

Il raffermit sa prise sur sa taille pour la remonter encore davantage, de façon à ce que ses jambes l'enserrent et que leurs visages soient à quelques centimètres l'un de l'autre. De cette manière, il put la regarder directement dans les yeux tout en glissant négligemment un doigt entre ses fesses.

— Lucien ? glapit-elle lorsqu'il effleura son anus, avant de se mettre à masser plus fermement l'orifice étroit.

— Chut, l'apaisa-t-il avant de la pénétrer d'un seul coup avec son doigt mouillé et glissant.

La jeune femme resta bouche bée, et un hoquet jaillit de sa gorge en signe de protestation contre cette invasion nouvelle. Au-dessous d'elle, elle sentit le membre de Lucien se dresser contre sa peau.

— C'est… bizarre, chuchota-t-elle d'un ton surpris. Tu dois vraiment faire ça ?

Un léger rire franchit les lèvres de son amant.

— Oui. Je suppose que j'y suis obligé, répondit-il en commençant à faire aller et venir son doigt en elle.

C'était honteusement bon de sentir Lucien la toucher si intimement tout en scrutant attentivement ses réactions. Elle sentit ses joues s'empourprer, saisie d'un étrange mélange de gêne et de trouble.

— Et je suppose que je n'ai pas d'autre choix que de te laisser faire, dit-elle. Parce que je suis ton esclave pour la nuit.

— C'est bien ça.

Il utilisa son autre main pour pousser son visage vers le sien et l'embrassa passionnément durant plusieurs minutes sans cesser de faire aller et venir son doigt en elle. Cette sensation était presque trop intime… trop excitante. Quand Lucien rompit enfin leur baiser, Elise haletait doucement, et son intimité était déjà moite de désir.

— Termine de te laver et sors de l'eau, chuchota Lucien tout contre sa bouche.

Elle gémit encore quand il retira l'index de son anus. Immédiatement, elle tenta de faire courir ses mains sur le corps glissant de Lucien, mais il la saisit par les poignets.

— Fais ce que je te dis, la réprimanda-t-il d'une voix suave, avec cependant une lueur sévère dans le regard.

Elle acheva de se rincer et quitta la baignoire avant d'attraper une serviette. Dans le grand miroir du lavabo, elle aperçut Lucien debout dans le bassin, ruisselant comme un dieu indécent.

— Je vais finir de m'habiller dans le dressing, lui annonça-t-il un moment plus tard.

Elle l'écouta distraitement, fascinée par la vision de son grand corps recouvert seulement par un linge blanc noué autour de sa taille.

— N'enfile pas encore tes vêtements, ajouta-t-il alors.

— Pourquoi ? demanda-t-elle en se forçant à détourner les yeux de la bosse visible sous la serviette.

— Parce que je tiens à choisir la tenue de mon esclave pour le dîner, répondit-il comme s'il s'agissait d'une évidence.

Au regard incrédule qu'elle lui lança, il réagit par un petit sourire juste avant de quitter la salle de bains. Rien qu'à l'expression de son visage, Elise devinait qu'il avait quelque chose de précis en tête – un projet diabolique, sans aucun doute.

Lorsqu'il vint la retrouver dix minutes plus tard, elle avait déjà séché ses cheveux et elle terminait de se maquiller. Elle resta béate d'admiration devant la beauté de Lucien, vêtu d'un élégant costume gris sombre qui lui allait à la perfection, assorti d'une chemise blanche amidonnée et d'une cravate noir et argent. Assise sur un haut tabouret, elle pivota lorsqu'elle vit qu'il tenait l'une de ses chemisettes. Il la déposa sur un second siège et se tourna vers elle.

— Relève-toi, je te prie.

Elle se leva lentement, mystifiée par ses manières, curieuse... et de plus en plus excitée. Il tira doucement sur les pans du drap de bain qui l'enveloppait encore et le fit tomber au sol. Elle fut ainsi debout, nue devant lui. Le parfum de son eau de toilette monta dans ses narines et elle inspira profondément, enivrée. Ce ne fut que quelques instants après qu'elle se rendit compte qu'il tenait la petite poche de velours noire dans son autre main.

La poche de velours noire.

— Lucien... Tu ne vas quand même pas me faire porter ces... choses, en public ?

Elle tressaillit en le voyant sortir de la poche le délicat pendentif, suivi de la chaînette amovible qui retenait les pinces à seins.

— Si, répliqua-t-il sobrement en passant le collier autour de son cou.

Le métal et les gemmes parurent froids sur sa peau encore tiédie par le bain. Lucien posa la poche de velours sur le comptoir et plaça soigneusement les petites pinces dessus.

La confusion d'Elise s'accrut lorsqu'il s'assit près d'elle et posa les mains sur ses hanches, l'attirant entre ses longues cuisses.

— Mais... Les gens vont le voir, non ?

— Tu dois me faire confiance pour ne pas t'exhiber ou t'humilier. (Il contempla longuement sa poitrine avant de la regarder dans les yeux.) Tu as confiance en moi, n'est-ce pas ?

— Oui, mais... Lucien ! s'exclama-t-elle avec surprise lorsqu'il prit un téton entre ses lèvres chaudes et se mit à le lécher avidement.

Un liquide moite afflua entre les jambes de la jeune femme, comme si son corps n'attendait que cela pour réagir. Elle s'agrippa à son cou et gémit de plaisir – un plaisir mêlé d'une pointe de douleur. Durant une longue minute, la bouche de Lucien passa d'un sein à l'autre, faisant durcir et rougir les deux pointes de chair.

Quand il releva finalement la tête, l'entrejambe d'Elise était si humide qu'elle aurait tout aussi bien pu ne pas avoir pris de bain. Lucien saisit la chaînette et l'attacha méthodiquement au pendentif. La bouche d'Elise devint sèche lorsqu'il ouvrit la boucle avec l'extrémité de ses doigts et la fixa autour de son téton enflé. Elle lâcha un soupir tremblant. Lucien fit pivoter le fermoir de saphir, serrant davantage, tout en scrutant avec attention les traits d'Elise. Elle grimaça un peu, et il s'arrêta.

— Tu peux supporter ça ? demanda-t-il d'une voix calme.

Elle hocha la tête. La boucle pinçait la chair sensible, mais c'était une sensation hautement érotique – à laquelle elle ne pourrait pas échapper. Elle avait accepté d'être sa captive jusqu'au lendemain matin... l'esclave de ses désirs.

Il fixa la chaînette autour de l'autre mamelon et se redressa, le regard vrillé sur ses seins. À l'inverse de la nuit précédente, cette fois, Elise pouvait contempler son reflet dans un miroir. Et elle devait admettre que la structure formée par le pendentif et la chaînette entravant son buste était superbe. Comme en toute chose, le goût de Lucien était irréprochable. Elle sentait son clitoris pulser d'excitation et éprouvait le besoin presque irrépressible de se caresser elle-même pour éteindre ce brasier d'envie.

Lucien prit la chemisette blanche et la lui tendit. Elle croisa son regard, éberluée.

— Le tissu est trop fin... Je ne peux pas sortir en public sans soutien-gorge... et en portant cette chose ! dit-elle en désignant la chaînette argentée.

— Je t'ai dit que je n'avais pas l'intention de t'exhiber. Tu porteras une veste boutonnée jusqu'à ce que nous nous retrouvions seuls. Personne ne le saura.

Il lui présenta à nouveau le corsage d'un air sévère. Elle n'eut d'autre choix que de se tourner pour l'enfiler. Il le boutonna pour elle. Lorsqu'il atteignit l'attache qui couvrait les saphirs de la chaîne, elle hoqueta à cause de la friction sur ses tétons.

— Ça va ? chuchota-t-il en suspendant son geste.

— Oui, dit-elle avec effort.

Pendant un moment, elle perçut avec précision les battements de son cœur à travers ses mamelons enflés, causant une agréable sensation vibrante. Les doigts de Lucien effleurèrent l'un de ses seins, en un geste tentateur... Une décharge électrique parcourut le corps de la jeune femme, déclenchée par ce mouvement érotique et par la lueur farouche qui brillait dans les yeux gris de son amant. Si seulement il voulait bien plonger les doigts dans son sexe... la faire jouir comme il savait magiquement le faire...

— Tu es belle, souffla Lucien à mi-voix lorsqu'il eut fini.

Il la retourna pour qu'elle puisse se contempler dans le miroir. Les saphirs aussi bleus que l'océan brillaient contre la peau blanche de sa gorge, faisant écho à la couleur de ses iris. Le revers du décolleté de la chemisette était constitué d'une étoffe opaque, qui dissimulait presque la chaînette érotique et les poids des pierres. Mais celle au niveau de la poitrine était fine comme un léger voile, et presque translucide. En dessous, les tétons de la jeune femme étaient sombres et enflés.

Un gémissement involontaire lui échappa.

— Je reviens dans peu de temps, dit Lucien en se relevant.

Il déposa un bref baiser sur ses cheveux, qui la fit frissonner de plaisir.

Elle le regarda sortir de la salle de bains et résolut d'achever de se maquiller. Mais au lieu de cela, elle resta immobile, à contempler son reflet dans le miroir – vêtue en tout et pour tout du pendentif, de la chaînette à seins et d'un caraco qui ne masquait rien, et rendait seulement son buste plus vulnérable et plus exposé qu'il ne l'aurait été si elle était restée nue. Elle effleura d'un geste hésitant l'une des pointes rosées. Une brève sensation d'excitation la fit frémir.

C'était cela que Lucien allait faire toute la nuit. Jouer avec elle. La stimuler jusqu'à un degré insupportable. La rendre folle de désir.

Elle glissa la main entre ses cuisses nues, et son doigt s'agita sur son clitoris. Oh, oui... Si elle faisait vite, elle pourrait peut-être jouir avant le retour de Lucien. Son corps se crispa pendant qu'elle se caressait avec frénésie, de plus en plus vite...

L'instant suivant, elle se retrouva les poings bloqués derrière le dos, tout contre le torse de Lucien. Elle croisa son regard dans le miroir et vit qu'il semblait amusé, mais aussi vaguement irrité.

— Petite hédoniste. Je ne peux pas te laisser seule un instant, hein ?

Elle émit un petit cri de frustration et tira sur ses poignets, mais il la maintenait fermement.

— C'était naturel, se défendit-elle. Tu as attaché ces instruments de torture à mes seins.

Il se pencha un peu, et son menton effleura le sommet de sa tête.

— Toutes les femmes ne sont pas naturellement excitées par les pinces à seins. Je suis heureux que ça te plaise, mais je ne t'autorise pas à jouir sans ma permission, c'est compris ? susurra-t-il d'un ton sévère. Ton impulsivité ne me plaît pas. Je vais devoir te punir pour cela.

Sa voix grave et vibrante fit naître un picotement supplémentaire dans les tétons d'Elise.

— Finis de t'habiller et mets tes bracelets, un à chaque poignet. Ils sont dans ce sac, précisa-t-il en libérant ses mains.

Elise prit alors conscience qu'il avait apporté avec lui d'autres vêtements posés sur son avant-bras. Il étendit une jupe fourreau noire et une veste assortie sur le tabouret.

— Quand tu auras fini, reviens dans la chambre. Je vais te donner ta punition avant que nous partions dîner. Et si je découvre que tu te caresses à nouveau, ajouta-t-il sèchement tout en franchissant le seuil, je te jure que tu le regretteras.

La respiration d'Elise s'accéléra. Elle tendit la main vers la jupe d'un geste précautionneux, comme pour empêcher la chaînette sous ses seins de se balancer.

— Lucien, souffla-t-elle alors qu'il lui tournait le dos. Tu ne m'as pas apporté de sous-vêtement.

— Tu n'en aurais pas besoin, dit-il avant de passer la porte.

— Bien sûr que non, murmura-t-elle d'un ton sarcastique en enfilant l'habit moulant.

Elle ajusta ensuite le blazer. En tant qu'esclave, il était de sa responsabilité de rendre les choses aussi pratiques que possible pour Lucien.

La veste stabilisa un peu sa poitrine et la maudite petite chaîne. Avant de sortir de la pièce, elle contempla son reflet dans le miroir. Elle avait boutonné son haut – si l'on exceptait le rosissement de ses joues et de ses lèvres, ainsi que la flamme qui brillait dans ses yeux, son apparence aurait pu passer pour classique et chic. Les saphirs à sa gorge et à ses poignets scintillaient dans la glace, comme s'ils partageaient avec elle un secret.

Lorsqu'elle franchit le seuil de la chambre, Lucien était en train de chercher quelque chose dans un tiroir. Il se redressa, et la regarda par-dessus son épaule.

— Tu es éblouissante, dit-il lentement.

Il désigna d'un signe du menton le pied du lit, où se trouvait une paire de Louboutin noires.

— Mets tes chaussures, ordonna-t-il.

Quand elle eut enfilé les escarpins, il se tourna vers elle. Elle regarda ce qu'il tenait à la main et écarquilla les yeux en reconnaissant la boîte de plugs anaux qu'elle avait découverte dans le compartiment en l'absence de Lucien.

— Ne t'inquiète pas, dit-il. Si ça peut te rassurer, ça ne fait pas partie de ta punition. J'aurais utilisé ces accessoires même si je ne t'avais pas trouvée en train de te masturber. Je vais faire en sorte que cela cause le moins d'inconfort possible pour toi, mais il faudra pour cela un long moment et de la patience. Des deux côtés. Heureusement, nous avons en effet du temps, ce soir. (Il déchira le carton de la boîte et en retira le plus petit et le plus étroit des trois plugs.) Maintenant, relève ta jupe au-dessus de tes fesses et penche-toi sur le lit.

Comme elle restait immobile, il croisa son regard incrédule et défiant.

— Fais ce que je te dis, ajouta-t-il d'un ton un peu adouci. Je n'exigerais jamais de ma petite esclave une chose qu'elle ne pourrait pas supporter.

Elise releva le menton – puis son vêtement. Avant de se courber et de poser les mains à plat sur le lit, elle jeta un regard farouche en arrière à Lucien. Comme pour proclamer fièrement « oui, je peux le supporter ».

Elle ne se retourna plus, parcourue d'un frisson à la fois d'exaltation et de crainte. À côté d'elle, Lucien déposa la boîte de plugs et sortit la palette en bois du tiroir.

— Fixe le lit des yeux, dit-il.

Elle baissa lentement la tête, cruellement consciente de la pulsation lancinante dans ses seins, et de son sexe exposé à l'air frais de la chambre.

Smack.

La douleur cuisante dans son postérieur la fit sursauter. Un afflux de liquide moite inonda l'intérieur de ses cuisses. Lucien frappa à nouveau.

— J'exige que tu me demandes la permission de jouir, en particulier ce soir. (Il donna un autre coup et les fesses d'Elise commencèrent à la brûler.) Ce soir, tu es mon esclave, et tout m'appartient chez toi. Ton plaisir n'y fait pas exception. Tu m'as bien compris ?

Comme elle ne répondit pas immédiatement, il plaça la main sur son épaule et frappa encore, l'immobilisant de sa poigne de fer. Elle poussa un cri.

— Je t'ai posé une question.

— Oui, j'ai compris… tu es le diable ! souffla-t-elle entre ses dents serrées.

Pour cette parole, elle reçut un autre coup.

Elle dut se mordre la lèvre pour étouffer un gémissement d'excitation lorsqu'il écarta ses fesses d'une main pour frapper la chair à quelques centimètres de son anus. L'orifice se contracta par réflexe et fourmilla d'un trouble interdit.

Quand Lucien finit par reposer la palette dans le casier, le postérieur d'Elise était tout entier en feu. Par-dessus son épaule, avec un mélange de curiosité, d'angoisse et de fièvre, elle regarda Lucien étaler du lubrifiant sur le plug noir. Elle remarqua qu'il formait une pointe à son extrémité puis s'élargissait, et se terminait par une sorte d'embout plat.

— L'embout permet de le maintenir en place une fois qu'il est inséré, dit Lucien – qui avait manifestement remarqué son intérêt et sa fébrilité.

— Tu veux dire… quand on sera *dehors* ? demanda-t-elle en tremblant alors qu'il écartait de nouveau ses fesses.

Un frisson la parcourut lorsqu'il pressa l'extrémité du plug contre son anus. Le plastique semblait froid contre la chair sensible.

— Bien sûr. Personne ne le saura sauf toi – et moi, évidemment. D'après tes réactions, je suppose que tu es vierge de ce côté ?

— J'étais déjà vierge de l'autre. Tu imagines vraiment que ce ne serait pas le cas ici ? demanda-t-elle d'une voix exaspérée.

Le petit rire de Lucien fit naître une vague de chair de poule le long de sa nuque.

— Tu as élevé l'habileté à tromper ton monde au rang d'art, Elise. Comment pourrais-je savoir à quelles escapades sexuelles tu t'es déjà livrée ? Malgré tout, ajouta-t-il d'une voix bourrue, je suis heureux que tu aies préservé cet orifice pour moi.

Ces mots résonnèrent dans la tête de la jeune femme.

« Que tu aies préservé cet orifice pour moi. »

Il poussa le plug en elle et elle écarquilla les yeux.

— Lucien, je ne crois pas que…

— Ne bouge pas, la coupa-t-il sèchement.

Il plaça la main sur son flanc pour l'immobiliser.

— Oh ! hoqueta-t-elle tandis que Lucien faisait doucement aller et venir l'instrument, l'enfonçant davantage chaque fois.

Cette fois, elle ne put retenir un long gémissement. La main de Lucien poussa une dernière fois, et l'objet s'inséra entièrement entre les fesses de la jeune femme. L'embout dépassait vicieusement entre les deux globes de chair… Lucien caressa son postérieur, et elle tourna la tête pour le regarder.

— C'est si étrange… murmura-t-elle.

Il glissa la main sous sa hanche, et Elise sentit sa lèvre inférieure trembler quand il caressa négligemment son clitoris. Une onde de plaisir la traversa, et les muscles de son derrière se contractèrent instinctivement autour du plug.

— Étrange ? reprit Lucien.

Elle se demanda s'il avait remarqué le rougissement soudain de ses joues.

— Étrangement bon, admit-elle avec réticence.

Il sourit et retira sa main. Il commença à faire redescendre la jupe sous ses fesses.

— Ne bouge pas, dit-il rudement alors qu'elle tentait de se redresser pour l'aider.

Il fit glisser l'étoffe avec lenteur le long de son derrière brûlant, d'un geste infiniment sensuel. La jeune femme resta inclinée au-dessus du lit tandis qu'il lissait la jupe autour de ses hanches et de ses fesses. Ces mouvements généraient une subtile pression sur le plug, qui l'excitait au plus haut point.

— Prête ? demanda-t-il lorsqu'elle se redressa enfin.

Il caressa une mèche de ses cheveux, et sa main frôla ses joues brûlantes. Interdite, elle le regarda ôter de la boîte en carton le plug de taille médiane, et le glisser dans l'une des poches de sa veste. Il mit le petit flacon de lubrifiant dans l'autre.

Elle osa le regarder dans les yeux.

Prête pour ça ?

— Pas vraiment, souffla-t-elle.

Il lui prit la main et baisa ses articulations. Même ce geste tout simple projeta une onde électrique dans la chair de la jeune femme.

— Ne t'inquiète pas. Ça va venir, le rassura-t-il d'une voix vibrante qui la fit frissonner de part en part.

14

Lucien déverrouilla la porte arrière de *Fusion* et fit signe à Elise d'entrer.

— On passe chercher quelque chose ? demanda cette dernière en le suivant à travers le couloir de service.

Il se tourna pour lui répondre, et son regard fut absorbé par elle. Il n'avait jamais vu ses lèvres et ses joues si roses. Elle était l'image même d'une splendide jeune femme sexuellement excitée. Il dut se forcer à détourner les yeux avant de continuer. Lorsqu'elle s'était assise dans la voiture, un peu plus tôt, il l'avait vue esquisser une petite grimace et avait craint que le plug ne lui cause de l'inconfort. Mais quand ils étaient sortis du parking de *Fusion*, elle avait déjà repris des couleurs. Si le pourpre de son visage n'avait pas suffi à le rassurer, la pointe dure de ses tétons visibles même à travers la veste l'aurait informé sans ambiguïté des sensations qu'Elise expérimentait.

— Non, tu m'as dit que tu voulais dîner ici, lui rappela-t-il d'une voix calme alors qu'ils pénétraient dans la salle silencieuse du restaurant. J'ai pris des dispositions pour que la cuisine soit ouverte, et qu'on soit servis juste tous les deux.

— Tu n'as quand même pas demandé à Denise de venir pendant son jour de repos, n'est-ce pas ? demanda la jeune femme, perplexe en voyant la lumière qui filtrait à l'une des portes.

— Non, répondit Lucien en la menant jusqu'à l'alcôve privée qu'il réservait à ses invités de marque.

Il invita Elise à prendre place, et celle-ci s'assit avec précaution devant la table illuminée de chandelles et couverte d'une nappe immaculée.

— Mais alors... qui va préparer le repas ? reprit-elle pendant qu'il s'installait à son côté.

— Je pense que le chef te plaira. Il vient de Paris. Lui et son partenaire, Richard Saint-Clair, me doivent une faveur, et ils m'ont semblé très désireux de s'acquitter de cette dette. Ah... voici Richard.

Un homme très séduisant, mince, aux cheveux bruns, s'approcha d'un pas aérien de leur table en tenant une bouteille de vin et deux verres à pied coincés entre ses doigts. Il déposa tout cela sur la table avec un grand sourire. Lucien se leva, et les deux hommes se serrèrent la main et échangèrent quelques mots chaleureux en français. Lucien prit la main d'Elise pour la présenter à leur hôte.

— Il paraît que ce soir représente une occasion spéciale. Lucien a donc enfin trouvé une femme à sa hauteur ! dit Richard avec un sourire malicieux avant de baiser délicatement la main d'Elise. Avec Émile, nous étions persuadés qu'une telle créature ne pouvait exister. Je serai heureux de lui apprendre que nous nous sommes trompés.

— Émile ? demanda Elise d'un ton poli, mais interloqué.

— Émile Savaur, dit Richard avant de déboucher le vin. (Il ne parut pas remarquer l'expression ébahie de la jeune femme.) Nous avons choisi ce cru dans ta réserve privée, Lucien, comme tu nous l'as suggéré. Émile était vert de jalousie en voyant ta cave, mais il a personnellement sélectionné cette bouteille pour accompagner les huîtres.

Il souleva la bouteille de vin blanc.

— Excellent choix, murmura Lucien tout en jetant un coup d'œil à Elise, qui scrutait l'étiquette. J'ai rencontré un jour une adorable enfant, à Nice.

Il faisait allusion au fait qu'il avait acheté le vin dans un vignoble de Bellet, près de Nice.

Elise lui adressa un petit sourire complice.

— Dis à Émile de prendre un autre bellet avant de repartir ce soir.

Richard fronça les sourcils en versant le vin.

— Tu pourras le lui dire toi-même. Le voilà.

Un homme plus âgé aux cheveux grisonnants, au front haut et aux traits patriciens s'approcha de la table et déposa un grand plat devant eux.

— Huîtres de Tomales Bay avec leur sauce mignonnette – d'après la recette de ma mère. Je ne la sers qu'à ma famille et aux proches amis, dit le chef de renommée mondiale d'un ton bourru. Quant au vin, Lucien, tu sais très bien que tu ne nous dois rien. Richard et moi viendrons cuisiner pour toi autant de fois que tu voudras, et ça ne suffira jamais à te remercier de nous avoir aidés à acquérir cette propriété à Paris, il y a des années. Mais qui est cette superbe rose ? ajouta-t-il en ignorant la main tendue de Lucien et en se tournant vers la jeune femme.

— Elise, répondit-elle simplement.

Rien qu'au ton de sa voix, Lucien fut certain qu'elle ne voulait pas qu'on la reconnaisse comme l'héritière gâtée et superficielle de Louis Martin. Et pourquoi l'aurait-elle voulu ? songea-t-il en scrutant la jeune femme qui serrait la main d'Émile. Elle était tellement plus que ça… Il avait lui-même cru un jour pouvoir l'enfermer dans ce rôle étroit, mais personne ne pouvait la réduire à un stéréotype.

— Ça fait des années que je voulais vous rencontrer, dit Elise en contemplant Émile avec des yeux ronds. Je suis allée plusieurs fois dans votre restaurant parisien. Votre cuisine m'a permis de découvrir un degré supérieur de conscience.

Émile inclina modestement la tête devant ce compliment spontané et sincère.

— Vous parlez sans doute du restaurant que Lucien nous a aidés à acquérir. Et ce n'était pas une mince faveur de sa part. C'est pour cela que Richard et moi sommes ici ce soir.

— Comment va ta mère ? demanda Lucien à Émile quand ce dernier relâcha la main de la jeune femme.

— Toujours aussi hargneuse. Tu devrais l'entendre haranguer le cuisinier de la résidence de retraités où elle vit.

— Et on se demande de qui tu tiens… commenta Richard avec malice.

Émile adressa un sourire complice à son amant.

— Nous sommes à ta disposition, Lucien. Viens, Richard. J'ai besoin de toi pour les cailles.

Quelques secondes plus tard, Elise se tourna vers Lucien avec un air éberlué.

— Tu as demandé à Émile Savaur de venir cuisiner pour nous ?

— Oui. Tu savais qu'il avait ouvert un restaurant à Chicago, n'est-ce pas ?

L'air ahuri de la jeune femme indiquait qu'elle était loin de considérer cette explication comme suffisante.

— Je ne voulais pas demander à l'un de mes employés de venir sur son jour de congé, et tu m'as dit que tu voulais dîner ici, dit-il en haussant les épaules et en déboutonnant sa veste.

Il lui tendit un verre de vin.

— C'est mon idole absolue.

— Tu me prouves ce que je savais déjà : que tu as un goût certain. J'ai fait des pieds et des mains pour embaucher Émile comme chef dans l'un de mes restaurants, mais il préfère posséder son propre établissement. Lui et Richard travaillent très bien ensemble, et je comprends pourquoi ils ne veulent pas changer une recette qui gagne. La mère d'Émile vit dans les environs de Chicago, et sa santé est fragile. C'est la raison pour laquelle ils sont venus s'installer ici.

Elise semblait à peine moins confuse. Elle sirota une gorgée de vin doré, mais il lui prit le verre des mains et le reposa sur la table.

Il plaça les paumes autour de sa taille et l'embrassa passionnément, étouffant le léger hoquet qu'elle poussa. L'odeur de la jeune femme envahit son nez – à son parfum favori se mêlait la fragrance discrète de son excitation. Il ne pourrait jamais se lasser de cette senteur.

— Ce vin est délicieux, mais il prend une dimension toute particulière quand on le savoure sur ta bouche, murmura-t-il un peu plus tard contre ses lèvres.

Il retira le bouton supérieur de la veste d'Elise et fit glisser ses doigts jusqu'à ceux de la chemisette. Il ressentit la chaleur qui irradiait de sa peau, et perçut avec plaisir le frémissement qui parcourut le corps de la jeune femme. Lorsqu'il effleura un téton, son membre viril gonfla aussitôt. La pointe de chair était dure et gonflée entre les pincettes de métal. Ils devaient être merveilleusement sensibles.

— Comment te sens-tu ? souffla-t-il en tirant très doucement sur la chaîne.

Un brusque soupir s'échappa de la bouche d'Elise. Elle restait stoïque et immobile sous les caresses de Lucien.

— Fébrile ? suggéra-t-elle d'un souffle haletant.

Il la dévisagea entre ses paupières étrécies.

— Tu te montres une très bonne petite esclave en me laissant jouer ainsi avec ton corps. N'as-tu pas envie de protester ?

Il pinça l'extrémité d'un mamelon, le rendant encore plus dur sous ses doigts. Elise se mordilla la lèvre, et il sut qu'elle se retenait d'émettre le moindre son.

— Non. Je sais que j'ai consenti à cela. Mais je suis embarrassée... J'ai peur que Richard ou Émile reviennent alors que tu...

— Ne t'inquiète pas, dit Lucien comme elle ne terminait pas sa phrase. Émile et Richard savent l'importance de l'intimité dans un dîner à deux. Ils ne reviendront pas avant qu'il soit temps d'amener les salades. Ils veulent que nous savourions tranquillement le vin et les huîtres. Et que nous nous goûtions l'un l'autre, ajouta-t-il d'une voix grave tout en se rehaussant et en finissant de déboutonner la chemisette d'Elise.

— Lucien... protesta-t-elle.

Elle s'interrompit lorsqu'il écarta les pans de la veste, puis du corsage, pour exposer sa poitrine. Ses mamelons rose sombre formaient un contraste saisissant avec sa peau d'albâtre. Ils étaient durs, gonflés, et donnaient l'eau à la bouche. Entre eux deux, la chaînette oscillait doucement. Elle remarqua peut-être l'admiration et la voracité qui luisaient dans son regard, car celle cessa d'un coup de protester. Lucien laissa ses seins exposés et tendit la main vers l'assiette d'huîtres. Il en saisit une et déposa un peu de sauce mignonnette dessus. Quand il la porta à la bouche d'Elise, le regard de la jeune femme resta captivé par le sien.

L'huître glissa entre ses lèvres.

Elle ferma la bouche, puis les paupières. En constatant le plaisir sensuel qui se lisait sur son visage, Lucien sentit son membre se cabrer. Les contours de la bouche d'Elise bougèrent tandis qu'elle savourait les huîtres délicieuses et fraîches, inondant sa langue de jus iodé. Lucien avait envie de faire la même chose avec elle : se gorger de son corps jusqu'à l'ivresse, la déguster jusqu'à ce que son goût emplisse sa bouche et sa gorge… fondre sa chair dans la sienne.

— Tu es exquise. Je n'ai jamais autant désiré une femme, murmura-t-il en faisant courir ses lèvres le long de ses joues rouges et parfumées tout en lui caressant délicatement les seins.

Tu ne désireras jamais une femme comme tu la désires, elle.

Le tintement sonore d'un ustensile métallique venu de la cuisine le tira brusquement de sa rêverie. Elise sursauta, et son ravissement parut se dissiper.

— Chut, l'apaisa Lucien en lui baisant la nuque. Tu n'as jamais fait tomber une poêle ?

Il fit glisser ses mains le long des lignes délicates de ses côtes, et il la sentit trembler. Il adorait sa fragilité, sa sensibilité.

— Lucien, on ne devrait pas… Ils pourraient nous voir !

— Ils ne nous verront pas, assura-t-il en remarquant l'angoisse sur son visage. Mais si cela t'inquiète à ce point, j'en prends la responsabilité en tant que maître. Quant à toi, petite esclave, tu te plieras à tous mes désirs sans protester.

Sa voix était douce, mais il s'assura qu'elle percevait aussi une nuance de sévérité dans son ton. Il n'avait pas l'intention de se priver de la moindre chose d'elle, ce soir – ni ses soupirs de plaisir, ni les tremblements de son corps sous sa main, ni son regard affolé quand elle abdiqua pour se livrer totalement à lui.

Il prit la petite clé qu'il portait toujours autour de son cou. Les yeux d'Elise s'agrandirent alors, exprimant ce mélange d'appréhension et d'envie qu'il aimait particulièrement. Il lui réunit les poignets et fixa les bracelets l'un à l'autre. Il se pencha ensuite sous la table pour remonter la jupe de la jeune femme vers le haut de ses cuisses. Elle hoqueta contre son cou.

— Lucien, tu dois vraiment...

La fin de sa phrase s'étrangla lorsqu'il fit glisser le vêtement jusqu'au-dessus de son sexe nu.

— Oui, et tu es obligée de me le permettre, répondit-il simplement avant de rabattre le coin de la nappe sur les mains liées et les jambes nues d'Elise. À présent, reprit-il en effleurant de nouveau un téton raide, il est temps de déguster le savoureux festin qui m'est offert.

*

* *

Elise sentait son corps frémir et vibrer comme les cordes d'une harpe quand Lucien se remit à jouer avec ses seins, tirant de temps en temps avec douceur sur la chaînette. Il s'interrompait par moments pour porter directement à ses lèvres une huître crémeuse et assaisonnée, ou lui faire boire une gorgée de vin blanc. Le mélange des saveurs sur sa langue était sublime, les caresses sur sa poitrine une douce torture. Elle se laissa entraîner dans un tourbillon de sensations intenses. Elle était si trempée qu'elle savait pertinemment qu'il y aurait une tache blanche sur le tissu de la jupe au niveau de son sexe. Elle se demanda même si Lucien n'avait pas choisi précisément la couleur noire à cause de cela...

Elle avala un autre fruit de mer, et Lucien se pencha pour l'embrasser alors que la saveur marine inondait ses papilles. Une fois qu'elle eut avalé, il scella complètement sa bouche à la sienne avant de lui mordiller tendrement la lèvre inférieure.

— Tes lèvres deviennent aussi rouges que tes seins, murmura-t-il.

Elle gémit doucement.

— Si tu continues à les mordre, ça ne va pas s'arranger.

— Alors, je vais continuer à les mordre, murmura-t-il avant de joindre le geste à la parole.

Ses doigts agiles continuaient à manipuler sa poitrine, et la sensualité de son baiser la mettait au comble du désespoir.

— Lucien... Je t'en prie, touche-moi, supplia-t-elle.

— Où ?

— Sur mon sexe. J'en ai tellement envie... dit-elle en baisant fiévreusement les lèvres de Lucien.

Il recula légèrement la tête, mais elle suivit son mouvement d'une bouche avide.

Il scruta son visage.

— Je ne vais pas le faire pour le moment, dit-il en évitant ses lèvres, ce qui fit jaillir une plainte de frustration dans la gorge de la jeune femme.

Il pinça un téton enflé et elle geignit plus fort, tortillant les hanches sur la banquette de cuir.

— Mais tu peux jouir, si tu le souhaites, pendant que je joue avec tes seins.

— Oh ! hoqueta-t-elle avec un mélange de frustration et d'excitation tandis qu'il tirait sur la chaîne et que le plaisir teinté de douleur parcourait son corps.

— Tu as besoin d'un peu d'aide pour cette mission ? susurra la voix de Lucien à travers son esprit embrumé.

— Oui, souffla-t-elle.

Elle sentit de nouveau ses mains sur la chaîne et vit qu'il desserrait l'une des boucles métalliques autour de ses mamelons.

Une vive souffrance traversa son buste, provoquée par le feu soudain qui embrasait des milliers de nerfs.

— Chut, la gronda-t-il tendrement avant de baisser la tête pour saisir le téton entre ses lèvres.

Il souleva ses mains entravées à une dizaine de centimètres au-dessus de ses cuisses, l'empêchant ainsi d'accéder à sa féminité.

Un cri âpre s'échappa des lèvres d'Elise quand Lucien tira sur le mamelon pulsant, et elle commença à trembler sous l'orgasme. Ça faisait mal. Et c'était aussi si bon qu'elle pouvait à peine se retenir de hurler. Ses hanches se tordaient sur la banquette, mais elle ne pouvait pas obtenir la friction qu'elle désirait contre son sexe – ce qui teinta son orgasme d'une crispation frustrante.

Lorsque Lucien releva la tête un moment plus tard et fixa de nouveau la chaînette sur son téton, elle était complètement désorientée. Le pincement familier la fit grimacer, mais Lucien réajusta prestement sa veste. Quand Richard réapparut pour leur servir une magnifique assiette d'asperges avec salade de champignons, elle cligna les paupières, hébétée. Une fois les plats servis, Richard ouvrit la bouche pour dire quelque chose, mais il regarda Elise et parut se raviser. Il remplit leurs verres de vin.

— Bon appétit, dit-il avec un petit sourire avant de regagner la cuisine.

— Lucien ? souffla Elise lorsque Richard fut hors de vue.

— Oui, *ma chère** ? répondit ce dernier en s'emparant de ses couverts pour commencer à découper les asperges.

— Je ne survivrai pas jusqu'au plat principal si tu continues comme ça.

Elle vit son regard amusé.

— Oh, si. Tu résisteras, parce que c'est ce que j'exige de toi, rétorqua-t-il avant de lever sa fourchette, et de glisser un morceau de légume entre les lèvres gonflées de la jeune femme.

*

* *

Quand le plat de résistance arriva enfin, Elise ne songeait absolument plus à manger. Il était impossible de ressentir une excitation aussi vivace et permanente et de penser à autre chose qu'à cette torture délicieuse. Lorsqu'elle détourna la tête de la bouchée de caille farcie aux oignons, chorizo et poireaux qu'il lui tendait, il se pencha sur elle pour baiser doucement ses lèvres, et la dévisagea avec attention. Elle sentait une fine pellicule de transpiration perler sur sa lèvre supérieure et s'accumuler sur sa poitrine. Haletante, elle prit garde de ne pas trop bouger pour ne pas faire osciller les chaînettes entre ses seins.

— Pauvre petite fille, murmura Lucien avec compassion.

Il posa le couvert et prit un verre d'eau qu'il porta à la bouche de la jeune femme. Elle but avidement, sachant pertinemment que le liquide frais ne suffirait jamais à étancher la soif d'une tout autre nature qui la brûlait. Quand elle eut fini, Lucien reposa le verre et entama son repas. Sa main libre glissa sous la nappe.

— Oh ! s'exclama Elise une seconde plus tard quand elle sentit un doigt presser soudainement son clitoris.

Les yeux écarquillés, elle contempla fixement son assiette superbement présentée et céda aux spasmes de l'orgasme. Peut-être à cause du plug toujours présent entre ses fesses, ou simplement de la frustration extrême qu'elle avait accumulée, la jouissance fut explosive. Elle gémit longuement, un râle d'agonie et de délice, essayant désespérément de contenir le volcan de lave qui embrasait sa chair, arquant les hanches contre les doigts de Lucien.

— Ça va mieux ? demanda-t-il d'une voix calme quelques instants plus tard en reprenant sa fourchette.

Son autre main bougeait toujours entre les cuisses de la jeune femme, lui arrachant d'ultimes tremblements de plaisir.

Elise tenta de reprendre son souffle. Elle s'effondra contre le dos de la banquette, à bout de forces.

— Pourquoi aimes-tu me torturer ?

Il lui jeta un regard acéré avant de prendre un morceau de caille, qu'il mâcha et avala lentement.

— Tu crois que ce n'est pas un supplice pour moi de rester assis à côté de toi pendant que tu frémis, impuissante, sous ma main ? De respirer l'odeur de ton sexe, de savoir que ton corps est électrisé par le désir et que bientôt... très bientôt, je me consumerai dans ce brasier ardent ? Tu es la femme la plus désirable que je n'aie jamais vue, et voilà où j'en suis réduit, lâcha-t-il d'un ton faussement amer. (Il agita encore les doigts entre ses cuisses, et Elise se mordit la lèvre inférieure.) Je suis moins cruel avec toi que je ne le suis envers moi-même, ajouta-t-il avant d'enfourner un autre morceau de caille.

Son visage était tendu d'envie et de détermination.

— Je suis désolée, chuchota-t-elle. Je sais que ce n'est pas facile pour toi non plus.

— Tu préférerais que j'arrête ?

— Non ! Surtout pas. Ton exigence m'apprend des choses sur mon corps dont j'ignorais l'existence. Je veux arriver à me contrôler.

— Prends ton plaisir maintenant et savoure-le, commenta Lucien en reposant son couvert. (Il but une gorgée de vin, sans cesser d'agiter la main entre ses jambes. Elise sentit un nouvel orgasme poindre.) Parce que quand nous serons rentrés à l'appartement, mon bien-être devra être ta priorité absolue.

Elle gémit doucement et arqua le bassin contre sa main. Ce qu'il venait de dire était très excitant.

— Même si ça ne me plaît pas à moi ?

— Oui. Même dans ce cas.

Il se pencha sur elle et pressa ses lèvres contre les siennes, d'un baiser à la fois tendre et intraitable. Elle se sentit fondre sous sa bouche et ses mains et atteignit l'extase à nouveau.

Elise n'eut pas d'autre choix que de rester assise pendant que Lucien terminait son assiette, et de jouir encore sous sa main. Au bout de la troisième fois, son clitoris était devenu tellement sensible qu'il lui faisait presque mal. Les doigts de Lucien la laissaient pantelante, sans force, et elle expérimentait ce qui ressemblait presque à un orgasme latent. C'était délicieux, mais c'était comparable à la sensation qu'éprouverait une personne mourant de soif si on faisait couler de l'eau goutte à goutte sur sa langue.

Lucien reposa finalement sa fourchette et retira sa main d'entre les cuisses de la jeune femme. Il déposa aussi sa serviette sur la table.

— Viens avec moi un moment, dit-il en saisissant ses mains liées.

Elle se releva avec lui et le suivit hors de l'alcôve. Il redescendit sa jupe pour elle. Elle était si enivrée de désir qu'elle songea à peine à l'embarras qui serait le sien s'ils croisaient Richard alors qu'il était évident qu'elle avait les mains attachées. Mais Richard et Émile se trouvaient à l'opposé du restaurant, dans la cuisine, alors que Lucien l'entraînait à travers le couloir jusqu'à son bureau.

Il referma la porte derrière eux et appuya sur l'interrupteur pour éclairer la pièce.

— Penche-toi sur le bureau.

Son ordre ferme la tira un peu de son étourdissement. Elle cligna les yeux.

— Mais pourquoi...

— Fais juste ce que je te dis, rétorqua-t-il.

Le timbre vibrant de sa voix trahissait son trouble.

Elise s'avança et posa les deux mains sur le bois lisse de la table. Elle se courba, exactement comme elle l'avait fait quelques semaines plus tôt, dans cette même pièce, quand Lucien l'avait choquée en lui disant qu'il voulait la punir... lui montrer les limites de son univers où tout semblait permis.

Ce soir, elle ne ressentait pas moins d'excitation que la première fois – mais elle avait appris à faire confiance à Lucien. À se faire confiance à elle-même aussi. Ces certitudes lui permettaient de ressentir moins d'anxiété, et plus de désir, à travers des scénarios qu'elle n'avait jamais osé imaginer par le passé.

— Tu vas me punir à nouveau ? demanda-t-elle d'une voix flageolante alors qu'il faisait remonter la jupe au-dessus de son postérieur.

— Non. Ça ne prendra pas beaucoup de temps. Je ne veux pas me montrer grossier et manquer le dessert que nous a préparé Émile. Écarte les cuisses.

Elle réprima un hoquet quand il lui écarta les fesses, exposant son sexe.

— Je ne t'ai jamais vue si mouillée, dit-il d'une voix pleine de désir. Ton clitoris est visible.

Lorsqu'il toucha la chair enflée, la jeune femme eut l'impression que ses poumons se vidaient d'un seul coup. Elle lâcha un misérable gémissement quand il retira le plug anal, projetant une onde brûlante le long des nerfs de ses deux orifices. Curieuse, elle tourna la tête vers lui, et vit qu'il étalait du lubrifiant sur le second instrument, qu'il avait rangé un peu plus tôt dans sa poche. Ce dernier sembla à Elise terriblement large.

Quelques secondes plus tard, il la surprit en train de l'observer, et soutint impitoyablement son regard.

— Recule les fesses, ordonna-t-il malgré la moue de la jeune femme.

Elle s'exécuta, et le plug encore inutilisé s'inséra entre ses fesses avec une relative facilité. Un bref élancement de douleur la fit cependant grimacer. Elle exhala lentement, et le mal disparut aussi vite qu'il était venu, laissant place à une sensation délicieuse et interdite.

Elle ne pouvait plus échapper à la conscience permanente qu'elle était pénétrée, même une fois que

Lucien eut rabaissé sa jupe et l'eut aidée à se redresser. Elle attendit immobile, ses seins, son clitoris et son anus parcourus de pulsations régulières, pendant que Lucien se rendait dans la salle de bains pour se laver les mains. Quand il revint un peu après, elle était encore plus tendue qu'auparavant. Il la prit par la main et l'entraîna de nouveau vers leur table. Ils se rassirent juste à temps pour voir arriver le café, du cognac et de splendides tartelettes au chocolat.

Cette fois, Elise réussit à avaler plusieurs bouchées du savoureux dessert. Lucien, à l'inverse, ne toucha pas à son assiette.

*

* *

Plus tard, quand ils prirent congé de Richard et d'Émile en les remerciant vivement, Elise perçut la tension croissante de Lucien. Elle la sentit monter tandis qu'il conduisait sur le trajet du retour, créant une atmosphère électrique dans la berline au point qu'elle avait du mal à respirer.

Être l'objet d'une passion si intense la stimulait et l'intimidait à la fois. Lucien ne cessait de la surprendre et de la combler sexuellement, mais les défis qu'il lui lançait étaient aussi un peu effrayants.

Parviendrait-elle toujours à être à la hauteur de ses attentes ?

« Si tu te montres honnête... tu me plairas toujours. »

Le souvenir de cette phrase lui donna du courage. Dès qu'ils eurent franchi la porte de l'appartement, Lucien la mena directement vers la chambre. Son visage semblait figé comme de la pierre ; il commença à la déshabiller sans autre forme de procès.

Il avait débloqué ses bracelets avant leur départ de *Fusion*. Comme il lui ôtait la veste et la chemisette, elle resta immobile devant lui. Vêtue seulement de la jupe, de ses chaussures et portant toujours les bijoux aux poignets, le pendentif et la chaînette aux saphirs attachée à ses seins.

Avant de faire glisser la jupe, il releva les yeux vers elle.

— Est-ce que ça va ? demanda-t-il en la fixant de ses yeux étrécis.

Elle hocha la tête. Voyant qu'il continuait à la dévisager, elle ajouta :

— J'ai un peu peur.

— De moi ? dit-il en fronçant les sourcils.

— Non. De ne pas parvenir à te satisfaire.

Il resta bouche bée un instant, puis se rapprocha et lui prit le menton.

— Ce n'est pas possible. Fais-moi confiance pour ça. D'accord ?

Elle soutint son regard et opina.

— Tu m'as déjà comblé plus ce soir que je ne l'ai jamais été de toute ma vie, dit-il avant d'effleurer sa bouche avec la sienne, en un tranquille baiser qui semblait signifier : « Je te ferai traverser la tempête sans dommage. »

Il releva la tête ensuite.

— Mais ça ne veut pas dire que je vais prendre des gants avec toi, reprit-il.

Sa voix était semblable à une lame de fer dans un fourreau de velours.

— Je n'ai pas envie que tu le fasses, affirma-t-elle.

Maintenant qu'elle avait évoqué devant lui ses angoisses, ses doutes, et qu'elle avait entendu la réponse rassurante de Lucien, elle ne pouvait s'empêcher de ressentir une pointe de regret. Elle n'aurait pas dû être inquiète. Il saurait évidemment la préserver. Il ne lui demanderait jamais rien qu'elle fût incapable de donner.

Mais peut-il vraiment me préserver s'il ne partage pas l'amour que je brûle de lui avouer ? Dans ce cas, je serais totalement seule, même avec Lucien à mon côté.

Cette pensée était si effrayante qu'elle essaya tant qu'elle put de la repousser.

— Parfait, murmura Lucien. Parce que tu m'as rendu quasiment fou pendant cette soirée.

Elle effleura d'une main ses mâchoires et rapprocha son corps du sien. Le contact léger de ses tétons avec l'étoffe de sa chemise fit naître en elle une vague de frissons. Elle rejeta la tête en arrière et rencontra son regard.

— Je vais t'aider à te libérer de cette folie. Je suis ton esclave, Lucien. Use de moi pour ton plaisir, souffla-t-elle avec une lueur de défi dans les yeux.

Elle vit un éclat sombre étinceler dans les prunelles de Lucien. Les narines de son amant vibrèrent.

— Tu n'as pas besoin de me le dire. Je prendrai tout ce qui me plaira de toi, parce que tu m'appartiens.

Sa voix autoritaire déclencha un trouble nouveau chez la jeune femme. Lucien passa les bras derrière son dos et défit l'agrafe de la jupe, avant de la faire descendre le long de ses hanches et de ses cuisses. Le vêtement tomba à terre, et Elise se retrouva complètement nue, à l'exception des escarpins et des bijoux. Lucien leva la main pour desserrer un peu les pinces sur ses seins, et elle dut se mordre la lèvre pour étouffer un cri à cause de la douleur causée par le relâchement soudain de la pression.

— Je suis désolé, murmura-t-il d'une voix rauque.

Il ôta la chaînette et le pendentif, et les déposa sur la table de chevet. Lorsqu'il se pencha à nouveau pour prendre possession de ses lèvres, Elise sentit la souffrance disparaître aussi vite qu'elle était venue. Lucien fit courir ses paumes le long de ses hanches et de ses flancs. Il caressa doucement ses tétons hypersensibles, et elle fut prise d'un incontrôlable frisson.

— Tes mamelons sont si larges maintenant, si foncés… Ils sont magnifiques, dit-il en pétrissant sa poitrine.

— Lucien… gémit-elle.

— Je ne vais pas repousser les choses plus longtemps, lâcha-t-il brusquement comme s'il venait de prendre une décision.

Il la conduisit vers le grand lit.

— Pose tes mains sur la barre et incline-toi en avant.

Tandis qu'elle prenait position, les mains crispées sur la grande planche d'acajou qui faisait la jonction entre les pieds du lit, l'excitation devint presque intenable. Son cœur battait à tout rompre, et elle avait de plus en plus de mal à respirer.

— Ne bouge plus, dit-il.

Elle se tint immobile et vit Lucien se diriger vers le dressing. Quand il en ressortit plusieurs minutes après, il ne portait plus que son pantalon, et les muscles bien dessinés de son torse luisaient dans la lumière tamisée de la chambre.

Elise ne put s'empêcher de remarquer la bosse imposante qui déformait son pantalon à l'entrejambe… Elle s'efforça de détourner les yeux et remarqua alors quelque chose d'inhabituel dans les mains de Lucien.

Elle reconnut alors l'un des objets : c'était la cravache noire qu'il avait utilisée sur elle la nuit à l'écurie, quand il avait pris sa virginité. Il avait dit alors que la cravache était désormais *à elle*... pas pour qu'elle s'en serve, mais pour qu'elle la subisse. Elise frémit. Lucien tenait aussi une boîte en bois verni, coincée sous son bras, et un troisième instrument qui la laissa perplexe. Cela ressemblait à une structure de cuir semi-rigide, avec deux lanières souples qui pendaient librement au-dessous.

Elle contemplait toujours cet accessoire quand Lucien se rapprocha d'elle pour déposer le coffret en bois sur le sol. Il plaça la cravache sur le lit.

— Lucien... qu'est-ce que c'est que ça ? demanda-t-elle d'une voix étranglée en regardant l'objet de cuir.

Il se tourna vers elle, un petit sourire diabolique aux lèvres, qui surprit la jeune femme. Il paraissait si crispé l'instant d'avant qu'elle ne s'était pas du tout attendue à cela.

— C'est un corset de cuir un peu spécial. Très robuste. J'ai pensé qu'il serait extraordinairement sexy sur ta peau blanche.

Il le lui présenta, et Elise resta interdite en voyant les deux lanières fixées au niveau du dos, de chaque côté de la fermeture Éclair.

— Et ce sont... ?

— Des rênes, répondit Lucien avec une pointe de malice dans la voix. C'est une selle qui t'est destinée. Je l'ai fait concevoir à partir de tes mesures. Maintenant, je veux que tu inspires fort, murmura-t-il avant d'ajuster le corset autour de ses flancs et de refermer la fermeture Éclair.

Elle comprenait pourquoi il lui avait demandé de remplir ses poumons d'air. Le corset était très étroitement ajusté. Le cuir s'arrêtait à trois centimètres au-dessous de ses seins, faisant rebondir ces derniers.

— Ça m'a l'air d'aller, dit Lucien en faisant courir ses doigts le long de la chair pulpeuse qui dépassait du corset.

Un frisson de plaisir la traversa.

— Qu'en penses-tu ? ajouta-t-il.

— C'est très serré, bafouilla Elise, toujours interloquée.

Elle ne savait pas si ce cadeau lui plaisait ou l'irritait.

Une selle sur mesure ?

Lucien se redressa et sembla remarquer la lueur courroucée dans son regard.

— Tu te souviens peut-être m'avoir dit une fois que personne ne pouvait te prendre...

— Et tu veux me prouver que j'avais tort ?

— J'ai fait fabriquer ce corset pour que tu comprennes bien qu'il existe un homme à qui tu vas te soumettre, gronda-t-il doucement en lui caressant le derrière. Et que tu lui permettras de prendre totalement les rênes. Tu sais qui est cet individu ?

Elle ne répondit pas tout de suite et le dévisagea pendant un moment. Son cœur tambourinait à ses oreilles.

— C'est toi, chuchota-t-elle finalement.

Elle ne pouvait détacher le regard du sourire sexy qui ornait toujours les lèvres de Lucien. Il s'avança vers la table de chevet, en sortit un autre flacon de lubrifiant... ainsi que le dernier plug de la boîte.

Le plus gros.

Les muscles d'Elise se contractèrent instinctivement autour de l'accessoire déjà en place. Lucien reposa la fiole sur la table de chevet et se débarrassa méthodiquement du reste de ses vêtements. La jeune femme sentit sa bouche devenir sèche à la vision de son postérieur musclé, de ses cuisses puissantes, de son pénis large et dressé en un angle oblique.

La fièvre érotique d'Elise atteignit son apogée.

Lucien s'avança vers elle, la petite bouteille de lubrifiant et le plug à la main.

— Tu vas me... prendre par-derrière, n'est-ce pas ? demanda-t-elle en rougissant d'embarras.

Le déroulement de la soirée rendait d'une certaine façon évident ce à quoi il l'avait préparée.

— Oui, dit-il en débouchant le flacon. Et tu vas te soumettre. Mais avant, je vais posséder ta petite chatte brûlante.

Un gémissement d'excitation pure s'échappa de la gorge de la jeune femme. Les sentiments contradictoires qu'elle éprouvait généraient une tension ingérable. Elle ne voulait pas être possédée... Et quelque part, si. Elle souhaitait que ce soit lui, que l'enfant rebelle, superficielle, indisciplinée qu'elle avait été, soit enfin contrôlée et trouve ses limites.

Maîtrisée par Lucien.

Il se rapprocha d'elle, et son sexe oscilla légèrement entre ses jambes tandis qu'il marchait. Le regard de la jeune femme se posa à nouveau sur le plug qu'il tenait à la main. Quand Lucien se positionna derrière elle, le souffle d'Elise s'accéléra follement. Elle lâcha un geignement quand il retira l'autre plug et serra les dents et les paupières, quelques instants plus tard, lorsqu'il inséra le nouveau. Elle eut un peu mal au début, mais une fois qu'il fut en place, les muscles de son orifice intime se mirent à pulser autour de l'intrus.

Elle aurait dû se sentir humiliée, prosternée ainsi avec un large instrument entre les fesses et harnachée d'un corset doté de rênes que Lucien avait l'intention d'utiliser pour la contrôler. Et, contre toute attente, elle était plus excitée que jamais. Cela ne s'arrangea pas quand Lucien revint vers elle et ramassa la cravache sur le lit. Elle voulut éviter son regard, mais il lui saisit le menton pour interdire toute dérobade.

— Il n'y a pas de honte à se soumettre, lui rappela-t-il d'une voix douce. Seulement du plaisir. De la confiance. Et le désir de procurer du bien-être.

— Je veux te donner du plaisir.

— Je le sais. Même si tu en doutes. Et ça me plaît plus que n'importe quoi d'autre.

Elle se mordit la lèvre inférieure pour réprimer son trouble, et Lucien se plaça derrière elle.

— Monte sur la boîte, dit-il en rapprochant le coffret en bois de ses pieds.

Elle posa précautionneusement les pieds dessus, gardant les mains serrées autour de la barre horizontale du lit. Son corps se retrouvait ainsi en position bien plus favorable pour le confort de Lucien.

Il l'empala sur son membre d'un seul coup puissant et soudain, et elle poussa un cri aigu. Elle était envahie de toutes parts, avec le plug d'un côté et le pénis énorme de Lucien enfoncé jusqu'à la garde de l'autre. Il lui caressa la croupe comme pour l'apaiser et se mit immédiatement à la prendre avec de féroces coups de reins. La pression combinée dans son vagin et dans son anus était presque insupportable, et Lucien ne se montrait pas tendre. Il la besognait encore et encore, et Elise devait s'agripper à la barre pour ne pas perdre l'équilibre.

— Tu es brûlante, souffla-t-il d'une voix rauque qui fit vibrer la chair de la jeune femme.

Il se retira d'elle presque complètement, laissant seulement l'extrémité de son membre immergé dans sa féminité, et donna un coup de cravache inattendu sur son postérieur.

— Oh ! couina-t-elle en arquant les hanches pour retrouver le pénis de Lucien en elle.

Pour la punir de ce mouvement impulsif, il frappa une deuxième fois, plus fort, et arrima fermement les mains sur son bassin.

— C'est *moi* qui mène la danse, lui rappela-t-il d'une voix où se mêlaient le désir farouche et l'amusement.

— Oui... Oui... j'ai compris, souffla-t-elle d'un ton misérable.

Il joignit le geste à la parole et empoigna les lanières fixées au corset. Elle n'aurait jamais cru possible de trouver excitant d'être ainsi contrôlée. Il tirait régulièrement sur les rênes, attirant leurs deux corps jusqu'à ce que leurs chairs se heurtent, en un rythme enivrant auquel elle ne pouvait s'empêcher de répondre. Ses tétons pulsaient à chaque balancement imposé par les coups de boutoir brutaux de Lucien. Les muscles de son anus se resserraient convulsivement autour du plug, projetant en elle une onde de plaisir obscur. Il accéléra le rythme et frappa de nouveau son postérieur avec la cravache...

Oh, oui. Elle était faite pour être prise... pour se soumettre à cet homme. Lui, et pas un autre.

Quelques instants plus tard, elle entendit Lucien pousser un juron étouffé, et l'orgasme la submergea immédiatement. Elle poussa un gémissement quand il se retira brusquement de son corps.

— Incorrigible, marmonna-t-il en retirant aussitôt le plug.

Elle gémit de surprise quand il frappa de nouveau plusieurs fois avec la cravache sur ses fesses et sur ses cuisses.

— Je ne t'ai pas donné la permission de jouir, reprit-il.

— Je n'ai pas pu m'en empêcher, souffla-t-elle alors qu'il continuait à faire pleuvoir les coups sur son derrière et le haut de ses jambes.

Elle sentait sa chair devenir brûlante. Lucien jeta la cravache sur le lit, et la jeune femme ouvrit grand les yeux quand il lui écarta violemment les fesses et présenta son sexe lubrifié vers l'ouverture.

— Qu'éprouverais-tu si je te disais que je n'arrive plus à me maîtriser ? dit-il d'une voix chargée de menace.

— Ça... ça ne me dérangerait pas, répondit-elle d'une voix où pointait le défi. Je pourrais tout supporter.

Il enfonça son membre entre ses globes de chair et elle cria.

— Si tu penses ça, tu es une petite idiote, dit-il avant de raffermir sa prise sur ses hanches et de la pénétrer lentement.

*

* *

C'était la torture sexuelle la plus pure, la plus intense qu'il puisse imaginer – sans parler d'endurer. Le derrière d'Elise était brûlant, magnifiant le feu qui incendiait ses veines, son cerveau et ses testicules. Il avait l'impression qu'il finirait par fondre sur place comme une bougie en train de se consumer.

Il avait du mal à se mouvoir. Même après qu'il l'eut préparé, l'orifice intime d'Elise lui résistait. Il assena une claque légère sur ses fesses, mais sa voix demeura impérieuse.

— Recule vers moi, ordonna-t-il.

Elle s'exécuta, et bien sûr – comme à son habitude –, elle ne le fit pas à moitié. Elle poussa brusquement son postérieur, et tous deux lâchèrent un gémissement. Lucien restait assez lucide, cependant, pour savoir que celui émis par la jeune femme n'était pas causé par le plaisir.

— Est-ce que ça va ? parvint-il à articuler.

Se maintenir immobile avec une partie de son membre immergé dans le tunnel de chair étroit était aussi difficile que de ne pas vider ses poumons pendant de longues secondes.

— Oui, souffla-t-elle. J'ai eu mal pendant un moment, mais c'est passé.

— Alors, ne bouge plus, maintenant.

Il se mit à aller et venir en elle, d'abord lentement, accompagné par les plaintes de la jeune femme, s'enfonçant chaque fois un peu plus. Lorsqu'elle commença à arquer de nouveau le bassin, il gifla sèchement la chair de son derrière.

— Reste tranquille, petite démone.

Il glissa la main sous son ventre et trouva son clitoris, qu'il commença à masser opiniâtrement. De l'autre main, il s'assurait qu'elle restait immobile et introduisait son membre en elle.

— Oh ! s'exclama-t-elle d'une voix ébahie.

Cette fois, Lucien sut qu'il s'agissait d'excitation, pas de souffrance. Il poussa un grognement guttural et la pénétra jusqu'à la garde, pressant les testicules contre sa chair. Sous ses caresses impitoyables, elle se mit à remuer. Il l'en empêcha immédiatement en tirant sur les rênes, son pénis enfoui entre ses fesses. Elle se mit à trembler sous l'orgasme.

Elle allait finir par avoir raison de lui. Aucun doute là-dessus.

Comme il était incapable d'en endurer davantage, il serra plus fort les lanières et posa une main sur la hanche d'Elise.

— Tu as déjà pris ton plaisir, et plus qu'assez. Maintenant, je vais prendre le mien. Fais attention à toi, petite fille.

Il se mit à la posséder sauvagement, utilisant les rênes pour la contrôler totalement.

— C'est bien. Tu te soumets à moi, maintenant, n'est-ce pas ? Et c'est tellement bon, maugréa-t-il avec un rictus farouche en s'insinuant en elle.

Même s'il voulait la dominer entièrement, elle lui offrit quand même une chevauchée épique. Elle ondulait les hanches dans une cadence parfaite, en réponse à ses coups de reins exigeants, et les cris aigus qu'elle poussait chaque fois qu'il plongeait en elle et que ses testicules heurtaient ses fesses le rendaient fou. Il ne pouvait plus tenir. Il souleva brusquement la partie inférieure du corps de la jeune femme pour la maîtriser de manière encore plus absolue, asservissant impitoyablement Elise à son membre viril. Elle criait, mais il était incapable de dire si c'était d'excitation, de surprise, ou de douleur. Il était trop occupé à se noyer dans le nirvana.

Il s'y abîma.

Un cri indompté jaillit hors de sa gorge. Il se répandit profondément en elle, déchiré de part en part par une décharge de plaisir aussi intense que la foudre.

Ce fut la souffrance qui le fit revenir à lui-même. Quand il avait fléchi les bras pour maintenir le corps d'Elise contre le sien pendant l'orgasme, ses biceps s'étaient crispés. Il grimaça en les relâchant brusquement et reposa avec précaution les pieds de la jeune femme au bas de la boîte en bois. Pendant un moment, il resta penché sur elle, haletant, essayant désespérément de regagner le contrôle de lui-même.

L'extase avait été si forte qu'il était presque surpris d'y avoir survécu.

— Est-ce que ça va ? murmura-t-il.

Il avait beau lui avoir dit qu'il prendrait son plaisir sans se soucier du sien, et qu'elle devait l'accepter, il n'avait pas prévu que son désir atteigne un tel degré.

— Oui, répondit-elle.

Elle avait l'air épuisée... et repue. Avait-elle joui de nouveau, en même temps que lui ? Le tourbillon de sa propre satisfaction avait été trop puissant pour qu'il puisse s'en rendre compte. Elle lâcha un petit gémissement quand il se retira d'elle. Il défit aussitôt la fermeture Éclair du corset, et aida Elise à se redresser. Alors, il se courba sur elle et effleura sa bouche avec la sienne, d'un baiser aussi tendre que leur étreinte avait été sauvage. Elle tremblait dans ses bras, si chaude et si féminine. Il n'arrivait pas à comprendre comment il pouvait tant la chérir, vouloir la consoler, et la désirer avec une violence presque animale.

Il la porta vers la salle de bains, où il la déposa et lui retira les bracelets. Elle se débarrassa des escarpins.

Puis, il ouvrit le robinet de la douche et attira la jeune femme contre lui. Il la savonna délicatement, comme s'il voulait effacer les reliquats de son ardeur brutale, féroce tout en sachant très bien que c'était une cause perdue. Il allait la vouloir de nouveau, très bientôt, et tout ce qu'il pourrait faire – tout ce qu'il pourrait jamais faire – était de dompter sa propre bestialité, de contrôler le fauve en lui autant qu'il en serait capable.

Une mission à remplir tous les jours – toutes les heures, connaissant Elise. Une bataille qu'il devrait livrer minute par minute. Mais parce que c'était *elle*, parce qu'il l'adorait, la bataille non seulement en valait la peine, mais donnait du sens à sa vie.

*
* *

Vingt minutes plus tard, ils étaient lovés l'un contre l'autre, au lit, les jambes entremêlées. La tête d'Elise reposait sur le torse de son amant.

— Tu es sûre que ça va ? murmura-t-il en lui caressant le bras.

— Merveilleusement bien, répondit-elle d'une voix hébétée. Mais j'ai faim.

— C'est vrai ?

— Je n'ai pas avalé grand-chose au dîner. Émile va penser que je n'ai pas apprécié le repas à sa juste valeur. S'il me croit ingrate, c'est entièrement ta faute, souffla-t-elle avec un petit sourire.

— Je doute qu'Émile et Richard soient du genre à juger les fantaisies de deux personnes... aussi étroitement liées l'une à l'autre.

Comme il s'arrêtait de parler, la jeune femme suspendit son souffle.

— Lucien ?

— Oui, dit-il en lui caressant le dos, émerveillé par sa douceur.

Une autre pause.

— Tu es déjà tombé amoureux ?

La main de Lucien ralentit.

— Pourquoi cette question ?

— Je ne sais pas. Je veux dire... Je n'ai jamais été sûre de l'être.

— Je ne suis pas expert en la matière, dit-il en embrassant ses cheveux. Mais je pense qu'une personne, au plus profond d'elle-même, peut savoir si c'est le cas. La question est juste d'avoir confiance en ce sentiment, non ?

Pendant la minute qui suivit, il ne sut pas au juste si elle s'était endormie ou si elle réfléchissait. Elle ne bougeait plus, et son souffle tiède était régulier contre son torse.

— Qui était l'homme qui est mort ? demanda-t-elle brusquement, d'une voix claire qui tira Lucien de ses pensées.

— Hein ?

— J'ai entendu Schroeder parler de la mort d'un homme, la nuit dernière. Il sous-entendait qu'il était en prison, et tu l'as traité de pervers malsain. (La voix de la jeune femme était maintenant ensommeillée.) Je viens de me souvenir que je voulais te poser la question. J'avais oublié ça, après tout ce que tu m'as dit sur ta mère, et puis la terrasse... et le restaurant.

Son oreille était pressée contre sa poitrine. Il espéra qu'elle n'entendait pas les battements sourds de son cœur.

— Tu te rappelles que je t'ai parlé d'un important témoin qui avait informé Schroeder qu'Helen Noble connaissait probablement beaucoup de détails sur ma mère ?

— Oui.

— L'homme qui est mort était ce témoin.

— Et il était en prison ? s'étonna-t-elle d'une voix soudain plus éveillée.

— Oui.

— Pourquoi ? (Comme il ne répondit pas tout de suite, elle releva la tête de sa poitrine.) Lucien ?

— Pour viol. (Il avait paru fournir un réel effort pour prononcer ces paroles.) Et pire encore.

Dans le silence, il sentit l'inquiétude de la jeune femme monter.

— Est-ce que cet homme a... *violé* ta mère biologique ?

Lucien grimaça. Il glissa la main vers la nuque d'Elise pour reposer sa tête contre lui. Il avait essayé de se préparer à cela. Mais quand il avait perçu l'angoisse dans la voix de la jeune femme, il avait su qu'il avait été stupide de croire qu'il pourrait s'accoutumer à l'atroce vérité.

— Je n'en serai jamais certain, sauf si je la retrouve... ou si je discute avec Helen Noble.

— Oh, Lucien !

— Pas maintenant, Elise. S'il te plaît, murmura-t-il d'une voix vibrante alors qu'elle tentait de relever à nouveau le visage. Laisse-moi savourer ce moment avec toi. Ne le gâche pas.

Il devina qu'elle ouvrait la bouche pour dire quelque chose, mais peut-être comprit-elle la douleur qui montait en lui, car ses lèvres se refermèrent contre sa peau. Il la serra plus fort, et elle lui rendit son étreinte. Quelque chose enfla en lui, un sentiment sourd et brûlant, quand il sentit qu'elle l'enlaçait avec la force du désespoir.

— Je veux t'aider, dit-elle d'une voix étranglée.

— Tu m'aides déjà. (Il fit courir sa main le long de sa colonne vertébrale, l'enveloppant encore plus étroitement.) En étant là, avec moi, tu m'apportes tout le soutien du monde.

Partie VIII

QUAND NOUS NE SOMMES PLUS QU'UN

15

Le lendemain soir, alors qu'elle accompagnait Francesca dans la cuisine de l'appartement des deux fiancés, Elise eut l'agréable surprise de voir madame Hanson en train de préparer le « repas préféré de Ian ».

— Rôti de bœuf aux légumes et pudding du Yorkshire, dit la vieille dame avec un grand sourire quand Elise se pencha sur l'assiette pour humer le fumet délicieux.

— Je m'attendais à quelque chose de plus raffiné s'agissant de Ian Noble, commenta Elise d'un air malicieux.

Derrière elle, Francesca éclata de rire ; le sourire de Mme Hanson s'élargit.

— J'aurais peut-être dû préciser qu'il s'agissait du repas préféré de Ian quand il avait douze ans, dit-elle.

— C'est toujours le cas. Et c'est vite devenu le mien aussi, intervint Francesca. Mme Hanson est une merveilleuse cuisinière.

— Pourrez-vous m'appeler quand vous commencerez à préparer le pudding ? demanda Elise. J'aimerais beaucoup vous regarder faire, et vous assister si vous le permettez.

L'eau lui monta à la bouche, et elle se sentit brusquement affamée. Ian avait appelé Lucien un peu plus tôt et lui avait demandé s'ils pouvaient arriver chez lui plus tard que prévu. En plus de l'heure tardive, elle n'avait jamais vraiment rattrapé son repas frugal de la veille. Le matin, Lucien avait dû faire face à un appel urgent de monsieur Attale concernant les Trois Rois, à Paris. Elise était allée courir le long du lac pendant qu'il travaillait. Quand elle était revenue à l'appartement, son corps était trop chargé d'adrénaline pour qu'elle ait envie de manger. Quant à Lucien, il était trop occupé par ses affaires pour prendre une véritable pause. En plus de cela, elle sentait en lui une préoccupation, une humeur sombre, et se demandait si c'était lié aux questions qu'elle lui avait posées la veille au soir, avant qu'ils s'endorment.

À cette pensée, un malaise familier l'envahit.

Lucien était-il en train de l'éviter ? De regretter l'intimité extraordinaire qu'ils avaient partagée, et la vérité qu'il lui avait presque avouée au sujet de sa mère ? Chaque fois qu'elle y songeait, son cœur se serrait au souvenir de la douleur terrible qu'elle avait perçue dans sa voix. Pourquoi ne mettait-il pas fin à cette attente atroce ? Pourquoi ne se décidait-il pas à parler à Ian Noble pour en avoir le cœur net une bonne fois pour toutes ? Cela devait être une torture pour lui d'être si patient alors que le but était si proche. Elle-même le supportait de plus en plus mal.

— Aucun problème, répondit Mme Hanson, tirant ainsi la jeune femme de ses sombres interrogations. Je viendrai vous chercher dans un petit moment. Mais la préparation n'a rien de très extraordinaire. J'espère que vous ne serez pas déçue.

— Je suis chef cuisinier. Mon nez est aussi expert que ma langue, et je sais déjà que ce que vous mijotez n'a rien d'ordinaire.

Francesca se dirigea vers le réfrigérateur, d'où elle sortit deux bouteilles d'eau gazeuse. Lors de son arrivée, Elise avait décliné son offre de prendre un verre de vin, expliquant que sa longue course l'avait un peu déshydratée.

— Tu veux bien m'accompagner ? demanda la jeune Américaine. Je crois que Lucien est avec Ian dans son bureau – Ian lui montre des photos du nouvel immeuble qu'il a acheté dans le quartier South Loop –, et il y a quelque chose que je veux aussi que tu voies, ajouta-t-elle en faisant sauter la capsule d'une bouteille avant de la tendre à Elise.

— De quoi s'agit-il ? interrogea Elise en suivant Francesca hors de l'immense cuisine.

Elles traversèrent un large vestibule qui ressemblait à une galerie.

— Tu m'as bien dit que tu voulais voir mes tableaux ? Il y en a plusieurs dans le bureau de Ian – y compris *Le Chat qui marche tout seul.* Tu te souviens que je t'en ai parlé ?

Bien sûr, Elise se souvenait des mots de son amie à ce sujet. Elle lui avait raconté qu'elle avait peint Ian sans le savoir en le voyant marcher dans une rue déserte de la ville des années avant leur rencontre. Elise reconnut immédiatement la grande porte devant laquelle la mena Francesca. C'était celle de la pièce où se trouvait Ian le soir où Lucien avait épié sa conversation téléphonique. Les deux jeunes femmes pénétrèrent dans la grande bibliothèque aux murs recouverts de rayonnages en bois sombre. Deux confortables fauteuils en cuir étaient disposés l'un face à l'autre. Au milieu de la pièce trônaient un grand bureau et une imposante table de conférence. Sur cette dernière étaient posés un ordinateur potable, une carafe de vin et un verre. Ian se tenait debout devant l'écran de l'appareil pendant que Lucien regardait par-dessus son épaule, une flûte à la main.

Elise avait eu l'impression que Ian semblait préoccupé et tendu lors de leur arrivée, mais, à présent, il riait franchement aux paroles de Lucien. Francesca lui adressa un petit sourire complice avant de la mener devant la cheminée. Elise contempla émerveillée l'œuvre de Francesca.

— Tu as un talent incroyable, dit-elle avec sincérité. Imaginer que tu as peint Ian toutes ces années avant de l'avoir rencontré et qu'il se soit reconnu dans le tableau avant de te connaître... Tout cela fait vraiment croire au destin. C'est très romantique.

— Le fait que nous soyons en couple a surpris beaucoup de monde. Et pourtant... quand c'est arrivé, cela nous est apparu comme une évidence, chuchota Francesca à la seule intention d'Elise.

— Je suppose qu'on pourrait dire la même chose de Lucien et moi, dit Elise en jetant un coup d'œil aux deux hommes en train de bavarder.

Lucien releva les yeux et croisa son regard. Il lui offrit ce léger sourire dont il avait le secret, et elle sentit le rouge lui monter aux joues tandis que son cœur s'accélérait.

Oh, Seigneur. Elle l'avait vraiment dans la peau.

— Vous avez pourtant des origines similaires, fit doucement remarquer Francesca.

— Oui, mais c'est l'homme le plus discipliné que je connaisse. Alors que j'ai à peu près autant de contrôle sur moi-même qu'une tornade, souffla Elise avant de boire une gorgée du liquide gazeux.

Francesca rit chaleureusement.

— D'une certaine façon, je pense que c'est précisément ce qu'il aime chez toi. Il arrive que l'eau et le feu se mêlent vraiment, pour le meilleur.

Le verbe « aimer » troubla Elise, mais elle dissimula immédiatement son embarras.

— Je crois que pour Lucien et moi, une meilleure analogie serait celle d'un détonateur et d'un bâton de dynamite, dit-elle à mi-voix.

Francesca gloussa, mais son regard ne quittait jamais Ian plus d'une seconde. Elle semblait inquiète.

— Ian va bien ? demanda Elise avec délicatesse.

Son amie soupira.

— Il a beaucoup de soucis ces temps-ci. Comme je te l'ai dit, la présence de Lucien lui fait beaucoup de bien.

Elise regarda en biais les deux hommes, soulagée de voir Ian retrouver ses manières détendues. Les deux femmes se dirigèrent vers la grande table de conférence ovale.

— J'ai cru comprendre que Lucien avait déjà trouvé un chef extrêmement talentueux pour son nouveau restaurant, dit Ian avec un infime sourire alors qu'elles s'approchaient.

Elise avait déjà compris que chez Ian Noble, cette ombre de sourire était l'équivalent d'un visage radieux chez n'importe qui d'autre.

Francesca la regarda avec une expression ravie.

— Toi ?

Elise hocha la tête.

— Vraiment ? C'est très excitant ! Pourquoi ne nous avais-tu rien dit ?

— Eh bien, nous sommes encore en pourparlers, répondit Elise en croisant le regard affable de Lucien. Et je dois d'abord terminer mon stage. Mais je pense qu'on arrivera à finaliser tous les détails. Je ne suis pas stupide, et je sais que ça représente une incroyable opportunité.

Lucien haussa très légèrement les sourcils, comme si ces paroles l'avaient interpellé. Elle ne s'était pas montrée directe avec lui, de peur d'abuser de sa générosité. Elise adressa un petit sourire à son amant.

Il haussa négligemment les épaules, et elle ne put s'empêcher de remarquer qu'il était magnifique, dans sa chemise bleu-gris qui concordait parfaitement avec la couleur de ses yeux.

— C'est moi qui profite d'une occasion formidable, commenta-t-il.

— Lucien m'a parlé de votre idée de concept pour le restaurant. Je la trouve très intéressante, intervint Ian.

Son téléphone, posé sur la table, se mit à sonner, mais il sembla ne pas réagir. Il reprit :

— L'un de mes amis, que j'ai rencontré à l'université, est alcoolique repenti. Il m'a dit clairement qu'il était difficile pour lui de voir les autres gens boire et je m'inquiète souvent pour lui quand je le croise dans un restaurant. Et comme vous pouvez le voir… (Il désigna d'un hochement de tête l'étagère murale chargée de plusieurs carafes en cristal contenant du cognac, du brandy, du bourbon…) Cette pièce n'est pas non plus un environnement de travail très sain. Je suis obligé de demander à Mme Hanson de retirer tous les alcools quand il vient me rendre visite.

— En parlant de Mme Hanson, je crois qu'elle est occupée en ce moment, dit Francesca. Je vais répondre au téléphone.

— Non, non. Je m'en occupe, répondit Ian en se relevant.

Il s'éloigna un peu, caressant au passage le dos de sa compagne. Lucien quitta lui aussi la table et vint s'asseoir à côté d'Elise sur l'un des divans de cuir. Francesca s'assit sur celui qui leur faisait face.

— Quand pensez-vous pouvoir ouvrir le nouveau restaurant ? demanda cette dernière.

— Sans doute pas avant un an. Les locaux doivent être complètement réhabilités, répondit Lucien en étendant son bras sur le dos du canapé.

Un frisson parcourut Elise quand il effleura son épaule, et elle croisa son regard. C'était si étrange – et merveilleux – qu'il la touche en public avec tant de naturel.

— De plus, je dois achever ma form...

Elle interrompit brusquement sa phrase en entendant Ian hausser tout à coup la voix au téléphone, l'appareil collé contre oreille. Son visage semblait soudain très pâle en contraste avec sa chevelure noire.

— Comment cela a-t-il pu se produire, Julia ? Elle était dans un état stable quand je lui ai parlé hier !

— Oh, non... murmura Francesca en se levant pour observer Ian.

Elise jeta un coup d'œil anxieux à Lucien, mais ce dernier regardait aussi son ami, les sourcils froncés.

— C'est à cause du nouveau traitement ? C'est ça qui cause la défaillance du foie. (Une horrible pause.) Je sais que vous ne pouvez pas encore vous prononcer formellement. Qu'est-ce qui pourrait avoir déclenché ça, sinon ? J'arrive aussitôt que possible ! conclut-il au bout d'un moment avant de raccrocher.

Lucien se leva lentement, et Elise l'imita. Francesca semblait figée sur place, les yeux arrondis par l'angoisse. Ian se rapprocha d'elle et plongea son regard dans le sien – et ce fut comme si Lucien et Elise n'existaient plus pour eux.

— Ma mère est victime d'une sévère faiblesse du foie, dit-il d'une voix blanche. Julia m'a dit qu'elle n'avait plus que quelques jours à vivre.

— Oh, Seigneur... souffla Francesca en s'élançant vers lui.

Cependant, Ian recula et la main de Francesca retomba à quelques centimètres de sa poitrine. Il ressemblait à un individu à qui l'on viendrait d'arracher l'âme... un homme qui croyait ne plus mériter l'étreinte de son amante.

— C'est ma faute. J'ai donné mon accord pour cette maudite médication.

— Ian, ne dis pas ça. Tu n'avais pas le choix. Elle refusait de s'alimenter, dit Francesca d'un ton implorant.

Le regard de l'homme d'affaires se posa brièvement sur Lucien et Elise. Cette dernière avait la terrible impression d'assister en intruse à une scène de chagrin intime.

— Je suis désolé, Lucien. Tu dois trouver ça très étrange. Je t'avais laissé croire que ma mère était morte, mais...

— C'est la dernière chose dont tu dois te soucier maintenant, répondit Lucien. D'ailleurs, je soupçonnais qu'elle était en vie.

Le regard de Ian s'étrécit, et le cœur d'Elise se mit soudain à battre plus fort. L'atmosphère de la pièce se chargea subitement d'électricité.

— Qu'est-ce qui t'a fait penser ça ? demanda lentement Ian.

Lucien semblait calme, mais Elise percevait la tension qui l'habitait. Les questions s'entrechoquaient dans son cerveau alors qu'elle contemplait son profil stoïque. À quoi pouvait-il songer ? Au fait que le dernier lien possible avec sa mère était en train de disparaître à jamais ?

— Lucien ? insista Ian.

— Dis-le-lui simplement, intervint Elise. Ce sera peut-être ta seule chance.

Les yeux de la jeune femme s'agrandirent d'horreur quand elle se rendit compte qu'elle avait parlé tout haut. Lucien la regarda d'un air interloqué.

— Me dire simplement quoi ? reprit la voix de Ian, qui s'avança d'un pas vers eux.

Un muscle se crispa sous la joue de Lucien.

— Lucien ? Me dire quoi ?

Ce dernier inspira lentement.

— J'avais de bonnes raisons de croire que ta mère connaissait l'identité de ma mère biologique.

Pendant un terrible moment, le silence bourdonna dans les oreilles d'Elise. Francesca avait l'air éberluée, mais Ian et Lucien conservaient une tranquillité surnaturelle.

— Pour quelles raisons pourrais-tu imaginer cela ? demanda Ian.

Lucien dévisagea un moment son ami avant de répondre :

— Je l'ai appris par mon père biologique. Un homme du nom de Trevor Gaines. J'ai engagé un détective privé pour enquêter sur l'identité de ma mère, et ses recherches l'ont mené jusqu'à Trevor Gaines – dans la prison de Fresnes.

Elise crut que son cœur allait s'arrêter de battre. Elle dévisagea Lucien, stupéfiée. Ce n'était pas du tout ce à quoi elle s'attendait.

La réaction de Ian lui parut encore plus incroyable. Ses yeux de cobalt brillaient comme deux joyaux entre ses paupières étrécies. Il avança tel un zombie en direction de Lucien. Son visage était d'une pâleur de craie, et son regard rivé sur lui ; on aurait dit qu'il marchait dans un rêve éveillé... ou un cauchemar devenu réalité.

— Qu'est-ce que ce Trevor Gaines a à voir avec ma mère ? demanda-t-il d'une voix coupante comme du papier de verre.

— Nous devrions en discuter à un autre moment, répliqua Lucien après un silence. Tu n'as pas l'air bien. Tu es en état de choc, et je suis sûr que tu voudras d'abord régler les détails pour ton voyage à Londres.

— Comment sais-tu que ma mère est à Londres ?

Francesca s'avança et posa une main sur le bras de son fiancé.

— Ian, Lucien a raison. Ce n'est pas vraiment le moment pour...

— Comment le sais-tu ? répéta Ian d'une voix plus dure, le regard toujours vrillé sur Lucien.

Il y avait quelque chose de terrible dans ce mélange de désespoir rageur et de contrôle de soi. Seuls les yeux de Ian et la pâleur de son visage témoignaient de sa lutte intérieure. Lucien, quant à lui, affichait le même flegme – comme s'il pensait mériter l'ire de Ian. Durant un moment, les deux hommes se jaugèrent sans rien dire, comme s'ils évaluaient les options que leur laissait ce tour imprévu que prenaient les événements.

— Je sais tout sur Helen, lâcha finalement Lucien. Comme je viens de te le dire, j'ai engagé un enquêteur pour retrouver sa trace. Les témoignages que nous avons obtenus convergent tous vers Helen Noble, en tant que témoin clé. Je sais où elle vit depuis près d'un an...

— Tu m'espionnais, dit Ian.

Le regard d'Elise alla de Lucien à Ian, puis de nouveau à Lucien. Un frisson glacé la parcourut, comme si on lui avait renversé un seau d'eau gelée sur la tête. Elle avait déjà remarqué – mais sans y accorder d'importance – les similarités entre les deux hommes. Tous deux avaient la même silhouette haute et carrée, la même discipline, et la structure osseuse de leurs deux visages était remarquablement proche.

— Ian, s'il te plaît... implora Francesca. Ce n'est ni le temps ni le lieu. Tu es sous le choc de ce que tu viens d'apprendre pour ta mère.

— Tu m'épiais, n'est-ce pas ? répéta Ian.

— Oui. Je le reconnais.

— Je devrais appeler la police sur-le-champ. Pourquoi ? Pourquoi as-tu fait ça ?

— Seulement pour deux raisons. Elles te sembleront peut-être égoïstes et cyniques, c'est à toi d'en juger. La première, c'est que je devais me renseigner sur l'entourage de cette femme qui pouvait répondre à tant de mes questions. Je ne pensais pas que tu m'aurais facilement parlé de ta mère si je te l'avais simplement demandé. La seconde, c'est que je voulais te connaître personnellement.

— Me connaître personnellement ? Au nom de quoi ? lança Ian d'une voix emplie de colère.

— Parce que la famille est très importante pour moi. Et parce que, pour le meilleur ou pour le pire, tu es la seule famille biologique dont j'ai connaissance aujourd'hui. Tu es mon demi-frère, Ian.

16

Ian s'effondra lourdement sur le canapé. Pendant un moment, aucun des quatre ne parla. Le silence oppressait la poitrine d'Elise, qui avait du mal à respirer. Ian semblait avoir reçu un coup sur la tête, mais la jeune femme devinait que son cerveau était en ébullition.

— Trevor Gaines ? demanda-t-il finalement à Lucien.

Ce dernier hocha la tête. Elise ne l'avait jamais vu aussi impassible.

Francesca alla s'asseoir sur le divan à côté de Ian. Il lui prit la main d'un air absent et la serra.

— Pourquoi Gaines était-il en prison ? croassa l'homme d'affaires.

— Je ne suis pas sûr que tu aies envie de l'apprendre maintenant, répondit Lucien.

Francesca s'était décomposée. Elle se tourna vers son fiancé et le regarda d'un air solennel.

— Je suis d'accord, dit-elle. Il faudra évidemment que tu nous en dises plus, mais plus tard. Nous devons partir pour Londres, Ian.

Ian scruta le visage de sa future épouse. Dans ses yeux, Elise vit transparaître la détresse qui l'habitait... le vide atroce.

— Je veux savoir. J'ai toujours voulu savoir qui était le fils de pute qui a mis enceinte ma mère. Tu le sais, Francesca.

— Qui que soit ton père biologique, ça ne change rien à ce que tu es toi, souffla Francesca.

— Il était emprisonné pour viol, n'est-ce pas ? dit durement Ian comme s'il n'avait pas entendu les propos de sa compagne. Trevor Gaines était un violeur.

Dans le court silence qui suivit, Elise sentit une soudaine faiblesse l'envahir. Elle ne sut pas vraiment si elle avait vacillé ou non, mais elle vit Lucien en train de la regarder, la main encerclant son coude. Elle s'assit d'un mouvement mécanique quand il la guida vers le divan.

— Il a été condamné pour deux viols, mais il en a sans doute commis beaucoup plus. La police disposait de preuves suffisantes seulement dans ces deux cas. Mais il y a aussi quelque chose d'autre qu'il faut que je te dise, ajouta Lucien. Maintenant que tu connais son nom, tu le découvrirais très vite par tes propres moyens. En plus d'être un violeur, Gaines était un reproducteur en série.

— Qu'est-ce que cela veut dire ? demanda Elise comme personne ne parlait plus.

Lucien baissa les yeux sur elle. Ce qu'elle vit dans son regard lui donna envie de pleurer : une tristesse désespérée et un dégoût amer et inexpugnable.

— Un reproducteur en série est un homme doté d'une obsession maladive d'engrosser les femmes. Il arrive à ses fins par la séduction, la ruse ou la force – en sabotant le cycle contraceptif d'une partenaire, en utilisant à dessein des préservatifs percés pour augmenter les chances de fécondation... Il peut aussi donner compulsivement son sperme pour des couples infertiles. Et quand tous ces moyens échouent, il recourt parfois au viol. Trevor Gaines utilisait ces trois tactiques et peut-être d'autres. La police le soupçonne d'avoir fécondé une vingtaine de femmes, bien que Gaines se soit souvent vanté devant Schroeder – le détective que j'ai engagé – d'en avoir engrossé davantage. Bien davantage. Pour lui, nous étions semblables à des trophées.

La nausée souleva le cœur d'Elise quand elle comprit que par ce « nous » il faisait allusion à tous les enfants de Trevor Gaines.

— Tant que l'on n'a pas cerné le profil psychologique de ce genre d'homme, il est très difficile de comprendre ses motivations et ses actions. Et même alors... fit Lucien en secouant la tête.

— Je crois que je me souviens de quelque chose. Le Gentleman Violeur – ou une expression stupide du même genre. C'est comme ça que l'appelaient les tabloïds anglais, non ? demanda Ian.

Lucien opina.

— Gaines était un homme riche, prétendument de sang aristocratique, et un scientifique brillant. C'était aussi l'un des plus sinistres salauds que le monde ait porté. Ses enfants ne l'intéressaient pas. Il ressentait juste une satisfaction perverse et narcissique à savoir qu'ils étaient si nombreux, qu'il avait répandu sa semence à tout vent. C'était un jeu tordu pour lui, ajouta Lucien entre ses mâchoires serrées.

— Lucien... ça me semble quand même un peu tiré par les cheveux, dit prudemment Francesca. Comment pourrais-tu savoir que cet homme est à coup sûr ton père, ou celui de Ian ?

— En ce qui me concerne, je le sais parce qu'il a accepté de faire un test sanguin. Trevor Gaines est incontestablement – était, du moins – mon père biologique.

Elise poussa un soupir tremblant. Elle détestait voir la douleur de son amant ainsi exposée – et elle était la seule à blâmer pour cela.

— *Était* ? répéta Ian. Ne me dis pas qu'il est mort…

— Il est décédé il y a quelques semaines d'une crise cardiaque en prison.

— Ce salopard a de la chance, commenta Ian d'un ton vicieux qui donna la chair de poule à Elise.

Les yeux de Francesca s'agrandirent sous le coup de l'angoisse.

— J'ai eu le même genre de pensées quand j'ai découvert son identité, reprit Lucien d'une voix où couvaient aussi la colère et l'amertume. Malheureusement, Gaines avait sans doute anticipé ce genre de réaction chez sa progéniture, car il a toujours refusé de me voir. Je suppose qu'il en aurait été de même pour toi. J'ai appris que la prison pouvait tout aussi bien enfermer les gens à l'extérieur qu'à l'intérieur.

Il s'interrompit, et soutint le regard de Ian.

— Je voulais te le dire, reprit-il. Depuis longtemps maintenant. Mais comment se résoudre à révéler une telle horreur ? Je ne savais pas comment tu le prendrais. Je ne le sais toujours pas, mais après ce qui s'est passé ce soir… (Il fit une pause et regarda Elise. Le cœur de la jeune femme tambourinait dans sa poitrine.) Il m'a semblé impossible de garder la vérité pour moi.

— Mais, tout de même… dit Francesca d'une voix désespérée. Qu'est-ce qui t'a convaincu dans le cas de Ian ? Tu te fies seulement à la parole de Trevor Gaines pour affirmer qu'il faisait partie de ses enfants biologiques ? On ne peut pas s'y fier !

— Il en savait vraiment beaucoup sur Helen Noble. Il l'a rencontrée pour la première fois en Angleterre. Apparemment, elle venait de subir sa première crise psychotique. (Lucien avait prononcé ces derniers mots calmement, sans détourner son regard de Ian.) Elle s'était enfuie de chez elle, et Gaines l'avait prise sous son aile, dans l'Essex. Il pouvait se montrer charmant quand il le voulait, comme beaucoup de sociopathes. Mais ta mère était au premier stade de la schizophrénie, et donc extrêmement vulnérable. Il l'a amenée dans le nord de la France, près du lieu où il vivait, et l'a installée dans une petite maison à une cinquantaine de kilomètres de chez lui – celle dans laquelle tu as passé les premières années de ta vie, Ian. Il prétendait qu'Helen et lui étaient amants, mais, même si c'était vrai, il l'a abandonnée dès qu'il a appris sa grossesse, et ce malgré son état mental qui empirait.

— Nous n'avons jamais su comment elle s'était retrouvée en France, commenta Ian d'une voix blanche. Mes grands-parents ont retourné ciel et terre en Angleterre, puis en Europe. Le village où elle vivait était extrêmement reculé... Il avait dû comprendre qui elle était, et il savait sans doute que personne ne penserait à la chercher là-bas.

— Ma mère était l'employée de maison d'Helen. Apparemment, Helen l'avait embauchée durant un moment de lucidité, alors qu'elle se trouvait encore en Angleterre. C'était à peine quelques mois après qu'elle eut fui Belford Hall. (Elise reconnut le nom du domaine où vivaient les grands-parents de Ian.) Il aimait par-dessus tout engrosser des femmes qui avaient des liens entre elles. L'une des femmes qu'il a violées a révélé au procès qu'il avait également séduit ses deux sœurs, sans qu'aucune ne le sache. Comme il avait échoué à charmer la troisième, il s'est finalement rabattu sur l'extrême solution, le viol. Il ne pouvait pas supporter l'idée que quoi que ce soit fasse obstacle à son désir malade de les féconder toutes les trois. Il avait aussi tendance à réaliser des enregistrements vidéo de ses conquêtes et de ses actes sexuels. C'est ce qui l'a définitivement confondu lors du procès.

Dans le lourd silence qui suivit, Elise remarqua le bref regard que Ian lança à Francesca. Il était toujours impassible, mais la lueur qui brillait dans ses prunelles révélait un sentiment d'horreur. Francesca secoua la tête d'un air impuissant.

— Non, finit-elle par dire d'un ton ferme et tranquille.

Elise ne comprit pas de quoi il s'agissait, mais la détresse de la jeune Américaine était évidente. Ian se retourna vers Lucien.

— Quoi d'autre ?

— Il a opéré de manière similaire avec nos mères - sauf pour les enregistrements vidéo, précisa aussitôt Lucien en voyant que les traits de Ian se contractaient. Je parle de son désir d'ensemencer deux femmes ayant un lien l'une avec l'autre. Apparemment, Gaines a eu des relations sexuelles avec nos deux mères, à la même période. J'ignore si elles étaient forcées ou consenties. Il me semble que toi et moi sommes nés à six semaines d'écart.

— Ce n'est pas une preuve, protesta Francesca. Qu'est-ce qui te rend si sûr que Ian est le fils biologique de ce criminel ?

Lucien sembla hésiter.

— Lucien ? insista Ian.

— Tu l'aurais découvert de toute façon, marmonna ce dernier.

Il se tourna et s'avança vers la table de conférence pour y prendre son ordinateur. Il revint ensuite s'asseoir à côté d'Elise sur le divan et tapota une adresse Internet sur le clavier. Une photographie en noir et blanc apparut sur l'écran. Elise n'en crut pas ses yeux.

Lucien tendit le portable à Ian, qui le prit. Francesca porta subitement la main à sa bouche.

— *Seigneur*, lâcha-t-elle comme si elle avait vu un fantôme.

Elise comprit immédiatement la raison de cette exclamation horrifiée. L'article au-dessous de la photo scannée indiquait qu'elle représentait Trevor Gaines lorsqu'il avait une trentaine d'années. Il paraissait extrêmement séduisant, charmant, avec un petit sourire mystérieux aux lèvres – l'opposé exact de l'image qu'on pourrait se faire d'un violeur en série.

Ian Noble était son portrait craché.

— C'est pour ça qu'elle a toujours eu peur de moi pendant ses accès psychotiques, dit-il avec un calme surnaturel qui glaça Elise. (Il contempla le visage choqué et perplexe de Francesca.) Ma mère. C'est pour ça qu'elle se comportait souvent comme si elle me craignait. Elle grimaçait et fuyait simplement en me voyant. Je n'avais jamais compris pourquoi, mais je sentais qu'il y avait un problème. Quelque chose de malsain. C'est aussi pour cela que ma présence déclenchait souvent ses crises... jusqu'à aujourd'hui. Parce que je ressemble trait pour trait à mon père. Parce que j'ai le visage de l'homme qui a abusé d'elle et l'a abandonnée. La figure de son violeur.

Il regarda Lucien, qui lui rendit stoïquement son regard. Leurs expressions étaient aussi sombres l'une que l'autre.

Et aussi tristes.

Francesca demeurait bouche bée. Elise pouvait presque l'entendre penser, chercher désespérément des mots de réconfort... et n'en trouver aucun. Elle comprenait, parce qu'elle avait déjà ressenti cette impuissance.

Ian posa l'ordinateur sur le canapé et se leva.

— Ian ! s'exclama Francesca.

Il s'immobilisa et se tourna vers elle. Elle le contempla, muette... dévastée. Il écarta les bras et la jeune femme s'y élança. Il la serra de toutes ses forces, les yeux obstinément fermés, chaque ligne de son corps exprimant la douleur.

— Tu représentes le meilleur de moi-même, chuchota-t-il. Et de loin. Mais je transporte trop de laideur. La balance est déséquilibrée.

— *Non,* chuchota Francesca d'un ton désespéré.

Ian embrassa le sommet de son crâne et ses lèvres s'attardèrent tandis qu'il humait son parfum. Lorsqu'il se dégagea de l'étreinte de sa compagne, son visage ressemblait à un masque mortuaire. Il se rua hors de la pièce.

Francesca resta figée pendant un moment, comme statufiée.

— Je vais le chercher, dit Lucien en se relevant brusquement. Je sais ce que c'est d'apprendre que...

— C'est son pire cauchemar, multiplié au centuple, dit Francesca d'une voix atone. (Elle se leva et regarda un bref instant Lucien.) J'y vais.

Elle quitta aussitôt la pièce, et Elise et Lucien se retrouvèrent seuls. La jeune femme contempla son amant sans rien dire, muette, impuissante. Il observait la porte refermée que Ian et Francesca venaient juste de franchir. Pourquoi ne lui avait-il pas avoué toute la vérité ? De quoi avait-il eu peur ?

Elle ne parvenait même pas à mettre des mots sur ce qu'elle-même ressentait : une compassion différente pour Ian, Francesca et Lucien, mais aussi la culpabilité d'avoir été le déclencheur involontaire de ces révélations. Elle maudissait son impulsivité. Lucien avait toujours voulu retrouver sa vraie famille. Il n'avait espionné Ian que dans l'espoir de la découvrir.

Il avait voulu connaître son frère de sang et l'aimer, en dépit des terribles circonstances qui avaient mené à leur rencontre. Et ils étaient devenus proches.

Elise avait anéanti tout cela. Ian ne savait plus où il en était. Il était furieux. Elle avait probablement arraché à Lucien la seule famille biologique qu'il connaîtrait jamais.

— Lucien… murmura-t-elle.

Elle voulait s'excuser. Lui demander pourquoi il ne lui avait pas parlé de tout cela, même si elle craignait d'entendre sa réponse. Comment pourrait-il continuer à lui accorder sa confiance, alors qu'elle avait trahi le peu qu'il lui avait confié ?

La porte se rouvrit brusquement, et Francesca apparut sur le seuil, le visage blanc comme un linge.

— Il est parti.

De nouveau, un frisson glacé parcourut Elise, comme si l'inéluctable venait de se produire. Elle était certaine que ces deux mots de Francesca ne faisaient pas référence à une courte absence.

— Je ne l'ai jamais vu si bouleversé, lâcha Francesca d'une voix brisée.

— C'est ma faute. Je vais le retrouver, dit Lucien d'une voix ferme. Je te rappellerai dès qu'il sera avec moi.

Elise resta assise, immobile, tandis que Lucien s'éloignait d'elle. La pensée obsédante que tout était sa faute tournait en rond dans son esprit. Après ce qu'elle avait fait, c'était sans doute la dernière fois qu'elle voyait Lucien.

Quand la porte se fut à nouveau refermée derrière lui, le regard las d'Elise se posa tristement sur Francesca. Soudain, elle se leva et se rapprocha d'elle. Son amie semblait enserrée dans une coquille de silence mutique ; elle se laissa entraîner sans protester sur le sofa. Peu de temps après, lorsque Elise lui tendit un verre de brandy, elle cligna les yeux d'un air hébété.

— Qu'est-ce qui va se passer maintenant ? demanda Francesca d'une voix creuse.

— Lucien va le ramener. Tout va s'arranger, dit Elise avec une assurance qu'elle était loin de ressentir.

Un peu plus tôt, Elise s'était sentie intruse face à une scène de chagrin intime. À présent, assise à côté de Francesca, elle ne pouvait se débarrasser de l'impression de veiller une mourante. Durant une demi-heure, les deux jeunes femmes restèrent assises dans un silence presque complet, les yeux rivés sur leurs téléphones posés sur la table basse. Au bout d'un moment, Francesca lâcha un juron indistinct entre ses dents serrées et tenta d'appeler Ian.

— Il ne répond pas, dit-elle après quelques secondes en mettant fin à l'appel.

Plus tard, quelqu'un frappa timidement à la porte, et Mme Hanson passa la tête dans l'embrasure.

— Elise ? Je vais entamer la préparation du pudding.

— Oh, madame Hanson, je suis désolée, dit Francesca en se relevant d'un bond. J'aurais dû vous prévenir qu'il y avait eu un changement de programme. Lucien et Ian ont dû sortir.

— Dans ce cas, voulez-vous que je vous serve quand même à dîner à toutes deux ?

— Non… Je ne pourrai rien avaler. Je suis trop…

Elise se leva à son tour en voyant la détresse de son amie.

— Je peux peut-être venir avec vous et rapporter une petite assiette à Francesca. Je pense qu'elle pourra quand même manger un peu, mais elle attend un appel…

— Bien sûr. Le rôti est déjà cuit. Je vais en découper quelques tranches, répondit la gouvernante d'un air inquiet.

Elle ne posa aucune autre question, sans doute consciente que Francesca n'était pas en état d'y répondre. Elise accompagna Mme Hanson à la cuisine et l'aida à préparer un en-cas.

Francesca put à peine ingurgiter deux bouchées du délicieux rôti de bœuf avant de repousser son plat. Elle reprit son portable et consulta l'écran, à la recherche de nouveaux messages.

— Tu connaissais bien la mère de Ian ? demanda Elise après que son amie eut reposé le mobile.

— Je ne l'ai vue qu'à quelques reprises. Sauf la première fois où je l'ai rencontrée, elle était toujours sous sédatifs.

— J'imagine que ça doit être très dur pour Ian de la voir si atteinte.

Francesca hocha la tête.

— Parfois, j'ai envie de lui demander de ne pas y aller, même si je sais que cette pensée est horrible. Je n'ai jamais rien dit de tel. Et pourtant… c'est comme s'il abandonnait un peu de son âme chaque fois. Cette femme qu'il a aimée est comme une coquille vide. (Francesca se tut un moment.) Ce que Ian a révélé tout à l'heure… c'est la vérité. À certains moments, Helen a l'air terrifiée en le voyant. Il a peut-être raison. Peut-être qu'il lui rappelle... cet homme.

Elise comprenait la réticence de Francesca à prononcer le nom de Trevor Gaines. Pas étonnant que Lucien semble à ce point amer dès qu'il était obligé d'en parler.

Quelques minutes plus tard, le téléphone d'Elise sonna. Elle regarda le numéro appelant et décrocha.

— Lucien ?

— Oui. Ian va bien. Je suis avec lui.

— Ian va bien, transmit Elise à Francesca, qui la regardait avec des yeux ronds. Où es-tu ?

— Nous faisons route vers Londres.

— Quoi ?

— J'ai supposé que Ian voudrait rejoindre sa mère aussi vite que possible, et je me suis dirigé vers l'aéroport où se trouve son jet privé, dans l'Indiana. Je me disais que, même si je ne le rattrapais pas, je pourrais prendre un vol, moi aussi.

Lucien parlait à voix basse, et Elise devina que Ian ne se trouvait pas loin.

— Est-ce que tu... est-ce que tu vas essayer de parler à Helen ? interrogea Elise d'une voix tremblante, en se demandant brusquement où sa relation avec lui en était.

Elle n'arrivait pas à décrypter l'humeur de son amant. Était-il furieux ? Inquiet ? Bouleversé ? Elise était tentée d'opter pour la dernière hypothèse.

— Ça dépendra de son état. J'ai promis à Ian que je n'empirerais pas les choses.

En entendant ces mots, Elise fut à nouveau envahie d'un sentiment de culpabilité. Elle se souvenait du jour où Lucien lui avait dit qu'il ne voulait pas forcer les choses, car Ian avait aussi ses propres problèmes. Mais il avait fallu qu'elle n'en fasse qu'à sa tête...

— S'il te plaît, dis à Francesca que Ian la rappellera plus tard, lui demanda Lucien. Pour le moment il est... fatigué.

— Lucien...

Elise regarda Francesca avec anxiété. Elle aurait voulu échanger quelques paroles en privé avec lui. Lui dire qu'elle était désolée de son faux pas.

— Peux-tu prévenir Sharon que je serai absent pour une durée indéterminée ?

— Mais, Lucien, je ne peux pas...

— Je te tiendrai au courant quand j'en saurai plus.

— Lucien ! lança-t-elle, craignant qu'il ne raccroche avant qu'elle ait eu le temps de s'excuser. Je suis tellement désolée... Je ne savais pas. C'était involontaire de ma part.

— Bien sûr. Tu ne fais jamais rien exprès.

La honte la submergea quand elle entendit sa réponse. Il lui avait déjà dit quelque chose du même acabit, un jour, alors qu'elle lui donnait une excuse pitoyable.

— Ce qui est fait est fait. Essaie de ne pas t'inquiéter, fit-il enfin.

La communication prit fin. Elise éloigna le téléphone de son oreille avec une extrême lenteur, comme engourdie.

— Qu'est-ce qui se passe ? demanda Francesca, une pointe d'angoisse dans la voix.

— Ian est avec Lucien. Ils sont dans l'avion direction Londres.

— Ian est parti sans moi ?

Son amie était choquée, c'était évident.

— Lucien m'a demandé de te dire qu'il t'appellerait plus tard. Qu'il était fatigué.

Elise s'efforçait de prendre un ton rassurant, sachant toutefois pertinemment que « fatigué » était une litote. Elle doutait franchement que Ian ait envie de dormir en ce moment.

Francesca se releva et prit son téléphone pour fouiller dans son répertoire.

— Qu'est-ce que tu fais ? demanda Elise.

— Je réserve un vol pour Londres.

Une sensation d'impuissance emplit Elise. Elle enviait la position de Francesca qui, en tant que fiancée de Ian, pouvait prendre une telle décision. Quant à elle, elle était importune. Une spectatrice malgré elle, qui n'avait d'autre choix que de subir la situation. Elle ne pouvait pas faire irruption dans la clinique privée londonienne pour demander à voir Lucien. Pas après la faute qu'elle avait commise.

Non, elle était pire qu'encombrante. C'était son comportement irréfléchi qui avait donné un cours catastrophique aux événements.

*

* *

Douze jours plus tard, Elise monta dans l'ascenseur qui menait directement à l'appartement de Ian. Son cœur lui semblait aussi lourd que du plomb. Lorsque les portes de l'ascenseur coulissèrent dans un bruit feutré, elle découvrit Francesca qui l'attendait dans le vestibule. Son amie avait maigri durant la semaine passée, et ses yeux sombres semblaient encore plus grands que d'habitude, comme hantés. Sans dire un mot, Elise s'avança vers elle, et les deux jeunes femmes s'étreignirent.

— L'enterrement a eu lieu aujourd'hui, souffla Francesca sans relâcher son étreinte. La grand-mère de Ian, Anne, vient juste de m'appeler pour me le dire. Je n'arrive pas à y croire... Je suis encore sous le choc. Ian m'avait *promis* qu'il me préviendrait à temps pour que j'y assiste.

— Je suis vraiment désolée, dit Elise.

Elle et Francesca étaient restées en contact depuis la nuit où la vérité avait éclaté. Francesca avait immédiatement pris un vol pour Londres alors qu'Elise était restée à Chicago, continuant tant bien que mal à vivre comme tous les jours afin d'éviter de penser à des choses sur lesquelles elle n'avait aucune prise. Lucien lui avait à nouveau téléphoné le lendemain de son départ, mais après ça, il s'en était tenu à des SMS l'informant de l'évolution de la santé d'Helen. Il tenait également Francesca au courant depuis que cette dernière avait été forcée de regagner les États-Unis à cause de ses études. Les contacts réguliers de Lucien avec la fiancée de Ian renforçaient les craintes d'Elise. Était-il trop furieux pour la contacter elle ?

La seule fois où elle avait eu l'occasion de lui parler en privé via son portable, elle était tellement écrasée par le poids de la culpabilité qu'elle n'avait pas su quoi dire. Il lui avait semblé distant... peut-être froid ? Il était évident qu'il n'avait pas digéré la façon dont les choses s'étaient passées. Bien qu'il ait choisi lui-même de révéler à Ian qu'il soupçonnait depuis longtemps que sa mère était en vie – ouvrant ainsi la porte à d'autres révélations – c'était le comportement insensé d'Elise qui avait ouvert la boîte de Pandore.

— Merci d'être venue si vite, dit Francesca en relâchant son étreinte.

— Il n'y a aucun souci. Denise s'occupe de tout chez *Fusion*. (Elise prit les mains de Francesca dans les siennes.) Je n'arrive pas à croire que l'enterrement soit déjà passé.

— C'était davantage une cérémonie d'hommage. Apparemment, durant l'une de ses courtes périodes de lucidité, Helen avait demandé que son corps soit incinéré. Lucien venait tout juste de m'informer de son décès, mais avant que j'aie le temps d'organiser quoi que ce soit, Anne m'a rappelée pour me dire que le service funèbre avait déjà eu lieu, et qu'il ne fallait pas que je vienne.

Le cœur d'Elise se serra quand elle entendit son amie mentionner le nom de Lucien. Elle savait, car il le lui avait dit dans ses messages, qu'il avait été rendre visite à Helen Noble avec Ian à la clinique, mais elle ignorait ce qu'il en était ressorti. Une fois encore, elle se sentait en position de spectatrice.

Seule.

— Tu ne comprends pas, Elise ? demanda Francesca d'une voix misérable. Ian ne m'a même pas laissé une chance d'y assister parce qu'il ne *voulait* pas que j'y sois. Pourquoi m'évite-t-il ainsi ?

Elise secoua la tête. Elle refusait de laisser deviner à Francesca l'inquiétude que lui inspirait le comportement de Ian. Après s'être envolée pour Londres, son amie n'y était finalement restée que trois jours. Elle avait appris que sa directrice d'études refusait de reporter la date de rendu de son mémoire, et Ian avait insisté pour qu'elle reparte à Chicago en lui assurant qu'il la préviendrait si l'état de sa mère empirait. Il n'en avait rien fait, et c'était pour cette raison que Francesca était bouleversée.

— Il est submergé par le chagrin. Laisse-lui du temps. (Tenant toujours la main de Francesca, elle l'entraîna dans le salon.) Assieds-toi. Je vais te chercher quelque chose à boire.

— Je suis sa fiancée, non ? Je suis censée être à son côté dans une épreuve aussi terrible. Quand Anne m'a contactée, elle m'a seulement dit qu'il devait partir pour régler une affaire urgente en Allemagne. Je suis sûre qu'elle a fait exprès de se montrer vague, dit Francesca d'une voix tremblante en prenant le verre d'eau qu'Elise lui tendait.

— J'ai l'impression que Ian n'est pas du genre à admettre être vulnérable devant toi.

— Ah oui ? Eh bien tant pis pour lui ! explosa Francesca. On ne peut pas prétendre aimer une personne et refuser son aide juste parce qu'on se sent fragile. Je sais bien qu'il est bouleversé par la mort de sa mère… et par ce que Lucien lui a appris. Qui ne le serait pas ? Il a d'autant plus besoin de moi auprès de lui. Mais il m'a à peine adressé trois mots le soir où il est parti en trombe, et même après son arrivée à Londres. Il n'arrêtait pas de me répéter qu'il était inutile que je revienne pour les derniers jours d'Helen. Mais quand elle est morte, il ne m'en a rien dit ! Je suis furieuse contre lui. (La voix de Francesca se brisa soudain.) Et aussi folle d'angoisse. Qu'est-ce qui se passe dans sa tête, bon sang ?

— Je n'essaie pas de le défendre, Francesca. Je voulais simplement dire qu'il n'est pas très étonnant qu'il se comporte ainsi en ce moment.

— J'ai l'horrible impression qu'il va me quitter.

Cette phrase brutale laissa Elise bouche bée. Francesca ne lui était jamais apparue comme encline à paniquer pour rien.

— Ian, te quitter ? Non… jamais. Il est en adoration devant toi. Il vénère jusqu'au sol que tu as foulé.

Francesca secoua la tête comme si elle n'arrivait pas à trouver les mots adéquats pour exprimer ses angoisses. Elle posa le verre sur la table basse sans avoir bu.

— Tu ne connais pas Ian. Tu n'as pas idée du cauchemar que tout cela représente pour lui. Ça ne pouvait que mal se terminer. (Elle ferma un instant les yeux, avant de se reconcentrer sur Elise.) J'imagine que pour toi aussi, ça a dû être très dur. Bien sûr, tu en savais plus que Ian et moi au sujet du lien entre Lucien et Helen, mais tu as découvert en même temps que nous l'histoire de Trevor Gaines...

Elise opina sombrement.

— Et Lucien n'est pas plus enclin à communiquer avec moi que Ian avec toi. Sauf que lui a une bonne excuse, évidemment. Il doit m'en vouloir à cause de la façon dont j'ai forcé les choses, ce soir-là. Il a toujours jugé que j'étais trop impulsive... une sorte d'ouragan. Et comme de bien entendu, il a fallu que je lui prouve qu'il avait raison, hein ?

Francesca lui tapota doucement la main.

— Lucien a choisi en son âme et conscience de tout dire à Ian. Tu ne l'y as pas forcé, Elise. Tu as agi selon ce que te dictait ton cœur. Ce n'est pas une mauvaise chose. Tu as pensé que c'était la dernière chance pour lui d'apprendre la vérité sur sa mère biologique... (L'expression de Francesca s'éclaira soudain légèrement.) Oh... Lucien m'a d'ailleurs donné de bonnes nouvelles à ce sujet, quand nous avons discuté tout à l'heure. Il te l'a peut-être déjà dit ? demanda-t-elle d'un ton prudent.

Le cœur d'Elise fit un bond dans sa poitrine.

— Non. De quoi s'agit-il ?

— Helen Noble a pu lui donner le nom de sa mère. Au début, elle en était incapable. Lorsqu'il est arrivé, elle était à peine consciente. Mais, peu de temps avant de mourir, elle a eu un moment de clairvoyance. Ian et ses grands-parents ont pu lui faire leurs derniers adieux. (Une expression de tristesse se dessina sur le visage de Francesca.) Il semblerait que, malgré son état de faiblesse et de confusion, voir Lucien ait éveillé des souvenirs en elle. Elle devait être très attachée à sa mère, car elle a souri, tendu la main vers lui et prononcé le nom de celle qui l'a mis au monde. C'est drôle, la façon dont la mémoire peut rester vive même dans un esprit aussi ravagé...

— Qu'elle ait pu reconnaître en Lucien le fils de cette femme alors qu'elle le voyait pour la première fois ressemble effectivement à... un miracle, souffla Elise. Il doit être son portrait craché. Et alors... Comment s'appelle-t-elle ?

— Fatima, répondit Francesca. Fatima Rabi, je crois. Helen Noble a même pu donner le nom de la ville au Maroc où elle a grandi. Avec ces renseignements, il a maintenant de bonnes chances de la rencontrer... ou du moins de faire la connaissance d'autres membres de sa famille.

Elise sentait son cœur tambouriner dans sa poitrine.

— Il a dû être si heureux... si soulagé de connaître enfin la vérité. Il a passé tellement d'années à la chercher, à espérer découvrir enfin sa famille. La mort d'Helen est un prix bien lourd à payer, mais...

Francesca serra la main d'Elise dans la sienne.

— Les recherches de Lucien n'ont rien à voir avec la maladie d'Helen ni avec sa mort. Absolument rien. Il n'est peut-être pas encore en état de le comprendre, mais si tu n'avais pas précipité le cours des événements, il n'aurait jamais appris le nom de sa mère – et aurait perdu toute chance de la retrouver un jour. Helen Noble était le dernier lien entre eux. Cette chance-là, il te la doit, Elise.

Elise esquissa un sourire. Elle était soulagée de voir que les longues années de recherches de Lucien venaient enfin d'aboutir... mais elle ne pouvait s'empêcher de se sentir exclue de la joie qui devait être la sienne. À l'heure qu'il était, il était sans doute déjà en route pour le Maroc.

Et elle ignorait quand elle le reverrait à nouveau... si jamais elle le revoyait.

*

* *

Elle finit par prendre congé de Francesca, et retourna travailler chez *Fusion*. Elle rentra tard à l'appartement ce soir-là et resta un long moment immobile sur le seuil de la chambre. En l'absence de Lucien, il y régnait un parfum de deuil. Elle ne pouvait s'empêcher de respirer son odeur partout, tel un fantôme qui la hantait.

Dieu, comme il lui manquait... Ce sentiment devint si vif qu'il lui coupa le souffle.

Elle devait partir. C'était évident. En restant là, elle espérait sans oser se l'avouer qu'il reviendrait au moins une fois... et qu'elle pourrait implorer son pardon. Mais à quoi bon ? Elle lui avait prouvé par A plus B qu'elle était indigne de sa confiance en se comportant de la façon qu'il lui avait toujours reprochée.

Impulsivité. Laisser-aller. Égoïsme.

Ses yeux s'emplirent de larmes alors qu'elle sortait sa valise. À peine quelques semaines plus tôt, Lucien l'avait remplie pour elle dans cet hôtel minable afin de la ramener ici... Où aller, maintenant ? Elle savait qu'elle aurait dû y réfléchir, mais le chagrin qui oppressait sa poitrine l'en empêchait. Il lui semblait impossible de prendre une telle décision.

Elle remplit son bagage en y jetant ses vêtements un par un. Malgré ses efforts pour reprendre le contrôle, ses yeux se brouillaient de larmes.

Impulsivité. Laisser-aller. Égoïsme.

Ces mots tournaient en rond dans son esprit, la tourmentant sans relâche.

Elle s'effondra sur le bord du lit et se mit à sangloter. C'était la première fois qu'elle pleurait depuis que Lucien avait quitté Chicago. C'était la première fois qu'elle tombait aussi follement amoureuse. Et à présent, aucun retour en arrière n'était possible. Elle ne pouvait qu'avancer vers un avenir qui semblait sombre et solitaire sans Lucien.

Mais elle avait aussi appris quelque chose sur elle-même depuis qu'elle était arrivée aux États-Unis. Elle était capable de travailler dur. Elle aimait passionnément la cuisine. Et malgré les événements récents, elle ressentait toujours cette force nouvelle – une vigueur qu'il était impossible de nier ou d'ignorer.

Elle ne ploierait pas. Elle endurerait tout. Aussi difficile que cela soit.

Elle essuya son visage d'un revers de la main, se releva et se remit à empaqueter ses affaires. Déterminée à affronter les choses une par une. Minute par minute, s'il le fallait. Il allait falloir qu'elle planifie son futur, et elle le ferait. Malgré le gouffre qui s'était ouvert en elle.

*

*   *

Le lendemain, quand Lucien ouvrit la porte de l'appartement, le silence qui y régnait lui parut étrange. Il était encore tôt pour un dimanche matin. Il n'avait dormi que quelques heures dans l'avion et ses yeux étaient ensommeillés. Les événements des jours précédents l'avaient épuisé – il avait assisté, le cœur serré, aux derniers instants d'Helen, ainsi qu'au chagrin de Ian et de ses grands-parents venus la veiller.

Il était parti après s'être assuré qu'il ne pouvait plus rien faire pour eux. Brûlant d'envie de retrouver le visage lumineux d'Elise... de se réchauffer au soleil de sa présence.

Le logement était vide, il en était presque certain. Peut-être Elise était-elle partie faire un jogging ?

Alors qu'il se dirigeait vers la chambre pour s'en assurer, l'anxiété monta inexplicablement en lui. Le grand lit était vide et les draps, dans lesquels il avait rêvé tant de fois de retrouver le corps chaud et ensommeillé d'Elise, parfaitement repliés.

Il fronça les sourcils en examinant le reste de la pièce. Tout était trop net. Trop rangé. Elise n'avait rien d'une personne désordonnée, mais elle laissait habituellement des signes de sa présence – un magazine ou un livre sur la table de chevet, un foulard jeté sur le dos d'une chaise...

... la brosse de sa grand-mère sur le rebord du miroir de la salle de bains.

Il se rua dans cette pièce pour en avoir le cœur net. Il ne vit ni la brosse ni le flacon de parfum qu'Elise posait d'ordinaire à côté de son eau de toilette. Aucune de ses affaires personnelles qu'il s'était habitué à y voir.

L'angoisse lui serra la poitrine.

— Elise ?

Il vérifia rapidement le salon, la cuisine, la salle à manger, la chambre d'amis. Rien.

Elle était partie. Un frisson glacé le parcourut. Sur le trajet du retour, il avait envisagé la possibilité qu'elle ressente du dégoût à cause de ce qu'elle avait appris sur son père naturel. Lorsqu'ils s'étaient parlé au téléphone, elle lui avait semblé gênée, mal à l'aise, et elle ne l'avait pas rappelé durant le temps qu'avait duré son séjour à Londres. Il savait qu'ils avaient besoin de discuter, mais il se sentait trop vide et épuisé pour pouvoir le faire autrement que face à face ; il s'était donc contenté de lui envoyer des messages pour la tenir au courant de la situation. Ils auraient tout le temps de s'expliquer plus tard.

Il n'arrivait pas à croire que les choses s'étaient aggravées au point qu'elle parte. Mais peut-être que cela n'avait aucun rapport direct avec Trevor Gaines ? Peut-être était-elle en colère contre lui parce qu'il avait eu peur de lui confier l'entière vérité ?

Alors qu'il n'avait cessé de prêcher la franchise et l'honnêteté, songea-t-il avec amertume.

Il saisit au passage les clés qu'il avait laissées sur une table du salon et s'élança vers la porte de l'appartement en tirant déjà son portable d'une poche de sa veste. La panique cédait déjà la place à une sombre détermination.

Il la trouverait. Si elle ne répondait pas au téléphone, Francesca pourrait probablement le renseigner... Denise ou Sharon seraient peut-être aussi au courant de quelque chose, même si *Fusion* était fermé ce jour-là...

Il avait déjà posé la main sur la poignée de la porte d'entrée quand quelque chose accrocha son regard sur un meuble du vestibule.

Le sac à main d'Elise.

Un soulagement immense le submergea au point de lui couper le souffle.

Pour la première fois, il prit conscience qu'il avait sciemment évité de communiquer avec la jeune femme durant les jours précédents. La réalité, c'est qu'il ne savait pas quoi lui dire.

Il lui avait affirmé par le passé que rien ne valait la sincérité ; qu'elle ne lui déplairait jamais en se montrant loyale. Elle méritait qu'il lui rende la pareille, mais il n'en avait rien fait. Bien sûr, il avait ses raisons... La vérité au sujet de Trevor Gaines ne le concernait pas seulement lui. Mais Ian également. Il avait donc décidé que ce dernier avait le droit d'en être le premier informé. Bien sûr, il avait fait ce choix en son âme et conscience. Mais il se rendait compte à présent qu'il ne s'était pas seulement accroché à ce secret par respect pour Ian. Il s'en était servi comme excuse pour garder ses proches à distance – les femmes avec qui il était sorti, sa mère adoptive, son imbécile de père adoptif...

Elise.

C'était lui, Lucien, qui était mal à l'aise avec la vérité. Elle le dégoûtait tant qu'il avait voulu à tout prix en préserver Elise.

Surtout Elise.

Ce qui revenait à dresser un rempart autour de son cœur.

*

* *

Elise se tenait debout devant le parapet de la terrasse. La brise fraîche du matin lui caressait les joues, faisant voleter ses cheveux. Des nuages éparpillés masquaient par intermittence le soleil. Elle avait l'étrange impression de se trouver à un carrefour décisif de sa vie.

Ses plans étaient définis. Il était temps pour elle de quitter l'appartement de Lucien une bonne fois pour toutes. Il était impossible qu'il veuille encore d'elle.

Elle avait déjà entreposé ses valises ailleurs. Elle avait craint un moment de devoir rentrer à Paris, ce qui aurait été une sacrée humiliation, mais Denise lui avait sauvé la mise. Le chef l'avait invitée à loger chez elle.

Elise l'avait appelée un peu plus tôt pour lui expliquer les événements qui la poussaient à quitter Chicago. Elle ne voulait pas trahir une nouvelle fois les secrets de Lucien et avait donc présenté une version très édulcorée de la vérité. En fin de compte, ses inquiétudes s'étaient révélées infondées. Denise était une femme sensible et perspicace, qui avait deviné depuis longtemps qu'elle et Lucien entretenaient une relation. Au téléphone, elle avait fait preuve de compassion quant à leur rupture et avait pris soin de ne prendre parti ni pour l'un ni pour l'autre.

Elise avait assuré à sa supérieure qu'elle lui restituerait le loyer dès qu'elle le pourrait, mais Denise avait balayé négligemment ses scrupules.

« Avec votre talent, vous n'aurez aucun mal à ouvrir très bientôt votre propre restaurant. Vous pourrez me rembourser si vous le souhaitez, mais le plus important est que vous acheviez votre formation », avait-elle dit.

Elise huma l'air frais, en quête d'inspiration. D'une idée.

« Il y a une différence entre demander et mendier. Il n'y a aucune honte à demander – seulement du courage. »

Les paroles que Lucien avait prononcées exactement à cet endroit, sous un ciel étoilé, lui revinrent en mémoire. Peut-être se montrait-elle lâche en partant ainsi ? Abandonnait-elle trop tôt, sans se laisser l'opportunité de discuter avec Lucien... de s'excuser ?

Prouvait-elle encore son impulsivité, même si ce n'était pas de l'égoïsme ?

— Tu ne vas pas partir.

Elise sursauta au son de cette voix familière, calme et déterminée.

Elle fit volte-face, les yeux ronds. Il était debout à quelques mètres d'elle, vêtu d'un jean, d'un tee-shirt blanc et d'une chemise rouge déboutonnée qui flottait légèrement au vent. Une barbe de quelques jours recouvrait son menton, et ses joues semblaient plus creusées qu'à l'ordinaire. Des cernes marquaient son visage.

Il ne lui avait jamais semblé aussi beau.

— Lucien...

— Pourquoi as-tu débarrassé toutes tes affaires ?

Ses traits étaient durs et ses prunelles flamboyaient. Il s'avança vers elle.

— J'ai tout transféré chez Denise. Elle m'a dit que je pouvais habiter chez elle le temps que je termine mon stage. Du moins... (elle se mordit nerveusement la lèvre inférieure.)... si tu m'autorises à rester encore un peu chez *Fusion*.

— Pourquoi diable refuserais-je que tu l'achèves ?

Les narines de Lucien frémirent, et ses sourcils s'arquèrent.

Elise haussa les épaules et lâcha un petit rire désespéré.

— Oh, je ne sais pas... Peut-être parce que j'ai trahi ta confiance en te forçant à dire la vérité à Ian alors que tu n'étais pas prêt ? Peut-être parce que je me suis comportée comme une idiote non seulement devant toi, mais aussi devant Ian et Francesca ? Parce que, comme d'habitude, j'ai agi sans réfléchir et que j'ai tout gâché ? Même si je n'avais aucune intention de nuire, on dirait que je suis condamnée à faire du mal aux gens par pure inconscience.

Il la dévisagea longuement et secoua la tête en jetant un regard vers le lac.

— Tu n'as fait qu'être toi-même, Elise. C'est moi qui ai eu tort de te laisser dans l'ignorance. Si j'avais commencé par te dire pourquoi j'avais déménagé ici… Eh bien, les choses auraient sans doute été différentes.

Un bruit de klaxon retentit dans la rue, beaucoup plus bas. Le vent semblait rugir dans les oreilles d'Elise.

— Pourquoi ne l'as-tu pas fait ? demanda-t-elle sans être sûre de vouloir entendre la réponse. Tu croyais que je n'arriverais pas à garder le secret ? Tu pensais que ce serait comme d'avoir une épée de Damoclès au-dessus de la tête et que je finirais par… tout révéler, exactement comme cela s'est passé ?

— Non, répondit-il d'une voix ferme. Ça n'a rien à voir avec ça – du moins, plus depuis un bon moment. Par ailleurs, tu n'as rien révélé du tout. Tu as certes facilité un peu les choses, mais c'est moi qui ai pris la décision de tout dire à Ian. Tu ne m'y as pas contraint. Il m'a juste semblé… évident, ou nécessaire, de le lui dire à ce moment. Et je ne suis pas le seul à le penser. Ian a exprimé quelque chose d'assez similaire.

— Il doit me haïr. À cause de moi, il a dû affronter ces horribles révélations au milieu d'une épreuve déjà terrible.

Lucien secoua la tête.

— Non. Il ne te déteste pas le moins du monde. Il m'a dit que tout cela lui apparaissait après coup comme inévitable. Il avait attendu toute sa vie cet instant, autant qu'il l'avait craint. Mais il savait qu'il devait un jour ou l'autre apprendre la vérité sur ses origines. Et sur lui-même.

Elise le regarda un long moment, interloquée.

— Je pensais que tu étais furieux contre moi. Quand j'ai essayé de m'excuser en disant que c'était involontaire de ma part, tu m'as répondu : « Bien sûr. Tu ne fais jamais rien exprès. »

Lucien fronça les sourcils comme s'il tentait de comprendre le sens de ce qu'elle venait de dire.

— Ce n'était pas de l'ironie.

— Hein ?

La jeune femme n'en croyait pas ses oreilles.

Lucien ferma brièvement les yeux et soupira.

— Je me souviens que j'étais distrait. Ian était dans un état lamentable et il m'entendait parler au téléphone. Je voulais simplement dire par là qu'il est dans ta nature de parler selon ton cœur, et que je savais que tes intentions étaient bonnes. Tu es toujours spontanée, mais jamais capricieuse, Elise. Et tu n'es jamais davantage toi-même que quand tu avoues la vérité.

— Oh... lâcha-t-elle.

Un soulagement immense l'envahit. Elle se rappela que Francesca lui avait dit des paroles assez semblables. Que Lucien partage ce sentiment était presque trop beau pour être vrai.

— Je ne suis pas capricieuse, c'est vrai... J'agis juste sans réfléchir.

Lucien secoua la tête.

— Non. J'ai compris certaines choses, cette soirée-là. Il arrive parfois dans la vie que le chemin à suivre apparaisse d'un seul coup en pleine lumière, lorsqu'on comprend que le temps est venu. C'est ce que j'ai ressenti quand Ian a répondu à cet appel concernant sa mère. Et comme je te l'ai déjà dit, il voit les choses de la même façon.

Elle se rappela l'impression qu'elle avait eue, le soir fatidique. Celle que Ian marchait comme un rêveur éveillé.

— Il va bien ? demanda-t-elle au bout d'un moment.

Lucien haussa les épaules.

— Il dit que oui, mais pour être franc, je crois qu'il est dévasté. J'imagine un peu ce qui doit se passer dans un cerveau brillant comme le sien. Il se livre très peu à autrui – ses grands-parents ont été aussi surpris que moi quand il a annoncé qu'il partait pour régler une affaire urgente en Allemagne.

— Francesca est morte d'inquiétude...

Le regard perçant de Lucien ne la rassura pas. *Oh, non.* Francesca avait raison de s'inquiéter.

Elle scruta le visage de Lucien. Elle n'arrivait pas à croire qu'il se tenait juste devant elle alors qu'il lui avait tant manqué et qu'elle avait cru ne jamais le revoir. C'était comme s'ils s'abreuvaient à nouveau l'un de l'autre. Elle finit par déglutir avec effort.

— Lucien... Si ce n'est pas par manque de confiance en moi que tu ne m'as rien dit... Alors pourquoi ?

De nouveau, Lucien détourna un instant les yeux vers le lac. Ses yeux scintillaient dans la lumière du matin.

— Tu ne t'en doutes pas ?

Elle secoua la tête. Elle percevait le malaise qui l'habitait... la lutte intérieure qu'il était en train de mener.

— Je ne le savais pas moi-même avant que tout éclate. Mais j'ai pris conscience après coup que je ne voulais pas partager la douleur. Le fardeau. La honte.

— Mais de quoi aurais-tu honte ? Tu n'es coupable de rien ! s'exclama-t-elle. Et Ian non plus. C'était cet homme... ce Gaines. Il est le seul à blâmer !

Les prunelles de Lucien se voilèrent.

— Tu ne peux pas savoir ce que c'est que de porter le secret des crimes d'un père, de sa dépravation. C'est une chose à laquelle on ne peut jamais échapper, comme un poison infiltré dans le sang. (Il eut un rire rauque.) Tu n'imagines même pas à quel point je me suis senti stupide. J'essayais à tout prix de retrouver mes origines... une famille où j'aurais eu ma place. Je voulais échapper à la honte que m'inspiraient les fautes de mon père adoptif et la complicité de ma mère. Et tout ça pour quoi ? Pour découvrir que les crimes de mon géniteur étaient mille fois pires.

— Lucien, murmura Elise. Tu n'es responsable que de toi-même.

Un petit sourire apparut sur ses lèvres.

— Je sais. Grâce à toi, je commence à accepter cette idée. Je crois que c'est ma planche de salut. Aussi terrible qu'ait été pour moi la découverte que j'étais le fils de Trevor Gaines, je pense que ça doit être nettement plus difficile pour Ian, car il n'a pas eu le temps de s'y préparer. (Il la regarda avec intensité.) Toi et moi avions déjà fait face à ce genre de bataille. Nous avons tous les deux grandi avec l'idée que nous devions choisir notre propre destin, indépendamment de celui de nos parents.

— Je n'ai jamais rencontré personne qui ait remporté ce combat aussi brillamment que toi.

Les mâchoires de Lucien se crispèrent. Il s'avança vers elle à l'instant où elle faisait de même dans sa direction... Et enfin, elle fut dans ses bras, la joue pressée contre son torse, respirant son odeur, dans une étreinte qui lui semblait un véritable miracle.

— Te serrer contre moi est comme d'embrasser le soleil... chuchota-t-il à son oreille. Tu mets les ténèbres en fuite.

— Pourquoi étais-tu si froid avec moi par téléphone ? souffla-t-elle après avoir survécu au raz-de-marée d'émotions que les paroles de Lucien avaient engendré en elle.

— J'étais prudent. En proie au doute. Et tu semblais toi-même si distante ! Je n'étais pas sûr que tu souhaitais que je t'appelle.

— Tu craignais que je réagisse mal à ce que je venais d'apprendre sur ton père ?

— Tu sais tout de mes scrupules passés au sujet de Ian, mais je m'inquiétais beaucoup plus pour toi. Je voulais tout te dire mais... j'avais l'impression que la vérité était comme un venin. En réalité, je me suis servi de ce secret comme d'une muraille pour éviter une trop grande intimité avec toi. Et il ne m'a jamais autant hanté que depuis que nous sommes réunis.

La douleur évidente de Lucien bouleversa la jeune femme. Elle l'enlaça du plus fort qu'elle put, comme si son étreinte pouvait réellement le sauver de la noirceur qui hantait sa vie.

— Je suis désolé de ne pas t'avoir dévoilé la réalité, dit-il. Tu dois me trouver hypocrite... Je t'ai si souvent encouragée à être honnête.

Elle secoua la tête doucement.

— Non. Je comprends. Tu gardais cette abominable vérité depuis si longtemps... tu la contenais en toi-même. C'est normal que tu n'aies pas voulu la révéler autour de toi, en faire porter le poids à tes proches. Et de toute façon, tu as eu raison de m'encourager à être sincère. Nous le savons tous les deux. J'ai trop longtemps vécu une vie emplie de mensonges, d'artifices et de manipulations. Tu m'as donné les limites dont j'avais besoin. Tu savais très bien que j'aurais tout fait – tout risqué – pour toi. Y compris apprendre un peu la discipline et le respect de moi-même, dit-elle d'une voix étranglée.

Elle inspira profondément pour essayer de chasser le nœud qui lui obstruait la gorge et leva le visage vers Lucien.

— Je t'aime. Je prends le risque de te le dire. D'être loyale à ce sujet. De me faire confiance à moi-même.

Lucien pâlit, et un frémissement agita ses narines. Il s'empara brusquement de sa bouche... et Elise sut enfin où se trouvait l'authenticité. Elle nageait en plein dedans, et elle n'avait jamais aussi peu redouté de s'y noyer.

Quelques instants plus tard, Lucien la souleva de terre pour l'emporter vers les escaliers, une lueur farouche dans les yeux.

— Tu permets que je t'enlève ? demanda-t-il d'une voix rauque.

— Ça m'ennuierait si tu ne le faisais pas, souffla-t-elle tout contre sa gorge.

*

* *

Quelques minutes plus tard, ils étaient déjà entrelacés, nus, sur le lit, chair contre chair, Lucien au-dessus d'elle. Il lui clouait les bras au-dessus de la tête et ne la quittait pas du regard tout en la pénétrant lentement.

Elise tremblait presque. C'était une sensation bouleversante, intense... aussi vive qu'un coup de poignard. Lucien bougeait à peine, comme s'il refusait que son désir ne vienne se consumer dans les flammes du plaisir... comme si cet instant pouvait durer toujours.

Ne faire qu'un avec elle pour l'éternité.

— Je t'aime, dit-il d'une voix rendue enrouée par l'émotion. Je crois que je t'ai toujours aimée. Pas forcément de la même façon qu'aujourd'hui, mais... je t'ai toujours portée dans mon cœur. Tu *es* mon cœur, Elise.

Elle le contempla avec ravissement, et il fut de nouveau ébloui par la lumière qui semblait émaner de son visage.

— Dis-moi ce que tu veux.

— Je te veux toi, chuchota-t-elle.

Le membre de Lucien pulsait de manière presque insupportable, enserré dans l'étroit fourreau de chair. Il raffermit sa prise sur les poignets de la jeune femme et se mit à bouger. Ils laissèrent tous les deux échapper un hoquet de bien-être. Lorsqu'il ouvrit les yeux, il croisa son regard. Il lui caressa la joue, émerveillé par la douceur de sa peau. Il avait l'impression de pouvoir rester des heures... des jours entiers plongé dans cet océan d'extase. Aussi longtemps qu'un homme mortel en était capable.

Elle resserra ses muscles intimes, et il grimaça de plaisir. Le mouvement de son corps s'accéléra sans qu'il l'ait voulu. Elle savait si bien le tenter...

— Je n'arriverai jamais à t'apprendre le règlement, souffla-t-il en la besognant avec force. C'est une guerre perdue d'avance.

— Je suis désolée.

— Je n'en crois rien. Et je ne regrette rien non plus. Je ne t'aurais jamais trouvée si tu avais été différente, parvint-il à articuler avant que toute pensée rationnelle ne quitte son esprit.

*

* *

Après l'orgasme, ils restèrent aussi étroitement lovés que possible tandis que leurs souffles ralentissaient. Son pénis était toujours en elle. Lucien sentit que la jeune femme s'agitait, et il releva la tête pour observer son visage transpirant.

— Que vas-tu faire pour ta mère ? questionna-t-elle soudain. Francesca m'a dit qu'Helen avait pu te donner son nom avant de mourir. Je suppose que tu vas partir sans attendre pour le Maroc afin d'essayer de la retrouver ?

Il lui embrassa le bout du nez.

— Quelques jours de plus ou de moins ne changeront rien, après tout ce temps. De plus, j'ai une autre famille dont je dois m'occuper.

Elise parut avaler de travers.

— *Moi ?* dit-elle d'une voix incrédule.

Il lui sourit avec tendresse.

— S'il y a une leçon à tirer de tous ces événements, c'est sans doute le fait que la famille est une chose que nous choisissons. Les liens du sang ne la déterminent pas. Les arrangements légaux non plus. Nous étions tous les deux des solitaires, mais maintenant que nous sommes réunis… Oui, nous formons une famille, toi et moi. Ou nous pouvons choisir d'en constituer une.

— Je n'aurais jamais imaginé que tu verrais un jour les choses de cette manière, souffla-t-elle d'un ton émerveillé. (Elle remarqua l'air perplexe de son amant et se hâta d'ajouter :) Bien sûr ; je veux être ta famille. Comme tu es la mienne. Mais... À quel moment en as-tu pris conscience ?

— Ça s'est imposé au fur et à mesure à mon esprit. Je crois que je l'ai toujours su, au fond de moi, depuis le jour où tu as fait irruption comme une tornade chez *Fusion* pour réclamer le poste de chef par intérim. Je savais que te revoir représentait un risque pour moi, mais je n'ai pas pu résister. (Ce souvenir le fit sourire. Il secoua doucement la tête et reprit d'une voix amusée :) Tu as de sacrées couilles, pour une femme aussi minuscule.

— Je ne suis pas si petite ! protesta-t-elle. (Elle redevint plus sérieuse.) Qu'est-ce que tu veux dire exactement, en affirmant que tu éprouvais ce sentiment depuis ce moment-là ?

Il haussa les épaules et prit lui aussi une expression plus grave.

— Simplement que j'ai compris alors que je ne pouvais plus me détourner de toi. Tu cherchais à tout prix à t'imposer dans ma vie en agitant un drapeau rouge sous mon nez. Je me suis dit que si tu te mettais ainsi en danger, c'est que j'en étais capable aussi.

— Tu prétendais que notre relation ne serait que purement sexuelle... une satisfaction réciproque de besoins.

Malgré les sourcils froncés de la jeune femme, il percevait une sorte de fascination en elle. Il ne put s'empêcher de rire délicatement.

— Les choses ne m'apparaissaient pas aussi clairement qu'aujourd'hui. Mais il me semble qu'une partie de moi en était déjà consciente. Sinon, je n'aurais jamais accepté de relever ton défi, sachant que ça compromettait mes chances de retrouver mon autre famille – Ian et ma mère biologique. Qui plus est, tu n'avais aucune confiance en moi. Il fallait que je trouve quelque chose d'assez convaincant pour te garder auprès de moi.

— Alors, tu as choisi de m'attacher pour de vrai, dit-elle d'un ton accusateur.

Il déposa un tendre baiser sur ses lèvres, et elle lui rendit la pareille.

— Il fallait vraiment que je t'apprenne à te contrôler, Elise. Tu m'aurais consumé, sinon. Et tu en es toujours capable.

Elle leva le bras et enfouit les doigts dans ses cheveux. Il ferma les paupières, savourant la légère griffure des ongles de la jeune femme sur son cuir chevelu. Au creux du ventre d'Elise, son membre se raidit à nouveau.

— Tu es mon *sac de nœuds** à moi, chuchota-t-il.

Sous ses caresses, il sentait son corps frémir et rugir à nouveau. Les mains d'Elise s'immobilisèrent un instant, et il rouvrit les yeux.

— Tu me considères comme un sac de nœuds ? répliqua-t-elle d'une voix mi-amusée, mi-indignée.

Il donna un brusque coup de reins. Elle hoqueta.

— Ne t'inquiète pas, *ma chère**.

Il souleva un peu le bassin avant de replonger en elle. Un gémissement s'échappa de la gorge d'Elise.

— C'est une mission que j'ai bien l'intention d'accepter. Défaire un à un tes mystères devrait suffire à m'occuper jusqu'à la fin de mes jours.

Composition
NORD COMPO

Achevé d'imprimer en Espagne
par BLACKPRINT CPI
le 4 mai 2015.

Dépôt légal mai 2015.
EAN 9782290114377
OTP L21EDDN000771 N001

ÉDITIONS J'AI LU
87, quai Panhard-et-Levassor, 75013 Paris

Diffusion France et étranger : Flammarion